하나님의 은총이
함께 하시기를 기도합니다.

님께

_____

잊을 수 없는
만남

이승애 작가

대학에서 서양화를 전공하고, 1990년부터 현재까지 30여 년간 기독교 일러스트 프리랜서로 일해 오고 있다. 대표작으로는 두란노의 〈마음을 찍는 사진사〉, 〈행복을 파는 가게〉 등 화집을 발행했고, '아가페'의 〈어린이 쉬운 성경〉에 성경 그림을 그렸으며, '생명의 말씀사'가 낸 〈평생 감사〉, 〈성경의 사람 존 워너메이커〉, 부산 수영로교회 이규현 목사의 〈그대 그대로도 좋다〉, 여의도 순복음교회 이영훈 목사의 〈감사 행복〉 등에 그림을 그렸다. 그 외 '목회와 신학', '생명의 삶' 등의 월간지에도 장기간 삽화 연재를 하였다. 또한 카카오톡 〈향기 나는 그림 세상〉이라는 닉네임으로 총 4회째 이모티콘 서비스 중이다.

잊을 수 없는 만남

초판 인쇄   2020년 12월 15일
초판 발행   2020년 12월 18일

지 은 이   김용관
펴 낸 이   김재광
그   림   이승애
펴 낸 곳   솔과학
등   록   제10-140호 1997년 2월 22일
주   소   서울특별시 마포구 독막로 295번지 302호(염리동 삼부골든타워)
전   화   02-714-8655
팩   스   02-711-4656
E-mail   solkwahak@hanmail.net

I S B N   979-11-87124-72-6 (03810)

ⓒ 솔과학, 2020

값 23,000원

잊을 수 없는
만남

솔과학

신앙생활의 기본은 하나님과의 관계를 우선시하는 것입니다. 교회에 많은 돈을 헌금하거나 열심히 봉사하는 것도 중요하지만 이보다 하나님을 더 기쁘시게 하는 것은 하나님을 늘 가까이하며, 하나님으로 인하여 기뻐하고 즐거워하는 삶을 사는 것입니다. 성경에 등장하는 신앙의 위인들이 진정 바라는 것은 세상의 부귀, 권세, 명예가 아니라, 하나님을 가까이하며 그분과 친밀감 있는 교제를 나누는 것이었습니다. 이들은 하나님과 친밀한 관계를 가로 막는 세상의 어떤 유혹과 핍박도 단호하게 물리쳤고, 심지어 목숨까지 귀하게 여기지 않았습니다. 이렇게 하나님과 친밀한 관계를 유지하는 것이 중요합니다.

하지만 우리가 신앙생활 할 때 하나님과의 종적인 관계뿐 아니라 사람과의 횡적인 관계도 중요합니다. 사람은 '나와 너' '우리'라는 관계 속에서 서로 소통하며 살아갑니다. 사람은 7천 가지 이상의 음성 언어, 문자 언어로 서로 소통하고 있으며, 손짓, 몸짓, 표정 등의 신체언어도 사용하고 있습니다. 하지만 우리의 현실은 어떠합니까? 의사소통이 잘되지 않아 답답할 때가 많습니다.

교회 안에서 생겨나는 여러 가지 문제들도 알고 보면 대화의 단절에서 오는 경우가 많습니다. 공동체 안에서 코이노니아가 잘 이루어져 성도와 하나님과의 관계, 성도와 목회자와의 관계, 성도와 성도간의 관계가 원만하다면 그 교회는 틀림없이 별문제가 없는 건강한 교회입니다. 그러나 막힌 담이 있고 소통이 되지 않는다면 분열과 갈등이 생길 수밖에 없습니다.

제가 그동안 목회하면서 가장 힘들었던 때는 성도들이 저에 대한 오해로 마음이 상했다는 얘기를 들었을 때였습니다. 자고로 오해란 소통의 부족에서 오는 경우가 많기에 이런 오해가 발생하지 않도록 하기 위해서는 성도들과 자주 만나 마음 문을 열고 허심탄회하게 대화하는 시간이 필요합니다. 하지만 서로 바쁘게 살다보니 그런 시간을 마련하기가 쉽지 않았습니다. 그래서 저는 차선책으로 성도들에게 나 자신의 진솔한 모습을 보여드리며, 한 걸음 더 가까이 가고 싶은 마음으로 매주 한 편씩 〈목양 칼럼〉을 써서 주보에 실었는데 어느덧 18년이나 되었습니다. 감사한 것은 성도들이 매 주일 제 글을 열심히 읽어주셨고, 제 글이 있는 주보를 차곡차곡 모아놓거나 제 글을 오려서 정성스럽게 스크랩을 해 놓은 분들도 있었습니다. 이런 고마운 분들을 위해 이번에 제 글의 일부를 책으로 묶었습니다.

이제 이 책을 세상에 내놓게 되었으니 이 책을 통해서 우리교회 성도들뿐만 아니라 이 책을 접하는 모든 분들과도 대화하고 소통하고 싶습니다.

이 책의 출판을 위해 수고하신 출판위원 이희대 목사님, 박병립 장로님, 백상락 집사님, 정재훈 집사님, 성도근 집사님, 김은정 집사님께 감사드리며, 솔과학 김재광 대표님께도 감사드립니다. 예쁜 그림을 그려주신 일러스트레이터 이승애 님께도 감사드립니다. 그리고 배후에서 기도해준 아내 강말녀 사모와 아들 김강, 김성산에게도 고마운 마음을 전합니다. 감사합니다.

2020년 10월 31일

김용관

01

세상 속의 교회

눈물이 메말라가는 세상

사람에게는 기쁨, 분노, 슬픔, 즐거움 등 7가지 감정이 있습니다. 사람은 모든 피조물 가운데 이런 감정들을 눈물로 표현할 수 있는 유일한 존재입니다. '눈물'을 사전에서 찾아보면 '누선(淚腺)에서 분비되는 알칼리성의 액체'라고 설명하고 있습니다. 즉 물 같은 액체가 안구 위를 지나 비루관으로 흘러가서 비강에 괴는 현상입니다. 그 흐르는 양이 많아서 넘칠 때 눈물이 나옵니다. 사람은 태어나자마자 맨 먼저 울음으로 자신의 출생을 세상에 알리며 두 살이 될 때까지 약 4000번 정도 울음을 터뜨린다고 합니다. 그리고 성장하면서 울음의 횟수와 의미는 달라지지만, 종종 눈물 흘리며 한평생을 살아갑니다.

사람은 왜 눈물을 흘릴까요? 17세기 프랑스 철학자 데카르트는 뜨거운 피가 몸 안을 흐르는 차가운 기운의 생명력과 결합하면 눈물이 생긴다고 하였습니다. 구름이 찬 기류를 만나 비(雨)를 뿌리는 것과 같은 이

치라는 것입니다.

저는 겉으로 보기에는 강하게 보이고 무뚝뚝하게 보일지 모르지만, 종종 눈물을 흘릴 때가 있습니다. 제가 지금까지 살아오면서 심하게 울었던 적이 두 번 있었습니다. 한 번은 초등학교 4학년 때였습니다. 운동장에서 조회가 끝나고 제 짝꿍이 필통에 넣어둔 돈을 잃어버렸다고 신고를 했는데 담임선생님이 그 돈을 훔쳐 간 사람이 저라고 의심을 하고 도둑으로 몰아갔습니다. 반 전체 아이들이 지켜보는 가운데 범인을 잡기 위한 취조가 시작되어 밤 9시까지 계속되었는데 돈을 훔치지 않은 저는 끝까지 결백을 주장하며 종일 울고 또 울었지만 믿어주지 않았습니다. 지금도 그 선생님을 만날 수 있다면 맨 먼저 하고 싶은 말은 "선생님, 그때 제가 돈을 훔치지 않았어요." 하는 말입니다.

또 한 번은 제가 부목사 시절 석사학위논문을 쓸 때였습니다. 논문 심사 마감일이 임박했는데 논문을 쓸 시간이 부족했습니다. 그렇다고 논문을 쓰기 위해서 교회사역을 중단할 수는 없었습니다. 낮에는 스케줄 대로 애경사 가정, 입원한 교인들을 방문하는 일을 계속했고, 논문은 주로 밤시간을 이용해서 썼습니다. 그때 가장 저를 괴롭힌 것은 졸음이었습니다. 졸음을 쫓기 위해서 미리 커피포트와 커피를 준비해놓고 계속 커피를 마셔가며 논문을 썼지만, 밤이 깊어지면 쏟아지는 졸음을 감당할 수 없었습니다. 스트레칭도 해보고 밖에 나가 바람을 쐬고 들어오기도 했지만, 소용이 없었습니다. 그때 화장실 안에 들어가 나약한 내 모습이 불쌍해서 찬물을 내 얼굴에 끼얹으며 큰 소리로 통곡하며 한참 동안 울었던 기억이 있습니다.

그밖에 기도하다가 울기도 하고, 책을 읽다가 감정이 북받쳐 눈물을 흘릴 때도 있었습니다. TV에서 이산가족 상봉 장면과 인간승리의 다큐멘터리를 보다가 눈물을 흘릴 때도 있습니다.

성경을 보니 예수님께서도 종종 눈물을 흘리셨다는 사실을 발견했습니다. 예수님은 친구 나사로가 죽었을 때 그가 묻혔던 무덤을 향해 가면서 소리 없이 우셨고(요11:35), 장차 무너질 예루살렘 성을 바라보며 큰 소리로 통곡하며 우셨으며(눅19:41), 십자가를 앞에 두고 심한 통곡과 눈물로 기도하셨습니다.(히5:7) 이렇게 종종 눈물을 흘리며 우셨던 예수님을 바라보며 "그분도 나와 똑같은 인간이셨구나!" 하고 생각하며 그분에게 더 친근감 있게 다가갈 수 있었습니다. 예수님은 상한 마음, 멍든 가슴을 안고 다가갈 때마다 외면하지 않으시고 내 눈물을 닦아 주셨습니다.

사람의 눈물은 98%가 수분이며 미세한 양의 단백질과 식염, 인산염이 포함되어 있습니다. 눈물의 주된 효력이라면 눈에 이물질이 들어갔을 때 눈을 보호하기 위해서 씻어 내주는 역할입니다. 주로 눈을 뜨고 생활하는 낮에 분비되는 눈물은 눈에 이물질이 침입하면 더욱 많은 양이 쏟아집니다. 또 눈물은 혈관이 없는 각막에 영양분을 공급하는 일도 합니다.

그런데 학자들에 의하면 눈물은 흘리는 사람의 감정이나 상황에 따라서 그 눈물의 성분이 달라진다고 합니다. 우리 속담에 "고추방아 눈물은 싱겁고, 시모구박 눈물은 누리디 누린데, 팔자타령 눈물은 이다지 짜디짜냐? 주르륵 흐르는 눈물은 시큼한데, 괴었다가 흐르는 눈물은 매캐하더라."는 이야기가 있습니다. 눈물에는 라이소자임이라는 효소가 있어 세균을 죽이는 소독작용을 합니다. 눈물이 눈을 보호하는 치료제가 됩니다. 그런데 이 성분은 양파 껍질을 벗길 때 나오는 눈물이나 고추가 매워서 나오는 눈물 또는 연기로 인하여 흘리는 눈물에는 없습니다. 라이소자임 성분이 함유한 눈물은 슬픔 속에 흘리는 눈물에서만 발견되는데 슬픔의 강도가 강할수록 많이 나옵니다. 특히 감정이 최고조가 되어 눈물을 흘릴 때는 스트레스성 호르몬인 카테콜라민도 함께 나옵니다. 카테콜라민은 심장을 빨리 뛰게 하며, 혈관을 수축하여 혈압을 증가시켜 고혈압, 심장병, 성인병의 원인이 되는데 사람이 감정이 북받쳐 눈물을 흘릴 때 카테콜라민 호르몬이 함께 배출되기 때문에 카타르시스(정화작용) 효과가 나타나 상처치료와 스트레스 치료 효과가 있습니다. 감동의 눈물은 건강에 보탬이 된다는 말씀입니다.

너무 감수성이 예민하여 자주 사람들에게 눈물을 보이는 것도 문제가 되지만 반대로 너무 감정이 메말라 눈물이 없는 것도 문제입니다.

미국이 이라크와의 1차 전쟁에서 승리한 후 ABC 방송에서 전쟁을 승리로 이끈 미군 사령관 프랭크스 장군을 초청해서 인터뷰했습니다. 진행자인 바버라 월터스가 프랭크스 사령관에게 "미국인들은 당신을 폭풍의 장군이라고 하는데 어떻게 생각하십니까?" 하고 물었습니다. 그러자 사령관은 "아닙니다. 저는 가슴이 따뜻한 남자입니다"라고 대답했습니다. 진행자가 또 "오늘날 미국의 가장 큰 적이 무엇이라고 생각합니까?"라고 묻자 사령관은 "그것은 이라크 같은 외부의 적이 아닙니다. 미국에서 눈물 없는 남자들이 많아지고 있다는 것입니다. 지금 이 나라 국민들은 젊은이들이 전쟁터에 가서 쓰러져 죽어가고 있지만, 눈물을 흘리지 않습니다. 가슴 아프게 생각하지도 않습니다. 이것이 미국이 경계해야 할 가장 무서운 적입니다."라고 말했습니다.

우리 봉일천교회에도 성령의 감동에서 오는 눈물이 있었으면 합니다. 잘못된 길을 가다가 돌이켜 하나님께 다시 돌아오면서 흘리는 회개의 눈물, 받은 은혜가 너무 커서 감당하기 어려워 흘리는 눈물, 찬양과 기도 속에서 크고 영화로우신 하나님의 임재를 경험하면서 흘리는 눈물 말입니다. 하나님 앞에서 눈물 흘리며 주님과의 처음 사랑을 회복하고 우리 모두 주님 앞에 어린아이와 같은 마음들이 되었으면 합니다.

갈등이 없는 평화로운 세상

철학자 아리스토텔레스는 "인간은 사회적인 동물이다."라고 말했습니다. 사람은 태어날 때부터 혼자가 아니며, 다른 사람과 더불어, 함께 살아가야 하는 존재라는 것입니다. 유대인 철학자 마르틴 부버도 "인간은 관계의 세계 속에서 살아간다. 인생은 첫째, 자연과 더불어 살아가는 삶이요, 둘째 사람과 더불어 살아가는 삶이며, 셋째 정신적 존재들과 더불어 사는 삶이다."라고 말했습니다. 사람은 누구나 좋은 인간관계 속에서 오손도손 평화롭게 살아가기를 원합니다. 하지만 갈등이 생겨 인간관계가 원만하지 못하면 행복하고 평화로운 삶은 깨지고 맙니다.

왜 갈등이 생깁니까? 이 세상에서 살아가는 사람들은 제각각 얼굴 생김새가 다른 것처럼 생각이 다르고, 가치관과 삶의 형태가 다르기 때문입니다.

갈등이란 무엇입니까? 한자로 '갈등(葛藤)'이라는 단어는 '칡 갈(葛)자'

와 '등나무 등(藤)'자로 이루어져 있습니다. 칡과 등나무는 스스로 줄기를 세우지 못하고 다른 식물이나 물체에 지탱하여 위로 자라는 덩굴식물인데 칡은 다른 식물을 왼쪽으로 꼬면서 감싸 올라가고, 등나무는 오른쪽으로 감싸면서 올라가기 때문에 한 식물에 칡과 등나무가 함께 자라게 되면 서로 다른 방향인 왼쪽 오른쪽으로 올라가면서 뒤엉키게 되어서 결국에는 둘 다 고사(枯死)하고 맙니다. 바로 그 모습에서 갈등이라는 말이 나왔습니다.

갈등이란 어떤 일이나 상황에 대하여 개인이나 집단 간에 서로 추구하는 목표나 이해관계가 달라서 서로 화합(和合)하지 못하거나 적대시하는 것을 말합니다. 심리학적으로는 두 가지 이상의 상반되는 요구나 욕구, 기회 또는 목표에 직면하였을 때, 선택과 결정을 하지 못하고 불편해하거나 괴로워하는 상태를 말합니다.

우리나라는 사회적 갈등(Social Conflict)이 빈번하게 일어나고 있습니다. 국가안보와 국민 다수의 이익을 위해서 해군기지를 건설하는 일이 주민들과 환경단체의 반대에 부딪혀 9년이라는 긴 시간이 필요했습니다. 북한의 미사일 공격을 방어하기 위해 주한미군이 고고도미사일방어체계인 사드(THAAD) 배치를 하는 일도 원만하게 해결하지 못하고 3년 동안 갈등을 겪었습니다. 그 외에도 우리나라에서는 원자력 발전소를 짓는 일, 화장장이나 납골당을 짓는 일, 장애인 시설을 짓는 일, 심지어 송전탑 하나 세우는 일까지 주민들과 갈등 속에서 치열하게 싸우는 일들이 많습니다.

최근 한국보건사회연구원이 내놓은 '사회갈등지수 국제 비교 및 경제 성장에 미치는 영향'이라는 보고서에 따르면 우리나라의 사회갈등지수 는 1,043으로 경제협력개발기구(OECD) 조사 대상 25개국 가운데 5위 로 나타났습니다. 삼성경제연구소는 우리 사회의 갈등 때문에 직, 간접적 으로 발생하는 비용이 연간 최대 246조 원에 이르며, 1인당 국내총생산 (GDP)의 27%를 갈등 해소 비용으로 지출하고 있다고 하였습니다.

갈등의 종류로는 국가 간의 갈등, 정부와 국민과의 갈등 외에도 지역 간의 갈등, 계층 간의 갈등, 노사 간의 갈등, 부부간의 갈등 등 여러 종 류가 있습니다.

그러면 이런 갈등의 문제를 해결하기 위해서는 어떻게 해야 할까요?

첫째, 각자 가지고 있는 편견(偏見)과 고정관념(固定觀念)을 깨트려야 합니다. 편견은 한쪽으로 치우친 공정하지 못한 생각이나 견해이며, 고 정관념은 마음속에 굳어 있어 변하지 않는 생각을 말합니다. 개인이나 집단의 마음속에 이런 것들이 자리잡고 있으면 다른 사람의 생각을 수 용할 수 없습니다. 이것들을 분재(盆栽)의 뿌리를 잘라내듯 잘라내야 합 니다.

분재한 나무는 보통 나무보다 3~4배 더 오래 산다고 합니다. 그 비 결은 분(盆)갈이에 있습니다. 분재를 관리하는 사람은 보통 2년에 한 번 씩 분갈이를 하면서 뿌리를 잘라줍니다. 뿌리를 잘라주면 나무는 자기 몸의 진액을 짜내어 또 다른 새로운 뿌리를 내려 그 뿌리가 분 안에 가득 채워지는데, 그 시간이 대략 2년 정도 걸립니다. 그러면 다시 분갈이를 하면서 관리자는 인정사정 보지 않고 자란 뿌리를 또다시 잘라줍니다.

이와 같이 사람도 2년 정도 반복된 생활을 하다보면 고정관념의 틀 안에 들어가게 됩니다. 고정관념 속에 빠져들면 새로운 것을 보거나 듣기가 어려워집니다. 이 때문에 분재의 뿌리를 잘라주는 것처럼 '고정관념' 도 잘라주어야 한다는 것입니다. 고정관념을 깨뜨려야 갈등을 줄일 수 있습니다. 고정관념은 꼭 깨어져야 할 우리의 적(敵)입니다. 미래의 주역이 되려면 반드시 고정관념의 틀을 깨야 합니다.

둘째, 갈등을 줄이기 위해서는 서로 다름을 인정해야 합니다.

지상의 국가들은 서로 다른 지역과 환경 속에서 형성된 독특한 문화와 가치관이 있습니다. 이것을 서로 이해하지 못하면 피차간에 갈등이 생기고, 갈등이 커지면 전쟁까지 일어나 많은 인명의 손실이 있습니다. 사람들은 낳아주신 부모도 다르고 태어나 자란 환경도 달라서 각자 독특한 개성을 소유하고 있습니다. 이 세상에 나와 똑같은 사람은 아무도 없습니다. 그런데 나와 같은 프레임에 들어오지 않으면 이상한 사람으로 여기는 편협한 사고를 가진 사람들이 있습니다. 우리가 기억해야 할 중요한 사실 하나는 같지 않다고 해서 틀린 것은 아니라는 것입니다. 서로 다름을 인정해야 합니다. 이 문제를 극복하지 못하면 끊임없이 갈등이 일어납니다. 우리는 시야가 좁은 우물 안 개구리를 비난하지만 어쩌다가

재수가 없어서 그곳에 들어간 개구리의 사정도 이해해야 합니다. 그 개구리도 도와줄 사람을 만나서 그곳을 벗어나 눈을 뜨면 새로운 세상이 있다는 것을 알고 달라질 것입니다. 우물 안 개구리도 도와주어야 합니다.

셋째, 갈등을 없애려면 대화로 소통해야 합니다.

갈등이 생기는 가장 큰 이유는 소통의 부재입니다. 갈등이 생겼을 때 열린 마음으로 대화를 시작하면 쉽게 해결의 실마리를 찾을 수도 있습니다.

대화로 소통할 때 주의할 점은 대화를 통해 상대방의 생각을 강제로 바꾸려는 시도를 하지 말아야 한다는 것입니다. 문제를 해결하기 위해서는 내 생각부터 바꾸고, 나부터 변화해야지 나 자신은 그대로 있고, 내 생각을 주입시켜 다른 사람만 바꾸려고 한다면 오히려 또 다른 갈등이 발생할 수도 있습니다.

사람의 몸에는 약 12만 킬로미터의 혈관이 있습니다. 그 혈관을 통해 혈액이 약 46초 만에 온몸을 한 바퀴 순환하며, 영양분을 전달하고, 노폐물과 해로운 외부물질을 제거합니다. 만일 혈관이 막혀 혈액 순환이 원활하게 되지 않으면 뇌경색이나 뇌출혈이 발생하여 건강에 치명타를 입을 수 있습니다. 인간관계에서 갈등은 위험한 동맥경화와 같습니다. 그래서 오늘도 갈등의 문제들을 해소하기 위한 우리의 노력은 계속되어야 할 것입니다.

스트레스에 시달리는 현대인들에게

현대인들이 많이 사용하고 있는 말 중에 '스트레스'라는 말이 있습니다. 스트레스란 적응하기 어려운 환경이나 조건에 처할 때 느끼는 심리적, 신체적 긴장 상태를 말합니다. 이런 상태가 오래 지속되면 두통, 심장병, 위궤양, 고혈압 등의 신체적 질환을 일으키기도 하고 불면증이나 신경증, 식욕부진, 우울증 등의 심리적 증상을 보이기도 합니다.

스트레스가 발생되는 직접적인 요인은 가족의 죽음, 이혼, 경제적, 사회적 여건의 변화, 소음, 조명, 공기오염, 사무실의 구조, 진동, 조직구조, 조직풍토, 작업여건 및 직무의 특성, 역할갈등, 조직 문화 등 주로 개인적인 환경, 물리적인 환경, 조직적인 환경, 작업적인 환경들입니다.

스트레스가 누적되면 다른 사람에게 과민반응을 나타내는 사람들이 많습니다. 스트레스 때문에 성격이 조급해지고 툭하면 화를 내기도 합니다. 직장에서 스트레스를 받고 기분이 안 좋은 상태에서 집에 돌아와 아내나 아이들에게 화풀이를 하는 사람도 있습니다. 또한 자라날 때부터 부모로부터의 폭언과 비난을 많이 받고 마음에 상처가 쌓여있는 사람은 조금만 스트레스를 받아도 쉽게 화를 냅니다. 스트레스는 내가 사랑을 받아 더 많은 유익을 취하려는 기대감이 무너지는 데서부터 시작됩니다.

스트레스에 시달리지 않기 위해서는 이기적이고 부정적인 생각이 들 때마다 이것을 기도와 하나님의 말씀으로 물리쳐야 합니다. 늘 분주한 스케줄에 쫓기지 않기 위해서 일의 우선순위와 시간과 일정을 잘 조절하는 삶의 지혜도 필요합니다. 바쁜 삶 속에서도 일주일에 한 번 정도는 가족과 함께 휴식을 취하면서 신체적 피로와 정신적 피로를 풀도록 노력해야 합니다. 몸이 약해지면 스트레스를 이겨내는 데 필요한 호르몬과 에너지를 생산하는 과정에 장애가 생기기 때문에 건강관리도 잘해야 합니다. 믿을 만한 가까운 친구를 만나 허심탄회하게 대화를 나누는 것도 필요합니다.

그러면 스트레스는 우리들을 힘들게 하고 해악만 끼치는 것일까요? 현대인들이 스트레스를 피하면서 산다는 것은 현실적으로 어려운 일이지만 그렇다고 해서 스트레스가 우리에게 반드시 나쁜 것만은 아닙니다. 오스트리아의 생리학자 휴고 브루노 셀리에(H. Selye)는 스트레스 중에는 긍정적 스트레스(eustress)와 부정적 스트레스(distress)가 있다고 했습니다. 그렇습니다. 스트레스에는 긍정적인 면이 있고, 부정적인 면이 있습니다.

도전과 응전의 법칙으로 유명한 역사학자 토인비(Anold Toynbee)가 자주 인용하는 이야기가 있습니다. 북쪽 바다에서 청어 잡이를 하는 어부들의 가장 큰 관심사는 "어떻게 하면 북해도로부터 먼 거리에 있는 런던까지 청어를 죽이지 않고 싱싱한 모습 그대로 가지고 가서 높은 값을 받을 수 있을까?" 하는 것이었습니다. 모든 어부들이 아무리 신경을 쓰고 세심한 주의를 해도 배가 런던에 도착해서 보관한 통을 열어보면 청어들은 거의 다 죽어 있었습니다. 이 문제를 해결하는 것이 어부들의 큰 숙제였습니다. 그런데 한 어부만은 언제나 북해에서 잡은 청어를 싱싱하게 산 채로 런던에 가지고 와서 큰 재미를 보았습니다. 동료 어부들이 이상해서 그 어부에게 물어보았으나 그는 비밀이라고 하면서 그 이유를 가르쳐주지 않았습니다. 드디어 동료들의 집요한 강요에 못 이겨 어부가 입을 열었습니다. "나는 청어를 잡아넣은 통에다 바다메기를 한 마리씩 집어넣습니다." 그러자 모든 어부들은 눈이 휘둥그레지며 "그러면 바다메기가 청어를 잡아먹지 않소?"라고 이구동성으로 물었습니다. 그는 통쾌하게 웃으며 다음과 같이 대답했습니다. "예, 바다메기가 청어를 잡아먹습니다. 그러나 그놈은 청어를 두세 마리밖에 못 잡아먹지요. 그 대신 그 통 안에 있는 수백 마리의 청어들은 잡혀 먹히지 않으려고 바짝 긴장을 해서 계속 도망쳐 다니지요. 그러다 보면 어느 듯 런던에 도착하게 되고, 그때까지 청어들은 죽지 않고 싱싱하게 살아 있습니다."

늘 날씨가 좋으면 사막이 되고, 태풍이 없으면 바다가 썩게 됩니다. 적당한 스트레스가 사람들에게 긍정적인 결과를 가져오는 경우가 많습니다. 우리 몸에서 발생하는 스트레스 호르몬은 환경에 대한 인식을 강화하고, 시력과 청력을 약간 향상시키며, 근육을 조금 더 잘 움직이게 만듭니다. 스트레스를 받는 사람은 주변 환경을 경계하고, 신체를 보호합니다. 위험을 극복하기 위한 계획도 세우게 합니다. 그러므로 스트레스가 항상 모든 사람들에게 위협적인 요소가 아니라 잘 적응하는 사람에게는 도약의 기회가 되기도 하고, 인격성숙의 밑거름이 되기도 합니다.

유도(柔道)의 가장 중요하고 기본적인 요소는 작은 힘을 이용하여 큰 힘을 이길 수 있다는 것입니다. 상대가 밀고 당길 때 저항하지 않고 그 힘에 자기 힘을 보태 동일한 방향으로 밀고 당기어 상대의 중심을 무너뜨리는 것이 유도입니다. 즉 유도의 기술은 상대의 힘을 내 힘으로 활용하는 역학적인 원리로 작은 힘으로도 능히 상대의 큰 힘을 제압할 수 있는 기술입니다.

우리는 스트레스에도 이 유도의 원리를 사용하면 좋겠습니다. 스트레스를 받는다고 짜증내면서 상황을 악화시키지 말고, 그것을 긍정적으로 받아들이고 나의 발전을 위한 기회로 반전시켜 봅시다. 스트레스를 피할 수 없다면 즐겨봅시다. 그리고 그것을 이용해야 합니다. "스트레스야! 어서 와라. 한판 붙자! 네가 강하게 대시할수록 너의 힘을 이용해 내가 멋진 한판승을 거두리라."

사람을 잔인하고 추하게 만드는 것

외국에서 박사학위를 받고 한국에 돌아왔으나 교수 자리를 얻지 못하고 시간강사로 일하고 있던 어떤 사람이 있었습니다. 그 부부는 어린 아들을 유치원에 보내야 했지만, 월 60만원의 수입으로는 한 달에 20~30만 원을 내야 하는 사립유치원에는 보낼 수가 없었습니다. 고심하던 중에 정부의 지원으로 석 달에 19만원만 내면 되는 어느 초등학교의 병설유치원에 보내기로 했습니다. 병설유치원도 경쟁률이 매우 높아서 들어가기가 어려웠지만, 다행히도 추첨에 당첨이 되어서 아들이 유치원에 들어가게 되었습니다. 그러나 많은 부모들이 실망하고 무거운 발길을 돌려야 했습니다. 알고 보니 유치원이 있는 그 지역은 생활이 어려워서 맞벌이를 하는 부부들이 많이 있었습니다. 추첨에 떨어져서 아이를 유치원에 보낼 수가 없었던 부모들이 대부분 돌아갔지만 몇몇 부모들이 남아서 유치원 원장에게 자기들의 어려운 사정을 이야기하며 자기 아이를 받아 달라고 통사정을 하였습니다. 이때 유치원 원장은 당첨이 된 학부모들에게 정원 30명 외에 다섯 명만 더 받게 해달라고 호소를 했습니다. 강사의 부인은 즉각 찬성했는데 그 순간 주위의 눈총이 갑자기 싸늘해지더라는 것입니다. 대다수의 엄마들이 애들이 늘면 교육환경이 나빠지니 절대로 그렇게 할 수 없다고 하면서 반대를 했다고 합니다. 그 반대에 부딪쳐 뜻을 이루지 못한 원장 선생님의 눈에는 이슬이 맺혔고 추가입학을 기대했던 부모들은 울며 돌아갔다는 것입니다. 그런데 반대한 사람들의 상당수가 교회에 출석하는 사람들이었다는 것입니다. 강사의 부인은 그리스도인의 한 사람으로서 원장 선생님과 입학을 거절당한 아이들의 부모들에게 미안한 마음도 들고, 자기밖에 모르는 야속한 인심이 싫어서 한쪽에 가서 한참 동안 눈물을 흘렸다고 합니다.

그리고 그 즈음에 침몰한 세월호의 일부 선원들이 자신들만 아는 전용 통로를 이용해 탈출했다는 소식이 전해져 다시 한 번 충격을 주었습니다. 수사본부 한 관계자는 갑판원과 기관원 등 선원들이 모두 생존할 수 있었던 것은 이들 중 12명이 무전기를 갖고 있었기 때문이라고 설명했습니다. 선장은 승객들에게 구명조끼를 입고, 대기하라는 방송만 6회 정도 했고, 끝까지 퇴선 안내방송은 하지 않았습니다. 자신들만 갖고 있던 무전기로 서로 연락을 취하고 있었던 선원들은 자기들만 다닐 수 있는 통로를 이용해 3층으로 내려가 선원들을 다 만나서 그대로 밖으로 나가 해경 단정을 타고 탈출했습니다. 선원 전용통로는 배의 가장 아래쪽에 있는 기관실과 위쪽에 있는 선실을 연결하고 있어 일반 승객들은 접근할 수 없는 것으로 알려졌습니다. 그들이 살아 돌아와서 그들의 가족들은 좋겠지만 살아남은 그들의 얼굴은 어쩐지 잔인하고 추해보이기만 했습니다.

세월호 참사 실종자 가족과 자원봉사자들이 머물고 있는 진도실내체육관에는 무능한 정부와 이기주의 선원들을 비판하는 대자보가 많이 붙었습니다. 자원봉사를 하고 있는 한 여대생이 쓴 대자보에는 "어쩔 수 없는 어른이 되지 않겠습니다."라는 제목으로 "이번 재난사고는 무능해서, 아는 게 없어서, 돈이 많이 들어서, 내가 살려면…"식의 어쩔 수 없었다는 말들을 질책하는 문장들을 나열해 눈길을 끌었습니다. 또 다른 한 대자보에는 "수많은 사람의 생명을 책임질 선장을 임금을 아끼기 위해서 1년 계약직으로 채용하는 게 맞느냐고 묻고 싶다" 하는 등의 강도 높은 비판의 글이 빼곡히 적혀 있습니다. 또 다른 대자보에는 책임을 다한 사람들은 피해를 보고 결국에 이기적인 것들은 살아남았다며 불공평한 현실을 꼬집었습니다.

심리학자들이 사람의 심리상태가 건강한지를 점검해보는 방법이 하나 있는데 그 사람의 연설이나 대화, 혹은 기록한 문장 중에 '나'라는 단어를 얼마나 자주 사용하는지를 알아보는 방법입니다. '나'라는 단어를 자주 쓰는 사람일수록 그 사람의 심리상태가 건강하지 못하다는 것입니다. 1940년 미국의 한 언어학자가 당시 권력자들의 연설문을 분석한 결과 히틀러는 53단어에 한 번씩 '나'라는 단어를 썼고 무솔리니는 83단어에 한 번씩 썼으며, 루스벨트는 100단어에 한 번씩 사용했다고 합니다. 예수님께서 누가복음 12장에서 말씀하신 어리석은 부자는 3절의 독백 속에서 '나'라는 말을 무려 6번이나 사용하고 있습니다.

우리나라는 지금 자기만 살겠다는 이기주의가 난무합니다. '나'밖에는 없습니다. 납골당이나 요양원, 장애인들을 위한 복지시설을 지으려고 하면 그 지역 온 주민이 격렬하게 반대를 하는 경우가 많이 있습니다. 반대의 이유는 이런 것들은 혐오시설이며, 혐오시설 들어서면 집값, 땅값이 떨어진다는 것입니다. 그렇다면 자기 부모의 묘도 혐오시설이라는 것일까요? 혹시 자기 자식이 머물고 있는 장애 시설이 있다면 그곳도 혐오시설이라고 말할까요?

자기 아이가 선생님에게 야단맞았다고 학교에 찾아가 아이들이 보는 앞에서 선생님에게 폭행, 폭언을 하고 사과를 강요하는 학부모도 있다고 합니다. 교권이 땅에 추락했습니다. 이런 풍토에서 무슨 교육효과를 기대할 수가 있겠습니까? 내 아이만 보호하면 되고 남이야 어찌 되든, 나라가 어찌 되든 상관없다는 것입니까? 이 나라의 교육이 무너지면 대한민국도 무너지고 대한민국이 무너지면 결국 자기 자신도, 자기 자식도 무너진다는 것을 왜 알지 못할까요?

명예퇴직 후에 가게를 차린 40대 남자가 간절히 기도드렸습니다. "하루에 400만 원씩 벌게 해주시면 그 중 200만원을 하나님께 바치겠나이다." 다음날 그는 200만원을 벌었습니다. 그러자 사나이는 너무 기뻐서 다시 기도를 드렸습니다. "하나님! 정말 대단하십니다. 먼저 당신의 몫을 떼어놓고 주시다니…" 이 모습이 한국교회의 모습이 아니었으면 합니다.

이번에 생존한 세월호의 선장과 선원들은 모두 현행법으로 처벌을 받게 된다고 합니다. 이 중에는 감옥에 들어가서 그곳에서 영영 나오지 못할 사람이 있을지도 모릅니다. 이들은 함께 살 수 있는 길이 있었는데 그 길을 선택하지 않았습니다.

모든 범죄는 이기주의와 관계가 있습니다. 이기주의는 사람을 추하게 만듭니다. 이기주의는 사람을 잔인하게 만들기도 합니다. 이기주의는 이 세상을 삭막하게 하고 황폐하게 만듭니다. 이기주의는 결국 나와 너 우리 모두를 망하게 합니다.

우리가 이번 사건을 통해서 뼈 속 깊이 새겨야 할 교훈 하나는 이타주의는 공생(共生)이며 이기주의는 공멸(共滅)이라는 사실입니다.

대한민국이 선진국이 되는 날을 꿈꾸며

　2014년 4월 4일 오전 11시 경 전남 목포시 상동, 한 쇼핑몰 인근 인도에 20대 여성이 실오라기 하나 걸치지 않은 알몸으로 나타났습니다. 그 여성은 병원에서 정신과 치료를 받고 있던 사람이었습니다. 그 여성이 왕복 6차로 도로가 있고 행인이 많은 번화가를 알몸으로 활보하는 동안 그녀의 몸에 옷을 씌워 주거나 부끄러운 상황을 모면하도록 도와준 시민은 아무도 없었습니다. 어떤 사람들은 냉담한 반응을 보였고, 또 어떤 사람들은 오히려 호기심에 가득 찬 시선으로 바라보았습니다. 길 건너편이나 차 안에서 그 여성의 모습을 휴대전화로 찍었고, 어떤 사람은 그녀를 따라다니며 촬영하기도 했습니다. 한참 시간이 지난 후에 근처 가게 종업원이 경찰에 신고했고, 출동한 경찰관들은 야간에 입는 경찰 비옷으로 몸을 감싼 후 가족에게 인계했습니다. 이후 그녀의 나체 사진과 동영상이 인터넷과 휴대전화로 유포되었습니다. 그녀의 가족들이 나체 사진과 동영상을 촬영하고 유포한 사람들을 처벌해 달라고 진정함에 따라 경찰은 정식으로 수사에 착수했는데 경찰조사에 의하면 시간이 얼마 지나지 않았는데 벌써 인터넷에 떠도는 사진과 동영상만 10건 이상이었습니다. 이 뉴스를 접하면서 과연 우리 국민의 남을 배려하는 의식 수준이 어느 정도인가를 생각해보게 되었습니다.

전 세계에는 약 245개의 나라가 있습니다. 그 나라들을 크게 선진국과 후진국, 개발도상국으로 나눌 수 있습니다. 선진국이란 1인당 국민소득이 높고 윤택한 생활 수준을 누리며 사회 전반적으로 매우 안전하고 치안이 잘 갖춰져 있어 국민이 안심하고 살아갈 수 있는 나라입니다. 선진국은 영아 사망률 및 질병, 사고, 범죄로 인한 돌연 사망률이 낮으며 정치와 사회의 시스템이 안정되어 있습니다. 선진국은 사회적 약자들을 위한 사회안전망이 잘 갖춰져 있으며 복지 및 의료정책이 서민 중심으로 훌륭하게 마련되어 있어 돈이 없어도 누구나 소외되지 않고 의료혜택을 받을 수 있습니다. 교육체계가 우수하고 고등교육을 이수하는 비율이 높아 전반적으로 국민의 인격과 지식수준이 높으며 국가경쟁력이 높고 지식기반산업이 발달해 있습니다. 도서관, 공원, 체육관, 문화센터 등 공공시설이 잘 갖추어져 있고 누구나 쉽게 그곳에 접근할 수 있습니다. 선진국은 정치, 사회, 기업의 부정, 부패, 비리가 극히 드물고 결코 그러한 행위를 용납하지 않으며 쾌적하고 여유롭고 높은 삶의 질을 누릴 수 있는 곳입니다. 선진국은 어린이들이 안전하게 성장할 수 있으며, 장애인들이 살아가는 데 불편함이 없고 차별받지 않으며, 여성의 정치, 경제참여율이 높고 남성과 동등한 대우를 받는 곳입니다.

그러면 대한민국은 과연 선진국일까요? 대한민국은 가장 짧은 시일 안에 민주화와 경제적 성장을 동시에 이뤄낸 나라입니다. 거기다가 올림픽과 월드컵 같은 큰 행사를 성공적으로 치러내면서 세계적인 주목을 받았습니다. 문화적으로도 대한민국의 위상은 크게 떠올랐습니다. 동남아는 물론이고 북미에서도 한국의 음악을 즐겨 듣고 한국의 드라마에 빠지는 경우도 많아졌습니다. 스포츠의 성장도 한국이라는 나라의 위상을 크게 빛내는 데 큰 기여를 했습니다. 현재 대한민국은 세계 11위의 경제 대국이며, 여러 분야에서 지구촌의 영향력 있는 나라 중의 하나입니다. 우리 국민들의 자긍심도 많이 올라갔습니다. 과거에는 외국에 나가면 중국과 일본은 잘 알려졌지만 한국에 대해서 아는 사람은 많지 않았습니다. 그러나 지금은 세계 어디를 가나 대한민국을 모르는 사람이 거의 없습니다.

그러면 현재 대한민국은 선진국 대열에 들어섰습니까? 그 말에 자신 있게 대답하는 국민은 많지 않을 것입니다. 최근에 대한민국은 빈부의 격차가 심해지면서 세 모녀의 자살 사건, 지체장애 아이를 둔 부모의 동반자살 같은 안타까운 사건들이 일어났습니다. 정부에서 사회복지 정책을 세워 놓고 의욕적으로 추진하고 있지만, 실효를 거두지 못하고 있습니다. 이번 세월호 사건을 통해서 대한민국의 총체적인 문제점이 드러났습니다. 우리나라는 도덕적인 타락과 인명 경시풍조가 만연하고, 아직도 권력을 가진 기관에 의해서 불법, 탈법이 묵인되고 있습니다. 정부의 재난극복을 위한 시스템은 전혀 구축되지 않았고, 위기 대처능력도 전무한 상태입니다. 문제가 발생하면 책임을 질 사람은 없고, 서로 상대방을 향하여 화살을 돌리고 있습니다.

우리나라의 공중도덕 수준은 어떻습니까? 2005년 6월 서울 지하철 2호선에 탑승한 한 여성이 데리고 탄 애완견이 갑자기 설사했습니다. 이 여성은 당황하면서 개는 닦았으나, 지하철 바닥에 있던 개의 배설물은 치우지 않고 다음 정거장에서 내렸습니다. 개의 배설물은 어떤 할아버지가 치웠지만, 사람들이 이 장면을 사진으로 찍어 여러 사이트에 올렸고, 인터넷 뉴스 사이트에도 올라감으로써 많은 사람들에게 폭발적으로 퍼져나갔으며 개의 배설물을 치우지 않았던 그 여성에게 '개똥녀'라는 별명을 붙여주었습니다.

그런데 요즘도 애완견을 데리고 공공장소에 와서 다른 사람에게 폐를 끼치는 사람들이 많이 있습니다. 저는 가끔 운동하기 위해서 곡릉천의 천변 길에 나갈 때가 있는데 사람들이 데리고 온 개가 여기저기에 대변을 배설하고 감으로 그 길을 걷는 사람들이 마치 지뢰밭을 걷는 것처럼 조심하는 모습을 볼 수 있습니다. 애완견을 키우는 것은 자유입니다. 그러나 데리고 나온 그 개가 사람들이 다니는 길에 배설했으면 풀이라도 뜯어서 치워야 하는데 모른 척하고 그냥 가버리는 사람들이 많이 있습니다.

　더위를 피해서 밤에 제방에 나와서 음료수, 과자, 술 등을 먹고 마시는 사람들이 있습니다. 그것은 자유입니다. 그러나 쓰레기를 치우지도 않고 그냥 가는 사람들이 많이 있습니다. 어떤 사람들은 쓰레기를 처리하는데 들어가는 약간의 경비를 아끼기 위해서 썼던 가구나 소파를 양심과 함께 강가에 버리는 사람들도 있습니다.

　대한민국이 많이 발전한 것은 사실이지만 이런 모습을 볼 때 아직은 선진국이 아닌 것 같습니다. 어서 우리나라가 세계인들에게 진정한 선진국으로 인정을 받고, 우리도 선진국 국민으로서 자부심을 가지고 살아가야 할 텐데 그날이 언제나 올지 모르겠습니다. 저의 생전에 그날이 왔으면 좋겠습니다.

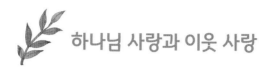

하나님 사랑과 이웃 사랑

경북 김천시 황금동에서 사는 어느 중년 남자가 있었습니다. 어느 날 밤 회사에서 야근하고 늦은 시간에 귀가를 하고 있었는데 버스에서 내려 자기 집으로 들어오는 어두운 골목길 담 밑에 어떤 사람이 누워 신음하고 있는 것을 발견하였습니다. 자기가 관여할 일이 아니라고 생각하고 그냥 지나쳐 집에 돌아왔습니다. 집에 들어와 보니 고등학교에 다니는 아들이 아직 돌아오지 않았습니다. 가끔 늦는 날도 있었기에 큰 염려를 하지 않았지만, 자정이 넘어가자 걱정이 되어 부랴부랴 찾아 나섰습니다. 그러나 아들은 어디에도 없었습니다. 날이 밝아오는 새벽에야 시내의 어느 병원에서 전화가 왔습니다. 아들이 지금 응급실에서 치료를 받고 있는데 생명이 위독하다는 전화였습니다. 알고 보니 전날 밤 골목길 담 밑에서 신음하고 있던 사람이 바로 자신의 아들이었습니다. 아들이 불량배들에게 구타를 당하여 쓰러져 있었는데 지나가던 많은 사람들이 지나쳤고 아버지인 자신도 지나쳤으며, 몇 시간이 지난 후에야 방범대원에게 발견되어 겨우 병원에 실려 왔지만 과다 출혈로 소생할 가능성이 없어졌습니다. 의사는 "조금만 더 일찍 병원으로 데려왔으면 살 수도 있었는데…" 하며 말끝을 흐렸습니다.

어느 날 한 율법사가 예수님께 와서 어느 계명이 가장 크냐고 물었을 때 첫째는 하나님을 사랑하는 것이며, 둘째는 이웃을 사랑하기를 자신과 같이 사랑하는 것이라고 하셨습니다. 이 두 가지만 실천하면서 산다면 우리는 하나님의 말씀대로 제대로 사는 것입니다. 하나님을 사랑하는 것은 종적인 관계를 제대로 유지하는 것이고, 사람을 사랑하는 것은 횡적인 관계를 제대로 유지하는 것입니다. 예수님은 십자가를 지고 돌아가심으로 하나님 사랑과 이웃 사랑을 완성하셨습니다.

그러나 이 시대는 어떠합니까? 무한경쟁시대입니다. 경쟁에서 이겨야 살아남을 수 있습니다. 경쟁에서 밀려나면 도태되어 낙오자가 될 수 있습니다. 약육강식, 적자생존이라는 말은 이 시대에 너무 잘 어울리는 말입니다. 이런 시대에 사는 사람들에게 "네 이웃을 네 자신 같이 사랑하라."는 예수님의 말씀은 이 시대에 너무 잘 어울리지 않는 말씀 같습니다. 그런데 왜 예수님은 이런 말씀을 하셨을까요? 그것은 이웃 사랑이 우리 모두에게 유익이 되고 천국의 삶을 실천하는 일이기 때문입니다. 사람은 혼자 살 수 없습니다. 더불어 살아야 합니다. 선의의 경쟁이 필요하기는 하지만 이길 목적으로 이웃을 죽인다면 그 이웃을 죽이기 위해 뿜어낸 독이 결국 자신을 죽인다는 사실을 우리가 알아야 합니다. 예수님은 자신의 기쁨이 아닌 이웃의 기쁨을 위해 사셨습니다. 이웃을 세워 주는 아름다운 마음은 오히려 자신을 굳게 세워주는 힘입니다.

지난 6월 15일 워싱턴포스트(WP)의 보도에 의하면 한국은 인종차별 정도가 심한 것으로 나타났습니다. 이 신문은 세계 80여 개 국가를 대상으로 조사한 '세계 가치관 조사(WVS)' 자료를 바탕으로 인종차별 수준을 7단계로 나눠 지도를 그린 결과 한국은 인종차별 수준이 둘째로 높은 단계에 속한다고 말했습니다. WVS 자료는 인종차별 수준을 측정하기 위해 "이웃으로 삼고 싶지 않은 사람이 누구인가?"라는 질문을 던졌습니다. 그 결과 응답자 중 36.4%가 한국은 다른 인종을 이웃으로 둘 수 없다고 답했습니다. 일본·중국은 모두 20%미만이었습니다. 워싱턴포스트(WP)는 최근 연구 자료를 보면 경제 수준이 높을수록 다른 인종에 대한 관용도가 높은 경향이 있는데 경제와 교육 수준이 높고 민족적 갈등이 없는 한국에서 인종차별 수준이 높은 것은 이례적이라고 평가했습니다.

미국·캐나다·호주·뉴질랜드는 인종차별 응답 비율이 5% 미만으로 나타나 가장 낮은 단계에 속했습니다. 스웨덴은 1.8%로 조사 국가 중 가장 낮았습니다. 파키스탄은 경제 수준이 낮고 종교적 충돌이 빈번하지만 6.5%만이 다른 인종을 이웃으로 두기 어렵다고 답해 예외적인 나라로 조사되었습니다. 우리는 정말 이웃을 사랑하는 민족인지, 아니면 자기만 아는 이기적인 민족인지 다시 한 번 반성해 보아야 하겠습니다.

톨스토이의 이야기 중에 구두를 만드는 어느 노인 이야기가 있습니다. 노인은 늘 예수님을 만나보고 싶어했는데 어느 날 꿈속에 예수님이 나타나 "내일 내가 네 집에 가겠다." 하고 말씀하셨습니다. 노인은 대단히 기뻐하며 음식을 차려놓고 예수님을 기다렸습니다. 그러나 예수님은 오시지 않고 예수님 대신에 한 번은 거지가 왔다 갔고 또 한 번은 청소부 영감이 왔다 갔으며, 저녁때는 사과 장수 아주머니가 왔습니다. 그들은 모두 가난하고 추위에 떨고 있었습니다. 구두방 할아버지는 불쌍하게 생각하며 예수님을 위해 준비했던 음식을 그들에게 먹였습니다. 그날 밤 꿈속에 다시 예수님이 나타나셔서 "나는 오늘 너희 집에 세 번이나 가서 세 번 다 대접을 잘 받았다. 참으로 너는 나를 사랑하는 사람이다. 네 이웃에 사는 보잘 것 없는 사람을 대접하는 것이 곧 나를 대접하는 것이다."라고 말씀하셨습니다.

프랑스 형법 제63조 2항에는 "위험에 처해 있는 사람을 구조해 주어도 자기가 위험에 빠지지 않음에도 불구하고 구조해 주지 않은 자는 3개월 이상 5년 이하의 징역, 혹은 360프랑 이상 1,500프랑 이하의 벌금에 처한다." 하는 법 조항이 있습니다. 최소한의 이웃사랑을 실천하지 않는 사람은 인간이기를 포기한 사람이기 때문에 처벌을 받아야 한다는 것입니다.

우리는 조화의 균형을 이룬 바른 신앙생활을 해야 합니다. 하나님 사랑과 이웃 사랑을 실천하는 신앙생활이 조화와 균형을 이룬 가장 바람직한 신앙생활입니다.

02

사랑하며,
감사하며

사랑이 식어갈 때

우리나라는 6.25 사변을 겪은 후 세계에서 가장 빈곤한 나라가 되었지만 온 국민이 허리띠를 졸라매고 노력한 끝에 선진국 문턱에 올라섰습니다. 그러나 나라의 발전과 함께 새로운 문제점들도 많이 드러났습니다. 그 중에 하나가 가정 문제입니다. 통계청 발표에 의하면 2014년 한 해에 가정법원에서 이혼을 판결한 재판이 총 11만 5천 건이었다고 합니다. 한국의 이혼율은 OECD국가 중에서 9위이며, 아시아에서는 가장 높은 수치입니다. 그런데 더 걱정되는 것은 이혼율이 점점 증가하고 있다는 점입니다. 2000년대의 이혼율은 1950년대보다 13.6배나 늘어났습니다. 이혼의 사유는 성격 차이, 경제적인 문제, 가족 간의 불화가 가장 많은 것으로 나타났습니다. 그러나 그것은 겉으로 나타난 이유일 뿐 그보다 더 근본적인 이유는 사랑이 식어졌기 때문입니다.

남녀가 서로 사랑을 할 때 사랑의 각 단계에서 도파민, 페닐에틸아민과 옥시토신, 엔도르핀 등의 신경조절 및 신경전달물질과 호르몬이 분비됩니다. 이런 물질이 만들어지는 과정에 따라 사람의 감정은 상대에 대해 열정적으로 대할 수도 있고, 시들어져서 변하기도 합니다. 미국 코넬대 인간 행동연구소의 신디아 하잔 교수 팀의 최근 연구 결과는 이 같은 사실을 뒷받침해 줍니다. 연구팀은 남녀 간의 애정이 얼마나 지속되는가를 알아보기 위해 2년에 걸쳐 다양한 문화집단에 속한 남녀 5천 명을 대상으로 인터뷰를 했는데 남녀 간에 가슴 뛰는 사랑은 18~30개월이면 사라진다고 밝혔습니다. 남녀가 만난 지 2년을 전후해 대뇌에 항체가 생겨 사랑의 화학물질이 더 이상 생성되지 않고 오히려 사라지기 때문에 사랑의 감정도 자연스럽게 변한다는 것입니다.

그렇다면 서로 좋아 결혼해서 살다가 도파민이나 옥시토신 등 호르몬의 분비가 멈추면 사랑이 식어져서 모든 부부가 헤어집니까? 그것은 아닙니다. 평생 잘사는 사람이 더 많습니다. 아니 남편이나 아내가 교통사고나 질병으로 쓰러져 식물인간처럼 되어도 끝까지 그 곁을 떠나지 않고 돌보는 사람들이 있습니다.

용인시 처인구 유림동에 거주하는 72세의 김춘기 씨는 아내 이순혜 씨를 만나 50년째 살고 있습니다. 두 사람은 같은 마을에서 자란 소꿉친구였는데 김춘기 씨가 19세가 되었을 때 사랑하는 사이가 되었습니다. 김춘기 씨가 군대 생활을 하던 시절이었습니다. 눈이 내리고 무척 추운 어느 겨울날에 순혜 씨가 닭백숙을 싸가지고 면회를 왔습니다. 그때 면

회실에서 그것을 함께 맛있게 먹으면서 미래를 다짐했던 기억이 지금도 생생하다고 합니다. 군대생활을 하는 동안 줄곧 연애편지를 주고받느라 고단한 군대 생활이었지만, 시간 가는 줄도 몰랐다고 합니다. 꿈결 같은 5년의 연애기간이 끝나고 드디어 결혼했습니다. 가정을 이룬 후 자식 낳고 행복하게 살아왔는데 아내가 갑자기 중풍으로 쓰러져 누군가가 옆에서 부축하지 않으면 걸을 수 없는 몸이 되었습니다. 남편은 배달 일을 하면서 생계를 유지하고 있는데 퇴근 후에는 피곤에 지친 몸으로 매일 식사를 준비하고 청소를 하고 있습니다. 아내의 몸이 굳지 않게 하려고 매일 같이 지극정성으로 마사지를 해주고, 아내에게 목욕을 시켜 주는 일도 남편 김춘기 씨의 몫입니다. 남편에게 앞으로 바라는 것이 무엇이냐고 묻자 바라는 것은 아무것도 없고, 아내가 아프더라도 죽지는 말고 지금 이 모습 이대로 영원히 자기 곁에 함께 있어 주었으면 한다고 말했습니다.

미국 뉴욕에서 살고 있는 황경일 씨는 1971년 황연자 씨와 결혼했습니다. 행복하고 달콤한 시간도 잠시 결혼한 지 3년만에 아내가 쓰러지고 말았습니다. 아내는 크고 작은 수술도 많이 받았고, 의식을 잃을 때도 있었지만 남편은 지난 40년 동안 한 번도 짜증 내지 않고 지극정성으로 돌보아 주었습니다. 바쁜 일정 가운데에서도 종종 아내의 휠체어를 밀고 함께 야외로 나가 맑은 공기를 마시게 했고, 중요한 행사가 있을 때 동행하기도 했습니다. 아내는 40년 동안의 기나긴 투병 생활에 지치기도 했지만, 남편이 항상 곁에 있어 주어서 행복했다고 고백하며 눈시울을 붉혔습니다.

이런 일도 있었습니다. 어느 날 아침 8시 30분쯤 80대의 노인이 엄지손가락의 봉합 침을 제거하기 위해 병원을 방문하였습니다. 그는 9시에 약속이 있다며 빨리 치료해 달라고 무척이나 재촉하였습니다. 직원들이 아직 출근하기 전이라 노인이 진료를 받으려면 한 시간은 더 기다려야 했습니다. 원장은 일단 노인의 바이털 사인을 체크하고 상황을 지켜보았습니다. 하지만 자꾸 시계를 들여다보며 초조해하는 노인의 모습이 안타까워 원장이 직접 돌봐드려야겠다고 마음먹었습니다. 원장은 노인의 상처를 치료해주며 물었습니다. "왜 이렇게 서두르시는 거예요?" 노인이 "내 아내가 알츠하이머 병에 걸려 요양원에 입원 중인데 거기에 가서 아내와 아침 식사를 같이 해야 합니다." 하고 대답했습니다. 원장은 "알츠하이머에 걸렸으면 기억이 없어 남편을 기다리지 않을 텐데 왜 서두르시나?" 하는 생각이 들어 다시 한 번 물었습니다. "어르신이 약속 시간에 늦으시면 부인께서 역정을 내시나 봐요?" 이 질문에 노인의 대답은 뜻밖이었습니다. "아니요, 제 아내는 나를 알아보지 못한 지 5년이나 되었어요." "아니 부인이 어르신을 알아보지도 못하는데 매일 아침마다 요양원에 가신단 말입니까?" 노인은 미소를 지으며 말했습니다. "아내는 나를 알아보지 못하지만, 나는 아직 그녀를 알아볼 수 있다오." 그때 원장은 가슴이 뭉클함을 느꼈습니다. 노인이 치료를 받고 병원을 떠나고 난 후 원장은 흐르는 눈물을 애써 참아야 했습니다. 그토록 찾아왔던 진정한 사랑의 모델을 드디어 발견했다는 기쁨이 너무 컸기 때문입니다.

진정한 사랑은 육체적인 것도, 로맨틱한 것도 아닙니다. 사랑이란 있는 그대로를 받아들이는 것입니다. 그리고 책임지는 것입니다. 연애 시절의 애틋한 사랑이 식어도 가정이 유지되는 것은 가족에 대한 책임감 때문입니다. 아내에 대한 책임감, 남편에 대한 책임감, 자식들에 대한 책임감 때문에 가정은 쉽게 무너지지 않습니다. 책임감은 호르몬 분비에서 오는 사랑의 감정보다 훨씬 더 강합니다.

미안합니다, 감사합니다

어느 유치원 선생님이 어머니들을 초청하여 종이 한 장씩을 나누어 주고 "지금 유치원에 다니고 있는 당신의 어린 자녀가 자라서 장차 어떤 사람이 되기를 바라십니까? 나누어 드린 종이에 그것을 써주십시오." 하고 부탁을 했습니다. 그랬더니 어머니들은 기술자, 학자, 의사, 판사, 검사 등 한 가지씩 바라는 인물상을 밝혀주었습니다. 그런데 한 어머니가 좀 색다른 대답을 했습니다. "저는 우리 아이가 '미안합니다. 제 잘못입니다.' 하고 말할 줄 아는 사람이 되기를 바랍니다." 이 어머니의 대답을 보고 다른 어머니들은 우스꽝스럽다는 뜻으로 입가에 웃음을 지었습니다. 대부분의 세상 사람들이 보기에 그러할 것입니다. 자신의 아이를 잘못해서 사과나 하는 자식으로 키우겠다니 우스울 법도 합니다. 그러나 하나님 보시기에는 그렇지 않을 것입니다. 오히려 지혜로운 엄마라고 칭찬할 것입니다. 사람이 살면서 자신의 말과 행동이 잘못되었다고 느꼈다고 하여도 거기에 대하여 입으로 시인하고 표현하기는 쉽지 않은 일입니다. 예수님을 은 30에 판 가룟 유다는 예수님께서 최후의 만찬 석상에서 회개할 기회를 주시기 위해서 "나와 함께 음식 그릇에 손을 넣는 자가 나를 팔리라." 하셨습니다. 이때 가룟 유다는 자백하지 아니하고 "랍비여, 나입니까?" 하고 뻔뻔스럽게 반문을 합니다. 그는 중요한 기회를 놓쳐 버리고 목을 매어 자살하고 맙니다.

자기 자신의 잘못을 알면서도 그것을 입으로 시인 못하는 비굴하고 부정직한 사람들 때문에 이 세상은 여전히 분쟁과 갈등이 끊임없이 지속되고 있습니다. 예수님은 죄인들을 위해 이 땅에 오셨다고 말씀하셨습니다. 그분이 지신 십자가는 오직 죄인들만을 위한 십자가입니다.(눅5:32) "주여, 주여, 내 말 들으사 죄인 오라 하실 때에 날 부르소서."라고 고백할 수 있는 사람이 하나님의 긍휼과 자비를 입고 구원을 받을 수 있습니다.

한국교회에는 10만 7천여 명의 목회자들이 있습니다. 그중에는 교회를 성장시키고 성도들에게 존경을 받는 훌륭하신 목사님들이 많이 계십니다. 그 훌륭하신 목사님 중에 강남구 수서동에 있는 남서울 은혜교회 홍정길 목사님을 소개하고 싶습니다. 그분은 한때 한국 대학생 선교회 총무를 맡아 학원 복음화에도 많은 힘을 썼고 1975년 서울 반포동에 남서울 교회를 개척하여 대형 교회로 성장시키고 그곳에서 20년 9개월을 성공적으로 목회했습니다. 1996년 2월 29일 밤, 기도하다가 장애인 중심의 목회를 위해 그 교회를 떠나라는 하나님의 음성을 듣고 서울 강남 수서동에 남서울 은혜교회를 개척했습니다. 지금은 장애인과 비장애인들이 잘 어우러져 아름다운 신앙 공동체, 건강한 교회를 이루었습니다.

그런데 이분은 어려서부터 아버지의 신앙의 영향을 많이 받았다고 합니다. 이 분의 아버지는 전남 함평에 있는 조그마한 어느 시골 교회의 장로님이신데 철저한 섬김과 순종으로 교회와 주의 종을 받들었던 분이십니다. 아버지는 기도와 말씀으로 자녀들을 모두 훌륭한 목회자로, 사회의 역군으로 잘 길러 놓으셨습니다. 그런데 이분이 자녀들을 양육하실 때 입버릇처럼 가르쳤던 말씀이 있었는데 그것은 "미안합니다. 감사합니다." 하는 말을 잘하라는 것이었습니다. 자녀들은 이러한 아버지의 가르침을 잘 받아 다른 사람들과 원만한 인간관계를 맺고 별 어려움이 없이 열심히 살아가고 있다고 합니다.

〈행복한 경영 이야기〉란 책에 보면 회사의 경영자가 직원들의 환심을 사는 좋은 방법을 소개하고 있는데 그것은 자기의 무지나 약점을 솔직히 인정하라는 것입니다. 그렇게 함으로 다른 사람이 가지고 있는 전문성을 함께 나눌 수 있는 길이 열리며 동시에 직원들에게 기쁨을 주는 치어 리더, 후원자, 격려자가 될 수 있다는 것입니다. 조직을 이끌어 가는 리더가 구성원들과의 신뢰를 쌓는 지름길은 전혀 실수하지 않는 완벽함이 아니라, 보통 사람과 똑같이 실수도 하고, 그것을 인정함으로써 그들로부터 인간적인 친밀감을 얻어내는 데 있습니다.

자신이 잘못했을 때 용서를 빌 줄 아는 사람이 진짜 강한 사람입니다. 이들은 자기 자신의 잘못을 인정할 때는 주저하지 않고 "미안합니다."라고 말을 합니다. 그리고 상대방의 조그만 배려에도 "감사합니다."라고 말을 할 줄 압니다. 이런 말을 한다고 밑천이 드는 것도 아니고 손해가 오는 것도 아닙니다. 오히려 이런 말에는 세상을 바꿀 수 있는 큰 힘이 있습니다. 우리 모두가 적절한 때, 솔직하면서도 용기 있는 자세로 "미안합니다. 감사합니다." 하고 말할 수 있다면 우리들의 교회와 가정, 그리고 이 세상은 한결 밝아지리라 생각됩니다.

 ## 이 세상에서 가장 중요한 일

김득중 교수가 쓴 책 〈무엇이 삶을 아름답게 하는가〉에 다음과 같은 이야기가 나옵니다.

어느 공동묘지에서 오랫동안 근무하고 있던 관리인 한 사람이 있었습니다. 그는 키가 작고 외모는 볼품이 없었으나 성격이 온순하고 성실하였습니다. 이 관리인은 수년 동안 전혀 얼굴을 알지 못한 여인으로부터 한 주일도 거르지 않고 우편환이 동봉되어 있는 편지를 받았는데 편지 내용은 죽은 자기 아들의 무덤에 매주 신선한 꽃다발을 갖다 놓아 달라는 부탁이었습니다. 관리인은 부탁받은 그 일을 오랫동안 계속해왔습니다. 그러던 어느 날 관리인은 그 여인이 공동묘지에 직접 찾아온다는 소식을 들었습니다. 예정된 시간에 공동묘지 출입구 쪽으로 고급자동차가 한 대가 미끄러져 들어오더니 운전사가 급히 사무실로 뛰어와 관리인에게 차안에 있는 부인이 중병을 앓고 있어 차에서 걸어 나올 수가 없으니 도와달라고 부탁했습니다. 나가 보니 차 안에는 병색이 완연한 부인이 앉아 있었고, 그의 품 안에는 커다란 꽃다발 하나가 안겨져 있었습니다. 그 부인이 입을 열었습니다. "내가 몇 해 동안 한 주도 거르지 않고 당신에게 편지와 함께 5달러의 우편환을 보낸 사람입니다. 나를 치료하던 의사 선생님이 앞으로 몇 주일을 넘기기 어려울 것 같다고 해서 오늘은 제가 죽기 전에 아들의 묘소를 돌아보고 내 손으로 직접 꽃다발을 놓아 주고 싶어서 이곳에 왔습니다." 이 말을 들은 관리인은 잠시 말없이 그 여인을 쳐다보다가 결심을 한 듯 입을 열었습니다. "부인, 저는 부인께서 매주 꽃을 사라고 돈을 부쳐 주시는 것에 대해서 늘 유감스럽게 생각했었습니다." 부인이 못마땅한 표정으로 "유감이라니요?" 하고 물었습니다. 관리인은 "유감이지요. 무덤에 놓인 그 꽃은 잠시 동안만 그 생명을 유지하다가 시들고 맙니다. 더구나 그 꽃은 어느 누구도 보거나 그 꽃의 향내를 맡을 수가 없습니다. 그런데 매주 무덤 앞에 꽃을 갖다 놓는 것이 무슨 의미가 있을까요? 정말 유감스런 일입니다." 하고 말했습니다. 부인은 관리인에게 화를 내며 "그것을 말이라고 하십니까?" 하였습니다. 관리인이 젊잖게 다시 말합니다. "아, 그렇게 화내지는 마십시오. 주립병원이나 정신병원 같은 곳에는 살아있는 사람들이 많이 있습니다. 그들은 그 꽃을 볼 수도 있고, 그 향내를 맡을 수도 있습니다. 그 사람들에게 꽃을 안겨준다면 정말 좋아할 것입니다. 하지만 당신의 죽은 아들은 꽃을 보거나 그 향내를 맡을 수 없습니다." 그 부인은 아무런 대답도 하지 않았습니다. 잠깐 앉은 채로 조용히 기도를 몇 번 반복하더니 한마디의 말도 없이 가버리고 말았습니다. 묘지 관리인은 혹시 그 부인이 마음에 어떤 충격이라도 받아서 더 빨리 죽게 되지나 않을까 하고 내심 걱정이 되었습니다.

몇 달이 지난 후에 관리인은 그 부인이 공동묘지에 찾아온 것을 보고 놀라지 않을 수 없었습니다. 그녀가 죽지 않고 살아서 찾아온 것이 놀라웠지만 그것보다 더 놀란 것은 그녀가 타고 온 차에는 운전사가 없었다는 사실입니다. 그 부인이 직접 차를 몰고 그곳까지 찾아온 것입니다. 그녀는 관리인에게 이렇게 말했습니다. "그동안 나는 아들 묘소에 갖다 놓을 꽃다발을 다른 사람들에게 갖다가 주었어요." 그 부인은 얼굴에 부드러운 미소까지 머금고 다시 말했습니다. "당신 말이 맞았습니다. 매일 꽃을 들고 환자들을 방문하여 안겨주며 위로해주자 그들이 몹시 기뻐하더군요. 저도 기뻐지고요. 의사는 어떻게 해서 내가 이렇게 다시 건강을 회복했는지 그 이유를 잘 모르고 있을 것입니다. 그러나 저는 분명히 알고 있지요."

소설가 톨스토이의 단편소설 가운데 〈세 가지 질문〉이 있습니다. 삶의 진리를 찾기 위해 은사를 찾아간 왕이 절묘하게 세 가지 질문에 대한 해답을 찾는 이야기입니다. 톨스토이는 이 작품을 통해 다음과 같은 세 가지 중요한 질문을 던집니다. "첫째, 이 세상에서 가장 중요한 때는 언제인가? 둘째, 가장 중요한 사람은 누구인가? 셋째, 이 세상에서 가장 중요한 일은 무엇인가?" 톨스토이는 이렇게 답합니다. 이 세상에서 지금, 이 순간이 가장 중요한 때이며, 가장 중요한 사람은 자기 곁에 있는 사람이며, 가장 중요한 일은 자기 곁에 있는 사람에게 선을 행하는 것이라고 말했습니다. 세 가지 대답이 갖는 공통점은 '지금'입니다. 지금, 이 순간을 놓쳐 버리면 과거도, 내일도 없습니다. 지금, 이 순간이 없다면 그 어떤 시간도 오지 않습니다. 지금 내가 걸어가는 내 발자국이 나의 족적(足跡)이 될 것이며, 지금 걸어가는 발자취가 나의 앞날을 결정합니다. 과거를 아름답게 만드는 것도 미래의 의미심장하게 다가오는 방법도 모두 지금, 이 순간에 내가 기울이는 최선의 노력에서 옵니다. 지금 내가 하는 일에 의미를 부여하고, 가치를 찾는 순간, 과거도 의미심장하게 복원되고, 미래도 아름답게 해석되어 나에게 다가옵니다. 또한 나보다 어려운 사람에게 내가 줄 수 있는 작은 도움은 상대뿐 아니라 나까지 즐겁고 행복하게 만듭니다. 지금, 이 순간에 만나는 사람을 소중하게 생각하지 않고서는 그 어떤 사람도 소중하게 다가오지 않으며, 지금, 이 순간 내 옆에 있는 사람에게 선을 베풀지 않으면 미래에도 선을 베풀 수 없습니다. 지금, 이 순간을 마치 생의 마지막 순간처럼 산다면 두려울 것도, 후회할 것도 없습니다.

　한때 미국의 젊은이들이 교회 앞에 이런 현수막을 걸었습니다. "예수님은 좋다. 그러나 교회는 싫다." 우리나라에는 예수는 믿지만, 교회에 염증을 느껴 교회를 떠난 가나안 교인들이 100만 명 이상이 된다고 합니다. 이들이 교회를 떠난 이유는 무미건조하게 반복되는 종교 행위가 감동을 주지 못했기 때문입니다.

철학자 키에르케고르는 일찍이 이런 말을 했습니다. "예수 그리스도는 물을 포도주로 바꾸었다. 그런데 교회는 더 엄청난 일을 했다. 포도주를 물로 바꾸었다." 영성을 잃어버리고 본질이 퇴색된 교회를 꼬집은 것입니다. 이 말을 받아 어떤 신학자는 "현대교회는 한 걸음 더 나아가 포도주를 담았던 항아리마저 깨어버렸다. 그래서 그 깨어진 항아리 조각들로 서로를 찌르고 서로를 괴롭히고 있다." 하고 말했습니다. 그 깨어진 항아리 조각에 집사도 찔리고 목사도 찔리고 수많은 성도가 찔려서 피를 흘려야 했습니다. 교회에 깨어진 항아리들 때문에 사회도 역사도 찔려 피를 흘리고 있습니다.

일본의 우찌무라 간조는 이런 말을 했습니다. "가룟 유다가 부럽다. 가룟 유다는 팔아먹을 예수라도 있었지만 현대교회는 팔아먹을 예수조차 없다." 교회를 비판하는 목소리는 어제, 오늘의 소리만은 아닙니다. 이런 비판의 목소리가 있는 것은 한국교회가 이 세상에 꼭 필요한 빛과 소금이 아니기 때문입니다.

인생의 중요한 진리라고 해서 모두 심오하고 신비로운 것은 아닙니다. 사람들이 대부분 알고 있는 것들입니다. 단지 그것들을 잘 잊어버리며, 알고도 실천하지 않은 것뿐입니다. 이 세상에서 가장 중요한 일은 바로 지금 자기 곁에 있는 사람에게 선을 행하는 것입니다.

사랑의 첫걸음

이 세상에서 살아가는 사람들의 귀에 가장 익숙한 말은 '사랑'이라는 말일 것입니다. 대중가요를 들어보아도 남녀의 사랑을 노래하는 노래들이 가장 많고, 소설이나 영화, 드라마에서도 가장 많이 다루어지는 테마가 '사랑'입니다. 참으로 사랑이라는 단어는 이 세상에서 제일 흔한 말이 되었습니다. 그러나 이처럼 '사랑'은 사람들에게 친숙한 단어이며, 너나 할 것 없이 사랑을 논하고 있지만, 사랑다운 진실한 사랑은 찾아보기가 쉽지 않습니다. 마치 홍수가 나면 온 천지가 물로 덮여 물바다가 되지만 정작 마실 물이 귀한 것과 같습니다.

왜 진실한 사랑을 찾기가 어려울까요? 그것은 사람들이 사랑에 대하여 오해를 하고 있기 때문입니다. 그토록 사랑에 대해서 말을 많이 하고 많은 관심이 있지만, 자기가 사랑이라고 생각하는 그것이 사실은 진정한 사랑이 아닌 경우가 많습니다. 진정한 사랑은 받은 것보다는 주는 것인데 많은 사람이 주는 사랑보다는 받는 사랑에 더 관심이 많습니다. 다른 사람으로부터 좀 더 많은 사랑을 받고 싶어서 좀 더 예쁘고 사랑스럽고 멋있게 보이려고 안간힘을 다합니다. 반면에 내가 어떻게 남을 사랑해야 할 것인가에 대해서는 큰 관심이 없습니다. 이 세상에 존재하는 모든 사람은 사랑받기보다는 사랑하기 위해서 태어난 사람들이라는 것을 알지 못하고 있습니다.

그러면 다른 사람을 진정으로 사랑하기 위해서는 어떻게 해야 할까요? 먼저 그 사람을 이해해야 합니다. 남을 알지 못하면 결코 진정한 사랑을 실천할 수 없습니다. '역지사지'(易地思之)라는 말이 있습니다. 상대편과 처지를 바꾸어 생각한다는 뜻입니다. 바로 이 '역지사지(易地思之)'의 마음의 자세가 남을 이해할 수 있는 올바른 자세입니다.

스티븐 코비가 쓴 〈성공하는 사람들의 7가지 습관〉이라는 책을 읽어 보면 다음과 같은 이야기가 나옵니다. "나는 어느 일요일 아침 뉴욕의 지하철을 탔다. 지하철은 매우 조용하고 또 평화스러웠다. 그런데 한 정거장에서 한 중년 남자와 그의 아이들이 타는 순간 분위기는 금방 바뀌었다. 아이들은 매우 큰 소리로 떠들고 제멋대로 뛰어다녔다. 물건을 내던지기도 하고 심지어 어떤 사람이 읽고 있는 신문을 움켜쥐기까지 했다. 그 아이들의 아빠로 보이는 중년 신사는 내 옆에 앉아 눈을 감고 이런 상황에 대해 전혀 신경을 쓰고 있지 않은 것 같았다. 나는 화가 나서 견딜 수가 없었다. '저렇게 자기 아이들이 날뛰는 모습을 보고도 내버려

두고 자신은 태연할 수 있을까?' 모두가 견디기 힘든 상황이었다. 그래서 내가 입을 열었다. '선생님, 아이들이 많은 사람에게 이렇게 폐를 끼치고 있습니다. 아이들을 조용히 시킬 수는 없습니까?' 그 신사는 그제서야 눈을 뜨고 힘없이 말했다. '맞습니다. 이런 상황에서 저도 뭔가 하긴 해야겠다고 생각하고 있었습니다. 그런데 사실 지금 막 병원에서 오는 길입니다. 저 아이들의 엄마가 한 시간 전에 죽었습니다. 저는 앞이 캄캄해서 어떻게 해야 할지 모르겠습니다. 저 아이들에게 이 일을 어떻게 알려야 할지 또 저 아이들이 앞으로 어떻게 살아가게 될지 그저 막막할 뿐입니다.' 그 말을 듣는 순간 내 마음이 바뀌었다. 짜증은 사라졌고 화도 가라앉았다. 그 대신 그 아이들에 대한 동정심과 측은한 마음이 가득 차기 시작했다."

영어로 '이해'라는 말을 'understanding'이라고 하는데 그 뜻은 '밑에 선다'는 것입니다. 우리말로 같은 '입장이 된다'는 뜻입니다. 그 사람의 입장이 되어 보면 불평할 일이 없습니다. 그렇습니다. 우리가 누군가를 사랑하지 못하는 근본 이유는 늘 내 입장으로만 생각하기 때문입니다. 그러나 그 사람의 입장에 서보면 달라집니다. 우리가 누군가를 사랑하려면 우선 그 사람을 이해하는 기술을 터득해야 합니다. 그 사람을 이해하려면 그 사람의 입장에 서보는 일부터 시작해야 합니다.

매미의 수명은 보통 6년입니다. 그 6년 중 5년하고도 열한 달은 땅속에서 애벌레로 지냅니다. 땅속에서 나무뿌리의 즙을 먹으며 지내다가 4

번째 껍질을 벗고, 정확히 6년째가 되는 여름철 어느 날 땅 위로 올라옵니다. 그때 땅 위로 치솟는 힘은 아스팔트도 뚫을 수 있는 정도입니다. 땅 위로 나온 후 나무의 등걸을 타고 오르다가 다섯 번 허물을 벗으면 비로소 매미가 됩니다. 그러나 그토록 어렵사리 매미가 되었지만 불과 4주가 지나면 죽음을 맞습니다. 결국 매미의 일생은 4주를 보내려고 6년의 세월을 인내하며 다섯 번에 걸쳐 껍질을 벗으며 그늘진 곳에 묻혀 긴 세월을 기다립니다. 매미가 4주 동안 열심히 노래를 부르는 것은 한가하게 자기의 시간을 즐기기 위해서 노래 부르는 것이 아닙니다. 종족을 이어가기 위해 암컷을 부르는 처절한 사랑의 절규입니다. 4주로 제한된 기간 안에 암컷을 불러 후손을 이어가야 하는 절박함이 있어 노래를 부르는 것입니다. 새나 다른 짐승들이 이 노랫소리를 듣고 자신을 먹이로 삼을 위험이 많음에도 불구하고 매미는 노래를 멈추지 않습니다.

그런데 사람들은 이렇게 나무에 붙어 노래 부르는 매미를 보고 마치 게으른 사람의 표본인 양 이야기합니다. 이것은 매미의 처절한 사연을 잘 모르기 때문입니다. 이렇게 사람들은 그 사람의 입장에 들어가 보지도 않고 자기의 피상적인 생각만으로 남을 판단하기 때문에 진심으로 남을 사랑하지 못하고 오히려 상처와 아픔을 줍니다.

한국 기독교의 대표적인 인물인 고(故) 한 경직 목사님께서 생전에 즐겨 쓰시는 말이 있었는데 그 말은 "그 말도 일리가 있습니다.", "나는 부족한 사람입니다."라는 말이라고 합니다. 회의하다가 자기의 생각과 상반

되는 의견이 나올 때 "그 말도 일리가 있습니다."라고 하며 먼저 상대방의 마음을 이해하려고 노력을 하셨다는 것입니다. 우리도 상대방과 대화를 할 때 "그럴 수도 있지요.", "저라도 그런 상황에서는 어쩔 수 없었을 거예요.", "그 마음 저도 알겠어요. 제가 잘 이해합니다." 이런 말을 많이 사용했으면 합니다. 언제 어디서나 먼저 상대방을 이해하려고 노력하는 것, 이것이 사랑을 실천하는 첫걸음입니다.

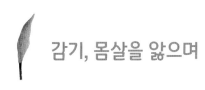

감기, 몸살을 앓으며

저는 지난 일주일 동안 감기, 몸살을 심하게 앓았습니다. 인도네시아 단기 선교를 갔다 온 후 휴식 시간을 갖지 못하고 먼 길을 운전하여 시골 부모님께 인사를 드리러 갔는데 부모님이 사시는 집 근처 밭에 어떤 분이 새를 쫓기 위해서 총소리가 나는 기구를 설치해 두었습니다. 10분 간격으로 터지는 총소리가 어찌나 큰지 저는 그 소리에 깜짝깜짝 놀랐습니다. 그 총소리는 밤에도 계속되었기에 깊은 잠을 잘 수가 없었습니다. 주인에게 총소리를 멈추게 해달라고 말씀드리고 싶었으나 피땀으로 가꾸어 놓은 1년 농사를 새의 입에다 털어 넣을 수도 없는 일이기에 저는 말도 하지 못하고 참아야 했습니다. 먼 길을 운전하여 다시 교회로 돌아와서 심방, 노회 모임, 자료정리 등의 밀린 일들을 위해 열심히 뛰어다니다 보니 몸은 점점 무거워졌고 누적된 피로가 감기, 몸살을 불러들인 것 같습니다. 처음에는 몸에 열이 많아 잠옷이 다 젖도록 땀이 나기도 하고 오한도 있었습니다. 그리고 그 후로는 쉴 새 없이 기침이 나와 밤잠을 제대로 잘 수가 없었습니다. 사실 다가오는 추석 때에 고향에도 다녀오려고 왕복 기차표도 미리 예매해 놓았습니다만 포기해야 했습니다. 며칠 동안 몸이 아파 새벽기도회도 못 나갔습니다.

매일같이 병원에 다니면서 주사를 맞았습니다만 별 차도가 없었습니다. 몸이 좋아지지 않으니 성도님들에게 부끄러운 마음도 들고 할 일이 많아 조급해지기도 하였습니다. 하지만 감기, 몸살을 앓으며 많은 것들을 생각하게 되었습니다. 저는 제가 할 일이 있으면 될 수 있는 대로 뒤로 미루지 않습니다. 그래서 독서와 설교 준비를 위해 밤을 꼬박 새우기도 합니다. 그래서 가끔 저의 아내는 이런 저에게 일 중독자라고 지적을 합니다만 열심히 무엇인가를 하지 않으면 마음이 불안하여 무엇인가를 해야 합니다. 하나님 앞에 항상 최선을 다하여 부끄럽지 않게 살아야 한다고 다짐하며 지금까지 체력을 재산으로 열심히 뛰었던 제가 자리에 눕고 보니 나 자신이 한없이 무기력하고 나약하게만 보였습니다. 그러나 시간이 지나자 생각이 달라졌습니다. 나를 사랑하시는 하나님께서 너무 쉬지 못하는 저를 쉬게 하시려고 감기, 몸살로 자리에 눕게 하셨다는 생각이 들었습니다.

몸에 열이 많이 나고 식은땀을 흘리면서 언젠가 읽었던 '사랑의 클리닉' 원장 황성주 박사의 글이 생각났습니다. 황 박사 말에 의하면 감기에 걸렸는데도 열이 별로 나지 않으면 둘 중의 하나에 해당된다고 합니다.

아주 건강해서 감기가 들어 왔다가 그냥 나간 경우든지 아니면 면역 체계가 감기 바이러스에 눌려 있어 열이 나지 않는 경우라고 합니다. 전자의 경우라면 문제 될 것이 없지만 후자의 경우라면 암에 걸릴 위험성이 높은 심각한 상황이라고 합니다. 우리 몸에는 외부에서 침투해 들어오는 세균을 막아 물리치는 면역 체계가 있어 세균이 몸 안에 들어오면 격렬한 싸움이 일어나는데 이때 열이 발생한다고 합니다. 그래서 몸이 아파서 열이 나는 것은 건강한 면역 체계를 가지고 있다는 것이며 가끔 감기, 몸살을 앓는 것은 암을 예방하는 백신이 된다고 합니다. 그래서 황박사는 암 환자를 볼 때마다 혹시 최근에 감기에 걸려서 몸살을 앓은 적이 있냐고 반드시 물어본다고 합니다.

주님은 내가 나를 사랑하는 것보다 나를 더 사랑하시는 분임을 저는 의심하지 않습니다. 하나님은 제 몸을 지으셨기에 체력의 한계를 잘 아시며, 저의 체질까지 잘 알고 계시기에 제가 과로로 지쳐서 쓰러져 더 큰 병을 불러들이기 전에 잠시 쉬게 하신 것입니다. 세심한 하나님의 사랑입니다. 휴식의 의미를 새롭게 깨닫게 하신 하나님께 감사드립니다.

몸이 아파 누워있는 동안 저의 목회 사역을 점검해보는 시간이 되었습니다. 앞만 보고 질주했던 나의 걸음을 잠시 멈추고 뒤를 돌아보게 되었습니다. 잘못된 것은 반성도 하고 좀 더 힘을 집중시켜 추진해야 할 일들을 체크해 보았습니다. 그리고 몸이 불편한 분들에 대한 끊임없는 기도와 보살핌이 얼마나 중요한가를 새삼 느끼게 되었습니다. 우는 자들과

함께 울 수 있고 즐거워하는 자들과 함께 즐거워하며 살아가는 공동체가
곧 주님이 세우신 교회공동체라는 사실을 다시 한 번 새겨보았습니다.

저는 오늘도 두 손 모아 이렇게 기도드립니다. "주님! 때때로 병들게
하심도 감사합니다. 그것은 저의 약함을 깨닫게 해주시기 때문입니다."

실천하기 어려운 이웃 사랑의 계명

어느 날 한 율법사가 예수님을 시험하려고 "선생님, 율법의 계명에서 어느 계명이 가장 큰 계명입니까?" 하고 물었습니다. 예수님께서 이렇게 대답하셨습니다. "네 마음을 다하고 목숨을 다하고 뜻을 다하여 주님이신 너희 하나님을 사랑하라. 이것이 가장 크고 첫째가 되는 계명이다. 그 다음도 이와 같으니 네 이웃을 네 몸 같이 사랑하라. 이 두 계명이 모든 율법과 예언서의 골자이니라." 이 말씀에서 첫째 계명인 하나님을 사랑하라는 말씀은 쉽게 받아들일 수가 있습니다. 하나님은 한 분이시며, 우리를 사랑하시는 아버지며, 높고 위대하신 분이기에 우리가 사랑하는 것은 너무나 당연한 일입니다. 그러나 둘째 계명 "네 이웃을 네 몸과 같이 사랑하라" 하신 말씀은 오히려 실천하기가 쉽지 않은 계명입니다. 왜냐하면 우리의 이웃 가운데는 좋은 이웃도 있지만 나쁜 이웃도 있고, 우리를 해롭게 하는 이웃도 있기 때문입니다. 그리고 하나님은 한 분이시지만 우리의 이웃은 그 대상이 무척 많습니다. 그런데 우리가 우리의 몸을 사랑하는 것과 같이 이웃을 사랑한다는 것은 결코 쉬운 일이 아닙니다. 그러함에도 불구하고, 하나님께서 우리의 이웃을 우리 몸과 같이 사랑하라는 계명을 주신 이유는 무엇일까요?

첫째, 우리는 사랑이 많으신 하나님의 자녀들이기 때문입니다.

요한일서 4장 말씀에 "사랑하는 자들아, 우리가 서로 사랑하자. 사랑은 하나님께 속한 것이니 사랑하는 자마다 하나님으로부터 나서 하나님을 알고, 사랑하지 아니하는 자는 하나님을 알지 못하나니 이는 하나님은 사랑이심이라. 하나님의 사랑이 우리에게 이렇게 나타난 바 되었으니 하나님이 자기의 독생자를 세상에 보내심은 그로 말미암아 우리를 살리려 하심이라. 사랑은 여기 있으니 우리가 하나님을 사랑한 것이 아니요, 하나님이 우리를 사랑하사 우리 죄를 속하기 위하여 화목 제물로 그 아들을 보내셨음이라. 사랑하는 자들아, 하나님이 이같이 우리를 사랑하셨으니 우리도 서로 사랑하는 것이 마땅하도다."(요일4:7~11) 하셨습니다. 자녀는 부모를 닮게 되어 있습니다. 우리도 아버지이신 하나님을 닮아가야 합니다. 하나님은 그 해를 악인과 선인에게 비추시며 비를 의로운 자와 불의한 자에게 내려주시는 사랑의 하나님이십니다. 그러므로 하나님의 자녀들인 우리도 마땅히 이웃 사랑을 실천해야 합니다.

둘째, 이웃을 내 몸과 같이 사랑하는 일은 결국 나 자신을 사랑하는 것이 되기 때문입니다.

미국에서 있었던 일입니다. 어느 날 밤, 한 남자가 가로등이 희미하게 비치는 동네 거리를 걷고 있었습니다. 그런데 갑자기 저쪽 수풀에서 한 여성의 날카로운 비명소리가 들려왔습니다. 어떤 소녀가 치한에게 봉변을 당하고 있음이 분명했습니다. 그는 망설였습니다. "지금 당장에 뛰어가 도와주어야 하나, 아니면 경찰에 신고를 먼저 해야 하나?" 하고 잠시 망설이고 있는 사이, 소녀의 비명소리는 점점 더 다급하게 들렸습니다. 그는 일단 소녀를 구하고 보자는 생각을 하고서 용기를 내어 그 수풀로 달려갔습니다. 그리고는 어두워서 잘 보이지 않지만, 그 치한과 격렬한 몸싸움을 벌였습니다. 한참을 싸우던 치한은 도망을 쳤습니다. 치한이 도망한 후, 그는 소녀에게 "걱정말아요. 이젠 안전해요!"라고 위로했습니다. 그 순간 그는 익숙한 목소리에 놀라 기절할 뻔했습니다. "아빠! 아빠 맞아요?" 수풀 속의 소녀는 바로 그 사람의 막내딸 캐서린이었던 것입니다. 지금 어려운 사람들을 돕는 일은 결국 나 자신과 내 사랑하는 가족을 돕는 일이 됩니다.

남아프리카에서 선교활동을 하는 어느 선교사가 우연히 코브라와 검은 맘마 뱀이 싸우는 광경을 목격하게 되었습니다. 코브라가 독이 가득한 이빨로 물자 맘마 뱀은 금방 축 늘어지면서 죽고 말았습니다. 코브라는 죽은 맘마 뱀을 서서히 삼키기 시작하였습니다. 그런데 문제는 맘마 뱀 안에 있던 코브라 자신의 독이었습니다. 맘마 뱀을 반쯤 삼켰을 때 그 안에 있던 독이 효력을 발생한 것입니다. 결국 코브라 역시 몇 번 심한 경련을 일으킨 후 죽고 말았습니다. 이웃을 죽이기 위해서 독을 뿜는다면 결국 그 독으로 상대를 죽이고 자신도 죽는다는 사실을 알아야 합니다. 이 세상에 남을 괴롭히고서 스스로 괴로움 받지 않는 자는 없습니다. 다른 짐승을 괴롭히고 잡아먹는 사자는 먹이감 속에 있던 많은 기생충의 괴로움을 받습니다. 또한 그 기생충을 괴롭히는 또 다른 기생충이 있습니다. 그러므로 남을 괴롭히는 것은 자기를 괴롭히는 것입니다. 우리 모두가 이웃을 내 몸과 같이 사랑하면 언젠가는 이 세상은 미움과 다툼은 사라지고 아름다운 천국이 될 것입니다.

우리는 이웃사랑을 어떻게 실천해야 할까요? "자녀들아, 우리가 말과 혀로만 사랑하지 말고 행함과 진실함으로 하자."(요일3:18)고 하셨습니다. 사랑의 실천은 혀로 하는 것이 아니라 행함과 진실함으로 해야 합니다. 사랑은 더 큰 사랑을 낳고, 미움은 더 큰 미움을 낳습니다.

03

목회자의
고뇌와 즐거움

양치기 개

목자란 '양을 돌보고 키우는 사람'이라는 뜻입니다. 그래서 교회에서 목회자를 목자라고 하기도 하고, 소그룹 모임의 리더를 목자라고 부르기도 합니다. 이런 호칭이 잘못된 것은 아닙니다. 그러나 목자는 양을 돌보고 키우는 사람일 뿐 주인은 아니라는 사실을 알아야 합니다. 양 무리의 진정한 주인은 '선한 목자'이신 예수님입니다.

성경을 보면 가끔 자신을 개에 빗대어 표현한 사람이 있습니다. 한때 아람 왕 벤하닷 2세를 섬겼던 신하 하사엘은 엘리사 선지자 앞에서 자신을 낮추어 '당신의 개 같은 종'이라고 표현했고(왕하8:13), 귀신 들린 딸을 위해 예수님께 나아왔던 가나안 여인 또한 자신을 개로 묘사했습니다.(마 15:27) 사도바울은 스스로 '모든 성도 중에 지극히 작은 자보다 더 작은 자'라고 고백했습니다.(엡3:8) 교회 내의 사역자들에게는 이런 겸허한 자세가 필요합니다. 그런데 목회자 중에는 자신을 하나님의 대리자나 전권대

사라고 하며 자신이 임의로 하늘의 복을 나누어줄 수 있는 것처럼 말하는 사람이 있습니다. 심지어 자기가 천국의 열쇠라도 쥐고 있는 것처럼 말하면서 성도들에게 복종을 강요하기도 합니다. 이렇게 하는 것은 모두 자기 자신과 성도들을 기만하는 행위입니다. 성도들이 목회자를 존중하고 사랑하는 것은 바람직하고 좋은 일이지만 그렇다고 목회자가 특별히 우월한 신분이거나 초법적인 직분을 가진 것은 아닙니다. 목회자도 똑같은 죄인이며, 허물이 많은 사람이지만 하나님이 세우셔서 목사의 일을 하는 것 뿐입니다. 그러므로 사역자들은 매일 일용할 양식을 구하듯 주인의 상에서 떨어지는 부스러기를 구하는 마음으로 살아야 하며, 자신을 '목자'라고 하기보다는 주님의 '양치기 개'로 자처하는 것이 더 적절한 처신일 것입니다.

본래 '양치기 개'란 목장에서 양을 돌보기 위해 훈련한 특수견으로 영리하고 충성스러운 것이 그 특징입니다. 구약 욥기에 '양 떼를 지키는 개'라는 표현이 나오는 것을 보면(욥30:1) 이 양치기 개의 역사가 오래되었음을 알 수 있습니다. 양치기 개는 20여 종이 있는데 그중에 잘 알려진 종으로 셰퍼드와 콜리, 보더콜리, 웰시코기, 올드잉글리시쉽독, 그리고 세틀랜드쉽독 등이 있습니다. 이런 양치기 개를 '목양견'이라고 부르는 것은 양 떼를 지키고 보호하는 임무에 충실하기 때문입니다.

목양견과 잡견의 가장 큰 차이점은 외모나 크기보다는 그 '품성'에 있습니다. 목양견은 자기의 책임과 의무를 정확히 알고 이를 성실하게 수행

합니다. 도적을 감시하고, 이리와 싸우고, 양들을 쉴 만한 물가로 인도합니다. 반면에 잡견은 책임과 의무 그 자체를 아예 모릅니다. 주인에게 충성하기보다는 먹을 것이나 탐하고 다른 개들과 시시때때로 서열 싸움이나 하고, 짝을 찾는 데 혈안이 되어 있습니다.

지금도 세계 각처에서 수많은 목회자가 이름 없이, 빛도 없이 목양견의 책무를 잘 수행하고 있습니다. 하지만 어떤 목회자들은 하늘나라 족보에도 이름이 없는 잡견 노릇을 하고 있습니다. 양치기 개가 목자의 자리를 넘보고 있으며, 주인에게 돌려야 할 영광을 가로채서 자신의 욕심을 채우고 있습니다. 한국교회의 문제 중의 하나는 일부 목회자들이 자신이 서야 할 자리를 모르고 자꾸 높아지려는 데에 있습니다.

신학교에서 성서신학, 조직신학, 실천신학을 공부하고 나오지만, 막상 실제 목회 현장에서는 배운 대로 하지 않고, 생명을 걸고 양을 지키기는 커녕 도적을 보면 꼬리 치거나 이리와 합세하여 양을 해치는 목회자도 있습니다. 틈만 나면 아무 데서나 먹고, 싸고 더럽힙니다. 그러면서 겉으로는 위선을 떨며 명견 행세를 하려고 애를 쓰고 있습니다.

예수님이 단 12명의 제자만 두신 것은 역량이 부족해서가 아니라 한 사람, 한 사람을 철저하게 훈련하여 예수님의 지상 사역을 이어가기를 원하는 마음 때문이었습니다. 예수님이 승천하신 후에 주님께 철저하게 훈련받은 제자들은 비록 적은 숫자였지만 온 세상을 변화시켰습니다. 오늘날 많은 목회자들이 대형 교회를 추구하지만, 막상 큰 교회를 이루고

나면 교인들의 이름도 모르고, 그들의 속사정도 모르면서 건성으로 목회하는 경우가 많습니다. 이것은 주님이 원하는 진정한 목회라고 말할 수 없습니다.

예수님은 "너희는 가서 모든 민족을 제자로 삼아 아버지와 아들과 성령의 이름으로 세례를 베풀고, 내가 너희에게 분부한 모든 것을 가르쳐 지키게 하라."고 하셨지 건물을 지으라고 하시지 않았습니다. 대형건물을 짓는 일에 몰두한 사도나 선지자들은 없었습니다. 그러나 일부 목회자들은 지나친 욕심으로 빚을 내서 교회당을 건축하고, 부도를 내거나 평생 건축 빚을 갚는 데 모든 시간을 허비하기도 합니다.

참된 목자는 가난한 자와 고아와 과부를 긍휼히 여기며 돌봅니다. 한 영혼을 위해 눈물로 기도하며 양육합니다. 그런데 목회자 중에는 영혼 구원과 주님의 제자를 양성하는 일에는 힘쓰지 않고 느끼한 화술과 잡다한 프로그램으로 '종교 쇼'를 하기도 합니다. 입으로는 늘 칼뱅과 웨슬리의 신학을 이야기하지만 실제로 그 두 사람이 하나님 앞에서 얼마나 검소하고 청빈하게 살았는지에 대해서는 제대로 가르치거나 실천하지 않고 있습니다. 하나님은 이런 삯꾼 목자와 거짓목자에 대해 이렇게 탄식하십니다. "너희가 살진 양을 잡아 그 기름을 먹으며 그 털을 입되 양떼는 먹이지 아니하는도다. 너희가 그 연약한 자를 강하게 아니하며, 병든 자를 고치지 아니하며, 상한 자를 싸매 주지 아니하며, 쫓기는 자를 돌아오게 하지 아니하며, 잃어버린 자를 찾지 아니하고, 다만 포악으로 그것들을 다스렸도다. 목자가 없으므로 그것들이 흩어지고 흩어져서 모든 들짐승의 밥이 되었도다."(겔34:3~5) 한국교회는 이렇게 제사장 가운을 걸치고 양치기 개가 아닌 '지배자'로 변절된 사람들 때문에 교회가 사랑과 공의를 잃었고, 자정 능력도 상실했습니다.

저는 목회자인 저 자신에게 "너는 과연 목양견인가, 잡견인가?" 하고 자문해봅니다. 지금까지 나 자신의 목회사역을 돌아보니 나는 충성스러운 목양견이라기보다는 나도 모르는 사이에 잡견이 되어 버린 것만 같습니다. 지금까지 나의 사역을 뼈아프게 반성하며 이렇게 기도합니다. "주님, 저는 양치기 개가 되게 하옵소서. 절대로 주인의 밥상에는 오르지 말게 하시고, 주인이 주는 부스러기에 만족하며, 주님의 양들에게만 모든 관심을 쏟게 하옵소서."

목회 초년병 시절의 목회 이야기

저는 1984년 3월 신학대학을 졸업하고 그해 7월 전북 임실에 있는 어느 조그만 시골 교회에 부임을 하게 되었습니다. 제가 그 교회에 부임하던 날은 무척 화창한 날씨였습니다. 저는 첫 아들을 임신하여 배가 불룩하게 올라온 아내와 함께 직행버스와 완행버스를 몇 번 갈아타고 설레는 마음으로 한 번도 가보지 않은 낯선 땅 임실로 향했습니다. 버스 안에서 제 마음은 어쩐지 가볍지 않았습니다. 경험도 없고 모든 면에서 미숙한 내가 과연 목회를 잘할 수 있을 것인지에 대한 걱정 때문이었습니다. 이런저런 생각을 하다 보니 버스가 목적지에 도착했습니다. 동네 한가운데 자리잡고 있는 아담하고 예쁜 시골 교회당이 눈에 들어왔습니다. 교회당을 향해서 발걸음을 옮기는 저의 마음은 마치 갓 결혼한 새댁이 결혼식을 마치고 시댁 식구들이 기다리고 있는 집으로 들어가는 기분이었습니다. 교회 앞마당에 들어서니 20여 명의 교인들이 나와서 우리

부부를 반갑게 맞이해 주었습니다. 햇볕에 그을려 구릿빛으로 변한 얼굴에 흰 이를 조금 드러내며 수줍게 웃는 교인들은 순박하고 정이 많은 전형적인 시골 교회 사람들이었습니다. 그런데 그들과 처음 만남이었지만 전혀 낯설지 않았고 피치 못할 사정으로 오랫동안 떨어져 살다가 다시 만난 가족 같았습니다. 한 분 한 분 손을 잡고 인사를 드리고 정성껏 준비한 음식을 함께 나누며 정담을 나누니 금방 정이 드는 것 같았고 마음도 편했습니다.

이튿날 저는 먼저 교회의 주변을 살펴보았습니다. 교회가 있는 그 마을에는 100여 가구의 주민들이 살고 있었고, 마을 앞 시내 건너편 산 밑에 자리잡은 마을에는 20여 가구가 살고 있었습니다. 저는 교회에 나오시는 분들뿐만 아니라 그 지역에 사는 모든 분들을 제가 주님의 사랑으로 보살피고 섬겨야 할 대상으로 생각했습니다.

그 지역은 농토가 적고, 특별히 고소득을 올릴 만한 일거리가 없어 무척 가난했습니다. 주민들의 가장 큰 문제는 자녀들의 교육이었습니다. 면내에 초등학교와 중학교는 있었으나 고등학교에 진학하려면 인근 도시나 읍내로 가야 했습니다. 또한 도시 학생들에 비하면 성적이 떨어지지만, 과외를 시킬 수가 없는 것도 문제였고, 취학 전 아이들의 교육도 문제였습니다. 저는 이 문제를 해결하기 위해서 먼저 교회 내에서 유아원을 운영하여 동네 아이들을 돌보는 일을 했고, 중고등학교 학생들의 성적을 올리기 위해서 교회 내에 독서실을 만들어 방과 후에는 자유롭게 자율학습을 하도록 했고, 직접 학습지도도 해주었습니다. 이렇게 하여 학생들에게 공부하는 분위기가 조성되자 마을 이장과 새마을 지도자 등 유지들과 학부모들까지 무척 좋아했습니다.

저는 주민들에게 애경사가 있으면 신자, 불신자 가리지 않고 찾아다녔습니다. 누군가가 몸살감기로 누워있다는 소식이 들리면 오토바이를 타고 읍내로 가서 약을 사 와서 그 가정을 방문하고 기도해 주고 먹도록 했습니다. 제가 사준 그 약을 먹고 건강이 회복되었다고 고마워하는 분들이 많았습니다.

어느 날 중국에서 온 한약사를 통해서 지렁이로 위장약을 만드는 방법을 배우게 되었습니다. 저는 배운 대로 실천했습니다. 먼저 소 외양간 근처에 가서 땅을 파서 지렁이를 잡았습니다. 그것을 가지고 우물물에 가서 깨끗이 씻은 후 꿈틀거리는 지렁이에게 40도 넘는 독한 고량주를 부으면 지렁이는 노란 액체를 토해놓고 한순간 죽어버립니다. 그 후 죽은 지렁이를 꺼내서 버리고 노란색으로 변한 술을 조심스럽게 다시 병에 담아 공기가 통하지 않도록 뚜껑을 잘 닫습니다. 이렇게 만든 지렁이 약을 급체한 사람이나 토사곽란을 하는 사람들에게 갖다주어서 두 숟갈 정도 마시게 하면 금방 효과가 나타나서 트림이 나오고 위통이 멈춥니다. 저는 마을주민들에게 주기 위해서 지렁이 약을 수십 병 이상 만들었습니다.

마을의 민원이 발생하면 지역구 국회의원이나 군수를 찾아가 해결하기도 했고, 중풍으로 쓰러져 반신불수가 된 분을 찾아가 친구에게 배운 서툰 지압 실력으로 몇 개월 치료하여 그분이 자리에서 일어난 일도 있었습니다.

이러한 저의 섬김과 봉사에 처음에는 반신반의하며 경계심을 가지고 보던 주민들이 차차 마음의 문을 열었고, 한 사람, 한 사람씩 교회로 나오기 시작했습니다. 그래서 20명이었던 성도가 30명, 50명이 되었고, 나중에는 100명이 넘어갔습니다. 제가 그 교회를 떠나오기 전까지 그 동네에서 가족 중에 단 한 명이라도 교회에 나오지 않는 가정은 단 두 가정밖에 되지 않았습니다. 저는 거의 매 주일 전교인 대 심방을 했으며, 성도들 한 분 한 분을 지성으로 돌보았습니다. 중병에 걸려 고생하는 사람이나 가정에 문제가 생긴 사람을 위해서 수없이 금식기도도 했습니다. 매일 새벽마다 전 교인들의 이름을 한 분 한 분 불러가며 축복기도를 했습니다. 허술한 사택을 헐고 현대식 건물로 잘 지었습니다. 교회 앞 텃밭도 사들여 교회 마당을 넓히고 담을 쳤습니다. 도움을 받던 교회가 도와주는 교회가 되었습니다.

제가 그 교회에 부임한 지 3년 쯤 되었을 때 다른 교회의 청빙을 받았습니다. 이 소식을 들은 교인들이 24시간 감시조를 짜서 이삿짐을 싸지 못하도록 막았고, 청빙한 교회에서 트럭을 가지고 와서 이삿짐을 싣고 가려고 했으나 성도들이 물리적으로 막아 이사는 무산되고 말았습니다. 제가 부임한지 5년 2개월만에 또 한 번 다른 교회의 청빙을 받았습니다. 그때는 더 성장할 수 있는 젊은 목사의 앞길을 막아서는 안 된다고 하면서 성도들이 저를 보내주셨습니다.

그 교회를 떠난 지 30년이 지난 지금 목회자로서의 저의 모습은 너무 많이 변했습니다. 성도들을 진심으로 사랑하고 섬기는 일에 힘쓰기보다는 모이는 숫자와 교회 건물과 재정 등 눈에 보이는 것에 관심이 더 많아졌습니다. 교회 일이 아닌 다른 일에 많은 시간을 사용한 것 같습니다. 아무리 생각해봐도 제가 진정한 목회를 했던 때는 지금이 아니라 목회 초년병 시절이었던 것 같습니다. 때묻지 않은 그때가 좋았습니다. 할 수만 있으면 지금이라도 그때로 돌아가고 싶습니다. 그때가 눈물이 나도록 그립습니다.

저는 오늘도 설교 준비를 합니다

어느 교회의 목사님이 설교 준비를 열심히 했다고 합니다. 설교 원고 다섯 장을 완성하여 큰 소리로 읽어가며 설교 연습까지 했습니다. 그런데 예배당에 들어가기 직전 툇마루 위에 설교 원고를 올려놓고 잠시 화장실을 갔다 온 사이 집에서 기르던 개가 원고 3장을 발기발기 찢어버리고 2장만을 남겨 놓았습니다. 그 이상 준비할 시간이 없어서 그냥 예배당에 들어갔습니다. 설교를 하기 전에 먼저 성도들에게 사정 이야기를 했습니다. "성도 여러분! 오늘은 설교를 짧게 해야 하겠습니다. 설교 원고 다섯 장 중에 우리 집 개가 3장을 찢어 버리고 2장밖에 남지 않았거든요." 그랬더니 성도들이 무척 좋아하고 예배도 일찍 끝났습니다. 그런데 이 소문을 듣고 이웃 교회 장로님이 목사님을 찾아와 자기 교회 목사님의 설교가 너무 길어서 힘이 든다고 하면서 이렇게 부탁했다고 합니다. "목사님, 그 개가 새끼를 낳으면 우리 교회 목사님께 한 마리만 주실 수 없습니까?"

설교는 목회 사역에서 가장 중요하면서도 가장 어려운 부분입니다. 설교자들이 설교가 어렵다고 말하는 몇 가지 이유가 있습니다.

첫째, 말씀을 전하기 위해서는 항상 하나님과의 친밀한 관계를 유지하고 있어야 하고 깨끗한 영성을 유지해야 합니다. 말씀 묵상과 기도하는 생활을 게을리 하면 정상적으로 설교를 할 수 없습니다. 한다고 해도 맥 빠진 설교를 할 수밖에 없습니다. 그러므로 영성을 유지하기 위해서 항상 다른 사람과의 좋은 관계를 유지해야 하고 말씀을 붙잡고 엎드려 기도해야 합니다. 마음에 상처와 근심이 가득한 상태로는 설교할 수 없고 세상과 짝하여 함부로 살다가 강단에 불쑥 설 수는 없습니다. 그러므로 설교자는 자기 자신을 잘 관리해야 합니다.

둘째, 설교자들의 어려움은 교회에서 설교의 횟수가 너무 많다는 것입니다. 주일예배 설교, 수요 기도회 설교, 새벽 설교, 철야 기도회 설교 등 정기적으로 일주일에 10번은 설교를 해야 합니다. 그 밖에 돌잔치, 결혼식, 회갑과 칠순 잔치, 장례식 등 성도들의 가족 행사에서도 설교해야 합니다. 심방할 때도 말씀을 전해야 합니다. 목사는 설교의 홍수 속에서 살아남기 위해서 안간힘을 써야 합니다.

셋째, 설교의 어려움은 항상 새로운 것을 준비해야 한다는 것입니다. 가르치는 일을 본업으로 하는 분들 가운데는 자료를 한 번 준비하면 그것을 그대로 오랫동안 활용할 수도 있지만, 설교는 그렇지 않습니다. 똑같은 원고를 가지고 두 번 이상 설교하면 싫어하는 교인들이 많습니다. 그래서 항상 새로운 것을 준비해야 합니다. 그러므로 수십 년의 목회 경력을 가진 분들도 설교하기 위해서는 부단히 성경을 연구하고 묵상을 해야 하며 책을 손에서 놓아서는 안 됩니다.

제가 지출하는 생활비 가운데 가장 많은 액수는 책값일 것입니다. 사고 싶은 좋은 책이 있으면 주저하지 않고 삽니다. 가끔 모든 것을 다 뒤로하고 책을 한 보따리 싸 들고서 깊은 산 속에 들어가 독서에 깊이 빠지고 싶을 때가 한두 번이 아닙니다. 신문이나 잡지도 즐겨 읽습니다. 이것들을 읽을 때는 반드시 옆에 가위를 들고 읽습니다. 쓸 만한 자료가 발견되면 즉시 오려서 항목별로 준비된 자료철에 넣어 두어야 하기 때문입니다. 이렇게 모아둔 자료들이 수만 개입니다. 방송을 들을 때나 여행을 할 때도 감동을 주는 이야기나 좋은 자료가 있으면 메모하는 것을 잊지 않습니다. 맛있는 요리를 하기 위해서는 먼저 재료를 준비해야 하듯이 항상 설교에 필요한 좋은 자료를 얻기 위해서 촉각을 곤두세우고 있습니다. 이것은 저뿐만 아니라 모든 설교자가 동일하다고 생각됩니다.

그러면 설교를 듣는 성도들의 태도는 어떠합니까? 성도 중에는 설교를 선포된 하나님의 말씀이 아닌 비평의 대상으로 삼는 경우가 있습니다. 어떤 사람들은 지나치게 자기 입맛에 맞는 설교만을 요구합니다. 이런 분들은 설교가 조금 길면 현대적인 감각이 없다고 하고, 조금 짧게 끝나면 설교 밑천이 떨어졌다고 말합니다. 예화 없이 성경 본문만 전하면 지루하다고 말하고, 예화가 조금 많이 들어가면 신성한 하나님의 말씀을 전하면서 무슨 세상 이야기를 저렇게 많이 하느냐 하며 비난합니다. 설교 중에 유머가 없으면 너무 딱딱해서 졸린다고 하고 유머를 섞어서 조금 재미있게 하려고 하면 목사가 너무 가볍다고 불평을 합니다.

과연 설교를 듣는 목적이 무엇일까요? 그것은 평가하고 분석하기 위함이 아니라 그 말씀에 순종하기 위함일 것입니다. 그러므로 사모하는 마음으로 하나님의 말씀을 달게 받아먹는다면 그 영혼은 더욱 건강하고 풍성해질 것입니다.

오늘도 저는 음식을 요리하듯 분주하게 설교 준비를 합니다. 사랑하는 가족들이 맛있게 잘 먹고 건강하고 행복하기를 바라는 엄마의 마음으로 말입니다.

놀란 토끼 눈

동물 중에는 약한 동물들을 사냥하여 잡아먹는 맹수, 맹금류들이 있고, 맹독으로 상대를 쓰러뜨리는 독사나 독충들도 있습니다. 그러나 반대로 성격이 온순한 초식동물도 있습니다. 토끼는 여기에 속한 동물입니다. 토끼는 품종에 따라 성격의 차이가 있는데 털이 길고 귀가 크고 늘어져 있을수록 성격이 차분하고 둔하며, 귀가 짧을수록 동작이 빠르고 기가 센 편입니다. 토끼는 본능적으로 자신을 지켜야 하기에 신경이 날카롭고 스트레스도 쉽게 받습니다. 항상 경계심이 강하여 조그만 소리에도 잘 놀라고 눈을 반짝이며 귀를 움직이면서 반응을 보입니다. 그래서 신경이 예민하고 잘 놀라는 사람의 눈을 겁 많은 토끼에 빗대어 '놀란 토끼 눈'이라고 합니다. 우리 주변에는 놀란 토끼 눈을 가진 사람들이 있습니다.

제가 목사안수를 받기 전 어린 나이로 목회를 시작할 때였습니다. 그 교회에 놀란 토끼눈을 가진 한 성도가 있었습니다. 그때 저는 처음 목회를 시작할 때라서 열심히 하고자 하는 마음은 있었지만 어떻게 목회해야 잘하는지를 몰랐습니다. 새벽에 일찍 일어나 새벽기도회를 인도하는 일부터 시작하여 심방을 하는 일, 병든 사람을 위해 치유 기도를 하는 일, 귀신 들린 사람들을 위해 축사하는 일 등 어느 것 하나 쉬운 일이 없었습니다. 무엇보다도 힘이 들었던 일은 설교였습니다. 설교를 잘하려면 깊은 묵상에서 영감을 얻어야 하고, 신선한 예화를 찾아 사용해야 하며, 설교에 적절한 단어와 문장을 잘 사용해야 합니다. 그 누구의 어떤 반박에도 흔들림이 없는 완벽한 논리가 있어야 하며, 예수님을 선명하게 드러내는 생명력이 있는 설교를 해야 합니다. 또한 예술성과 작품성도 있어서 청중의 가슴에 감동을 주어야 합니다. 무엇보다도 청중들이 설교를 들으면서 자신들의 삶에 적용하여 삶의 변화를 경험하게 해야 합니다. 그런데 저의 설교는 이런 요소들이 잘 갖추어 있지 않은 서툴고 어설픈 설교였습니다.

이런 초보 목회자가 섬기고 있는 시골 교회에 어느 날 새 신자 한 명이 찾아왔습니다. 그분은 교회당 아랫마을에서 사는 30대 초반의 자매님이신데 우리 교회 어느 집사님의 전도를 받고 등록을 하셨습니다. 그런데 그 자매님의 예배드리는 태도는 첫 시간부터 다른 사람들과 사뭇 달랐습니다. 그분은 예배모임에 빠지지 않았습니다. 새벽 기도회부터 시작하여 주일 낮 예배, 밤 예배, 수요예배, 구역예배 등 모든 예배에 100%

출석을 하였습니다. 설교를 듣는 태도도 달랐습니다. 설교 시간이 되면 항상 놀란 토끼 눈으로 설교하는 저를 뚫어져라 하고 바라보았습니다. 저는 처음에는 자연스럽지 못한 그 분의 태도를 이상하게 생각했습니다. 혹시 정신적으로 문제가 있는 분은 아닌지 의심하기도 했습니다. 그러나 시간이 지남에 따라 그분은 지극히 정상이라는 것을 알았고, 놀란 토끼 눈으로 설교자를 응시하는 것은 매시간 강단에서 선포되는 하나님의 말씀이 자기 자신의 가슴 속에 뜨겁게 파고들어 왔고, 걷잡을 수 없는 감동의 물결이 일어나게 했기 때문입니다. 그래서 그 자매님은 예배 시간을 기다렸고, 목마른 사슴이 시냇물을 찾듯, 갓난아기가 젖을 사모하듯 주님을 사모했습니다.

농촌이라서 농사철이 되면 피곤해서 예배 시간에 종종 조는 분들도 있었습니다. 서투른 설교 실력에 교인들이 한 명, 두 명 졸기 시작하면 풋내기 설교자인 나 자신이 원망스럽고 설교를 중단하고 강단에서 내려오고 싶을 때도 있었습니다. 하지만 그 자매님의 놀란 토끼 눈만 바라보면, 다시금 새 힘을 얻어 설교를 무사히 마칠 때가 많았습니다.

그 자매님은 가끔 성경에 대한 궁금한 점이 있으면 질문하기도 했습니다. 가끔 몇 달 전에 했던 설교내용을 들추어내어 질문하기도 했는데 놀라운 것은 그때 들었던 설교내용을 마치 녹음기에 녹음해놓은 것처럼 처음부터 끝까지 정확히 기억하고 있었습니다. 가끔 "전도사님, 지난 1월 셋째 주일 낮 예배 때 하셨던 '그리스도의 향기'라는 제목의 설교 말씀을 한 번 더 해주실 수 없을까요?" 하고 요청할 때도 있었습니다.

말씀을 그토록 사모하는 그분의 신앙은 놀랍게 성장했습니다. 그분은 남편의 혹독한 핍박도 잘 이겨냈고, 믿지 않는 동네 사람들에게 열심히 전도도 하였습니다. 네 명의 자녀들도 신앙으로 아름답게 양육하였습니다. 그분의 섬김과 봉사는 전혀 가식이 없었고, 주님을 향한 감사의 표현이었으며, 사랑의 고백이었습니다. 주님을 향한 그분의 처절한 기도와 몸부림은 결국 응답이 되어 남편을 비롯한 가족들도 모두 주님 앞에 나오게 되었습니다. 지금은 남편을 따라 대도시로 이사를 했고 출석하고 있는 교회에서 여전히 모범적인 신앙생활을 하고 있다고 합니다.

요즘 기독교 서점에는 설교집들이 산더미처럼 쌓여 있고, 기독교 방송국의 채널을 맞추면 언제든지 유명한 설교자의 설교를 들을 수 있습니다. 마음만 먹으면 얼마든지 말씀 묵상 참고자료들도 구하여 읽을 수가 있습니다. 하지만 영혼의 생수를 퍼마실 생각은 하지 않고 자기 입맛에 맞는 음식을 선호하며, 식도락가들처럼 자기 혀끝을 자극하는 음식만을 찾아 이리저리 헤매고 다니며, 설교 쇼핑을 즐기는 사람들도 있습니다.

하나님께 예배할 때 설교자가 강단에서 내려다보이는 사람들의 태도도 다 같지 않습니다. 말씀을 경청하는 분들이 있는가 하면 스마트폰을 만지작거리는 분도 있고, 졸거나 팔짱을 끼고 눈을 지그시 감고 있는 분도 있습니다. 주보에 낙서하는 분도 있습니다. 이런 분들을 보면 힘이 빠지고 설교자로서 충분히 갖추지 못한 나 자신에 대한 비애감마저 느낍니다. 그렇다고 설교를 포기할 수도 없는 노릇입니다. 그래서 저는 말씀을 전할 때 태도가 좋지 않은 사람들을 너무 의식하지 말고 진정 말씀을 사모하고 경청하는 사람들을 바라보며 설교하기로 했습니다.

목회를 시작한 이후로 그동안 수도 없이 많은 설교를 했습니다. 하지만, 강단에 설 때마다 긴장이 되고 부담이 되기는 마찬가지입니다. 그래서 제가 설교를 시작할 때마다 간절히 찾는 것은 놀란 토끼 눈입니다. 왜냐하면, 놀란 토끼 눈이 있는 한, 저는 설교를 잘 마무리하고 내려올 수 있기 때문입니다.

 ## 처음 사랑

덧없는 세월은 유수(流水)와 같이 흘러 제가 목회를 시작한 지도 벌써 30년이 흘러갔습니다. 저의 첫 목회지는 어른과 아이 모두 합해도 100여 명도 채 안 되는 조그만 농촌교회였습니다. 저는 1977년 11월에 22세의 어린 나이에 그 교회의 초청을 받고 담임 전도사로 부임을 했습니다.

저의 첫 목회는 무엇을 어떻게 해야 하는지도 모른 상태에서 시작하였습니다. 가진 것은 오직 영혼을 사랑하는 뜨거운 열정 하나뿐이었습니다. 새벽 4시에 눈을 뜨면 일어나 교회당에 나가서 날이 훤하게 밝을 때까지 온 동네가 쩌렁쩌렁 울리도록 큰 소리로 기도함으로 하루의 일과를 시작하였습니다. 오토바이 한 대도 구입할 형편이 못되어 자전거를 타고 산길, 들길을 누비고 다니며 열심히 전도했으며, 집사님들과 함께 5리, 10리 길을 걸어 다니며 심방을 했습니다.

교회의 분위기는 참 좋아서 교우들이 한 가족처럼 서로 사랑하고 격려하며 지냈습니다. 중고등부 수련회를 마치던 마지막 날 밤, 주체할 수 없는 성령님의 감동이 임하여 밤을 새워 아이들과 부둥켜안고 울면서 기도했던 일이 있었습니다. 유난히도 눈이 많이 내렸던 그해 겨울, 교회 청년들과 마을 뒷산에 올라가 이리 뛰고 저리 뛰며 토끼몰이를 했던 기억도 생생합니다. 사택 아궁이에 장작을 모아 군불 때놓고 고구마 구워 먹으며 새벽기도회 시간이 될 때까지 밤새 오손도손 이야기꽃을 피웠던 추억도 있습니다.

그 교회 성도들은 목회자가 설익는 설교를 해도 불평하지 않았고 무슨 말을 하든지 순종하고 잘 따라 주었습니다. 어떤 교우에게 어려운 일이 생기면 그 문제의 해결을 위해 함께 금식하며 기도하기도 했습니다. 가식 없는 섬김과 따뜻한 정이 있어서 만나면 헤어지기 싫어했고, 헤어지면 다음 만남을 기대했습니다. 그래서 비록 가난한 산골 마을의 작은 교회공동체였지만 꿈이 있고, 행복이 있었습니다.

이렇게 보낸 저의 첫 목회 4년의 세월은 참으로 꿈결 같은 시간이었습니다. 그때 함께 교회를 섬겼던 청년 중에서 10여 명이 목회자가 되었고, 취업하거나 가정을 이루어 고향을 떠난 청년 중에는 거주하고 있는 그곳에서 교회에 출석하며, 열심히 신앙생활을 하고 있습니다.

그 교회를 사임하고 떠난 지 20여 년이 지난 어느 해에 그 교회로부터 초청장 한 장을 받았습니다. 아담하게 교회당을 새로 건축하고 헌당식을 하게 되었으니 와달라는 초청장이었습니다. 저의 가슴은 무척 뛰었습니다.

드디어 20년 만에 그 교회를 찾아가던 날이 다가왔습니다. 부풀어 오른 가슴과 설레는 마음을 주체할 수 없었습니다. 아침 일찍 자동차로 출발하여 먼 길을 달려 교회에 도착했습니다. 오랫동안 정들었던 분들이 저를 보자마자 만면에 희색을 띠고 달려 나와 얼싸안으며 반가워서 어찌할 줄을 몰랐습니다. 주님을 위해서라면 생명까지 바칠 각오까지 되어 있는 염해순, 김한규 집사님 내외분이 맞아 주셨습니다. 제가 떠난 후 꿈에도 저를 잊을 수 없었다는 노말순 집사님도 만났습니다. 그 당시 미혼 청년으로서 예배 시간마다 교회 반주를 해주었고, 좋은 일, 궂은 일 가리지 않고 최선을 다해 충성하다가 가정을 이루어 행복하게 살고 있는 김복례 자매도 만났습니다. 자기 텃밭을 하나님께 바쳐 교회당을 건축한 송동기 집사님 내외분도 만났습니다. 좋은 남편을 만나 인근 대도시에서 열심히 살고 있는 김수진 자매도 만났습니다. 하나님을 뜨겁게 사랑하는 순박한 신앙을 가지고 있는 좋은 분들을 오랜만에 만나니 가슴을 훈훈하게 하는 이야기들이 끝없이 이어졌습니다.

오는 길에 과수원에서 단감도 따서 제 차에 실어주는 분도 있었고, 텃밭에 심었던 채소도 뽑아 주었으며, 여비 하라며 돈 봉투를 호주머니에 넣어 주는 분도 있었습니다. 그분들과의 만남은 마치 총각, 처녀 때 꿈에도 잊을 수 없었던 첫사랑을 우연히 만나 가슴이 요동쳤던 기분이라고 할까요? 차의 시동을 걸고 그곳을 떠난 지 상당한 시간이 지났지만, 저의 가슴 속에 남아 있는 열기는 좀처럼 식지 않았습니다.

그 교회를 다녀온 후 나의 목회의 현주소를 점검해 보았습니다. "그때는 성도 한 사람, 한 사람을 내 혈육, 내 자식같이 사랑하고 보살폈으며, 그들의 기쁨이 내 기쁨이었고, 그들의 아픔이 내 아픔이었는데 목회자로서 지금 내 마음가짐은 어떠한가? 그때는 그들의 어려움을 해결하기 위해 금식하며 하나님께 매달리며 기도했는데 나는 지금 그렇게 하고 있는가?" 하고 자문해보았습니다.

수년 전에 저는 소아시아 일곱 교회의 유적지 중에 에베소 교회가 있던 곳을 가본 적이 있습니다. 건물과 교인들은 온데간데없고, 지금은 일부 무너진 돌기둥 몇 개만 나뒹굴고 있었습니다. 그 모습을 보며 예수님께서 에베소 교회에 보낸 편지 내용이 생각났습니다. "내가 네 행위와 수고와 네 인내를 알고 또 악한 자들을 용납하지 아니한 것과 자칭 사도라 하되 아닌 자들을 시험하여 그의 거짓된 것을 네가 드러낸 것과 또 네가 참고 내 이름을 위하여 견디고 게으르지 아니한 것을 아노라. 그러나 너를 책망할 것이 있나니 너의 처음 사랑을 버렸느니라. 그러므로 어디서 떨어졌는지를 생각하고 회개하여 처음 행위를 가지라 만일 그리하지 아니하고 회개하지 아니하면 내가 네게 가서 네 촛대를 그 자리에서 옮기리라."(계2:2~5) 에베소 교회는 처음 사랑을 버렸습니다. 그 후 에베소 교회는 어떻게 되었습니까? 지진으로 인하여 무너지고 말았고, 지금은 그곳이 이슬람의 땅이 되고 말았습니다.

이제 저의 목회도 막바지에 이르렀습니다. 더 하고 싶어도 하지 못할 날이 점점 임박해오고 있습니다. 지금 이 시점에서 제가 힘써야 할 일은 무엇인가를 생각해보았습니다. 새로운 것들을 만들어 추진하는 것도 좋지만 그보다도 처음 사랑을 회복하는 일이 더 중요하리라 생각됩니다. 에베소교회처럼 되지 않기 위해서라도 말입니다.

내가 나를 용서하기

오래전에 부목사로 부름을 받고 일했던 교회에서 있었던 일입니다. 부임하고 나서 교인들을 파악하기 위해서 심방을 하다보니 아빠와 어린아이 둘만 사는 가정이 있었습니다. 사연을 들어보니 남편이 중동 건설 현장에 나가서 열심히 일하고 아내와 아이들은 한국에 남아 있었는데 남편과 떨어져 지내던 아내가 외로움을 이기지 못하여 다른 남자와 가까이 지내다가 그만 탈선하고 말았습니다. 남편은 그것도 모르고 섭씨 40도를 오르내리는 사막의 무더위와 싸우면서 열심히 일했고, 받은 봉급을 꼬박꼬박 아내에게 송금하였는데 피와 같은 이 돈을 아내가 다 탕진하고 빚까지 졌습니다. 몇 년 만에 남편이 귀국한다는 소식을 알려 왔습니다. 이 소식을 들은 아내는 반가운 것이 아니라 오히려 두려웠습니다. 아내는 남편의 얼굴을 도저히 볼 수가 없어 남편의 귀국 직전에 아이들을 남겨 두고 집을 나가고 말았습니다. 이 사실을 알게 된 남편은 너무 마음이 아프고 허탈했지만, 모든 것을 잊고 아내를 용서하기로 했습니다. 저도 그 가정이 어서 속히 회복되어 예전처럼 행복하게 살기를 간절히 기도했습니다.

초조한 마음으로 집에 머물며 아내가 돌아오기를 기다리는 남편에게 가끔 아내가 전화를 걸어왔습니다. 남편이 다급한 목소리로 "여보세요, 여보세요." 하고 몇 번이나 통화를 시도했지만, 아내는 수화기를 든 채 아무런 말이 없었습니다. 남편이 아내를 향하여 모든 것 다 용서했으니 어서 집으로 돌아오라고 말했지만, 아내는 조용히 전화기를 내려놓곤 하였습니다.

그러던 어느 날 남편에게 비보가 날아왔습니다. 아내가 어느 여관방에서 극약을 마시고 스스로 목숨을 끊었다는 소식이었습니다. 저는 그 소식을 듣고 병원 장례식장에 마련된 빈소에 달려갔는데 허름한 검은 양복에 노타이를 한 창백한 얼굴의 남편과 철없는 아이들이 빈소를 지키고 있었습니다. 엄마가 죽었지만 슬퍼할 줄도 모르고 뛰어다니는 아이들의 모습이 저의 마음을 더욱 아프게 했습니다. 남편은 아내를 용서했지만, 아내는 자신을 용서하지 못하고 결국 극단적인 선택을 하고 말았습니다. 자기 자신을 용서하지 못한 그분이 너무 원망스러웠습니다.

기독교는 사랑의 종교이며, 그 사랑의 핵심은 용서입니다. 용서 중에서 가장 중요한 용서는 자기 자신을 용서하는 일입니다. 자기 자신을 용서하지 못한 사람은 남도 용서하지 못하기 때문입니다. 자기 자신을 용서하면 과거의 실패와 실수에 대한 화해가 이루어지고 상처가 회복되며, 온갖 복수심과 증오로부터 해방됩니다. 용서는 자기 자신을 분노와 절망으로부터 해방하는 자유의 선언입니다.

내가 나를 용서해야 할 근거는 무엇입니까? 그것은 하나님이 먼저 나를 용서했기 때문입니다. 하나님께서 말씀하시기를 "오라 우리가 서로 변론하자 너희의 죄가 주홍 같을지라도 눈과 같이 희어질 것이요 진홍같이 붉을지라도 양털같이 희게 되리라."(사1:18) "나 곧 나는 나를 위하여 네 허물을 도말 하는 자니 네 죄를 기억하지 아니하리라."(사43:25) 하고 말씀하셨습니다.

뉴욕 대학교에서 '가상 문화'를 강의하고 있는 더그라스 라시코프 (Douglas Rushkoff) 교수는 인류 역사상 가장 위대한 발명품은 잘못된 것을 지우고 다시 시작하게 하는 '지우개'라고 말했습니다. 지우개가 발명되지 않았다면 과학도, 역사도, 도덕도 제자리걸음을 했을 것이라고 말했습니다.

어떤 교회에 기도할 때 예수님이 직접 나타나셔서 친밀한 대화를 나눈다고 소문난 여자 집사님이 있었습니다. 그 교회 담임목사님이 정말 그런지 알아보려고 여자 집사님을 만나서 물었습니다. "정말 기도만 하면 예수님이 나타나십니까?" 하고 묻자 "예!"라고 대답했습니다. "그러면 내가 중학교 2학년 때 무슨 죄를 지었는지 예수님께 물어 봐 주세요." 하고 부탁했습니다. 집사님은 그렇게 하겠다고 대답하였습니다. 며칠 후 목사님이 물었습니다. "또 예수님을 만났습니까?" 하고 묻자 "예!" 하고 대답했습니다. "그럼 내가 중학교 2학년 때 무슨 죄를 지었는지 물어봤어요?" 하자 "예!" 하고 대답했습니다. "무슨 죄를 지었대요?" 하고 묻자 "예수님이 다 잊어버렸답니다." 하고 말했습니다.

예수님은 지우개를 들고 계시면서 우리가 고백할 때 어떤 죄도 다 지우시는 분입니다. 예수님의 별명은 지우개입니다. 현장에서 간음하다가 붙잡혀 돌에 맞아 죽을 수밖에 없었던 한 여인을 향하여 "나도 너를 정죄하지 아니하노니 가서 다시는 죄를 범하지 말라."(요8:11) 하고 용서를 선포하셨습니다. 우리의 죄를 일흔 번씩 일곱 번이라도 용서해 주시기를 원하신다고 말씀하셨습니다.(마18:22) 이렇게 하나님께서 우리의 죄를 용서했지만 정작 자기 자신을 용서하지 못하는 사람들이 있습니다.

미움과 증오는 우리 자신을 파괴합니다. 먼저 우리의 몸을 망칩니다. 용서하거나 용서받지 못했을 때 생기는 부정적인 감정의 쓴 뿌리는 결국 인체를 서서히 산성화시켜서 효소의 활성도를 떨어뜨립니다. 그 결과 각종 병원균에 대한 저항력이 감소되어 결국 허약한 체질이 되고 맙니다. 미움과 증오는 순환기에 악영향을 미쳐서 고혈압과 심장병, 뇌출혈과 같은 증상이 나타나게 합니다. 소화기에도 악영향을 미쳐 소화를 방해하고 각종 소화기 질병을 일으킵니다. 내분비계에도 이상을 일으켜 우리 몸의 균형과 조화를 깨뜨립니다.

미움은 사람의 정신도 황폐하게 만듭니다. 죄책감이나 증오심은 정신질환의 원인이 됩니다. 어떤 임상 보고에 의하면 정신병원에 입원하고 있는 환자들 대부분이 자기 자신을 증오하거나 다른 사람들을 지나치게 미워하고 있다고 합니다. 용서하거나 용서를 받는다는 것이 정신건강에 얼마나 큰 영향을 미치는가를 단적으로 설명해준 예라 하겠습니다. 이번 코로나19에도 정신질환자들이 많이 감염되었습니다. 면역력이 약하기 때문입니다.

미움은 화병을 일으키고, 우리 마음에 평안을 송두리째 빼앗아 갑니다. 그래서 성경은 우리에게 미움을 저녁까지 마음에 담지 말라고 말씀하고 있습니다. 우리가 천사가 아니기에 미움과 증오가 우리 안에 일어나지 않을 수 없습니다. 그러나 이 미움과 증오를 우리 마음속에 담아 두면 결코 행복할 수 없습니다. 그래서 예수님께서는 단순히 인간의 육체만을 치유하시는 것이 아니라 그 사람의 좋지 못한 인간관계나 죄책감을 바로 잡아 주셨고, 사랑의 결핍을 채워줌으로써 치유 역사를 완성하셨습니다.

오늘날 이 시대 성도들의 문제 중 하나는 하나님의 용서를 받아들이지 못하고 있다는 점입니다. 이런 사람들은 믿노라고 하면서도 종종 혼란에 빠집니다. 열심히 신앙생활을 하나 구원의 확신이 없습니다. 그래서 이단에 빠져 사이비 교주의 노예가 되기도 합니다. 믿는다고 하면서도 가끔 우울증에 빠지고 죽고 싶은 충동도 느낍니다. 고난이 찾아왔을 때 너무 쉽게 좌절하고 하나님을 떠나기도 합니다.

하나님은 이미 우리에게 죄와 사망으로부터 해방을 선포하셨습니다.(롬8:1~2) 이 세상에는 용서가 필요없는 의인도 없고, 용서받지 못할 죄인도 없습니다. 이제 나 자신을 더 이상 정죄, 죄책감, 증오심의 밧줄에 묶어놓지 말고 풀어 놓아주어야 합니다. 나는 하나님께 용서받을 만한 가치를 부여받은 사람입니다.

세계를 품는
사람들

04

변화된 한 사람의 힘

전라남도 신안군의 복음화율은 35%로 전국평균치를 훨씬 웃돕니다. 그중에서도 작은 섬 증도는 전체 주민 2,200여 명 중 90% 이상이 예수를 믿는 전국 복음화율 1위의 섬입니다. 증도에는 교회가 11개나 있는데 불교사찰과 성당은 전혀 없습니다. 섬 지역은 원래 바람, 바다, 태양 등 대자연을 신으로 믿는 토속신앙의 영향으로 복음을 받아들이기가 어려운 지역이었습니다. 그런데 어떻게 이런 곳에 복음이 전파되어 교회가 세워졌으며, 복음화율 전국 1위의 섬이 될 수 있었을까요? 그 배후에는 이곳에서 살고 있는 영혼들을 뜨겁게 사랑했던 한 여인이 있었습니다. 그분은 '섬마을 선교의 어머니'로 불리는 문준경입니다.

문준경은 1891년 신안군 암태도에서 태어나 17세에 증도로 시집을 갔습니다. 그녀는 첫날밤부터 남편에게 소박을 맞고 생과부로 20년 가까이 모진 시집살이를 했습니다. 그 후 시집에서 쫓겨나 목포에서 삯바느질을 하며 고달픈 삶을 살던 그녀는 어느 날 자기 집에 찾아온 전도 부인으로부터 '복음'을 듣고 예수님을 영접하였습니다. 당시 유명한 부흥사 이성봉 목사로부터 큰 은혜를 받았으며, 그분의 소개로 경성성서학원에 입학하였습니다. 문준경은 방학 때마다 고향에 내려와 나룻배를 타고 신안 일대 섬들을 돌며 전도를 시작했습니다. 그녀의 전도 길은 평탄치만은 않았습니다. 남편은 복음을 전하던 문준경에게 폭력을 행사했고, 마을 주민들 중에는 그녀를 배척하고 손가락질을 하는 사람들도 많았습니다. 하지만 그녀는 아랑곳하지 않고 열심히 복음을 전했습니다. 새벽기도회가 끝나면 큰 보따리를 머리에 이고 전도를 나갔습니다. 보따리 안에는 연고, 소화제, 항생제 등 온갖 약품들로 가득했는데, 병이 있는 사람들에게 약을 주며 기도해 주었고, 산모에게는 산파 역할을 감당하는 등 병원도 없고 약도 쉽게 구할 수 없던 섬사람들에게 따뜻한 사랑으로 돌보아 주었습니다. 또 부잣집이나 잔칫집에서 챙겨온 누룽지며 각종 음식을 보따리에 넣고 다니면서 가난한 이들에게 나누어 주었습니다. 이처럼 그녀는 여러 섬들을 돌아다니며 주민들의 의사, 간호사, 우체부, 짐꾼 노릇까지 감당하며 빈민구제와 선교에 힘썼습니다. 섬마을의 돌밭 길을 얼마나 걸었던지 1년에 고무신을 아홉 켤레나 닳아 없앴다고 합니다. 이렇게 하여 섬 곳곳에 교회가 세워졌는데 훗날 48명의 순교자가 나온 임자도 진리교회를 필두로 증도의 증동리교회와 대초리교회가 세워졌습니다.

1950년 6·25전쟁과 함께 신안군 섬마을에도 공산군이 들이닥쳤습니다. 문 전도사는 공산군에게 붙잡혔다가 목포에서 풀려났지만 두고 온 교인들을 돌보기 위해 다시 신안으로 들어갔다가 다시 공산군에게 붙잡혔습니다. 공산군들은 그녀를 1950년 10월 5일 새벽 2시, 증도면 해안가로 끌고 가서 "새끼를 많이 깐 씨암탉이로구만." 하고 비웃으면서 총을 난사했습니다.

이렇게 하여 위대한 전도자 문준경은 59세의 나이에 순교의 제물로 바쳐졌습니다. 하지만 그녀의 헌신은 헛되지 않았습니다. 그가 세운 교회들을 통해 김준곤, 이만신, 이만성, 이봉성, 정태기 목사 등 오늘날 한국 교회를 대표할 만한 30여 명의 훌륭한 목회자들이 배출되었습니다. 그 이후 증도는 각 마을마다 교회가 세워졌으며 전체인구 90% 이상이 예수님을 믿는 우리나라 최고의 믿음의 섬이 되었습니다. 예수님께서 하신 말씀 "내가 진실로, 진실로 너희에게 이르노니 한 알의 밀이 땅에 떨어져 죽지 아니하면 한 알 그대로 있고 죽으면 많은 열매를 맺느니라."(요6:24) 하신 말씀대로 예수님을 믿고 변화 받은 한 사람으로 인해 아름답고 풍성한 열매들이 많이 나타났습니다.

스코틀랜드에서 목회하던 어느 목사님이 있었습니다. 성실하게 목회 했지만, 교회는 부흥이 되지 않았습니다. 겨우 어린 소년 한 명을 구원시켰을 뿐입니다. 그 목사님은 열매가 없는 자신의 목회에 큰 실망을 했습니다. 완전히 실패했다고 생각했습니다. 그러나 목사님을 통해서 예수님을 만난 그 소년은 목사님의 신앙지도를 받으며 놀랍게 변화되었습니다.

그리고 후에 위대한 선교사가 되어 아프리카 선교에 크게 기여했습니다. 이 사람이 바로 로버트 모펫 선교사입니다. 한 사람의 변화와 헌신이 아프리카 대륙에 복음을 심는 원동력이 된 것입니다.

18C 영국 사회는 부정부패, 사치, 방탕으로 혁명 직전의 무법천지 상태였습니다. 음란한 퇴폐풍조는 만연하였고 처처에 도박이 성행하였습니다. 백주에도 술에 취하여 비틀거리는 알코올 중독자들이 많았습니다. 폭행, 도적질 등 범죄가 만연하고 감옥은 온갖 죄수들로 가득 차고 넘쳤습니다. 이때 변화 받은 한 사람 요한 웨슬리가 나타나 무너져가던 영국을 구했습니다. 그의 영감이 넘치는 설교는 수많은 사람들이 회개하고 주께 돌아오게 했고, 영국 교회는 놀랍게 부흥이 되었습니다.

외삼촌 가게에서 구두 수선공을 하던 드와이트 무디가 성령의 충만을 받고 변화되어 전도자가 되자 미국사회가 변화되었고, 전 세계 100만 명의 영혼이 구원을 받는 놀라운 기적이 일어났습니다.

그러면 이 세상이 달라지려면 누구부터 변화되어야 할까요? 이 세상의 모든 변화는 나부터 시작해야 합니다.

오랫동안 수도 생활을 했던 '수퍼 바야지드'라는 사람이 있었습니다. 그는 혈기왕성한 청년 시절에 날로 부패해가는 세상을 바라보며 "주님, 저에게 이 세상을 변화시킬 수 있는 힘을 주옵소서." 하고 간절히 기도했습니다. 그러나 세상은 조금도 변하지 않았습니다. 장년기에 접어들어서 그의 기도는 바뀌었습니다. 그는 "주님, 저에게 만나는 모든 사람들을 변화시킬 수 있는 힘을 주옵소서." 하고 기도했습니다. 그러나 그는 여전히 한 사람도 변화시킬 수 없었습니다. 황혼의 나이에 접어들었을 때 그의 기도는 다시 바뀌었습니다. 그는 "주님, 나와 가장 가까운 나의 가족이라도 변화시킬 수 있는 능력을 주시옵소서." 하고 기도했습니다. 그러나 아무도 달라지지 않았습니다. 그는 인생 말년이 되어 이 세상을 떠날 날이 임박했을 때에야 자신의 기도가 얼마나 어리석은 기도였는지를 깨닫게 되었습니다. 그는 마지막으로 "주여, 제 자신을 변화시켜 주옵소서." 하고 간절히 기도했습니다. 그리고 그는 "만약 내가 처음부터 이렇게 기도했더라면, 내 인생을 허비하지 않았을 텐데…" 하고 후회를 했습니다.

우리는 종종 자신의 신념으로 하나님을 바꾸려고 할 때가 있습니다. 먼저 내 의지로 목표를 세우고 하나님에게 따라오라고 말합니다. 마치 군함이 등대를 향해 비키라고 하듯이 말입니다. 그러다가 자기 마음대로 잘 안되면 하나님을 원망하고 좌절합니다. 모든 변화의 키는 자기 자신이라는 사실을 모르기 때문입니다.

세상을 통치하시는 하나님이 찾고 있는 것은 좋은 방법이나 조건이 아닙니다. 변화되고 헌신된 한 사람입니다. 하나님은 오늘도 나 한 사람을 먼저 변화시키고 그 사람으로 인하여 가정과 사회와 세상을 변화시키기를 원하십니다. 거기에 순응할 때 진정한 변화가 시작됩니다. 변화된 한 사람이 중요합니다. 내가 변하면 세상이 변합니다.

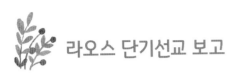

라오스 단기선교 보고

저는 지난 7월 24일부터 30일까지 라오스 비전 트립에 합류했습니다. 이번에 라오스를 방문하고 싶었던 이유 중에 하나는 라오스가 공산권 국가이기 때문입니다. 공산국가에서는 결코 선교가 자유로울 수 없는데 기독교를 핍박하는 공산체제에서 어떻게 선교를 해야 효율적인 선교를 할 수 있을 것인지에 대해서 알고 싶었습니다.

라오스의 면적은 한반도의 1.1배인 23.6만㎢이지만 나라 전체인구는 약 610만 명에 불과합니다. 프랑스의 지배를 받다가 해방이 되었는데 제2차 대전이 끝나고 국가 체제문제로 30년 동안 내전을 치른 후에 1975년 공산국가가 되었습니다.

우리 선교 팀은 7월 24일 밤 7시 40분 인천공항을 통하여 출국했습니다. 우리는 베트남 하노이에서 비행기를 갈아타고 다시 2시간 정도 비행하여 라오스에 도착할 수 있었습니다. 수도 비엔티안 국제공항에 도착하여 입국 수속을 마치고 짐을 찾아 공항로비로 나가니 라오스에서 13년째 선교활동을 하고 있는 장 선교사님 내외분이 우리를 기다리고 있었습니다. 우리는 곧바로 우리가 묵을 숙소로 가서 여장을 풀고 휴식을 취한 후 7월 26일(화)부터 본격적인 선교활동에 들어갔습니다. 아침 6시에 기상하여 라오스 사람들이 가장 즐겨 먹는다는 쌀국수로 아침식사를 하고 전세버스를 타고 비엔티안에서 버스로 약 40분 거리에 있는 폰펭 초등학교에 도착했습니다. 벌써 전교생 150명의 어린이들과 교장 선생님과 교사들, 부 교육장, 동장, 마을 주민 대표들이 나와서 우리를 기다리고 있었습니다. 그들과 반갑게 인사를 나눈 후 우리는 복음성가 "당신은 사랑받기 위해 태어난 사람"을 라오스어로 부르면서 모든 초등학생들 한 사람 한 사람에게 학용품 선물꾸러미를 나누어 주고, 기생충 약도 먹여 주었습니다.

이번에 라오스에 간 단기 선교 팀의 임무 중의 하나는 폰펭 초등학교를 건축하는 일이었습니다. 폰펭 초등학교는 시설이 무척 열악하였습니다. 교실에는 전기 시설도 없었고, 책상과 의자도 너무 낡아서 부서진 것들이 많았으며, 교실바닥도 흙바닥이었습니다. 초등학교를 다시 건축할 수밖에 없었던 이유는 침수 때문이었습니다. 해마다 9월 우기 때는 메콩 강이 범람을 하는데 이로 인하여 학교가 1미터 이상 침수가 되는데 물이 완전히 빠지는 한 달 동안은 수업을 할 수 없다고 합니다. 그래서 우리 교회를 포함하여 한국의 세 교회가 힘을 합하여 교실 4개를 지어주기로 한 것입니다. 이미 마을 주민들이 지대가 높은 곳에 기초를 놓은 상태에서 일이 시작되었습니다. 우리는 주민들과 함께 하루 종일 작업을 했습니다. 섭씨 40도를 오르내리는 날씨에서 일을 하니 계속 땀이 줄줄 흘러내렸고, 끊임없이 물을 들이켜야 했습니다. 그러나 한 사람도 꾀를 부리지 않고 서로를 격려하며 열심히 일하는 모습이 대견스럽기만 했습니다.

이튿날 우리는 옷을 나누어 주었습니다. 옷은 종류와 크기가 다르기 때문에 탁자위에 옷을 펼쳐놓고 전교생 아이들이 줄을 서게 한 다음 한 사람씩 앞으로 나오도록 해서 어린이들의 얼굴과 체형에 맞는 옷을 골라 직접 입혀주었습니다. 옷을 입혀줄 때마다 아이들의 얼굴이 환하게 밝아지면서 기쁨을 감추지 못했습니다. 2시간 동안 아이들에게 옷을 입혀주는 모습을 지켜보던 학부모들과 마을주민들도 모두 흐뭇한 표정이었습니다. 점심식사비는 우리가 부담했고, 식사준비는 부녀회에서 했습니다. 정성껏 준비한 음식을 동네사람들, 아이들과 함께 나누어 먹을 때 모두들 기뻐했고, 웃음소리가 끊이지 않았습니다. 온통 축제 분위기였습니다.

마지막 날 우리는 아이들에게 풍선아트, 종이접기, 페이스페인팅을 해주었고, 그들과 게임도 하며 즐거운 시간을 가졌습니다. 그들과 헤어지기 직전, 팀원들이 밤을 새워 포장한 과자꾸러미를 나눠주었고, 두 사람씩 손을 마주잡고 아치 터널을 만들어 지나가게 함으로 우리들의 사랑을 그들에게 전해 주었습니다.

라오스에 직접 가보니 한국에서 생각한 공산국가 라오스와는 많이 달랐습니다. 공산국가이지만 사유재산을 인정하고 있었고, 개인의 자유를 침해하지 않았습니다. 공산주의 정권이 들어서면서 처음에는 종교를 탄압했지만, 1991년부터 헌법에 종교의 자유를 인정한다고 명시한 이후 종교 활동이 다시 활발해졌습니다. 불교는 이 나라에서 수백 년 동안 명맥을 유지하고 있는데 현재 국민의 67%가 불교를 믿고 있다고 합니다. 각 동네마다 화려하고 거대한 절들이 세워져 있었고 아침마다 승려들이 거리에 나와 공양을 하는 모습도 눈에 띄었습니다. 기독교에 대한 탄압도 2003년 미국과의 협정 이후 현지 교회의 예배가 자유로워지는 등, 조금씩 완화되고 있습니다. 1997년 교회가 처음 문을 열었는데 짧은 시간 안에 15만 명의 성도로 늘어났습니다. 이 나라에도 하나님의 택한 백성들이 많이 있다는 증거입니다. 그러나 아직도 선교사들의 선교활동이나 신학교를 세우는 것을 허용하지 않고 있습니다. 이런 문제가 해결이 되면 라오스에도 선교의 문이 활짝 열리게 될 것이라고 생각됩니다.

라오스 사람들은 심성이 착하고 정이 많은 사람들이었습니다. 1970년대 한국의 시골사람들을 보는 것 같았습니다. 한 주간의 짧은 만남이었지만 깊은 인상을 받았고, 우리는 그 영혼들을 가슴에 품고 돌아왔습니다.

바울이 고린도에 와서 안식일마다 회당에서 강론하고 유대인과 헬라인에게 복음을 전했지만 그들이 받아들이지 않고 오히려 비방하고 대적했습니다. 바울이 그곳을 떠나 하나님을 경외하는 '디도 유스도'라 하는 사람의 집에 들어가서 복음을 전하니 반대로 수많은 고린도 사람들이 믿고 세례를 받았습니다. 그날 밤에 주께서 환상 가운데 바울에게 말씀하시기를 "두려워하지 말며 침묵하지 말고 말하라. 이 성중에 너에게 복음을 들어야 할 내 백성이 많다. 내가 너와 함께 있으니 어떤 사람도 너를 대적하여 해롭게 할 자가 없을 것이다." 하고 말씀하셨습니다.(행 18:1~10)

우리가 선교를 계속해야 할 이유는 하나님의 선택을 받았으나 아직 복음을 듣지 못한 사람들이 지구촌 곳곳에 숨어 있기 때문입니다. 우리가 종교, 문화, 이념, 사상을 초월하여 그들에게 열심히 복음을 전해야 할 이유는 그것이 우리가 이 땅에서 해야 할 가장 시급하고 중요한 일이기 때문입니다.

아프리카 라이베리아에 다녀와서

아프리카 서단에 자리잡은 라이베리아는 우리나라 면적의 절반 정도 되는 작은 나라입니다. 라이베리아는 미국의 남북전쟁이 끝나고 노예로 끌려갔다가 해방되어 본국으로 돌아온 사람들이 중심이 되어 1847년에 세워진 아프리카의 첫 공화국입니다. 초창기에 노예 생활에서 해방되어 귀국한 사람들이 창당한 트루 휘그당이 정권을 잡고 일당 통치를 계속 하다가 1980년 쿠데타가 일어나 해산되고 말았습니다. 그때부터 라이베 리아는 권력을 잡기 위한 내전이 일어나 전쟁에 참가한 젊은이들이 많이 희생되고, 무고한 양민들이 학살되었습니다. 2003년에 치열했던 20년 내 전이 종식되었고, 2005년에 아프리카 최초로 여성 대통령 엘렌 존슨 설 리프가 당선되어 현재까지 재임중에 있습니다.

오랫동안 계속된 내전으로 인하여 라이베리아 경제는 현재 바닥입 니다. 발전소 등 주요 기반시설들이 파괴되었고, 국민의 70%가 일자리가 없어 1인당 국민소득(GNI)이 750달러 이하인 극빈 국가입니다. 현재 UN 군이 들어와 치안유지에 도움을 주고 있지만, 여전히 불안합니다. 거기다가 에볼라 바이러스로 인해 많은 희생자가 발생했고, 말라리아 환자도 많습니다. 이런 이유 때문에 라이베리아는 현재 대한민국 정부가 정한 '여행 제한 지역'입니다. 우리나라와는 1973년부터 외교관계를 수립하고 무역, 문화와 예술 분야, 각종 국제회의에서 긴밀하게 협력하고 있지만, 그곳에 상주하고 있는 한국 사람은 거의 없습니다.

우리 교회가 이 나라와 인연을 맺게 된 것은 7년 전 이 나라의 국적을 가진 한 젊은이가 일자리를 구하기 위해 한국에 와서 우리 교회 외국인 근로자교회를 출석할 때부터입니다. 우리 교회에서 은혜를 많이 받고 믿음이 깊어진 젊은이는 3년 만에 본국 라이베리아로 돌아가 수도 몬로비아에서 교회를 개척하였습니다. 교회가 성장하여 교인 수가 많아지자 우리교회에 선교사를 보내달라고 요청했고, 우리 교회는 '외국인 근로자교회'에서 목회하던 나이지리아 출신 어네스트 목사를 선교사로 그곳에 파송하였습니다. 그리고 그곳에 1,500여 평의 땅을 사서 400석 규모의 예배당을 건축하였습니다. 그 후 어네스트 선교사가 힘을 써서 선교관과 초등학교도 건축하였습니다. 이번에 라이베리아에 가게 된 목적은 예배당 헌당식과 옥외 군중 집회를 하기 위해서였습니다.

라이베리아로 가는 길은 멀고도 먼 길이었습니다. 인천공항에서 비행기를 타고 홍콩을 거쳐서 에티오피아 아디스아바바까지 15시간 날아갔습니다. 아디스아바바 공항에서 내려 약 3시간 기다렸다가 가나의 아크라로 가는 비행기로 갈아타고 6시간 동안 비행했습니다. 그곳에서 바로 이어지는 항공노선이 없어 아크라 공항 근처에서 1박을 하고 이튿날 비행기를 타고 약 3시간 날아가 라이베리아 몬로비아 로버트 국제공항에 도착하였습니다.

라이베리아에 도착하자 어네스트 선교사와 마가렛 사모, 우리 교회가 세운 JICC교회(Jesus International Christian Church) 성도들이 우리를 반갑게 맞이해 주었습니다. 공항에서 다시 차를 타고 2시간 동안 달려 교회에 도착하자 교회 성도들이 오래 전부터 나와 아프리카 특유의 노래와 춤으로 우리를 열렬하게 환영해 주었습니다. 도착 감사 예배를 드린 후 우리는 아프리카 고유의 의상을 선물로 받았습니다.

그 다음 날 주일예배는 어른들과 아이들이 함께 모여 헌당 예배로 드렸습니다. 인근의 맹아학교, 농아학교 학생들도 참석하였고, 라이베리아 국방부 장관과 NGO 이사장 부부도 초대 손님으로 참석하였습니다. 오전 11시부터 오후 2시까지 3시간 동안 진행된 헌당 예배에서 JICC교회 교회학교 교사들과 학생들이 함께 준비한 아프리카 민속춤과 서커스 공연이 있었습니다. 찬양대의 은혜롭고 감동적인 찬양이 있었습니다. 우리 교회 에스더 워십 팀도 은혜롭고 감동적인 몸 찬양으로 하나님께 영광을 돌렸습니다. 저는 '주님이 세운 교회'라는 제목으로 설교했습니다. 시간이 가는 줄도 모르고 3시간이 훌쩍 지나갔습니다.

점심 식사 후 우리는 알코올 중독자들이 모여 사는 슬럼가를 찾아갔습니다. 여기저기 쓰레기더미가 쌓여 있는 곳에서 움막 같은 집을 짓고 사람들이 살고 있었습니다. 악취가 코를 찔렀습니다. 어네스트 선교사가 매주 한 번씩 방문하여 전도하던 곳입니다. 아직 알코올 중독에서 벗어나지는 못했지만, 그들 중에는 예수님을 영접한 사람들도 있었습니다. 우리는 거기서 만난 50여 명과 함께 예배를 드렸습니다. 먼저 그들은 감동적인 찬양 몇 곡을 불렀고, 이어서 우리 선교팀도 힘차게 찬양했습니다. 그 후 저는 "예수님은 우리의 희망입니다."라는 제목으로 말씀을 전하고 손을 들고 큰 소리로 "예수님은 우리를 도와주십니다. 예수님은 우리의 희망입니다." 하고 큰 소리로 반복해서 외치게 했습니다. 그들은 우리에게 많은 것을 요구했지만 당장 그들을 도와주겠다는 약속을 하지 못해 마음이 아팠습니다.

돌아오는 길에 월요일 밤부터 시작될 부흥회 장소인 바크레이 운동장에 가보았습니다. 축구장으로 사용하고 있는 큰 운동장이었습니다. 운동장 한쪽에 튼튼한 기둥과 판자들을 사용해서 강단으로 사용할 무대가 세워져 있었고, 운동장의 트랙을 따라 둥그렇게 수백 개의 나무 기둥을 세우고 그곳에 전등을 매달아 놓았습니다. 오랫동안 비가 오지 않아서인지 걸어만 다녀도 운동장에서는 푸석푸석 먼지가 났습니다. 의자도 없고 그렇다고 앉을 수 있는 잔디밭도 없는 운동장인데 한국에서 훌륭한 강사가 온다고 선전은 많이 했다지만 과연 사람들이 모일 것인가

걱정이 되었습니다. 우리는 무대 위에 올라가 손을 잡고 3일 동안 계속될 부흥회를 위해서 통성기도를 했습니다. 기도는 했지만, 숙소로 향하는 우리의 마음은 여전히 무거웠습니다.

월요일이 되어 우리의 일과는 JICC교회 성도들과 함께 새벽기도회를 갖는 일부터 시작되었습니다. 아프리카 사람들은 찬양을 좋아해서 이른 아침부터 키보드와 드럼 등 여러 악기를 동원하여 몸을 흔들며 춤을 추면서 30여 분 동안 찬양을 했습니다. 저는 구약성경 아가 1장 5~6절 말씀을 읽고 "나는 비록 검으나 아름답다." 이런 제목으로 설교했습니다. 피부가 검은 사람들이어서 그 설교 제목이 매력적이었는지 모두들 두 눈을 크게 뜨고 말씀을 경청했습니다. 길지 않는 설교 시간에 여러 차례 박수도 나오고, 아멘 소리도 터져 나왔습니다. 특별히 마가렛 사모가 감동을 많이 받았다고 하면서 나중에 내 설교 원고까지 달라고 해서 가져갔다고 합니다. "내가 비록 검으나 아름답다"는 제목의 설교가 이번 단기선교 기간 동안에 그들이 들었던 많은 설교 가운데서 가장 가슴에 꽂힌 말씀이었던 것 같습니다.

오전에 우리는 농아학교와 맹아학교를 방문하여 그들을 위로하고 함께 예배를 드렸습니다. 말할 수도 없고, 볼 수 없는 그들이 가여워서 진심으로 축복기도를 드렸고, 하나님의 말씀으로 위로했습니다. 작년부터 정부로부터 도움이 끊어져서 운영이 어렵다는 말을 듣고 도울 힘이 있으면 꼭 돕고 싶은 마음이 간절했습니다.

저는 이곳저곳을 다니면서도 그날 밤에 바크레이 운동장에서 있을 부흥회를 어떻게 인도해야 하며, 우리가 준비해 간 것을 그들에게 어떻게 효과적으로 전할 것인가에 대해서 생각했습니다. "잘할 수 있을까?" 하고 걱정도 되었지만 한편 이렇게 기도했습니다. "이번 일은 성령님께서 시작한 일이니 알아서 인도하시옵소서. 우리는 성령님이 시키는 대로만 순종하겠습니다."

월요일 일정을 마치고 우리는 저녁을 먹은 둥 마는 둥 하고 부흥성회를 위해 차를 타고 바크레이 운동장으로 달려갔습니다. 다들 조금은 긴장된 모습이었습니다. 사람들이 얼마나 모였을지 궁금하기도 했습니다. 운동장에 도착해보니 벌써 JICC교회 성도들이 어깨띠를 두르고 안내를 하고 있었고, 찬양 팀이 찬양을 인도하고 있었습니다. 운동장에는 겨우 200여 명이 모여 있었습니다. 실망이 되었습니다. 저는 속으로 "그러면 그렇지, 이렇게 먼지가 푸석푸석 나고, 무덥고, 앉을 자리도 없는 운동장에 사람들이 오면 얼마나 오겠어?" 하고 생각했습니다. 모인 수는 얼마 되지 않았지만, 찬양 팀은 거기에 아랑곳하지 않고 열심히 찬양하였습니다. 조용히 시작한 찬양은 점점 열기를 더해갔습니다. 엉덩이를 빼고 온몸을 흔들며 춤을 추기도 하고, 앞뒤 한 줄로 손을 잡고 운동장 주변 사람들이 모여 있는 곳을 돌며 춤을 추며 찬양했습니다. 그렇게 뜨겁게 찬양하는 사이에 사람들이 점점 더 모여들기 시작하더니 나중에는 2, 3천 명이 되었습니다. 분위기가 고조되고 흥이 나자 사람들이 한 명,

두 명 운동장 안으로 들어오더니 찬양팀과 함께 춤을 추기 시작했습니다. 그러다가 나중에는 어른과 아이, 남자와 여자 할 것 없이 거의 모든 사람이 운동장 가운데서 몸을 흔들며, 격렬하게 춤을 추었습니다. 운동장에 뿌연 흙먼지가 가득 찼으나 사람들은 거기에 아랑곳하지 않고 악기 연주에 맞추어 땀을 뻘뻘 흘리며 3, 40분 동안 격렬한 춤을 추었습니다.

사회자의 멘트에 이어 사람들은 찬양과 춤을 멈추고 제 자리에 들어갔고, 이어서 우리 교회 에스더 워십 찬양팀의 몸 찬양이 있었습니다. 워십 찬양팀의 몸 찬양은 너무 은혜로웠습니다. 춤 잘 추는 아프리카 사람들이 도저히 흉내 낼 수 없는 멋과 아름다움이 있었습니다. 약 20분 동안 몸 찬양을 하는 동안 열광적인 박수갈채가 터져 나왔습니다. 찬양팀은 입은 의상이 땀으로 흠뻑 젖을 정도로 열심히 춤을 추었고, 그들은 한국인들의 몸 찬양에 완전히 매료되었습니다. 여기저기서 핸드폰 카메라 셔터를 눌러댔고, 방송국에서 나와 동영상을 찍기도 하였습니다.

이어서 저의 설교순서가 있었습니다. 저는 예레미야 29장 10~14절 말씀을 본문으로 〈그래도 희망이 있습니다〉라는 제목으로 말씀을 전했습니다. 제가 설교할 때 바크레이 운동장에 모인 사람들은 모두 아멘으로 받아들였고, 가끔 박수로 화답하기도 하였습니다. 설교 후에 예수님을 믿기로 작정한 사람들은 앞으로 나오라고 하니 수백 명이 뛰어나왔고, 병이 있거나 어려운 문제가 있어 안수기도 받기를 원하는 사람 나오라고 하니 또 수백 명이 앞으로 뛰어나왔습니다. 저는 그들이 예수님을 구주로 영접하는 기도를 드리게 하였고, 그들 한 사람, 한 사람에게 일일이 안수기도를 해 주었습니다. 성령께서 강하게 역사하여 넘어진 사람들도 있었고, 귀신이 나가는 현상도 나타났습니다.

밤 7시에 시작된 집회는 자정이 거의 다 될 때까지 계속되었습니다. 그러나 놀라운 것은 중간에 집으로 돌아가는 사람이 없었습니다. 그들은 끝까지 자리를 지키며 집회의 모든 순서에 동참하였습니다. 운동장의 분위기는 들뜬 축제의 분위기였습니다. 우리 대원들도 대만족이었습니다.

저는 이번 라이베리아 선교대회를 마치고 한국에 돌아오면서 선교의 개념을 다시 한 번 새롭게 내 마음에 새겼습니다.

첫째, 선교는 하나님의 명령이라는 사실입니다. 부활하신 예수님이 승천하기 직전 "너희는 온 천하에 다니며 만민에게 복음을 전파하라."(막16:15) 말씀하셨습니다. 이 말씀은 예수님께서 마지막 제자들에게 부탁하신 유언이며, 지상 명령과 같습니다. 우리는 이 주님의 명령을 거역하거나 잊어서는 안 됩니다.

둘째, 선교는 국경과 문화와 이념을 초월해서 복음을 전하여 그리스도의 증인이 되는 일입니다. 안디옥 교회 리더들이 금식할 때 성령께서 "내가 불러 시키는 일을 위하여 바나바와 사울을 따로 세우라."(행13:2) 하고 말씀하심으로 최초의 선교가 시작되었습니다. 성령께서 불러 시키는 일이란 예수 그리스도께서 우리를 위해 십자가에 못 박혀 죽었고, 죽은 자 가운데서 살아났으니 이 사실을 믿고 구원을 받으라고 전하는 일입니다. 배고픈 사람에게 먹을 것을 주는 것도 좋은 일이며, 헐벗은 사람에게 옷을 입혀주는 것도 잘한 일입니다. 배우고 싶은 사람에게 배울 기회를 주는 것도 선한 일입니다. 그러나 거기에서 끝난다면 그것은 자선사업이나 사회사업이지 선교는 아닙니다. 그저 좋은 일을 한 것뿐입니다. 구제사업, 사회사업은 선교의 수단이 될 수 있을지 몰라도 그것이 선교의 목적이 될 수는 없습니다. 영혼 구원이 선교의 궁극적인 목적입니다.

셋째, 선교는 복음의 빚을 갚는 일입니다. 바울은 로마교회에 보낸 편지에서 "헬라인이나 야만인이나 지혜 있는 자나 어리석은 자에게 다 내가 빚진 자라."(롬1:14) 하고 고백했습니다. 최초의 의료선교사였던 알렌의 보고서에 따르면, "조선의 거리거리에는 산더미처럼 쓰레기가 쌓여 있고, 파리, 모기, 날 파리들이 떼를 지어 득실거리고 있으며, 더러운 개천에는 온갖 병균이 들끓고 있다. 또한 집집마다 파리, 빈대, 벼룩이 없는 집이 없다. 천연두, 매독 등은 흔해 빠진 병이고, 거의 모든 사람이 종기나 무좀 같은 피부병에 걸려 있다." 하고 기록하고 있습니다. 그 당시 한국에 찾아온 선교사들은 선진국에서 온 사람들입니다. 공부도 많이 한 사람들입니다. 선교사의 길을 선택하지 않았다면 얼마든지 좋은 환경에서 살 수도 있었습니다. 그런데 그들이 한국에 들어 와서 병들어 죽거나 순교하여 이 땅에 뼈를 묻은 이유는 복음의 빚을 갚기 위해서입니다. 그들의 헌신과 희생을 통해서 한국교회는 선교 130년 만에 1천만 명의 성도로 성장을 했습니다. 많은 복도 받았습니다. 대한민국과 한국교회는 정말 복음의 빚진자입니다. 우리는 반드시 복음의 빛을 갚아야 합니다. 그러므로 우리는 선교하는 일을 결코 게을리해서는 안 됩니다.

"불꽃은 타오르기 위해 존재하며, 교회는 선교하기 위해 존재한다."는 신학자 에밀 부르너의 말처럼 선교는 교회의 본질이며, 사명입니다."

윌리엄 캐리의 선교 이야기

윌리엄 캐리는 1761년 8월 영국의 노스햄턴셔(Northamptonshire)라는 작은 마을에서 태어나 꽃과 나무와 새 그리고 곤충을 벗하며 자랐습니다. 그는 공부에 대한 욕구가 강하여 열심히 공부하였고, 외국어인 라틴어와 헬라어에도 능통하였습니다. 고등학교를 졸업한 캐리는 구두수선공이 되었습니다. 당시는 두 발이 유일한 교통수단이었기 때문에 구두수선은 유망직종 중 하나였습니다.

1779년 캐리가 19살 때, 그는 인생의 대전환점을 맞이합니다. 한 기도모임에서 "그러므로 예수도 자기 피로써 백성을 거룩하게 하려고 성문 밖에서 고난을 받으셨느니라. 그런즉 우리도 그의 치욕을 짊어지고 영문 밖으로 그에게 나아가자."는 히브리서 13장 12~13절 말씀에서 깊은 영감을 받습니다. 그는 이 말씀을 통해 그동안 세상과 타협하여 살던 미지근한 신앙을 회개하고, 그리스도와 함께 고난과 능욕을 받으며 살 것을 결단합니다. 그는 자신의 전 생애를 그리스도께 헌신할 것을 다짐한 후 성경공부에 전념하였고 조그만 침례교회에서 목회를 시작하였습니다. 그의 목표는 구두공장 공장장에서 예수님의 선전부장으로 바뀌었습니다.

　목회에 전념하고 있던 캐리에게 그의 인생을 바꾸어 놓은 한 계기가 있었습니다. 〈쿡(Cook) 선장의 마지막 항해〉라는 책을 읽고 마음의 큰 변화가 일어났습니다. 쿡 선장은 그 책에 미지의 세계를 항해하며 태평양의 알려지지 않은 섬들과 원주민들의 원시적인 삶에 대해 자세히 기술해 놓았습니다. 문명의 혜택을 못 받아 옷도 입지 않고 살아가는 부족, 사람을 잡아먹는 풍습을 지닌 부족 등 여러 가지 진기한 기록들을 남겼습니다. 이 책을 읽고 있던 청년 캐리의 가슴은 뜨거워지기 시작했습니다. 그리고 맥박은 힘차게 고동치기 시작했습니다. 그 당시 영국은 웨슬리와 조지 휫필드가 이끄는 영적 부흥운동이 전 영국을 휩쓸고 있었습니다. 그러나 아무도 세계선교에 대해서는 관심이 없었습니다. 아무도 그들에게 기독교를 전해 주려고 하지 않았습니다. 거기에는 명예도 유익도 뒤따르지 않기 때문입니다. 바로 그때 캐리는 "와서 우리를 도우라"는 마케도냐 사람의 외침을 들었습니다. 그는 "내가 누구를 보내며 누가 우리를 위해 갈꼬?" 하시는 주님의 음성에 "내가 여기 있사오니 나를 보내소서!" 하고 결단했습니다.(사6:8) 캐리는 세계지도에 이미 알려진 나라의 인구, 종교 등을 표시하며 선교지도를 만들어가기 시작했습니다. 이 지도는 그의 기도목록이었습니다. 그는 세계지도를 꼭 껴안고, 세계를 품고

기도하는 기도의 종이 되었습니다. 그는 늘 이렇게 말했습니다. "하나님 으로부터 위대한 일을 기대하라, 하나님을 위해 위대한 일을 시도하라." 많은 사람들이 지금은 하나님의 때가 아니라고 했지만, 그는 바로 지금 이 위대한 세계선교의 역사를 이루실 때임을 역설했습니다.

1793년 캐리가 32세 되던 해, 그는 인도 영혼들을 긍휼히 여기는 마음을 품고 그곳에 가기로 결단합니다. 하지만 그 일을 실행하기가 쉽지 않았습니다. 그의 길을 가로막는 많은 장애물들이 나타났기 때문입니다. 첫째 그의 아버지가 반대했습니다. 아버지는 캐리의 말을 듣고 딱 한 마디 '미친놈'이라고 했습니다. 둘째 장애물은 그의 아내였습니다. 그의 아내는 시골 여자였음에도 불구하고 공주병에 걸려 가족끼리 아기자기한 삶을 살기 원했습니다. 그녀는 울면서 윌리엄 캐리에게 "여보, 인도는 절대로 안돼요, 제발 우리 아이들도 좀 생각해 주세요." 하고 애원했습니다. 셋째 장애물은 그가 목회하던 하버레인 교회 성도들이었습니다. 성도들은 교회의 장래를 위해서 윌리엄 캐리와 같은 훌륭한 목회자를 놓치고 싶지 않다며 가는 길을 막았습니다. 그러나 캐리는 이 모든 장애물을 뿌리치고 우여곡절 끝에 사랑하는 가족들과 처제 그리고 토마스라는 선교 동역자와 함께 인도로 향하는 배에 올랐습니다.

그들이 인도 땅에 도착했을 때 인도는 전혀 복음을 받아들일 준비가 되어있지 않았습니다. 사티(Sati)라는 제도에 따라 남편이 죽으면 젊은 과부들은 함께 불에 타 죽어야했고, 갠지스 강가에서는 "갠지스 강의 여신이여 영광을 받으소서." 하고 외치며 어린아이들을 악어가 득실거리는 강에 던지기도 했습니다. 또한 당시 인도를 점령한 동인도 회사는 선교를 절대 금지하고 있었습니다. 캐리는 추방을 면하기 위해 내륙으로 이동했는데 그곳은 말라리아가 만연한 습지였습니다. 동역한 의사의 선교비 횡령으로 재정이 바닥났고, 무덥고 습한 열대기후와 입에 맞지 않는 음식도 고통이었습니다. 인도에 도착한지 1년 만에 아내 도로시와 두 아들이 이질에 걸렸고, 그중 다섯 살 난 아들이 죽고 말았습니다. 마음의 상처를 이겨내지 못한 아내는 정신착란증에 걸리고 말았습니다. 거기다가 대형화재로 인해 수년간 작업하여 완역한 성경 원고와 두 권의 문법책, 다국어 사전들이 소실되는 아픔도 있었습니다. 멋지게 선교하려던 선교의 꿈이 산산이 깨지고 절망에 빠질 수밖에 없는 상황이 계속되었습니다. 하지만 윌리엄 캐리는 거기서 낙망치 않고 다시 일어났습니다. 그는 뼈를 깎는 노력으로 인도방언과 중국어, 미얀마어, 말레이어 등 44개의 언어로 성경을 번역하여 출판했고, 학교들을 세워 학생들을 가르쳤으며, 미개한 인도사회를 개혁했습니다.

1834년 73세를 일기로 숨을 거두기까지 그칠 줄 모르는 열정과 도전정신으로 영국을 선교사를 파송하는 제사장 나라로 만들었고, 끊임없이 하나님으로부터 위대한 일을 기대하고, 하나님을 위해 위대한 일을 시도함으로 선교의 문을 활짝 연 선교의 아버지가 되었습니다.

그를 필두로 그를 따르는 수많은 사람들이 선교사로 자원하여 개신교 세계선교의 부흥을 가져왔고, 18세기에서 19세기에 걸쳐 선교의 황금시대(The Great Century)가 열리게 하였습니다.

인도는 불교의 발상지이며, 힌두교의 나라이지만 현재 2천만 명이 넘는 기독교인이 있습니다. 이것은 윌리엄 캐리가 뿌린 복음이 싹이 나고 열매를 맺은 결과라고 말할 수 있습니다.

선교의 주체는 누구일까요? 선교는 사람이 하는 것 같지만 그렇지 않습니다. 하나님께서 사람을 통해서 선교하십니다.

사도바울이 아시아에서 복음을 전하려고 했지만 성령께서 막았습니다. 그가 드로아에서 한밤중에 기도하는데 마게도냐 사람 하나가 서서 마게도냐로 건너 와서 우리를 도우라고 요청하는 환상을 보았습니다.(행 16:9) 그 환상을 통해서 바울은 왜 하나님께서 아시아에서 복음을 전하는 것을 막았는지를 깨닫게 되었습니다. 하나님은 아시아보다는 마게도냐에서 선교하기를 원하셨습니다. 성령께서 마게도냐로 건너가라고 하신 것은 아시아에서 복음 전파를 할 필요가 없다는 뜻이 아니라 유럽 쪽에서 먼저 복음을 전하기를 원하셨기 때문입니다. 하나님께서는 미리서 유럽선교를 준비하셨습니다. 먼저 기원전 4세기 무렵 알렉산더대왕을 통해서 고대 그리스와 지중해 연안을 정복하게 하여 코이네 헬라어로 언어를 통일시키게 하셨습니다. 로마제국은 강력한 군사력으로 지중해를 중심으로 하는 많은 나라들을 정복하였는데 유럽일대에서 전리품과 공물을 로마로 운반하기 위해서 도로를 놓았습니다. 하나님께서는 바울이 알렉산더가 보급해놓은 코이네 헬라어로 복음을 전하고, 바울서신을 기록하기를 원하셨습니다. 또한 로마제국이 뚫어 놓은 도로를 이용해서 신속하게 이동하면서 복음을 전하기를 원하셨습니다. 하나님께서는 당시 세계 최강국이었던 로마제국에 복음이 전파되고 로마제국을 통해서 기독교를 세계적인 종교로 발전시킬 계획을 가지고 있었습니다. 이런 하나님의 계획은 실제로 이루어져 나중에 392년 로마 황제 데오도시우스 1세는 기독교를 국교로 받아들여 복음이 세계를 행해 전파되는 계기가 마련되었습니다.

사도행전 13장 2절에 성령께서 '선교는 내가 불러 시키는 일'이라고 말씀하셨습니다. 선교는 사람의 일이 아닙니다. 하나님이 계획하시고, 하나님께서 그 계획대로 진행하시고, 성취하시는 일입니다. 그러므로 이 일을 사람이 거부해서는 안 됩니다. 절대로 방해하거나 가로막을 수 없습니다. 윌리엄 캐리는 성령께서 하시는 이 일에 적극적으로 협력하고 순종했습니다. 하나님의 선교의 도구로 쓰임받았습니다.

윌리엄 캐리의 아버지는 대부호였으며, 그의 형, 조지 캐리어는 옥스퍼드대학을 졸업한 수재요, 장래가 촉망되는 청년이었습니다. 세월이 지나 대영백과사전에 이들의 이름이 수록되었습니다. 윌리암 캐리 선교사에 대해서는 한 페이지 반이나 소개하였지만, 형, 조지 캐리에 대해서는 단 한 마디 '윌리암 케리의 형'이라고만 소개되었습니다.

예수님께서 "보라 내가 속히 오리니 내가 줄 상이 내게 있어 각 사람에게 그가 행한 대로 갚아 주리라."(계22:12) 하고 약속하셨습니다. 언젠가 우리가 주님 앞에 설 때 반드시 우리가 심은 대로 거두게 하시고, 행한 대로 갚아 주십니다. 선교는 하나님의 나라를 세우고 확장해가는 최고의 가치가 있는 일입니다.

인도 선교 현장르포

14박 15일간의 인도 단기 선교 일정을 무사히 잘 마치고 귀국했습니다. 그동안 적극적으로 후원해 주시고 끊임없이 기도해 주신 봉일천 교회 성도 여러분께 진심으로 감사드립니다.

이번 단기 선교 기간에 가장 힘이 들었던 것은 날씨였습니다. 열대 지방인 인도는 건기와 우기로 나누어집니다. 건기는 3월부터 6월까지인데 이때는 비가 거의 내리지 않고 섭씨 40도를 오르내리는 불볕더위만 계속됩니다. 높은 기온에다가 습도까지 높아서 불쾌지수가 높았습니다. 땀을 너무 많이 흘려 하루에도 몇 번씩 옷을 갈아 입어야했습니다. 더위 때문에 죽는 사람도 많이 있다고 합니다.

한국에서 주일예배를 드리고 밤 비행기로 출발한 선교 팀은 월요일 어두운 밤 시간에 캘커타에 도착했습니다. 우리는 인도 땅을 밟으며 그곳에 그리스도의 푸른 계절이 속히 오게 해 달라고 열심히 중보기도를 하였습니다. 이튿날부터 본격적인 선교활동이 시작되었습니다. 배 선교사님이 운영하는 초등학교를 방문하여 아이들을 축복하는 시간을 가졌습니다. 성도님들이 모아 주신 옷으로 바자회를 열어서 거기서 모아진 돈으로 가난한 사람들에게 쌀과 비누를 사서 나눠주기도 했습니다.

13명의 형제, 자매들에게 세례도 베풀었습니다. 인도에서 세례식을 거행한다는 것은 한국과는 전혀 다른 상황입니다. 인도에서 기독교로 개종하고 세례를 받으면 가문을 더럽힌 패륜아로 취급하여 집안에서 내쫓기도 하고, 심지어 죽이기까지 합니다. 그래서 세례를 받는 사람은 핍박을 감내할 각오와 결단이 서야 합니다. 제가 세례를 베풀 때 그들이 원하는 대로 침례를 했는데 물속에 들어갔다가 나올 때 뜨거운 축하와 격려의 박수를 보내고 찬송으로 하나님께 영광을 돌릴 때 저도 형용할 수 없는 감동을 받았습니다.

주일예배는 캘커타에서 가장 규모가 큰 AG교회(The Mark Buntain Memorial Assembly of God Church)에서 예배를 드렸습니다. 2시간 30분 동안 성령님의 기름 부음이 넘쳐나는 예배였습니다. 저는 예배를 드리면서 처음부터 끝까지 얼마나 많은 눈물을 흘렸는지 모릅니다.

주일 밤 예배는 배 선교사님이 목회하고 있는 현지인 교회에서 드렸습니다. 30평 남짓한 비좁은 예배실에서 60여명의 성도들이 빽빽하게 들어 앉아 땀을 뻘뻘 흘리며 춤을 추고 찬양을 하며, 부르짖어 열심히 통성기도 하는 모습이 무척 감동적이었습니다. 제가 말씀도 전하고 성찬식도 집례 했습니다.

예배를 마친 후, 배 선교사님의 부탁으로 환자들을 위한 치유 기도를 하였습니다. 먼저 간질병에 걸린 17세 처녀를 위해 안수기도를 했습니다. 머리에 손을 얹고 기도를 시작하자 그녀는 뒤로 힘없이 쓰러져서 몸을 비틀며 소리를 질렀습니다. 마치 사나운 늑대가 이빨을 드러내놓고 울부짖는 것 같았습니다. 예수님의 이름으로 나가라고 소리를 치자 결국 귀신은 떠나고 평안하고 예쁜 얼굴로 돌아왔습니다. 그 다음은 허리가 아픈 성도를 위해 기도를 했습니다. 아픈 허리에 손을 얹고 낮은 소리로 기도를 시작했는데 또 갑자기 뒤로 쓰러졌습니다. 그리고 발작을 하기 시작했습니다. 귀신이 심한 욕설을 퍼 부으며 못나간다고 발악을 하였습니다. 단순히 허리가 아픈 것이 아니라 그 속에 귀신이 자리를 잡고 있었던 것입니다. 그녀의 얼굴은 징그러운 괴물 그 자체였습니다. 부릅뜬 충혈 된 두 눈은 독사의 눈과 같이 징그러웠습니다. 결국 그 속에 있던 귀신도 예수님의 이름 앞에 굴복을 하였습니다. 그 다음은 결혼한 지 얼마 되지 않은 젊은 새댁이었습니다. 얼마 전에 죽은 친구가 찾아와 자기와 함께 가자는 말을 한다는 것이었습니다. 안방에서도 거실에서도 화장실에서도 죽은 친구의 음성이 들렸습니다. 두려워 견딜 수가 없었고 나중에는 자살 충동까지 느꼈다고 합니다. 안수 기도를 하자 또 그 속에 있던 귀신이 자기의 정체를 드러냈습니다. 저는 예수님의 이름으로 귀신을 쫓아냈습니다. 마지막 다섯 번째는 가슴에 통증이 심하고 입이 많이 아픈 남자 성도가 기도를 부탁했습니다. 손을 얹자 그 사람도 곧 쓰러 졌습니다. 얼마나 소리를 고래고래 지르고 발악을 하는지 무척 힘이 들었습니다. 오랫동안 귀신들이 완강하게 저항을 하자 저와 일행도 지쳤습니다. 우리는 우리의 부족함을 용서해 달라고 회개 기도도 하고, 힘차게 찬송을 하면서 귀신들에게 추방 명령을 하였더니 결국 귀신들은 떠나고 말았습니다.

이렇게 하여 3시간에 걸친 영적인 싸움은 끝이 났습니다. 저는 목도 쉬고 파김치가 되었습니다. 저와 함께 기도한 대원들도 목이 쉬고 땀으로 멱을 감은 것 같이 되었습니다. 우리들은 이 경험을 통해서 마귀가 인도 사람들을 종교라는 틀 속에 가두어 사로잡고 있다는 것을 발견했습니다.

8월 10일(목) 우리는 캘커타에서 밤 8시 30분 열차를 타고 그 다음 날 오전 10시 30분, 14시간 만에 힌두교의 본고장 바라나시에 도착했습니다. 바라나시는 유서 깊은 갠지스강이 흐르고 있는 3천 년 역사를 가진 고도(古都)입니다.

숙소에 도착하여 짐을 풀고 곧바로 석가모니가 해탈하고 첫발을 디뎠다고 하는 갠지스 강변 '만탄갓'에서 그곳에 몰려온 사람들에게 찬양과 율동과 스킷 드라마를 통해 복음을 전했습니다. 그리고 그들이 신성시하는 갠지스강을 바라보며 인도 복음화를 위해 부르짖어 기도하였습니다.

그날 밤에는 갠지스강변 '메인가트'에서 인도 사람들이 매일 드리는 힌두교의 제사인 '뿌자'를 하는 모습을 보았습니다. 갠지스강의 '뿌자'는 날씨와 상관이 없이 매일 밤 계속됩니다. 수많은 인도 사람들이 '뿌자'에 참여하기 위해서 1시간 전부터 강가로 몰려들기 시작했고, 외국의 관광객들도 눈에 띄었습니다. 우리는 '뿌자'의 제단이 훤히 내려다보이는 곳에다 자리를 잡았습니다. '뿌자'가 시작되기 전, 주문을 외우는 것 같은 신비롭고 애처로운 노래가 확성기를 통해서 계속 흘러나왔습니다. 밤 7시 30분이 되자 드디어 '뿌자'가 시작이 되었습니다. 먼저 우리나라의 큰 평상 같은 상이 차려지고 그곳에 제물을 올렸습니다. 잠시 후 반짝거리는 황금빛 상하의를 입은 힌두교 제사장들이 등장하였습니다. 모두 남자들이었습니다. 노래를 잘하는 한 사람이 주문 같은 노래를 부르기 시작했습니다. 우리나라의 농악, 굿판, 사물놀이에서 사용하는 악기와 비슷한 것들을 동원해 장단과 박자를 맞춰 주었습니다. 제사장들은 제사상 위에 올라가 먼저 강을 향해서 합장하고 절을 하였고 현란한 몸짓을 하며 제의(祭儀)를 시작하였습니다. 다섯 명의 제사장들의 몸짓들은 모두 통일이 되었고, 그들은 음악에 맞추어 현란한 춤을 추었습니다. 수백 개의 초를 꽂아 불을 붙인 탑 모양의 도구를 흔들며 춤을 추기도 했습니다. 이 제사의 끝 시간은 귀신들이 나와서 제사장들을 사로잡고 흥분시켜서 발작하듯이 비정상적인 몸부림을 하게 합니다. 우리는 10억의 인도사람들이 믿는 힌두교는 귀신의 종교라는 것을 알았습니다. 사탄은 인도의 영혼들을 사로잡아 수천 년 동안 숭배를 받으며 즐기고 있음을 보았습니다.

분위기는 점점 무르익어 갈 때쯤 우리는 그들을 내려다보며 손을 굳게 잡았습니다. 그리고 어리석은 인도 민족이 수천 년 동안 더러운 귀신에게 제사하는 것을 중단하고 어서 속히 회개하고 창조주 하나님 아버지께 돌아오게 해 달라고 부르짖어 기도했습니다. 그리고 두 손을 들어 제사하는 그들을 향하여 "나사렛 예수 그리스도의 이름으로 명하노니 사탄아, 물러가라." 하며 큰소리로 외쳤습니다.

인도에서 2주일을 지내면서 인도는 사람보다는 동물들이 더 대접받는 나라라는 생각이 들었습니다. 그것은 힌두교에서 동물들을 신격화시켰기 때문입니다. 대표적인 것들이 원숭이와 소입니다. 힌두신의 하나인 '하누만'은 원숭이 신입니다. 인도에서는 가끔 야생 원숭이들이 나무 뒤에 몰래 숨어 있다가 사원을 찾은 어린이들이나 길을 가던 어린이들을 습격하는 일도 있고, 지하철 객차로 잠입하여 승객들을 위협하는 일이 빈번합니다. 사무실까지 침입해 서류를 찢고 사람들을 공격하기도 합니다. 그러나 인도사람들은 원숭이를 숭배하는 힌두교 풍습 때문에 원숭이를 학대하지 않습니다. 모든 힌두교 사원에서는 어디에서든지 원숭이 얼굴을 한 하누만의 신상을 발견할 수 있습니다. 지금도 인도에서는 과일을 사서 원숭이 떼들에게 공양하는 사람들의 모습을 쉽게 볼 수 있습니다.

다른 나라에서 볼 수 없는 인도의 낯선 풍경 하나는 소들이 자동차들이 다니는 대로를 유유히 활보하고 다니는 모습입니다. 인도의 도로는 중앙선도 없으며 자동차와 오토바이, 자전거와 인력거 등으로 무척 복잡한데, 그 사이에 소들이 걸어 다닙니다. 소들이 배설물을 도로 위에 마음대로 배설하기도 합니다. 가끔 도로 한 가운데에 누워있는 소도 볼 수 있습니다. 그런데도 운전자들은 소 때문에 짜증을 내지 않습니다. 아무런 불평 없이 소들을 피해 가거나 소가 비켜 줄 때까지 기다려 줍니다. 소들은 시장에서 채소나 곡식을 장사꾼 몰래 훔쳐 먹기도 합니다. 그래도 소를 때리지는 않습니다. 오히려 소에게 먹을 것을 주어 공양을 하는 사람들도 있습니다.

8월 13일(주일) 오후 2시 바라나시의 모든 일정을 마치고 캘커타에 돌아가기 위해서 기차역에 도착했습니다. 우리 일행은 기차역의 육교 위에 짐을 내려놓고 쉬면서 출발시간을 기다리고 있었습니다. 그런데 바로 그때 덩치가 큰 소 한 마리가 육교 위에 올라왔습니다. 몸무게가 몇 톤쯤 되어 보이는 큰 소였습니다. 어슬렁거리며 걸어오자 제 옆에 앉아 있던 사람들은 모두 그 소를 피했습니다. 그 소는 제가 앉아 있던 곳으로 점점 가까이 왔습니다. 그러나 저는 힌두교의 신인 소를 피하지 않았습니다. 자리에서 일어나 손이 닿는 거리에서 소와 마주 보며 대치를 했습니다. 소는 두 눈을 부릅뜨고 저를 바라보며 "빨리 비키지 않으면 두 뿔로 받아서 날려 버릴거야!" 하는 기세였습니다. 저도 두 눈을 부릅뜨고 소를 바라보며 마음속으로 "못된 힌두교 신아, 썩 물러가라!" 하며 소리를 쳤습니다. 우리 대원들은 위험하니 피하라고 소리를 쳤고, 어떤 사람은 내 손을 잡아당기는 사람도 있었습니다. 그러나 그 손을 뿌리치고 소에게서 시선을 떼지 않고 버티고 있었습니다. 그러다가 저의 오른손으로 소의 뿔을 잡고 한쪽으로 제쳐 버렸습니다. 이때 소는 순순히 저를 피해서 방향을 틀어 앞으로 가버렸습니다. 긴장하여 소와 마주보며 대치하고 있던 나를 쳐다보던 우리 대원들은 승리의 환호성을 질렀습니다.

하나님의 형상대로 지음을 받은 인간들이 미물의 짐승들을 신으로 섬기는 어리석은 일들이 지금도 인도에서 벌어지고 있습니다. 인도를 구하는 길은 오직 하나, 복음뿐입니다. 하나님은 천지를 창조하신 창조주이시며, 인간은 하나님의 형상대로 지음을 받은 존재로서 생육하고 번성하여 땅에 충만하고, 땅을 정복하고 다스려야 하는 존재라는 것을 그들에게 깨우치고 가르치는 것밖에는 없습니다. 저는 제 눈앞에서 분주하게 왕래하는 수많은 인도사람을 바라보며 이렇게 기도했습니다. "주여, 인도의 영혼들을 불쌍히 여겨 주옵소서. 인도를 구원해주소서. 이 백성을 귀신의 손에서 해방해 주옵소서."

이번 인도 단기 선교를 결산하면서 저는 한국교회가 효과적인 인도 선교를 위해서 해야 할 일이 무엇인가를 생각해 보았습니다. 첫째, 그 땅을 지배하고 있는 마귀를 대적하는 끊임없는 중보기도가 필요하다는 것을 알았습니다. 둘째는 학교를 세워 교육을 통해서 아직 사탄의 종교에

물들지 않은 어린이들에게 생명의 복음을 심어 주는 것이 효과적이라는 것을 깨달았습니다. 셋째, 신앙의 지도자들을 많이 길러내서 그들로 하여금 인도 복음화에 앞장서도록 해야 한다고 생각했습니다.

인도에서 2주일 동안 생활하는 동안 가장 힘들게 했던 것은 인도의 역겨운 냄새였습니다. 어디를 가든지 장례식장의 탁한 향냄새와 어시장의 고기 비린내가 섞인 것 같은 역겨운 냄새가 났습니다. 또 한 가지 불편했던 점은 좋지 못한 물 사정입니다. 인도 전역의 지하수는 석회질이 많이 섞여 있어서 식수로는 적합하지 않습니다. 사먹는 식수도 물맛이 없습니다. 수돗물도 좋지 않아서 빨래해도 때가 잘 지지 않고 말라도 누런 색깔이었습니다. 이번 선교 경험을 통해서 우리는 아름답고 살기 좋은 나라, 한국에서 태어난 것을 감사했습니다. 이번 인도 단기 선교에 처음부터 끝까지 함께하신 우리 주님께 감사드리고 기도와 물질로 후원해 주신 모든 분들께 머리 숙여 고마움을 전합니다.

# 내 가슴속에 품은 간절한 소원

　윤승일이 쓴 〈내 인생을 바꾼 1% 가치〉라는 책을 보면 일본의 3대 서예가 중 한 사람인 오노도후(小野道風)의 이야기가 나옵니다. 오노도후(小野道風)는 훌륭한 스승 밑에서 서예를 배웠습니다. 나름대로 노력을 했지만 스승이 원하는 것만큼 실력이 늘지 않아 늘 책망을 들었습니다. 몇 년의 시간이 지났지만 큰 발전이 없어 가르치던 스승도 오노도후도 지치고 말았습니다. 결국 오노도후는 스승의 곁을 떠나기로 마음을 먹고 하직 인사를 하고 나왔습니다. 그는 보슬비를 맞으며 축 처진 어깨와 힘이 없는 발걸음으로 집으로 돌아가고 있는데 우연히 개구리 한 마리가 길가의 버드나무가지 위로 뛰어오르려고 안간힘을 쓰는 모습을 발견하였습니다. 그 개구리는 수 없이 시도를 하였으나 번번이 실패하여 떨어지고 또 떨어졌습니다. 그러나 끝까지 포기를 하지 않고, 애를 쓰다가 마침내 뛰어올라 작은 발을 나뭇가지에 올려놓고 말할 수 없이 만족스러

운 표정을 짓는 것 같았습니다. 이것을 본 오노도후는 차오르는 벅찬 감격을 느꼈습니다. "그래! 저거다. 나도 끝까지 노력하여 꿈을 이루고야 말리라." 하고는 오던 발걸음을 돌이켜 스승에게 다시 찾아갔고, 오랜 기간 동안 밤낮을 가리지 않고 꾸준히 연습을 거듭하여 마침내 일본 최고의 서예가가 되었습니다.

우리 한국교회의 발전을 위해 공헌한 인물 가운데 신학자 강 태국 박사를 빼놓을 수 없습니다. 강태국은 어렸을 때 부모님을 따라 성당에 다니다가 결혼한 누나의 집에서 함께 살게 되면서 기독교 신앙을 가진 누나와 함께 교회에 나가게 되었습니다. 그가 처음 교회에 나간 날 저녁설교의 내용은 "구하라 그러면 너희에게 주실 것이요 찾으라, 그러면 찾을 것이요 두드리라, 그러면 너희에게 열릴 것이니."라는 말씀이었습니다. 그날 밤 그는 무엇이든지 하나님께 구하면 이루어 주신다는 그 설교 말씀에 큰 힘을 얻었습니다. 그는 당시 매형이 경영하는 공장에서 직공의 밥을 해주며 지내고 있었는데 평상시보다 더 일찍 일어나 공장 뒤에 있는 바위에 엎드려 매일 기도하기 시작했습니다. "하나님! 저를 보통학교에 가서 공부하게 해주옵소서. 그리고 보통 학교뿐만 아니라 미국에까지 가서 공부하게 해 주옵소서." 하고 간절히 기도했습니다. 그때 드린 어린 소년의 간절한 기도는 하나님께 그대로 상달되었습니다. 강태국은 평양 숭실 전문학교를 졸업하고 일본과 미국에서 공부를 하였습니다. 그는 미국 밥존스 대학교에서 박사학위를 받고 한국에 돌아와 새문안교회 제2대

담임목사를 역임했고, 신사참배를 거부하여 수년간 감옥생활을 하기도 했습니다. 그 후 한국성서대학교를 설립하여 초대총장을 역임했고, 극동방송 초대 사장으로 일하기도 했습니다. 그는 국가 발전에 이바지한 공로를 인정받아 정부로부터 다수의 훈장을 받았습니다.

하나님께서는 "너희 안에서 행하시는 이는 하나님이시니 자기의 기쁘신 뜻을 위하여 너희에게 소원을 두고 행하게 하신다."(빌2:13)고 말씀하셨습니다. 하나님께서 이 땅에서 당신의 뜻을 이루어 가실 때에 사람들을 사용하십니다. 하나님께서 어떤 일을 하기 원하실 때 우리에게 그 일을 하고 싶은 마음을 불러일으키시고, 그 일을 할 수 있는 지혜와 힘을 주십니다. 그러므로 우리의 미래는 하나님이 심어놓으신 불타는 소원과 깊은 관계가 있습니다. 야곱은 차남이었지만 장자 복을 받고 싶은 불타는 소원을 갖고 있었습니다. 그래서 아버지 이삭을 속여 장자의 축복을 쟁취했고, 얍복 강가에서 하나님의 사람과 씨름할 때 하나님의 사람이 "날이 새려하니 나로 가게 하라." 하였지만 야곱은 "당신이 내게 축복하지 아니하면 가게 하지 아니하겠나이다." 하면서 끝까지 버티다가 결국 하나님께 큰 복을 받았습니다.

성공연구가 나폴레옹 힐(Napoleon Hill)은 불타는 소원을 가진 사람에게는 여섯 가지의 특징이 있다고 말했습니다. 첫째, "나도 할 수 있다"는 확신입니다. 둘째, 놀라운 창의력입니다. 셋째, 미래를 창조할 수 있는 위대한 상상력과 환상입니다. 넷째, 식지 않는 열정입니다. 다섯째, 자기

연단입니다. 여섯째, 집중적인 노력입니다. 사람이 불타는 소원을 가지면 이렇게 그 소원을 이루는 데 필요한 여섯 가지 필수 요소가 생겨나기 때문에 결국 그것을 이루고야 만다는 것입니다.

하버드대 윌리엄 제임스 교수는 "이루고 싶은 모습을 마음속에 그린 다음 충분한 시간 동안 그 그림이 사라지지 않게 간직하고 있으면, 반드시 그대로 실현된다. 이것은 심리학의 중요한 법칙 중의 하나이다"라고 하였습니다. 마음속에 간절하게 새기면 그대로 이루어집니다. 마음속에 승리와 성공, 풍요로움, 기쁨, 평화, 행복의 이미지를 떠올리는 사람은 아무리 큰 장애물이 있더라도 반드시 그런 인생을 살게 됩니다. "어떻게 해서라도 이렇게 되고 싶다." 하고 간절하게 바라면 그 생각이 그 사람의 행동으로 나타나고, 행동은 생각을 더욱 간절하게 합니다. 먹고 자는 것을 잊을 정도로 간절하게 바라고 하루 종일 그것을 마음 속 깊이 새기면 그 생각은 잠재의식에까지 침투해 들어갑니다. 이 잠재의식은 자고 있을 때조차도 활동하며, 간절함이 강할수록 목표를 이룰 수 있는 길로 그 사람을 인도해줍니다.

나에게는 반드시 이루고 싶은 꿈이 있습니다. 그것을 한 마디로 요약하면 '교회성장, 세계선교'입니다. 저는 여기에 대한 세밀한 목표치를 가지고 있습니다. 여기에 저의 남은 생애의 모든 것을 걸고 싶습니다.

저는 이 세상의 그 누구도, 그 무엇도 두려울 것 없지만 행여나 나이가 들어가면서 나의 이 꿈과 소원이 희미해지지는 않을까 하는 것이 가장 두려운 일입니다.

　저는 오늘도 그 꿈을 위해서 일을 하고, 그 꿈을 위해서 밥을 먹고, 그 꿈을 위해서 잠을 잡니다. 내 마음 속에 있는 그 꿈에 대한 설계도가 이루어 지지 않는다면 저는 죽어도 눈을 감지 못할 것 같습니다.

05

가짜 믿음,
진짜 믿음

하나님과 독대하라

워렌 버핏(Warren Edward Buffett)은 미국의 기업인이자 투자가입니다. 경제 전문지 '포브스'는 2014년 12월을 기준으로 그가 경영주로 있는 버크셔 해서웨이 주식이 사상 최고가로 뛴 덕에 마이크로소프트(MS) 창업주 빌 게이츠의 뒤를 이어 전 세계에서 돈 많은 갑부 2위에 이름을 올렸다고 발표했습니다. '투자의 귀재'로 불리는 버핏은 투자해야 할 정확한 때를 알고 있었고, 그때를 놓치지 않고 투자에 성공하여 세계적인 부자가 되었습니다.

그는 어려서부터 머리가 영특하여 뛰어난 기억력을 가지고 있었고, 독서광으로서 독서량이 많아 해박한 지식을 가지고 있었으며, 경영일선에서 쌓은 폭넓은 경험을 가지고 있습니다. 또한 열정과 정직한 성품과 이웃을 사랑하는 따뜻한 마음까지 가지고 있습니다. 그래서 그를 만나 대화하고 싶은 사람들이 많습니다. 이것을 알고 미국의 다국적 인터넷 기업인 이베이가 워렌 버핏과 함께 점심식사를 할 수 있는 시간을 매년 경매에 붙였습니다. 버핏 회장과 한 끼 식사를 하며 '투자에 대한 조언'을 듣기 원하면 돈을 내라는 것입니다. 낙찰자는 뉴욕 맨해튼의 스테이크 전문식당 '스미스 앤드 월런스키'에서 버핏 회장과 함께 점심식사를 한다는 조건입니다.

낙찰가는 상상을 초월한 엄청난 액수였습니다. 2012년에는 40억에 낙찰 되었고, 2013년에는 11억 2천만 원, 2014년 올해는 22억에 낙찰되었습니다. 수입금은 전액 샌프란시스코에 위치한 노숙자를 위한 자선재단 '글라이드'에 기부되었는데 2000년부터 지금까지 식사경매를 통해 이 재단에 기부된 돈은 모두 1천 600만 달러(약 164억)였습니다.

저는 이 기사를 읽으면서 워렌 버핏과 독대하여 식사 한 번 하고 22억 원이라는 큰돈을 내놓는다는 것이 선뜻 이해가 되지 않았지만 그 금액을 써서 낙찰을 받은 사람은 워렌 버핏을 만나 교제하며 투자전략(戰略)과 정보(情報)를 얻는 것이 낙찰가 그 이상의 가치가 있다고 믿기 때문일 것이라고 생각했습니다. 또 이런 생각을 했습니다. "이 세상의 투자 전문가와 독대하여 식사 한 번 하는 것이 22억 원의 돈을 내놓을 만큼 가치가 있는 일이라면 우주만물을 창조하신 하나님과 독대(獨對)하는 일은 얼마나 가치 있고 중요한 일일까?"

하나님께서는 이사야 선지자를 통해서 "너희는 여호와를 만날 만한 때에 찾으라. 가까이 계실 때에 그를 부르라."(사55:6) 하였고, 예레미야 말씀에서 하나님께서는 "너희가 내게 부르짖으며 내게 와서 기도하면 내가 너희들의 기도를 들을 것이요, 너희가 온 마음으로 나를 구하면 나를 찾을 것이요 나를 만나리라."(렘29:12~13) 하셨습니다. 하나님께서 언제든지 우리를 만나주실 의향이 있음을 밝히셨습니다. 우리는 기도를 통해서 언제든지 하나님과 독대할 수 있습니다.

우리는 하나님과 독대할 때 어떤 태도로 대화를 나누어야 할까요? 먼저 마음에 아무런 거리낌이 없이 허심탄회(虛心坦懷)하게 대화를 해야 하겠습니다. 하나님은 우리가 구하기 전에 이미 우리에게 있어야 할 것을 아시기 때문입니다.(마6:8) 하나님은 나의 모든 것을 훤히 알고 계십니다. 나의 앉고 일어섬을 아십니다. 멀리 있어도 당신은 내 생각을 꿰뚫어 보십니다. 내가 길을 걸어갈 때나 자리에 누웠을 때의 모습을 보고 계시고, 내 모든 행실을 모르는 것이 아무것도 없습니다. 심지어 내가 입을 벌려 말하기 전에 무슨 말을 할지를 다 아십니다. 그러므로 하나님과 대화할 때는 솔직하고 진실하게 해야 합니다.

하나님과 독대하여 구할 때는 시시한 것을 구하지 말고, 큰 것을 구해야 합니다. 하나님은 구하는 사람에게 후히 주시고 꾸짖지 않는 분이라고 하셨습니다.(약1:5) 작은 것을 구하는 것보다 오히려 통이 크게 구하는 사람을 칭찬하십니다.

알렉산더 대왕 곁에 늘 지혜를 빌려주던 늙은 장수가 하나가 있었습니다. 그는 나이가 들어 오랜 군 생활을 마치고 고향마을로 돌아가게 되었습니다. 알렉산더가 퇴역하는 장수에게 한 가지 소원을 말하라고 했습니다. 그때 장수는 잠시 머뭇거리다가 "폐하! 폐하께서 점령하신 많은 나라들 가운데 한 나라를 저에게 주십시오."라고 말했습니다. 듣고 있던 주위의 다른 장수들이 깜짝 놀라 왕의 얼굴을 주시해서 보았습니다. 왜냐하면 왕에게 나라를 요구하는 것은 불경죄에 해당되며, 자칫 왕에게 처형을 당할 수도 있기 때문입니다. 그때 알렉산더는 크게 웃으며 "그대는 내가 나라 하나라도 줄 수 있을 만큼 나를 큰 자로 인정했도다. 그대는 내게 큰 영예를 안겼도다. 한 나라를 가져가 다스리도록 하여라." 하면서 기뻐했습니다.

시인 정려성의 〈꿈과 기도를〉이라는 시(詩)가 있습니다. "꿈이 큰 사람은 큰 기도를 할 게다/큰 기도를 한 사람은 아마 큼지막한 일들을 할 게다/꿈이 없는 사람은 기도를 하지 않을 게고/기도를 하지 않은 사람은 아마 모르긴 몰라도 아무 일도 못할 게다/그러므로 기도를 하는 사람들에게 실패란 있을 수 없다는 말이 된다/오늘의 실패란 아직 성공에 도달하지 못한 한갓 과정에 불과한 것/오늘의 불행은 아직 행복에 도달하지 못한 한갓 수단에 불과한 것/네 번째 쓰러졌다가 다섯 번째 일어나면 그만 아니냐?/일곱 번째 실패했다가 여덟 번째 성공하면 그만 아니냐?/100번째 쓰러졌다가 101번째 일어나 보라/1000번째 실패했다가 1001번째 성공해 보라/꿈이 적은 사람은 적은 기도를 하고/적은 기도를 한 사람은 적은 일들을 하듯이/'할 수 있거든'이 무엇이냐?/알 사람은 알고 모를 사람은 몰랐으면 좋겠다."

양치기 가정의 말째 아들로 태어나 목동 생활을 하다가 이스라엘 통일 왕국의 임금이 된 다윗은 하나님에 대하여 이렇게 고백합니다. "여호와여 위대하심과 권능과 영광과 승리와 위엄이 다 주께 속하였사오니 천지에 있는 것이 다 주의 것이로소이다. 여호와여 주권도 주께 속하였사오니 주는 높으사 만물의 머리이심이니이다. 부와 귀가 주께로 말미암고 또 주는 만물의 주재가 되사 손에 권세와 능력이 있사오니 모든 사람을 크게 하심과 강하게 하심이 주의 손에 있나이다."(대상29:11-12) 이 위대한 고백이 다윗을 위대한 사람으로 만들었습니다. 다윗은 항상 위대하신 하나님께 나아가 기도로 독대하기를 좋아했고, 그 하나님께 통 큰 기도를 올림으로 위대한 사람이 되었습니다.

우리의 인생은 어떤 환경에서 태어났느냐에 따라 결정되는 것이 아닙니다. 얼마나 좋은 조건으로 출발했느냐에 따라 결정되는 것도 아닙니다. 하나님을 크고 위대하신 분으로 인정하고 그분과 얼마나 자주 독대하며, 그분과 친밀한 관계 속에서 살아가느냐에 따라 인생이 달라집니다. 그리고 그의 기도의 크기에 따라 크게 이루기도 하고, 작게 이루기도 합니다.

하나님께서는 우리가 찾아오면 언제든지 거절하지 않으시고 만나주시며, 우리의 말을 경청해 주십니다. 하나님을 독대할 수 있는 영광과 특권을 놓치지 맙시다. 하나님을 만나는 일은 돈이 들지 않습니다.

죽기 살기로 성경 읽기

"일일부독서 구중생형극(一日不讀書 口中生型棘)" 하루라도 책을 읽지 않으면 입안에 가시가 돋는다는 이 말은 안중근 의사가 1910년 음력 3월에 중국 여순(旅順)의 일제 감옥에서 독서의 중요성에 대해 유묵(遺墨)으로 써 남긴 유명한 글입니다. 안중근 의사의 독창성이 돋보이는 명구(名句)로서 실천 운동에 참여하면서도 학문을 게을리해서는 안 된다는 경구(警句)입니다. 안중근 의사의 이 말은 책을 끊임없이 읽어야 한다는 의미인데 입안에 가시가 돋는다는 말은 입에서 가시처럼 뾰족하고 날카로운 말이 나온다는 의미입니다. 다시 말해서 하루라도 글을 읽지 않으면, 내가 알고 있는 사실들로 인해 나와 다른 의견을 받아들이기를 소홀히 하기 쉽다는 의미입니다. 안중근 의사는 이것을 경계하고, 방지하기 위해서 책을 꾸준히 읽어야 한다고 말했습니다.

책은 생각하는 힘을 길러줄 뿐만 아니라 풍부한 간접경험을 얻게 합니다. 책을 읽지 않는 사람은 현실감각을 잃어버리기 쉽지만, 책을 가까이하는 사람은 나와 타인, 더 나아가 세상을 이해할 수 있는 폭넓은 사고력과 유연성을 얻을 수 있습니다.

그러면 무슨 책을 읽어야 할까요? 마이크로소프트사 창업자 빌 게이츠 회장은 "나는 매일 밤 독서를 한다. 대중적 신문이나 잡지 외에 적어도 한 가지 이상의 주간지를 처음부터 끝까지 읽는 습관이 있다. 만일 내가 과학과 비즈니스 등 관심 분야의 책만 읽는다면, 책을 읽고 나서도 내게 아무런 변화가 일어나지 않을 것이다. 이것이 내가 여러 가지 책을 읽는 이유이다." 하였습니다.

작가 신봉승 선생은 '문사철(文史哲) 600'을 강조하였습니다. 지식인이나 교양인이 되기 위해서는 30대가 끝나기 전에 문학책 300권, 역사책 200권, 철학책 100권은 마스터해야 한다는 것입니다. 최근 들어 특히 경영의 대가들은 인문학의 중요성을 크게 강조하고 그 계통의 책을 많이 읽고 있습니다.

꼭 읽어야 할 책 중에 또 한 권의 책이 있습니다. 전 세계에서 가장 많이 팔리고 가장 많이 읽히는 책, 성경책입니다. 성경은 현재까지 2천 2백 3십 3개 언어와 방언으로 번역되었고, 1815년부터 지금까지 약 25억 부가 팔린 것으로 집계되었으며, 지금도 매년 약 4천 4백만 부가 팔리고 있습니다.

성경이 이렇게 엄청나게 팔리고 있는 것은 그것이 사람들에게 감동을 주고, 변화를 일으키고 있기 때문입니다. 성경 말씀은 우리의 삶의 지침서입니다. 우리가 어떻게 살아야 하는지, 무엇은 하고 무엇은 하지 말아야 하는지를 알려 줍니다. 그 지침대로 산다면 인간은 가장 행복하고, 가장 안전하며, 가장 능력 있고, 가장 의미 있게 인생을 살아갈 수 있습니다.

성경 말씀은 내 인생길의 빛이요, 등불입니다.(시119:105) 성경 말씀은 우리를 새 사람으로 거듭나게 하며(벧전1:23), 깊은 믿음이 생겨나게 합니다.(롬10:17) 성경 말씀은 악령들을 물리칠 수 있는 무기이며(엡6:17), 영혼의 양식입니다.(마4:4)

성경 말씀을 즐거워하여 그 말씀을 주야로 묵상하는 사람은 시냇가에 심은 나무가 철을 따라 열매를 맺으며, 그 잎사귀가 마르지 아니함 같아서 그가 하는 모든 일이 다 형통하게 됩니다.(시1:1~3) 성경 말씀을 입에서 떠나지 말게 하며, 주야로 그것을 묵상하여 그 안에 기록된 대로 다 지켜 행하면, 그의 길이 평탄하게 될 것이며 형통하게 됩니다.(수1:8)

1874년 황해도 안악에서 태어난 김익두라는 사람이 있었습니다. 청년 시절에 수시로 주변 사람들을 괴롭히기로 유명한 사람이었습니다. 그러다가 1900년 미국인 선교사 W. L. 스왈렌의 전도를 받고 기독교인이 되었습니다. 그는 1910년 평양장로회 신학교를 졸업하고 목사가 되었고, 목회자로, 부흥사로 활동했습니다. 그는 신앙생활을 시작한 초창기 때부터 성경을 사랑하여 늘 가까이 했습니다. 세례받기 전에 그는 신약성경을

100번 이상 읽었고, 틈틈이 성경을 읽어 구약성경 1백 번 이상, 신약성경을 1천 번 이상 읽었다고 합니다. 그는 성경을 읽을 때마다 눈물로 읽었으며, 성경을 통해 예수님의 심정을 읽었습니다. 그는 이렇게 고백합니다. "나는 예수님의 행적이 기록된 복음서를 읽을 때마다 한 번도 울지 않은 적이 없다. 예수님이 십자가를 지고 가는 모습, 그 십자가에 매달려 못박히신 장면을 상상만 해도 눈물이 앞을 가려 성경 글씨가 눈에 보이지 않는다. 나는 금식도 많이 해 보고, 이적도 많이 체험해 보고, 부흥 집회도 많이 해 보았으나 성경을 읽어 얻은 은혜보다 더 큰 은혜가 없음을 깊이 깨달았다." 하고 고백했습니다.

김익두 목사는 한국 교회사를 빛낸 위대한 부흥사였습니다. 그의 부흥회는 1919년 3·1운동 직후부터 약 20년 동안 전국을 휩쓸었고, 시베리아와 일본에까지 성령의 폭발적인 역사를 일으켰는데, 이는 부흥회 방식이 처음부터 끝까지 성경적이었기 때문이라는 평가를 받고 있습니다. 김목사의 부흥회에 참석하여 치유를 받은 사람과 은혜받고 거듭난 사람은 수없이 많습니다. 김 목사가 인도한 부흥회 집회는 대략 776회, 설교 횟수는 2만 8천 번이었으며, 그의 부흥회로 인해 150개의 교회가 건축되었고, 유치원이 120개나 세워졌습니다. 또한, 그의 감화로 목사가 된 사람이 200명이나 되었습니다. 우리나라 최초의 신학박사 남궁혁도 1917년 광주부흥회에서 김익두 목사의 설교를 듣고 목사가 되었고, 유명한 신학자 김재준 목사도 그를 통해 기독교인이 되었습니다. 1920년 5월 27일 마산 문창교회에서 열린 부흥사경회에 참석한 주기철은 김익두 목사의 "성신을 받으라" 하는 제목의 설교를 듣고 평양신학교에 진학했습니다.

최근 정보통신정책연구원 정용찬 연구위원이 작성한 보고서에 따르면 우리나라의 1인 가구의 1일 TV 이용 시간은 3시간 10분, 부부만 사는 1세대 가구는 3시간 24분으로 나타났습니다. 하지만 한 사람의 1일 독서 시간은 하루 평균 26분에 그쳤습니다.

사람에게는 육체와 영혼이 있습니다. 육체는 음식을 먹어야 살지만, 영혼은 하나님의 말씀을 먹어야 삽니다. 그런데 왜 사람들은 성경을 잘 읽지 않을까요? 요즘 어린이들이 인스턴트 식품, 불량식품을 많이 먹다 보니 거기에 맛들여, 엄마가 차려준 영양가 있는 음식을 싫어하는 것처럼, 타락한 세속 문화에 오염이 된 그리스도인들이 말씀에 대한 입맛을 잃어버렸기 때문입니다.

영적인 입맛을 잃어버렸다고 해서 죽어가는 내 영혼을 그대로 방치할 수는 없습니다. 먹어야 합니다. 억지로라도 먹어야 합니다. 죽기 살기로 먹어야 합니다. 내 몸을 쳐서 복종시키고 말씀을 먹어야 합니다. "지금은 피곤하니 정신이 맑을 때 읽어라." "지금은 바쁘니 한가할 때 읽어라." "성경을 꼭 읽어야 해? 지금까지 성경을 읽지 않았어도 잘 살아왔지 않니?" 하고 성경 읽기를 방해하는 악마의 유혹을 뿌리치고 치열하게 성경을 읽어야 합니다.

나 자신과의 싸움

프랑스의 유명한 소설가 빅토르 위고는 인생에는 세 가지의 싸움이 있다고 말했습니다. 첫째, 인간과 자연과의 싸움입니다. 그는 이 싸움을 그리기 위하여 〈바다의 노동자〉라는 작품을 썼습니다. 자연은 우리에게 따뜻한 어머니이기도 하지만, 때로는 잔인한 인간의 적이요, 라이벌입니다. 그래서 인간은 자연과의 끊임없는 투쟁을 해왔습니다. 둘째, 인간과 인간과의 싸움입니다. 빅토르 위고는 이것을 그리기 위하여 〈93년〉이라는 작품을 썼습니다. 인간과 인간과의 싸움은 개개인의 싸움에서 시작하여 이념과 정치노선으로 갈라져 싸우기도 하고, 국가와 국가, 민족과 민족이 싸우기도 합니다. 인간들은 생존하기 위해서 이렇게 끊임없이 다른 사람과의 치열한 싸움을 해왔습니다. 셋째, 자기 자신과의 싸움입니다. 빅토르 위고는 이 싸움을 그리기 위하여 유명한 〈레미제라블〉을 썼습니다. 그는 이 작품에서 장발장이라는 주인공을 등장시켜 한 인간의 마음속에서 선한 자아와 악한 자아가 서로 갈등하고 싸우고 있는 모습을 적나라하게 드러내고 있습니다.

우리의 마음은 전쟁터입니다. 진실과 거짓, 의와 불의가 싸우고 있습니다. '용기 있는 나와 비겁한 나', '부지런한 나와 게으른 나'가 싸우고 있습니다. '감사하며 살아가는 나와 불평하기 좋아하는 나', '자족하며 살아가는 나와 탐욕스러운 나'가 싸우고 있습니다. '자신을 존중히 여기는 나와 열등의식에 사로잡힌 나', '너그러운 나와 잔인한 나'가 끊임없이 싸우고 있습니다. 내가 내 자신과 싸우는 싸움, 이것은 고등동물인 인간의 자랑이요 영광인 동시에 고뇌와 비극의 원천이기도 합니다. 이 싸움이 있기 때문에 인간은 실로 위대합니다.

이 싸움의 성패는 한 인간의 일생을 좌우합니다. 성공적인 인생을 산 사람들은 이 싸움에서 긍정적인 자아가 부정적인 자아를 굴복시키고 이긴 사람들이며, 실패한 인생을 산 사람들은 긍정적인 자아가 부정적인 자아에게 무릎을 꿇은 사람들입니다.

히말라야 16좌 등정을 위해 38번의 도전을 하였고, 그 중에서 20번의 성공을 거둔 유명한 등산가 엄홍길 대장은 "수많은 시련 앞에서도 흔들리지 않고 산을 오르려면 정상을 정복하기에 앞서 먼저 나 자신을 정복해야 한다."고 말했습니다.

2007년 2월 도쿄 세계선수권대회에서 쇼트프로그램 세계최고기록을 세우고 우승한 김연아 선수는 한 인터뷰에서 "제가 추구하는 피겨는 남과의 경쟁에서 이기는 것이 아니라 나와의 싸움에서 이기는 거예요. 제가 만족할 수 있는 수준에 도달하는 것, 지금은 그게 가장 중요해요." 하고 말했습니다.

잠언 말씀에 "노하기를 더디하는 자는 용사보다 낫고 자기의 마음을 다스리는 자는 성을 빼앗는 자보다 나으니라."(잠16:32) 했습니다. 자기의 혈기를 다스릴 줄 아는 사람은 활을 잘 쏘고 검술에 뛰어난 용사보다 훨씬 낫고, 자기의 마음을 다스리고 통제할 수 있는 사람은 성을 빼앗고 공을 세운 사람보다 훨씬 훌륭하다는 것입니다.

사도바울은 "내가 내 몸을 쳐 복종하게 함은 내가 남에게 전파한 후에 자신이 도리어 버림을 당할까 두려워함이로다."(고전9:27) 하고 고백했습니다. 열심히 복음을 전하여 많은 사람의 영혼을 구원하였다고 하더라도 자신을 절제하지 못하고 교만하여 하나님의 영광을 가로채거나 믿음에서 떨어지면 버림을 받기 때문에 늘 자신의 몸을 쳐서 주님께 복종을 시킨다는 말씀입니다. 그러므로 우리가 싸워서 이겨야 할 대상은 다른 사람이 아닌 나 자신입니다. 항상 나 자신과의 싸움에서 패배 의식과 열등의식에 사로잡힌 나, 부정적이고 탐욕적인 나, 비신앙적이고 비양심적인 나 자신을 굴복시켜야 합니다. 나 자신을 이기는 이것만이 진정한 승리입니다.

그러면 나 자신과의 싸움에서 이기기 위해서는 어떻게 해야 할까요? 나 자신과의 싸움에서 이기기 위해서는 하나님의 도움이 절대적으로 필요하지만, 거기에 반드시 나의 의지와 선택이 더해져야 합니다.

한 늙은 인디언 추장이 어린 손자를 앞혀놓고 사람의 내면에서 끊임없이 일어나는 싸움에 관하여 이야기해 주었습니다. 손자는 할아버지의 말씀이 이해되지 않아서 그 싸움이 무엇이냐고 물었습니다. 추장은 궁금해 하는 손자에게 이렇게 설명했습니다. "얘야, 우리 모두의 마음속에서는 두 마리의 늑대가 싸움하고 있단다. 한 마리는 악한 늑대로서 그놈이 가진 것은 혈기, 질투, 슬픔, 탐욕, 거만, 죄의식, 열등감, 거짓, 자만심, 우월감 그리고 이기심이란다. 그리고 다른 한 마리는 좋은 늑대인데 그놈이 가진 것들은 기쁨, 평안, 사랑, 소망, 인내심, 온유, 겸손, 친절, 동정심, 아량, 진실, 배려 그리고 믿음이지." 추장은 이 싸움이 자기 자신뿐만 아니라 나이가 어린 손자의 마음속에도 일어나고 있다고 말해주었습니다. 손자가 추장 할아버지에게 물었습니다. "할아버지! 그러면 어떤 늑대가 이겨요?" 추장은 "내가 먹이를 많이 주는 놈이 이기지." 하고 짧게 대답하였습니다.

이 이야기 속에서 우리가 찾을 수 있는 교훈은 무엇입니까? 나 자신과의 싸움에서 승패를 좌우하는 가장 중요한 요인은 자기 자신의 의지라는 것입니다. 나 자신이 누구의 편을 들어줄 것이며, 무엇을 선택할 것인가에 따라서 싸움의 결과는 달라진다는 것입니다. 그렇습니다. 하나님은 우리를 지으실 때 로봇이나 꼭두각시로 만들지 않았습니다. 우리 스스로 판단하고 결정할 수 있는 자유의지를 주셨고, 도덕과 윤리를 지킬 수 있는 능력과 양심을 주셨습니다. 그러므로 우리는 어떤 생각을 할 것인지, 어떤 말과 행동을 할 것인지를 선택할 수 있습니다. 자유의지를 통한 선택과 결단은 우리 자신의 몫입니다. 그리고 그 결과도 자신이 책임져야 합니다. 순간의 선택이 평생을 좌우할 수도 있습니다.

고난의 날에도 집을 지어야 합니다

러시아가 낳은 천재적인 작가 도스토예프스키는 20세기 소설 문학 전반에 걸쳐 지대한 영향을 주었습니다. 그는 인간 심성의 가장 깊은 곳까지 꿰뚫어 보는 심리적 통찰력으로 영혼의 어두운 부분까지 드러내 보였습니다. 그가 쓴 장편소설들 〈죄와 벌〉, 〈백치〉, 〈악령〉, 〈카라마조프가(家)의 형제들〉 등은 그의 삶의 지혜와 영혼의 울림을 전달하는 데 예술이 매체로 이용된 뛰어난 본보기이며, 그에게 세계문학사상 위대한 소설가라는 사실을 증명했습니다.

가난한 군의관의 둘째 아들로 태어난 도스토예프스키는 불우한 환경 속에서 자랐습니다. 16세의 어린 나이에 사랑하는 어머니와 사별했고, 그가 공병학교에 다니던 18세 때 아버지가 농노들에게 살해당하는 끔찍한 사건이 발생했습니다. 그때의 충격으로 그에게는 발작 증세가 나타나기 시작했습니다. 공병학교를 졸업하고 소위로 임관하여 군 생활을 하다가 제대한 후 〈가난한 사람들〉이란 글을 써서 문단의 총아로 떠오르기도 했습니다. 그러나 사회주의적 결사에 가담했다가 체포되어 사형선고를 받았고, 총살 직전에 황제의 특별사면으로 극적으로 목숨을 건졌습니다. 그 후 시베리아로 유배되어 4년 동안 징역살이를 했으며, 다시 5년간 중앙아시아에서 사병으로 복무를 하면서 말로 형용할 수 없는 고생을 했습니다. 그의 결혼생활도 불행하였습니다. 36세에 맞이한 아내 '마리아 이사예프'는 결혼 전에 사귀던 남자와 관계를 끊지 못하여 그에게 극심한 배신감과 심적 고통을 안겨주다가 43세에 폐결핵으로 죽고 말았습니다. 그는 3년 후 재혼하여 아들을 얻었으나 아들을 안아 본 기쁨도 잠깐 그 아들은 러시아의 추위를 이기지 못하고 죽었습니다. 아들의 죽음으로 피를 토하는 슬픔을 겪고 있던 그에게 간질병이 찾아왔고, 그는 한평생 그 병으로 고통을 당하였습니다.

도스토예프스키에게 고난은 거친 바다의 파도처럼 쉬지 않고 밀려왔고, 그를 생과 사가 보이는 갈림길까지 몰아붙였습니다. 그러나 그는 그 고난 앞에 무릎을 꿇지는 않았으며, 고난이 강력한 힘으로 그를 쥐어짜면 짤수록 마치 누에가 명주실을 뽑아내듯 주옥같은 글을 써내려갔습니다. 그는 극한의 고통과 시련 속에서 불후의 명작들을 발표했는데 그의 작품 〈분신〉, 〈백야〉 등에서 섬세하게 묘사하고 있는 불행한 사람들의 심리는 자신의 쓰라린 경험에서 나온 것들입니다. 특히 장편 〈죄와 벌〉을 발표했던 1866년은 경제적으로 너무 어려워서 빚쟁이들을 피하여 4년째 도망을 다녔고, 아내 마리아와 형이 갑작스럽게 세상을 떠난 해였습니다.

이 세상에서 가장 향기로운 향료는 꽃이나 열매에서 뽑아낸 것이 아니라 병든 고래의 기름에서 추출한다고 합니다. 해열, 진정, 강심제 등으로 사용되는 우황(牛黃) 또한 소의 담낭, 담관의 염증으로 생긴 결석을 건조시켜 만든 약재입니다. 도스토예프스키의 심오한 문학세계는 질병의 고통과 불우한 환경에서 만들어진 결정체라고 할 수 있을 것입니다.

도스토예프스키의 작품뿐만 아니라 역사 속에 길이 남을 동양의 위대한 작품들도 대부분 최악의 고난 속에서 탄생했습니다. 성군 주문왕(周文王)은 은나라의 감옥에 갇혀 고생하는 동안 〈주역(周易)〉을 썼고, 공자는 진나라에서 곤경에 처했을 때 〈춘추(春秋)〉를 썼습니다. 초나라의 정치가 굴원(屈原)은 초나라에서 추방되고 나서 〈이소경(離騷經)〉을 지었고, 노나라의 태사(太史) 좌구명(左丘明)은 한쪽 눈이 실명되고 나서 〈국어(國語)〉를 쓰기 시작했습니다. 손자(孫子)는 다리가 잘리는 형벌을 받은 후 〈손자병법(孫子兵法)〉을 완성했고, 진나라의 재상 여불위(呂不韋)는 촉나라로 귀양 가서 〈여람(呂覽)〉을 남겼습니다. 춘추전국시대 중국의 정치철학자 한비(韓非)는 진나라에 억류된 후 〈세난(說難)〉, 〈고분(孤憤)〉을 쓸 수 있었습니다.

너무 안락한 환경은 사람뿐만 아니라 식물에게도 정체와 쇠퇴를 가져다주는 원인이 됩니다. 그래서 양질의 포도를 생산하는 프랑스의 농가에서는 포도나무를 좋은 땅에 심지 않는다고 합니다. 토질이 좋은 땅에 포도나무를 심으면 나무가 빨리 자라 포도송이가 굵기는 하지만 포도나무가 뿌리를 깊이 내리지 않아 오염된 물을 흡수하기 때문에 포도의 품질이 떨어지기 때문입니다. 포도나무를 척박한 땅에 심으면 빨리 자라지는 못해도 포도나무가 땅속 깊이 뿌리를 내려서 양질의 수분과 영양분을 흡수하기 때문에 질이 좋은 포도를 얻을 수 있다고 합니다.

채송화에게 너무 물을 많이 주면 게을러져서 꽃을 피우지 않습니다. 그러나 물이 부족하면 위기감을 느끼고 종족을 보존하기 위해서 꽃을 피웁니다. 장미에게 꽃을 많이 피우게 하려면 퇴비를 많이 주어서는 안 되며, 인정사정없이 가지치기를 해주어야 합니다. 수목한계선에서 자란 나무는 단단하여 쉽게 망가지지 않기 때문에 그것으로 고운 소리를 내는 명품 악기를 만듭니다. 경사지에서 자란 수박은 굴러떨어지지 않기 위해 더욱 싱싱하게 자랍니다. 겨울의 추위가 길어지면 봄철에 나무들이 더 푸른빛을 띱니다.

공기의 저항이 없으면 독수리가 비상할 수 없습니다. 물의 저항이 없으면 배가 뜰 수 없습니다. 태풍이 없으면 바다는 오염 물질을 걸러내지 못합니다. 절간의 추녀 끝에 걸어 놓은 풍경(風磬)은 바람이 불지 않으면 소리가 나지 않습니다. 시련과 역경은 깊이 있는 사람으로 만들며, 환경에 적응하려는 노력이 인간을 성장시킵니다.

우리가 고난을 불러들이거나 반길 수는 없지만 그것을 두려워할 필요는 없습니다. 우리가 뛰어 넘지 못할 고난과 역경은 없습니다. 고난과 역경은 용기 없고 나약한 사람들에게는 강하지만 맞붙어 싸울 의지가 있는 사람 앞에서는 결국 백기를 들고 맙니다.

　새는 바람이 가장 강하게 부는 날 집을 짓는다고 합니다. 강한 바람에도 견딜 수 있는 튼튼한 집을 짓기 위해서입니다. 나뭇가지가 꺾이는 태풍이 불어와도 새들의 집이 부서지지 않는 것은 바로 이런 까닭입니다. 우리는 고난의 날에도 집을 지어야 합니다. 지금 힘들다고 주저앉으면 미래의 조건이 좋아질 리가 없습니다. 고난을 의연하게 대처하면 오늘의 악조건이 내일의 호조건이 될 것입니다.

마음의 상처와 질병

미국 존스 홉킨스 병원에 한 청년이 찾아왔습니다. 그 청년은 염증으로 위장이 녹아내리는 병을 앓고 있었습니다. 의사들은 여러 가지 검사를 통해서 병의 원인을 찾아보았으나 발견하지 못했습니다. 의사들은 염증으로 녹아내리는 청년의 위를 3분의 1 정도 잘라내고 퇴원을 시켰습니다. 그런데 얼마 지나지 않아 청년이 다시 병원을 찾아왔습니다. 검사를 해보니 위장에 다시 염증이 생기고 녹아내리기 시작했습니다. 의사들은 다시 위장 3분의 1을 잘라냈으나 수술만으로는 완치가 되지 않는다는 것을 알고 그 청년을 정신과로 보냈습니다. 정신과 의사와 담당 목사가 그 청년과 상담을 했습니다. 그 결과 청년은 6살 때에 부모로부터 버림을 받아 고아원에 보내졌었다는 사실을 알게 되었습니다. 그는 그때부터 23년 동안 자신을 버린 부모님에 대한 증오와 분노를 품고 살아 왔습니다. 그는 세상을 경멸했고 두려워하기도 했습니다. 의사들은 청년의 병이 바로 여기에서 왔다는 것을 알게 되었습니다.

한 사람이 험한 이 세상을 살아갈 때 상처를 전혀 받지 않고 살 수는 없습니다. 그러나 그때그때 그 상처를 치유 받지 못하고 그대로 남아 있을 때 그 상처가 응어리져서 한(恨)이 됩니다. 이러한 깊은 마음의 상처는 사람의 영과 육은 물론이거니와 사회성까지도 병들게 하고 파괴시킵니다. 이것들은 정신적으로 육체적으로 온갖 병의 원인이 되기도 합니다. 병원에 입원한 환자들 가운데 100명 중의 87명 정도가 바로 이 마음의 상처인 한(恨)이 만든 병이라고 말합니다. 불안증, 불면증, 우울증, 병적인 분노, 중독증, 피부 장애, 혈압 장애, 위장 장애, 류마티스 관절염 등의 질병을 일으키는 주된 원인이 됩니다.

위장이 녹아가는 그 청년을 치료하던 의사들과 목회자는 병원 관계자들의 도움을 받아 청년의 부모를 수소문하여 찾았습니다. 아버지는 이미 돌아가셨고 어머니만 살아계셨습니다. 아들을 만난 어머니는 아들 앞에서 당시 아들을 고아원에 보낼 수밖에 없었던 이유를 말해주었습니다. 그리고 아들 앞에서 무릎을 꿇고 눈물을 흘리며 용서를 빌었습니다. 어머니의 진실한 눈물을 본 아들은 어머니를 용서하기로 했습니다. 그 후 그 청년에게는 놀라운 변화가 일어났습니다. 얼굴이 환하게 밝아졌고, 예전에 전혀 없었던 마음의 기쁨과 평안이 찾아왔습니다. 그리고 녹아내렸던 위장의 염증은 없어지고 완전히 회복되었습니다.

우리는 우리의 삶을 꼼꼼히 돌아볼 필요가 있습니다. 내 마음에 평화가 없고, 자주 짜증이 나지 않습니까? 별것도 아닌 일에 지나치게 근심 걱정을 하고 소심하지는 않습니까? 자주 혈기를 내거나 불평을 하지는 않습니까? 본의 아니게 가까운 사람들에게 자주 상처를 주지는 않습니까? 대인공포증은 없습니까? 병원에서도 원인을 찾지 못한 질병으로 고통을 당하고 있지는 않습니까?

우리는 이런 원인을 다른 사람이나 환경 탓으로 돌립니다. 그러나 이런 현상들은 대부분 내 마음속에 남아 있는 치유 받지 못한 상처들과 관계가 있습니다. 치유 받지 못한 상처는 인간관계와 건강에 치명적인 악영향을 미칩니다. 그 사람이 속해 있는 가정과 교회, 그리고 사회 공동체에 나쁜 영향을 주며, 더 나아가 하나님과의 관계까지 가로막기도 합니다. 그래서 하나님의 말씀이 그 사람의 마음 밭에 뿌리를 내리지 못하도록 방해합니다.

우리에게 치유 받지 못한 상처와 아픔이 있다면 어떻게 해야 할까요? 내 상처와 아픔을 치유할 수 있는 분에게 나아가야 합니다. 하나님의 이름 중에는 '여호와 라파'가 있습니다. 여호와는 치유하시는 분이라는 뜻입니다. 주님은 상심한 자들을 고치시며 그들의 상처를 싸매시는 분입니다.(시147:3)

예수님은 삭개오의 외모에 대한 핸디캡과 직업에서 온 상처를 치유해 주셨습니다.(눅19:5) 배신자요, 패배자라는 의식에 눌려 있던 베드로를 찾아오셔서 세 번이나 "네가 나를 사랑하느냐?" 물으면서 그의 마음

속에 있는 상처를 치유해 주셨습니다.(요21:15~17) 여섯 번이나 남자를 바꾸며 불행한 삶을 살던 사마리아 수가성의 한 여인을 찾아가 그녀가 가지고 있던 수치심을 치유하시고, 잃어버린 자존감을 회복시켜 주셨습니다.(요4:29~30) 침상에 누운 한 중풍 병자를 향하여 "작은 자야 안심하라 네 죄 사함을 받았느니라."(마9:2)하시며 그가 가지고 있었던 죄의 중압감에 대한 상처를 치유해 주셨습니다.

상한 갈대도 꺾지 아니하며 꺼져가는 심지 불도 끄지 아니하십니다.(마12:20) 그분은 마음속에 온갖 상처와 아픔을 가지고 살아가는 사람들에게 "수고하고 무거운 짐을 진 자들아 다 내게로 오라. 내가 너희를 쉬게 하리라."(마11:28)하고 말씀하십니다.

만일 치유 받지 못한 상처가 있다면 우리는 지체하지 말고 주님 앞에 나아가야 합니다. 그분에게 내 상처와 피멍을 보이고, 언제 어디서 누구에게 무슨 일로 상처를 받았는지를 구체적으로 말씀드려야 합니다. 나의 쓰라린 아픔과 고통을 남김없이 토해야 합니다. 그러면 주님은 십자가에서 흘리신 보혈로 우리의 상처를 씻어주시고, 깨끗이 치유해 주실 것입니다.

"주님! 제가 지금 상처 때문에 너무 아픕니다. 내 상처를 사람들은 더이상 손대지 못하도록 하시고, 주님의 손으로 만져주셔서 깨끗하게 하옵소서."

종교다원주의와 기독교

　부천의 어느 교회에 출석하는 성도님 한 분이 있었습니다. 그분은 신앙생활을 시작하자마자 모든 예배에 열심히 참석하셨습니다. 그분이 신앙생활을 한지 몇 년째 되는 해였습니다. 부천에서 석가탄신일인 사월초파일 밤 일천여명의 불교신도들이 등불을 밝히고 부처에게 복을 비는 연등행사를 했습니다. 시내를 한 바퀴 도는 긴 연등 행렬이 그 성도님이 다니는 교회당 앞을 지나가게 되었습니다. 그 교회 담임목사님은 교회 앞에 나와 등을 들고 지나가는 불교신도들을 바라보고 있었습니다. 그런데 바로 그때였습니다. 목사님의 눈을 의심할 수밖에 없는 모습이 포착되었습니다. 그 연등 행렬 속에 그 교회에 열심히 다니는 성도님이 끼어 있었습니다. 목사님은 깜짝 놀라 눈을 씻고 다시 자세히 쳐다보았지만 틀림없는 그분이었습니다. 너무 의외의 모습에 목사님은 놀라기도 하고 허망하기도 하였습니다.

목사님은 그 다음 주일에 그 성도님이 과연 교회에 나올 것인지 무척 궁금했습니다. 주일이 돌아왔습니다. 그 성도는 변함없이 교회에 나타났습니다. 그리고 자기가 늘 앉았던 앞 좌석에 앉았습니다. 목사님은 안도의 한숨을 쉬면서도 지난 밤에 불교 연등 행사에 참가한 이유가 무엇인지 궁금해서 묻고 싶었습니다. 예배가 끝나고 목사님은 그 성도님을 만나 지난 밤에 혹시 연등 행사에 참가하지 않았느냐고 물었습니다. 그 성도님은 주저하지 않고 참가했다고 말했습니다. 교회에 다니신 분이 왜 그런 불교 행사에 참석했느냐고 물었습니다. 그때 그 성도님의 대답이 걸작이었습니다. "예수 믿고 천당 못 가면 극락이라도 가야할 것이 아닙니까?"

지난 2천년 기독교의 역사를 돌아볼 때 기독교의 걸어온 길은 순탄하지 않았습니다. 오랫동안 많은 왕과 권력자들의 박해가 있었습니다. 간교한 이단들의 끊임없는 괴롭힘이 있었습니다. 21세기에도 기독교는 여전히 이방 종교와 이단들의 도전을 받고 있습니다.

하지만 그 어떤 경계의 대상보다도 오늘날 기독교가 가장 경계해야 할 대상은 바로 종교다원주의입니다. 수많은 박해와 시련 속에서도 기독교는 생존해 왔고, 교회는 성장해 왔지만, 종교다원주의 앞에서 기독교는 그 근간이 송두리째 흔들리고 있기 때문입니다.

종교다원주의는 모든 종교는 본질적으로 동일하다는 것을 전제로 합니다. 모든 종교들이 제시하는 진리에는 그 나름대로 타당성이 있기 때문에 어떤 종교이든 자기의 절대성, 혹은 우월성을 주장할 수 없으며, 자기 종교의 가치 규범을 가지고 타 종교를 판단할 수 없다고 주장합니다. 또한 모든 종교는 개방성과 존경심을 가지고 서로를 인정해야 한다고 주장합니다. 이러한 주장은 종교심과 합리적인 사고를 추구하는 사람들에게 상당히 설득력이 있습니다. 가톨릭 교회는 이미 이런 종교다원주의의 사조에 동조하여 타 종교와 끊임없이 대화하고 있습니다. 가톨릭 교회는 유대교, 모슬렘과도 화해를 추구하고 있고, 심지어 모슬렘, 유대교, 가톨릭이 연합하여 예루살렘 성전자리에 새 성전을 짓기 위한 논의도 진행하고 있습니다. 가톨릭은 종교 통합운동의 중심에 서 있습니다. 일부 기독교 신학자들과 대형 교회 목회자들도 여기에 동조하여 구원받는 길은 예수 그리스도 외에 다른 종교에도 있으며 만약 기독교가 '예수만이 구원의 길'이라는 배타적 교리를 버리지 않으면 소멸하게 될 것이라고 공공연하게 말하고 있습니다.

우리는 이러한 종교다원주의의 확산을 어떻게 보아야 할까요? 종교다원주의는 산 정상으로 올라가는 길은 남쪽과 북쪽에서 오르는 길, 동쪽과 서쪽에서 오르는 길이 있지만 어느 길로 가든지 산 정상에서 만날 수 있는 것과 같이 모든 종교가 추구하는 목표가 같다고 보고 있습니다. 등잔 모양은 다양하지만 비쳐 나오는 불빛은 동일한 것과 같이 각 종교의 의례, 상징, 교리체계, 성직 제도, 윤리적 계명은 다양하고 서로 다르지만 추구하는 내면의 가치는 동일하다고 봅니다. 무지개 색상의 하나인 빨강색이 보라색에게 "너는 색깔이 아니다." 하고 말할 수 없고, 무궁화꽃이 들국화를 향하여 "너는 꽃이 아니다." 하고 말할 수 없는 것과 같다는 것입니다.

우리는 이 논리에 현혹되지 말아야 합니다. 1백만 송이의 가짜 장미는 한 송이의 진짜 장미와 질적으로 비교할 수 없습니다. 진짜 장미는 당연히 인조 장미를 향하여 "너는 꽃의 모양은 갖고 있지만 살아 있는 꽃이 아니다."라고 말할 수 있습니다. 창조주 하나님이 부여한 생명의 종교, 계시의 종교는 인간이 만들어낸 유사종교와 비교할 수 없습니다.

종교다원주의에서는 모든 종교의 목표가 같다고 주장하지만, 기독교와 타 종교는 구원관이 확연하게 다릅니다. 기독교의 구원은 인간이 하나님을 떠난 죄에서 돌이켜서 예수님을 나의 주와 하나님으로 믿고 죄사함 받아 하나님과의 관계를 회복하는 것입니다. 이 구원은 인간의 노력이 아니라 전적으로 하나님의 은혜로 되는 것입니다. 그러나 타 종교는 주로 자력구원입니다. 각 종교들이 추구하는 구원의 목표도 다 달라서 형형색색입니다. 전혀 통일성이 없습니다. 기독교에서 말하는 구원과는 거리가 멉니다. 전혀 상관이 없습니다.

종교다원주의는 결국 성경의 권위를 인정하지 않겠다는 것입니다. 왜냐하면 성경은 분명히 참 하나님은 오직 여호와 하나님 한 분뿐이시며 (삼하7:22), 하나님께서는 천하 인간에게 구원을 얻을 만한 다른 이름을 주신 일이 없다고 말하고 있기 때문입니다.(행4:12) 예수님께서는 "내가 곧

길이요, 진리요, 생명이니 나로 말미암지 않고는 아버지께로 올 자가 없느니라."(요14:6) 하고 못 박아 말씀하셨는데 또 다른 어떤 구원의 길이 있다는 말입니까? 그렇다면 예수 그리스도는 인류를 기만한 거짓말쟁이, 사기꾼이 되고 맙니다.

구원의 진리는 배타적일 수밖에 없습니다. 구원의 진리는 하나밖에 없기 때문입니다. 나를 낳아주신 부모님을 부모님이라고 불러야 할 것인지 부르지 말아야 할 것인지가 논쟁이나 타협을 해야 할 문제는 아니지 않습니까? 성경책을 또 하나 만들기 전에는 예수 그리스도 밖에서는 구원이 있다고 말할 수 없습니다.

06

속 사람과 겉 사람

나팔꽃이 피기 위해 꼭 필요한 시간

　화제의 책 〈지선아 사랑해〉를 읽어보면 저자 이지선 양이 파란만장한 자신의 삶을 진솔하게 이야기하고 있는 것을 볼 수 있습니다. 2000년 7월, 이화여대 졸업반 이지선 양이 도서관에서 공부를 마치고 오빠와 함께 차를 타고 귀가하는 길이었습니다. 차가 신호 대기 선에 잠시 멈춰 서 있었는데 뒤에서 오던 음주운전자의 차가 들이받았습니다. 이지선 양은 잠깐 정신을 잃은 사이 차는 폭발하고 말았습니다. 겨우 목숨은 건졌으나 그녀는 전신 55%의 3도 화상을 입고 말았습니다. 그녀는 여러 차례 수술을 받고 7개월 만에 퇴원했지만 얼굴과 온몸은 만신창이가 되었습니다. 집에 돌아와 맨 처음 유리창에 비친 자신의 모습을 보고 너무 충격을 받았습니다. 꼭 외계인 같았습니다. 그때 "난 아무것도 본 게 없어!" 하며 머릿속으로 자신의 모습을 지우려 했지만 마음대로 되지 않았습니다. 이제는 더 이상 이전으로 돌아갈 수도 없고, 평범하지도 않다는 것을 깨달고 자살을 시도하기도 했지만 그것도 뜻대로 되지 않았습니다.

병원에 다니며 통원치료를 받을 때 또 한 번의 충격적인 일이 있었습니다. 엄마와 함께 옆을 지나가던 한 아이가 이지선을 보고 '괴물'이라고 했습니다. 어린애의 말이었는데도 너무 충격이어서 정말 영화의 한 장면처럼 온 세상이 정지한 듯하고, 귓가에는 계속 그 소리만 들렸습니다. "대학에서 유아교육을 전공하고 이런 아이들의 선생님이 될 수도 있었던 내가 어느 날 갑자기 '괴물'이 되었다니…" 하는 서러운 생각에 울고 또 울었습니다.

그 후 10여 년 동안 40여 차례의 수술과 재활치료를 받았습니다. 하지만 엄지를 빼고 손가락의 끝 마디들은 모두 절단되어 뭉툭하게 되었고, 얼굴뿐만 아니라 옷으로 가려진 몸의 안쪽까지 온통 화상 자국이었습니다. 얼굴은 심하게 일그러져 웃는지 찡그리는지 알 수 없게 되었습니다.

이지선은 말로 형용할 수 없는 고통을 신앙으로 극복해 나갔습니다. 죽는 쪽을 선택하는 것이 사는 쪽보다 훨씬 쉬운 처지였지만 생각을 바꿨습니다. 죽을 가능성이 훨씬 높았던 상황에서 살아남은 것은 분명 이유가 있을 거라는 생각을 했습니다. 내 인생은 내 의지대로 할 수 있는 것으로 생각하며 살다가, 정말 아무것도 내 마음대로 할 수 없음을 알게 되었습니다. "내가 죽었으면 오빠도 못 살았을 것이며, 그러면 두 자식을 다 잃은 부모님은 어떻게 되었겠는가?" 하고 생각하니 죽지 않고 산 것이 감사했습니다. "화상은 죽는 데서 시작했으니 점점 좋아질 일밖에 안

남았다."고 생각하니 자신의 고통은 분명 끝날 것이라는 믿음이 생겼고, 그래서 살아있는 것 자체가 감사했습니다. 진짜 아팠을 때도, 종일 침울했을 때도, 늘 감사하고 기쁜 일을 찾았습니다. 그런 상황에서 무슨 기쁘고 감사할 게 있냐고 말하는 사람들이 있을지 모르지만 감사하고 기뻐할 것을 찾아야지, 만약 감상(感傷)과 우울한 기분에 빠지면 스스로 목숨을 끊는 일밖에는 답이 없다고 생각했습니다. 그래서 거울을 보며 "이 얼굴로 어떻게 살지?"가 아니라 그 얼굴을 '내 것으로' 받아들였습니다. 그렇게 생각하니 자신의 그 얼굴이 그런대로 괜찮았고, 귀엽기까지 했습니다.

그녀는 자신의 솔직한 얘기를 인터넷에 올려 화제가 됐고, 화상을 입은 후, 치료와 극복과정을 담은 에세이 〈지선아 사랑해〉라는 제목의 책은 베스트셀러가 되었습니다. 그해 TV의 '인간극장'에도 소개되었습니다. 그 후 보스턴대학교에서 재활상담을 전공하여 석사학위를 받았고, 컬럼비아 대학교 대학원에서 사회복지학 석사, 캘리포니아 대학교 로스앤젤레스캠퍼스(UCLA)에서 사회복지학 박사학위를 취득하였습니다.

그녀는 2003년에 제1회 '캔들데이 촛불상'을 받았고, 2007년에는 환경재단 선정 세상을 밝게 만든 100인에 선정되었으며, 2010 YWCA 제8회 '한국여성지도자상 젊은 지도자상'을 수상했습니다. 또한 2017년부터 한동대학교 상담심리사회복지학부 교수로 봉직하고 있습니다. 그녀는 여러 채널을 통해 장애에 대한 편견을 줄이는 데 앞장서고 있으며, 학부모 교육 강사로, 장애를 입은 환자들에게 희망을 주는 명강사로 활동하고 있습니다.

어느 식물학자가 나팔꽃 봉오리에 24시간 빛을 비추어 보았습니다. 그런데 꽃이 피지 않았습니다. "무엇이 부족했기 때문일까?" 하고 연구해 보았는데 나팔꽃에게 부족했던 것은 바로 어둠이었습니다. 나팔꽃이 피려면 아침 햇살을 받기 전에 밤의 냉기와 어둠에 휩싸이는 시간이 꼭 필요하다는 것을 알았습니다.

어느 날 이지선에게 닥쳐온 시련은 너무나 혹독했지만 그 시련은 그녀를 장애인과 약자들을 위한 대변인으로, 절망 중에 있는 사람들에게 희망의 메시지를 던져주는 사람으로, 배움의 상아탑에서 이 시대를 이끌어갈 지성인들을 길러내는 지도자로 키웠습니다.

다산 정약용은 천주교를 믿었다는 이유로 18년 동안 강진에서 유배 생활을 했습니다. 그러나 선생은 유배의 한을 좌절과 절망으로 삭이거나 실패로 끝내지 않았습니다. '다산학(茶山學)'이라 칭해지는 〈경세유표(經世遺表)〉와 〈목민심서(牧民心書)〉, 〈흠흠신서(欽欽新書)〉를 비롯한 정치·경제·역사·문화를 망라한 〈여유당전서(與猶堂全書)〉의 대부분을 여기서 완성했습니다.

한나라의 사마천(司馬遷)은 친구 이릉(李陵)이 흉노 토벌에 패한 것을 변호하다가 무제(武帝)를 격노케 하여 거세형인 궁형(宮刑)을 받습니다. 그는 모멸과 치욕을 참아내면서 후세에 길이 남을 역사서를 저술하라는 아버지의 유산을 저버리지 않기 위해 살아남았습니다. 망가진 육신이 안겨 주는 울분과 좌절을 뛰어넘어 마침내 위대한 역사서 사기(史記)를 완성했습니다.

아인슈타인의 젊은 시절 가장 큰 고민은 취업이었습니다. 1900년 취리히 폴리테크닉을 졸업한 뒤 조교 자리를 원했지만 모든 대학에서 거절당했습니다. 물리학과 졸업생 중 유일하게 직장을 얻지 못한 아인슈타인은 가정교사 일을 했고, 특허 사무소에서도 7년이나 일한 적이 있습니다. 아인슈타인이 처음부터 대학에 취직했더라면 일반적 통념에 적응하도록 압력을 받아 상대성 이론은 탄생하지 않았을지도 모릅니다.

미혼모에게 태어난 스티브 잡스는 어린 시절 가난한 집에 입양되어 성장했습니다. 대학에 붙었지만, 등록금이 비싸 1학기 만에 중퇴했습니다. 자신이 세운 회사인 애플에서 해고된 후 췌장암 선고를 극복하고 다시 성공적으로 복귀하기까지 그의 삶은 파노라마처럼 이어지는 인생 역전의 연속이었습니다.

이렇듯 동서고금을 막론하고 한 국가나 세계를 움직인 리더들은 모두가 정신적, 육체적 고난을 극복한 사람들이었습니다.

세계에서 가장 좋은 향수는 발칸산맥에서 나오는데 밤 12시에서 새벽 2시 사이에만 장미꽃을 따서 향수를 만듭니다. 한밤중에 딴 장미가 가장 향기로운 향을 발산하기 때문입니다. 고난이야말로 인생의 꽃을 피우게 하는 가장 소중한 자산입니다. 끊임없이 고난이 닥쳐온다고 해도 절망하지 않고 최선을 다하는 모습은 이 세상 무엇과도 견줄 수 없이 아름답습니다.

# 초심을 잃지 않는 사람

어느 회사 휴게실에서 입사한 지 약 한 달 정도 된 직장 초년생과 5년 차 이상 된 선배 사원들이 직장생활에 대하여 이런저런 이야기들을 나누고 있었습니다. 한 선배가 신입사원을 보며 "영훈 씨, 직장생활 해보니까 어때요? 할만해요?" 하고 묻자 신입사원은 쑥스러운 웃음을 지으며 "회사생활이 처음이라 낯설긴 하지만 일도 재미있고 회사에 나오는 게 즐겁습니다." 하고 말했습니다. 이 이야기를 듣자마자 선배 사원들은 하나같이 "지금이야 즐겁지. 나도 그땐 그랬다고. 좀 더 다녀봐 그런 소리가 나오나. 자고 일어나면 회사에 나와야 한다는 생각에 머리가 무거워질 걸?" 하며 신입사원시절 직장생활을 하면서 느꼈던 경험담들을 꺼내놓기 시작했습니다. 이들 중에는 대부분 그 회사에 입사하기 위하여 고생을 많이 한 사람들이었습니다. 입사 시험을 준비하기 위해서 가족과 이렇다 할 여행 한 번 다녀온 적이 없었고, 친구들과 마음 놓고 즐거운

시간 한 번 가져보지 못했습니다. 수년 동안 도서관에 박혀서 죽기 살기로 공부만 했습니다. 진땀을 흘리며 필기, 면접시험까지 끝내고 가슴을 조이며 합격자 발표를 기다리다가 합격자 통지서를 받는 순간 이 세상이 모두 내 것이 된 것처럼 펄쩍펄쩍 뛰었습니다. 회사에 첫 출근을 하여 사원증을 목에 걸었을 때 다들 자기 자신이 자랑스럽게 느껴졌습니다. 시간 연장근무를 하거나 야근을 해도 힘들다는 것을 거의 느끼지 못했고, 주말에 출근하라고 해도 짜증나지 않았습니다. 그러나 한 해 두 해 시간이 지나자 자기도 모르는 사이에 다람쥐 쳇바퀴 도는 것 같은 반복적인 직장생활이 지루해지기 시작했습니다. 월요일에 출근하면 졸릴 때가 많았고, 주말을 손꼽아 기다렸습니다. 상사들의 잔소리도 듣기 싫어졌고, 일에 대한 의욕도 많이 상실하고 의무감으로 일을 했습니다. 초심에서 멀어지기 시작한 것입니다. 바로 이 대목이 인생의 성패가 갈리는 중요한 시점입니다.

초심이란 무슨 일을 시작할 때 처음 품는 마음입니다. 초심이란 처음에 다짐한 마음입니다. 초심이란 첫사랑의 마음입니다. 겸손한 마음입니다. 순수한 마음입니다. 초심이란 배우는 마음입니다. 견습생이 품는 마음입니다. 그리고 초심이란 동심입니다. 초심이란 단순히 '그땐 그랬지' 하며 회상하는 것이 아니라 처음의 마음으로 돌아가는 것입니다. 행복한 부부생활을 하기 위해서는 권태기를 잘 극복해야 하는 것처럼 훌륭한 인물이 되고, 중요한 과업을 성취하기 위해서는 초심을 잃지 말아야 합니다. 초심만 잃지 않을 수 있다면 슬럼프가 오거나 어려운 난관이 찾아오더라도 그것을 잘 극복할 수 있습니다. 초심을 잃지 않고 열심히 일을 하다보면 저절로 좋은 결과도 얻게 됩니다.

'미래산업'을 창업한 정문술 회장은 회사를 창업했던 때부터 은퇴하는 날까지 줄곧 초심을 잃지 않으려고 몸부림을 했습니다. 그는 '미래산업'을 이끌면서 후임 경영자가 반드시 직원들 가운데서 나올 것이라고 공언하곤 했습니다. 그래서 그는 자신의 친인척이 절대로 '미래산업'에 발을 들여놓지 못하게 했습니다. 그의 두 사위가 IMF 관리체제로 인해 실직하고 말았을 때 그의 두 딸이 자기 남편을 취직시켜 달라고 호소했지만, 그는 절대로 친인척을 고용하지 않겠다는 그 초심을 지키기 위해 박절하게 거절했다고 합니다. 꼭 그렇게까지 할 필요가 어디 있느냐고 말하는 사람들도 있었지만, 그는 초심을 지키는 것이 바로 사업을 하는 사람들이 가야할 길이라고 잘라 말합니다.

2001년 초 20년간 몸담았던 '미래산업'을 고스란히 직원들에게 넘겨주고 미련 없이 물러났습니다. 그리고 지난 7월에는 바이오 응용기술 분야의 과학영재 양성을 위해 사재 300억 원을 KAIST에 기부했습니다. 그는 자기 자신과의 첫 약속을 지키기 위해 이 모든 결정을 하게 되었다고 말했습니다.

사도바울은 "내가 달려갈 길과 주 예수께 받은 사명 곧 하나님의 은혜의 복음을 증언하는 일을 마치려 함에는 나의 생명조차 조금도 귀한 것으로 여기지 아니하노라."(행20:24)고 고백했습니다. 끝까지 초심을 잃지 않겠다는 다짐입니다. 그는 복음을 위해 수많은 고난을 당하고 죽을 고비를 수없이 넘겼지만, 끝까지 초심을 잃지 않았습니다.

초심을 지키려면 온갖 시험이 닥쳐옵니다. 그래서 대부분의 사람들은 한두 가지 시험에서 무너지고 맙니다. 그러므로 우리는 기도해야 합니다. 사람의 힘으로는 초심을 지킬 수 없습니다. 초심 그 자체가 잘못되어서 못 지키는 게 아닙니다. 지킬 힘이 없어서 못 지키는 것입니다.

예수님은 종종 제자들에게 자기 자신이 많은 고난을 받고 죽임을 당하고 죽은 지 사흘 만에 다시 살아날 것을 말씀하셨습니다. 그분은 아버지의 뜻에 순종하여 이 땅에 오셨고, 십자가의 길이 고난의 가시밭길이며, 죽음의 길이라는 것을 잘 알고 있었지만 조금도 흐트러짐이 없이 초심을 잃지 않고 그 길을 갔습니다. 그분은 마지막 겟세마네 동산에서 기도하실 때 "내 아버지여, 만일 내가 마시지 않고는 이 잔이 내게서 지나갈 수 없거든 아버지의 원대로 되기를 원하나이다."(마26:42) 이런 간단명료한 기도를 밤을 새워서 하셨습니다. 그냥 흐지부지 기도하신 것이 아니라 땀방울이 핏방울이 되도록 기도하셨습니다.(눅22:44) 왜 그렇게 하셨습니까? 초심을 지키기 위해서입니다. 우리의 힘으로는 안 됩니다. 하나님이 주시는 힘이 없이는 초심을 지킬 수 없습니다. 우리는 하나님이 주시는 힘을 얻어야 합니다. 그러기 위해서 우리는 기도해야 합니다.

무엇이 우리가 초심을 잃게 합니까? 바로 교만입니다. 교만이 싹트기 시작하면 자기 자신이 이루어놓은 업적을 드러내고 싶어합니다. 자기의 지위와 명예를 자랑하고 싶어합니다. 겸손히 배우려는 마음은 없어집니다. 바로 여기에서 인생의 위기가 찾아옵니다. 이때가 가장 위험한 때입니다. 그러므로 초심을 잃지 않기 위해서 내가 지금 나의 초심과 얼마나 거리가 멀어져 있는지, 초심을 상실하지는 않았는지, 매일 냉정하게 점검해보는 것이 중요합니다.

가장 지혜로운 삶은 영원한 초심으로 살아가는 것입니다. 초심을 잃지 않고 지키는 것이 내 인생을 지키는 것입니다.

약점도 아름답습니다

인체 중에서 가장 크고 강한 힘줄은 뒤꿈치의 뼈에 붙어 있는 아킬레스건(腱)입니다. 아킬레스건은 달리거나 걸을 때에 필요한 근육이 모여 있는 곳으로 우리들의 체중을 최종적으로 받쳐주는 한 부분입니다. 그런데 사람들은 치명적인 약점을 말할 때 '아킬레스건'이라고 합니다. 왜 가장 크고 강한 힘줄인 아킬레스건을 약점을 표현할 때 사용할까요? 그리스의 호메로스의 서사시 일리아스에는 전쟁영웅 아킬레우스가 등장합니다. 바다의 여신 테티스는 자신의 아들 아킬레우스를 불사신으로 만들기 위해 갓난아기였던 아킬레우스를 이승과 저승의 경계인 스틱스 강에 집어넣었습니다. 강물이 닿은 온몸은 금방 강해져서 어떤 칼이나 창, 화살을 맞아도 전혀 손상이 없는 무적의 몸이 되었습니다. 그러나 아킬레우스의 몸이 완벽하게 된 것은 아닙니다. 그 몸에는 약한 부분이 있었습니다. 다름이 아닌 어머니 테티스가 아들을 스틱스 강물에 집어넣을 때

손으로 잡은 발목이었습니다. 손으로 잡았던 발목은 강물에 젖지 않았기 때문에 그 부분은 여전히 약한 부분으로 남아 있었습니다.

아킬레우스는 트로이 전쟁 때 트로이의 왕자 헥토르를 전사시키고나서 트로이의 공주 폴릭세네와 팀블레 신전에서 결혼식을 올리고 신부와 침실에 들어갔는데 바로 그때 신상 뒤에 숨어있던 트로이의 영웅인 파리스가 쏜 화살에 발뒤꿈치를 맞아 죽고 말았습니다. 그 후 발뒤꿈치 위의 힘줄을 가리키는 아킬레스건은 치명적인 약점을 일컫는 의미로 쓰이게 되었습니다.

사람마다 강점이 있는가 하면 약점도 가지고 있습니다. 어떤 사람은 머리도 명석하고 사리 판단은 잘 하는데 인간관계가 원만하지 못한 약점을 가지고 있습니다. 또 어떤 사람은 지나치게 신장이 작다든지, 신체의 일부를 제대로 사용하지 못하는 장애가 있다든지, 이목구비가 뚜렷하지 못하여 보기가 아름답지 못한 신체적인 약점을 가지고 있기도 합니다. 또 어떤 사람은 가정적인 약점을 가지고 있는 사람도 있습니다. 돌봄이 필요한 어린 나이에 부모님을 잃고 고아가 된 사람도 있고, 집안이 너무 가난해서 교육을 제대로 받지 못한 사람도 있고, 가족 중에 사상이나 전력(前歷)에 문제가 있어 중요한 공직을 맡지 못하는 약점도 있습니다.

사람들은 자신의 약점을 부끄러워합니다. 그리고 그 약점 때문에 고민하고 괴로워합니다. 약점 때문에 생의 의욕을 잃어버리거나 스스로 목숨을 끊는 사람도 있습니다.

그런데 우리가 알아야 할 것은 성공적으로 인생을 산 사람들이라고 해서 약점이 없는 사람은 거의 없다는 것입니다. 성경에 등장하는 위대한 인물들도 대부분 약점을 가지고 있었습니다.

이스라엘의 위대한 지도자 모세는 성격이 너무 과격하여 혈기를 참지 못하여 이집트 사람을 죽였고, 그 일 때문에 미디안 광야로 도망가서 거기서 40여년을 보내야 했습니다. 그는 백성들이 원망하는 것을 보고 참지 못하여 지팡이로 반석을 두 번이나 내리쳐서 하나님의 노여움을 사기도 했습니다.

예수님의 수제자 베드로도 급한 성격이었습니다. 그는 예수님께서 겟세마네 동산에서 원수들에게 잡혀가실 때 칼로 제사장의 종의 귀를 베어버리는 과격한 행동을 해서 예수님께 책망을 받기도 했습니다.

아브라함도 사람을 두려워하는 나약한 성격을 가지고 있어서 이집트와 그랄에서 두 번씩이나 자기 아내를 누이라고 속여서 다른 남자의 품에 안겨줄 뻔 했습니다. 아버지 아브라함의 우유부단한 약점은 그의 아들인 이삭에게도 전수되었습니다. 이삭도 자기 아내 리브가를 누이라고 속여 그랄 왕 아비멜렉에게 빼앗길 뻔 했습니다. 야곱은 이기주의자이며, 욕심이 너무 많은 약점을 가지고 있었습니다.

다윗은 위대한 군인이요, 정치가였지만 이성에 약한 부분이 있었습니다. 그는 자기의 충신 우리야의 아내 밧세바를 빼앗아 간통을 했고, 그것을 숨기기 위해서 우리야를 최전방 위험한 곳에 보내어 죽게 했습니다.

170년 경에 기록된 위경인 '바울과 데클라의 행전'에 보면 바울은 키가 작고 몸은 뚱뚱했으며, 다리는 구부러졌다고 합니다. 코는 매부리코이며, 눈썹은 붙어 있고, 이마는 벗겨졌습니다. 거기다가 끊임없이 그를 괴롭히는 육체의 지병도 가지고 있었습니다. 바울은 성격적인 약점이 있었습니다. 지나치게 자기고집이 강했고, 혈기 때문에 사도들과 화해의 손을 잡게 하고, 본격적으로 복음전파를 할 수 있도록 길을 열어준 바나바와 다투고 결별하기도 했습니다.

역사적 인물 가운데에서도 약점이 있는 사람들이 많이 있었습니다. 작가, 사회주의 운동가로서 많은 사람에게 용기와 희망을 주었던 헬런 켈러는 보지 못하고, 듣지도 못하고, 말도 못하는 장애인이었습니다. 뛰어난 능력으로 당대 최강대국들을 멸망시킨 역대 최고의 명장인 알렉산더 대왕은 간질병 환자였습니다. 전쟁의 영웅이며, 유럽 전체에 강력한 영향력을 행사했던 나폴레옹은 조울증 환자였습니다. 명작 '해바라기'로 유명한 화가 고흐는 정신병을 앓고 있었습니다. 이들은 한결같이 약점을 가지고 있었지만, 그 약점을 극복하고 위대한 인물이 되었습니다.

한국인으로서 미국 국회 상원(上院) 부의장까지 오른 신호범이라는 사람이 있습니다. 그는 불우한 가정에서 태어나 어린 시절을 보냈습니다. 가난에 시달리다 6세 때 가출하여 거리의 깡패 소년이 되었습니다. 하지만 미군 부대 하우스 보이로 일하던 중, 미국에 입양되어 공부할 수 있는 길이 열렸습니다. 그는 그때부터 자기의 약점을 극복하기 위해서 3

시간 이상 잠을 자지 않고 열심히 일하며 공부했습니다. 이렇게 열심히 노력하다 보니 불우한 환경에서 꿈과 목표를 향하여 올라가는 계단이 보였습니다. 그는 정치에 뜻을 두고 노력한 끝에 초강대국인 미국의 50개 주에서 한 명씩 선출하는 상원의원에 당선되었고 부의장까지 되었습니다.

미국 경영컨설턴트, 키스 페라지는 "일반적으로 사람들은 인간적인 약점을 보이면 전문성에 대한 신뢰가 떨어질까 염려하지만 절대 그렇지 않다. 인간적인 약점은 비즈니스에서 가장 저평가되고 있는 자산이다. 그러므로 자신의 부족함을 드러내라." 하고 말했습니다. 너무 맑은 물에서는 고기가 살지 않습니다. 너무 맑은 물은 먹잇감이 없고, 천적에게 쉽게 노출이 되어 먹혀 죽을 수도 있기 때문입니다. 위와 같이 사람이 지나치게 완벽주의를 추구하면 다른 사람들이 잘 따르지 않으며, 자기 스스로 쉽게 무너지기도 합니다.

약점은 그 사람을 아프게 하지만 오히려 겸손하게 만듭니다. 자신의 약점 때문에 다른 사람들을 배려하는 마음도 생깁니다. 약점은 결코 실패의 요인이 아닙니다. 오히려 약점을 극복하기 위해서 더욱 노력하게 합니다. 약점은 내가 신이 아닌 인간으로 살게 합니다. 그러므로 약점도 아름답습니다.

남을 찌르는 나의 가시

존 F. 케네디(John F. Kennedy)는 1961년 제35대 미국 대통령으로 당선되었습니다. 43세의 나이로 미국의 최연소 대통령이 된 케네디는 동서냉전의 해소와 인류 평화를 위해 소련과의 핵 금지협정을 체결하였고, 뉴프런티어 정신을 외치며 미국 국민에게 새로운 도전정신, 개척정신을 불러 일으켰습니다. 케네디는 쿠바사태가 발생했을 때 기민하고 용감한 행동으로 문제를 해결하였고, 미국사회의 암(癌)적인 요소인 흑백 인종문제에 대하여 단호한 조치를 취했습니다. 그는 확고한 신념과 정의와 이상을 품은 위대한 정치가였습니다.

그런데 활기가 넘치고 인기가 충천한 그에게 어느 날 죽음의 그림자가 찾아왔습니다. 1963년 11월 12일 정오 텍사스 주 댈러스의 도로에서 세 발의 요란한 총소리가 울려 퍼졌고 그 총소리에 존 F. 케네디 대통령이 쓰러졌습니다. 취임 34개월 만에 괴한에게 암살을 당한 것입니다. 케네디의 불의의 죽음에 전 자유세계, 아니 인류 전체가 애도했습니다. 언론 보도에 의하면 소련의 흐루시초프 수상 부부도 자국의 추도식 석상에서 눈물을 흘렸다고 합니다.

그를 쏜 사람은 오스왈드라는 사람입니다. 이 사람은 어릴 때부터 아주 불행한 가정에서 자랐습니다. 부모는 매일 부부싸움을 했고, 아버지가 어머니를 늘 구타했습니다. 견디다 못한 어머니가 이혼하고 새 아버지가 들어왔는데, 새 아버지는 어머니에게 늘 사기를 치고 돈을 다 빼앗아 갔습니다. 어머니가 또 이혼하고 세 번째 결혼했는데 이 아버지마저도 성격이 아주 괴팍한 사람이었습니다. 이 모든 것을 본 오스왈드는 마음에 큰 상처를 받았고, 그 상처 때문에 공격적인 성격으로 자랐습니다. 고등학교에 들어가서 늘 친구들과 싸웠습니다. 그러다가 퇴학당했습니다. 미 해병대에 지원하였으나 해병대에서도 동료들과의 불화로 불명예 제대했습니다. 나이 서른이 넘어서 한 여인을 만나 사랑에 빠져 결혼하게 되었습니다. 그는 정말 결혼생활을 잘하고 싶었습니다. 그러나 마음의 쓴 뿌리 때문에 날마다 부부싸움을 했습니다. 그러다가 어느 날 총 한 자루를 집어 들고 자기 회사의 옥상에 올라가서 누군가를 기다렸습니다. 그 때 마침 차를 타고 그 앞 도로를 지나간 사람이 케네디 대통령이었고 케네디는 그가 쏜 두 번째 총탄에 숨을 거두고 말았습니다.

이 세상을 살아가는 사람 중에 상처 없는 사람은 단 한 사람도 없습니다. 가족의 죽음으로 인한 상처, 여러 가지 실패로 인한 상처, 다른 사람과의 갈등으로 인한 상처, 실연으로 인한 상처, 여러 테스트의 불합격으로 인한 상처, 말로 인한 상처 등등 헤아릴 수 없는 많은 상처를 받으며 인생을 살아갑니다. 그래서 겉으로는 웃고 있지만 그 내면은 아픈 상처로 말미암아 애달프게 울고 있는 사람이 많습니다. 겉은 아무렇지도 않은 듯 화려하게 단장하고 있지만 마음을 열고 들어가 보면 상처투성이입니다.

사람이 가지고 있는 아픈 상처를 덮어두면 해결된 것 같지만 점점 자라서 쓴 뿌리가 됩니다. 그 쓴 뿌리는 보이지 않지만 땅 밑에서 엄청난 활동을 하여 결국 싹으로 나타나게 됩니다. 사람들이 살인하고, 강간하고, 도둑질하는 행동이 하루아침에 나타나는 것이 아닙니다. 싸움, 다툼, 미움, 보복이 하루아침에 일어난 것이 아닙니다. 상처가 쓴 뿌리가 되고 그 뿌리가 상당 기간 마음속에서 자라나고 있었던 것입니다. 이렇게 마음에 숨겨진 상처는 자라서 큰 불행으로 이어지고 다른 사람까지 불행하게 만듭니다.

사회학자이며, 신학자인 토니 캄폴로 박사가 하와이에서 경험한 일입니다. 새벽 2시 어느 허술한 식당에 한눈에 보아도 거리의 여자들처럼 보이는 7~8명이 들어와 자리를 잡더니 음식을 시켜 놓고 떠들었습니다. 그중에 한 여자가 갑자기 "야, 내일이 내 생일이다. 벌써 서른아홉 살이나 되었네." 하고 말하자 옆에 있던 다른 여자들이 구박하기 시작했습니다. "우리가 네 생일 축하라도 해주고 생일 노래라도 부르고 케이크라도 사달란 말이냐? 네 신세에 무슨 생일 타령이냐?" 하였습니다. 그러자 생일을 맞이한 그 여자가 갑자기 안색이 변하더니 "내가 언제 너희들 보고 생일 파티 해달라고 그랬어? 내일이 내 생일이란 소리도 못한다는 말이냐? 너희들 왜 나를 무시하는 거냐?" 하고 울부짖기 시작하자 이들 사이엔 욕설이 오가고 싸움판이 벌어지고 말았습니다. 이 광경을 한동안 지켜보던 토니 캄폴로 박사는 "내일이 내 생일인데…" 하고 말하면 그냥 '축하한다'고 한마디 받아 넘기면 될 상황인데 무엇이 그들을 싸움판으로 몰고 갔을까?" 하고 생각해 보았습니다. 그는 이 여자들의 내면에 존재하는 상처들이 이들로 하여금 '생일 축하한다.'는 단순한 말 한 마디를 못하도록 마음을 닫게 했다는 결론을 내렸습니다.

고슴도치처럼 생긴 호저(豪豬)라는 동물은 항상 다른 호저들과의 공동생활에 대한 딜레마에 빠져 있다고 합니다. 혼자 지내는 것이 외로워 다른 호저에게 다가가면 다른 호저의 날카로운 가시가 자꾸 자신을 찌릅니다. 그래서 다시 혼자가 되면 또 너무 외로워 다른 호저를 찾게 됩니다. 그러나 접근하면 또 다시 가시에 찔리고 맙니다. 호저는 평생 이런 생활을 반복합니다. 이런 호저의 모습이 꼭 우리의 모습 같습니다. 다른 사람에게 마음을 열었는데 돌아오는 것은 상처뿐입니다. 그래서 이제 누구에게도 마음 문을 열지 않고 꽁꽁 닫고 살기로 결심합니다. 그런데 혼자 지내다 보면 너무 외롭습니다. 그래서 다시 마음을 열면 또 상처를 받습니다.

그러면 우리가 상대방에게 상처를 주지 않기 위해서는 어떻게 해야 할까요? 먼저 내 가시를 잘라야 합니다. 이미 받은 상처 때문에 내가 가지고 있는 가시가 다른 사람을 찌를 수 있기 때문에 내 말과 행동에서 가시를 자르는 작업을 계속해야 합니다. 그렇지 않고 상대에게 접근했다가는 나도 모르는 사이에 언제라도 내가 가지고 있는 가시에 찔려 피를 흘릴 사람이 생길 수 있습니다.

예수님이 좋아하는 사람은 마음이 가난하여 욕심이 없는 사람입니다. 자신의 죄를 뉘우치고 슬퍼하는 사람입니다. 유순한 사람입니다. 자비를 베푸는 사람입니다.

예수님이 찾는 사람은 마음이 깨끗한 사람입니다. 평화를 위하여 일하는 사람입니다. 옳은 일을 하다가 박해를 받는 사람입니다.

예수님이 사랑하는 사람은 우는 사람과 함께 울어주고, 즐거워하는 자들과 함께 즐거워하는 사람입니다

이렇게 살지 못해도 예수님이 고맙게 생각하는 사람이 있습니다. 상대방이 나의 날카로운 가시에 찔려 피 흘리고 아파할 것을 걱정하여 매일 나의 가시를 자르는 작업을 게을리 하지 않는 사람입니다. 남을 아프게 하지 않는 것만으로도 잘한 일입니다

# 예쁜 사람과 아름다운 사람

'키 163cm 이상 55사이즈, 키 165cm 이상 66사이즈 가능. 163cm 이하 전화 사절' 마트나 백화점 등에 단기 아르바이트생을 파견하는 용역 업체인 한 기획사의 구인 구직 사이트에 올린 채용 광고입니다. 취업시장이 얼어붙으면서 외모나 신체조건을 따지는 이런 구인광고가 늘고 있습니다. 백화점이나 대형마트 등 구인 업체들은 구체적인 신체 기준을 제시하기 때문에 여기에는 지원이 가능한 '마지노선'이 있습니다. 키는 163cm 이상이고 몸매는 66사이즈까지 지원할 수 있습니다. 가장 선호하는 몸매는 55사이즈에 키 167cm 이상입니다. 국내 유명 백화점의 안내데스크 구인 공고에는 아예 키를 '165~169cm'라고 구체적으로 적시하기도 했습니다. 대형마트 등은 '유니폼 55, 66사이즈까지만 있음'이라고 공고해 특정 신체조건을 갖춘 여성만 지원 가능하게 한 곳도 많습니다. 이렇게 키나 몸 사이즈를 노골적으로 제시한 곳이 있는가 하면 '미소가 아름답고

몸매가 건강한 여성'이라는 추상적 문구로 지원 자격을 제한하는 경우도 많습니다. '본인이 예쁘다고 생각하시는 분'이라는 문구를 내건 곳도 있습니다. 예쁘고 날씬한 여성을 찾는 구인광고는 구인, 구직 사이트인 알바천국과 알바몬에만 하루에도 30건 이상 올라옵니다.

요즘 한국 사람들은 남녀를 불문하고 하나같이 날씬하고 예쁜 것을 선호합니다. 과거에는 남자에게는 남자답다고 말을 해야 칭찬이 되고 여자 같다고 말하면 '욕'이었습니다. 그러나 요즘은 세상이 달라져서 남자들도 여자처럼 예쁜 것이 장점이 되었습니다. 그래서 '꽃미남'이라는 말까지 나왔습니다.

세상이 이렇게 돌아가기 때문에 요즘 한국 사람들은 외모를 가꾸는 데 전력을 기울이는 것처럼 보입니다. 성형외과에는 배우 누구처럼 만들어 달라는 환자 아닌 '고객'들로 넘쳐난다고 합니다. 성형외과 의사가 텔레비전에 나와 성형에 대한 정보를 말해주면 그 병원은 문전성시(門前成市)를 이룬다고 합니다.

그런데 정작 역사상 베스트셀러 중에 베스트셀러인 성경을 읽어보면 사람의 외모에 대해 무관심합니다. 성경은 사람의 겉모양에 대해서 별 관심이 없습니다. 아브라함의 생애에 대해서는 아는 사람들이 많지만, 그가 어떻게 생겼는지에 대해서 아는 사람은 없습니다. 많은 사람들은 모세의 출생 과정과 성장 과정 그리고 120년에 걸친 그의 생애에 대해서는 비교적 상세히 알고 있지만, 그의 얼굴 모양이 어떻게 생겼는지, 키는 얼마나 컸는지는 잘 모릅니다. 성경은 대낮에 목욕하는 장면을 보임으로 다윗으로 하여금 치명적인 간음죄와 살인죄를 저지르게 만들었던 밧세바의 외모에 대해서도 침묵을 하며, 삼손을 유혹해서 이스라엘 전체를 곤경에 빠뜨린 데릴라의 외모에 대해서도 언급하지 않습니다. 겨우 초대 왕 사울의 신장이 다른 사람보다 컸다는 사실을 기록한 정도입니다.

몇 년 전에 영국의 한 연구팀이 예수님 얼굴을 컴퓨터로 복원했다고 하여 언론매체들이 보도한 적이 있었습니다. 이 보도는 많은 사람들의 호기심을 자극했습니다. 이들은 그때까지 발굴된 1세기 유대인들의 두개골을 조사해서 평균치를 찾아낸 다음 법의학과 컴퓨터 기술로 예수님의 얼굴을 복원했다고 합니다. 그렇게 복원된 예수님의 얼굴은 그동안 우리에게 익숙해져 있던 얼굴과 영 딴판이었습니다. 우뚝 선 콧날과 뾰족하고 갸름한 턱선에 깊은 눈을 가진 얼굴이 아니라 뭉툭하고 펑퍼짐한 콧날에 검은 수염으로 뒤덮이고 울퉁불퉁하게 생겨 아무리 좋게 봐주려해도 미남이라고 할 수 없는 그런 얼굴이었습니다. 그때 매스컴의 사진 설명은 '테러리스트 예수?'였습니다. 가끔 신문에 등장하는 중동의 테러리스트를 닮았다는 이야기입니다. 성경은 예수님의 외모에 대해서도 특별한 관심이 없습니다.

그러면 왜 성경은 사람의 외모에 무관심할까요? 그 이유는 하나님이 인간을 창조하셨는데 실패작이란 하나도 없고 보시기에 모두 좋았기 때문입니다. 인간의 기준으로 보면 잘생긴 사람과 못생긴 사람이 있겠지만,

하나님의 눈으로는 모두 완벽합니다. 단지 외모가 다른 것은 개성이 뚜렷한 특별한 존재로 인간을 지으셨기 때문입니다. 만일 하나님이 특정 인물에 대하여 못생겼다고 한다면 전지전능하신 하나님이 스스로 실패를 인정하는 꼴이 되고 말 것입니다.

또 성경이 사람의 외모에 관심이 없는 다른 한 가지 이유는 하나님은 예쁜 것보다는 아름다운 것을 추구하기 때문입니다. 예쁘다는 말은 전적으로 외모에 대한 말이지만 아름답다는 말은 눈에 보이는 외모보다는 내면에서 풍겨 나오는 멋을 가리키는 말입니다. 예쁨은 단순히 시각적인 이미지이지만 아름다움은 사람의 삶 속에서 풍깁니다. 미모는 사람을 감동시키지 못하지만, 삶에서 풍겨 나오는 아름다움은 사람들에게 감동을 줍니다.

그렇다면 사람들에게 감동을 주는 아름다운 삶은 어떤 삶일까요?

첫째로 자기 삶을 깊이 성찰하며 살아가는 삶입니다.

요즘 현대인들의 유행어 중 하나는 "바쁘다 바빠!"입니다. 다들 바빠서 허겁지겁 살아갑니다. 공부하느라고 바쁘고, 먹고 살기에 바쁘고, 자식들 뒷바라지하느라고 바쁘고, 노후대책 세우느라고 바쁩니다. 바쁘다 보니 "나는 누구이며, 왜 사는가?"에 관심이 없고, "나는 어디서 왔다가 어디로 가는가?" 하는 중요한 질문에 대해서 생각할 겨를이 없습니다. 자기 삶을 돌아보는 성찰은 영혼을 위해서 반드시 해야 하는 일입니다. 다른 사람에게 감동을 주는 삶은 여기서부터 시작됩니다. 자기 자신을 성찰하는 사람은 자기 자신의 잘못을 남의 탓으로 돌리지 않습니다. 원망 불평보다는 감사하며 살아갑니다. "사랑합니다. 고맙습니다. 미안합니다."와 같은 천국의 언어도 구사할 줄 압니다.

둘째, 다른 사람에게 감동을 주는 삶은 남을 배려하고 돌보는 삶입니다.

인류 역사 가운데 사람들에게 큰 감동을 준 훌륭한 성인들이 있습니다. 성인의 기준은 무엇입니까? 그것은 타인을 위한 희생적인 삶입니다. 조그만 이익을 챙기기 위해서는 한 치의 양보도 없고, 사나운 이빨을 드러내놓고 싸우는 성난 늑대들처럼 으르렁대며 싸우는 세상이기에 많은 사람들은 남을 먼저 배려할 줄 알고, 남을 먼저 생각하는 아름다운 사람들을 그리워합니다. 그러나 이 세상에는 예쁜 사람은 많으나 아름다운 사람은 많지 않고, 예쁜 사람이 되고 싶은 사람은 많으나 아름다운 사람이 되고 싶은 사람은 많지 않습니다.

'화무십일홍(花無十日紅)'이라는 말도 있습니다. 열흘 가는 붉은 꽃이 없다는 뜻으로, 인간의 외모나 세력 따위가 얼마 못 가서 반드시 시들고 쇠하여진다는 뜻입니다. 예쁜 것은 보기는 좋으나 오래가지는 못합니다. 붉은 꽃과 같은 인간의 아름다움도 유수와 같이 흘러가는 세월과 함께 쉽게 시들어버립니다. 그러나 아름다운 인품을 가진 사람은 잠시 머물다가 떠난 후에도 긴 여운을 남기며, 사람들의 가슴 속에 그리움으로 남아 있습니다.

아름다운 사람은 가슴이 넓은 사람입니다. 인간관계에서 손익계산을 하지 않습니다. 주기 좋아하고, 때로는 희생도 감내합니다. 우리 모두 다른 사람들의 기억 속에 아름다운 사람으로 남았으면 참 좋겠습니다.

🏠 바퀴벌레를 삼킨 사연

　어느 겨울날 어떤 전도사님이 어느 집사님 댁에 심방을 갔을 때의 일이었습니다. 예배가 끝나고 집사님은 전도사님을 대접하기 위해서 과일과 커피를 준비해서 가져왔습니다. 전도사님이 커피를 막 마시려고 하는데 커피잔에 녹지 않은 커피가 둥둥 떠다녔습니다. 스푼으로 몇 번 저어보았지만, 커피는 녹지 않았습니다. 더 이상한 사실은 커피가 저절로 움직이는 것이었습니다. "어 이상하네?" 하며 집사님이 눈치를 채지 못하게 조심스럽게 커피잔 안을 자세히 들여다 보았습니다. 그런데 물 위에 녹지 않고 떠 있던 것은 커피가 아니라 작은 벌레들이었습니다. 물이 그리 뜨겁지 않았기 때문에 벌레들이 열심히 헤엄을 치고 있었습니다. 검정색, 갈색이 섞여 있는 바퀴벌레 새끼들이었습니다. 수십 마리는 족히 되어 보였습니다. 그때 전도사님은 큰 갈등이 생겼습니다. 커피를 마셔야 하나 마시지 말아야 하는 갈등이었습니다. 마음 한편에서는 커피를 새로 달라고 부탁하고 싶은 마음이 있었고, 또 다른 한편에서는 전도사님의 커피 잔에 바퀴벌레가 있었다는 사실을 집사님이 알게 된다면 두고두고 미안하게 생각할 것 같아서 아무 소리 없이 커피를 마시는 것이 집사님에 대한 배려인 것 같았습니다. 빨리 결정을 내려야 했습니다. 결국 그냥 마시기로 했습니다. 커피잔을 들고 몇 번 더 후후 불어가며 식혔습니다. 잠시 후 한순간에 커피를 들이켰습니다. 거기까지는 좋았습니다. 문제는 커피를 마신 다음에 일어났습니다. 바퀴벌레 새끼가 목에 걸려 버린 것입니다. 목구멍에서 엉금엉금 기어 나오는 것 같았습니다. 전도사님은 "집사님, 시원한 물 한 잔만 주세요." 하고 부탁하여 물을 마시고 나서야 바퀴벌레를 완전히 삼킬 수 있었습니다. 속이 거북하고 메슥거리기 시작했습니다. 하지만 겉으로 표현할 수는 없었습니다.

우리 사회에서는 끊임없이 분쟁과 갈등이 일어나고 있습니다. 그 원인은 바로 남을 배려하지 못하는 마음 때문입니다. 운전자가 남을 배려하는 마음을 갖고 조금만 유의하면 교통질서가 확립될 수 있는데 자기만을 생각하는 바람에 여러 사람이 불편을 느껴야 할 때가 많습니다. 지나친 과속으로 다른 차들을 불안하게 하는 운전자들이 있습니다. 급하게 차선을 바꾸어서 가슴을 철렁하게 하기도 합니다. 불법으로 끼어드는 차량도 있습니다. 주차할 때 바로 세우지 않고 옆 라인에 걸쳐서 세운 차 때문에 한두 대 정도 더 세울 수 있는 공간이 없어집니다. 또 출입구에 차를 세워 다른 차량의 통행에 불편을 주는 사람도 있습니다. 건물

안의 복도나 좁은 인도를 걸을 때 아는 사람들끼리 대화를 하며 횡대(橫隊)로 걸을 때가 있습니다. 이렇게 하면 뒷사람이 앞질러 가기가 어렵고, 반대편에서 오는 사람들이 비켜 가기도 불편합니다. 사람들이 있는 곳에서 담배를 피우면 자신의 건강은 물론 다른 사람에게도 큰 피해를 줍니다. 담배를 피우지 않는 가족들이 간접흡연을 통해서 폐암에 걸린 사례도 종종 있습니다. 우리가 살아가는 세상은 나 혼자가 아닌 더불어 살아가는 세상인데 이렇게 남을 배려하지 못한 사람들 때문에 많은 사람이 불편함을 감수해야 합니다.

우리 사회가 이렇게 남을 배려하지 못한 원인 중 하나는 올바른 가정교육의 부재입니다. 핵가족 제도하에서 부모들은 지나치게 자녀들을 애지중지하고 자녀들 중심으로 가정생활을 하기 때문에 이런 환경 속에서 자란 자녀들은 남을 배려할 줄 모르고 자기밖에 모르는 아이들로 자라는 경향이 있습니다. 이렇게 자란 아이들이 이런 태도를 고치지 못하면 어른이 되어서도 이기적이고 독선적인 사람이 될 수 있습니다. 그 결과 자신만의 유익을 위해서 질서를 파괴하는 행동도 하고, 심할 때는 범죄행위를 하기도 합니다. 그러므로 남을 배려하는 마음은 가정에서 부모가 가르쳐야 하며, 반드시 유치원·초·중·고교의 교육과정에 넣어서 가르치고 훈련해야 한다고 생각합니다.

인간의 내면의 괴로움은 대개 자기만 생각하는 이기심에서 오며, 행복감은 남을 먼저 배려할 줄 아는 마음에서 옵니다. 엘리베이터를 탔을 때 누군가가 급하게 달려오고 있을지도 모르니 '닫기'를 누르기 전 몇 초만 기다렸으면 좋겠습니다. 출발 신호가 떨어졌는데도 앞차가 서 있어도 경적을 울리지 맙시다. 앞에 있는 운전자가 인생의 중요한 기로에 서서 갈등하고 있는지 모르니까요. 내 차 앞으로 끼어드는 차가 있으면 몇 초만 기다려 줍시다. 그 사람 가족 중에 몸이 아파서 급하게 서두르고 있는지도 모르니까요. 친구와 헤어질 때 그의 뒷모습을 조금만 더 바라봅시다. 혹시 그 친구가 가다가 뒤를 돌아볼 수도 있으니까요. 길을 가다가 혹은 TV 뉴스를 보다가 불행한 일을 당한 사람을 보면 잠시 눈을 감고 몇 초만 그들을 위해 기도해줍시다. 언젠가는 그들이 나를 위해 그렇게 할 수도 있으니까요. 정말 화가 나서 참을 수 없는 일이 있으면 잠시 고개를 들어 하늘을 바라봅시다. 혹시 내가 화낼 일이 아닐 수도 있으니까요. 차창으로 고개를 내밀다 한 아이와 눈이 마주쳤을 때 몇 번만 그 아이에게 손을 흔들어 줍시다. 그 아이가 크면 다른 사람에게도 그렇게 해줄지 모르니까요. 죄짓고 감옥 가는 사람을 볼 때 욕하기 전에 잠깐만 생각해봅시다. 내가 그 사람의 환경에서 살았다면 나도 그렇게 될지 모르니까요.

살기 좋은 세상은 남을 배려하는 마음을 가진 사람들이 많은 세상입니다. 이런 사람이 많을 때 사회의 질서가 잘 잡히고, 범죄율은 낮아지며, 밝고, 명랑한 사회가 될 것입니다. 이웃 사랑의 실천은 바로 남을 배려하는 마음부터 시작됩니다.

섬김과 나눔

07

나눔의 기쁨

    2013년 6월 13일 자 조선일보 기사와 2019년 6월 13일 KBS 프로그램 '아침이 좋다'에 설악산의 작은 거인 지게꾼 임기종 씨가 소개되었습니다. 임기종 씨는 40년이 넘도록 설악산에서 지게꾼 노릇만 한 사람입니다. 키가 160cm도 되지 않고, 몸무게는 60kg도 나가지 않는 왜소한 몸에다가 머리숱은 듬성듬성하고, 이는 거의 빠지거나 삭아서 발음까지 어눌합니다. 그는 설악산을 삶의 터전으로 삼고 살아가는 상인들과 사찰(寺刹)에 필요한 생필품을 운반해 주는 일을 하면서 살고 있습니다. 그는 맨몸으로 걸어도 힘든 산길을 40kg이 넘는 짐을 지고 하루에도 적게는 4번, 많게는 12번 정도 설악산을 오르내립니다. 어떤 날은 가스통을 4개나 짊어지고 산을 오르기도 하고, 어떤 날은 100kg이 넘는 대형 냉장고를 통째로 짊어지고 산을 오르기도 합니다. 열여섯 살부터 이 일을 시작하여 어느덧 40년이 되었습니다. 처음에는 지게를 지는 요령을 몰라 작대기를 짚고 일어서다가 넘어지기 일쑤였습니다. 너무 힘들어 몇 번이나 그만 둘 생각도 했지만 배운 게 없고 다른 재주가 없어 딱히 할 일이 없었습니다. 이렇게 일하여 받은 돈은 고작 한 달에 150만 원 남짓이지만 그는 그 정도면 충분하다고 말합니다. 아내가 장애인이라 정부로부터 생활보조비를 받기 때문에 생활하는 것이 가능하고, 술 담배를 안 하고 허튼 곳에 돈을 쓰지 않으니 먹고사는 데는 지장이 없다고 합니다. 그는 이렇게 지게 품팔이를 하며 하루하루 살아가는 평범한 사람이며, 어느 것 하나 다른 사람보다 나을 것이 없는 보잘것없는 사람입니다. 그런데 그의 주변에서 사는 사람들은 그를 예사롭지 않게 봅니다. 작은 거인이라고 말하는 사람도 있습니다. 왜 그럴까요? 그것은 그가 단순히 남에게 피해를 주지 않고, 성실하게 살기 때문이 아닙니다. 자기들이 하지 못하는 일을 하고 있기 때문입니다. 그는 그렇게 힘들게 돈을 벌어서 그 돈을 자신보다 더 어려운 사람들을 위해 사용하고 있습니다. 그는 지금 십 년이 넘도록 장애인 학교와 장애인 요양 시설에 생필품을 지원하고 있고, 독거 노인들을 보살피고, 어려운 이웃들을 돕고 있습니다.

그는 6남매의 셋째로 태어났습니다. 열 살이 갓 넘었을 때 부모님이 연달아 세상을 떠나셨습니다. 원래 가난한 집안이어서 남겨진 재산은 아무것도 없었습니다. 6남매는 흩어져 각자 먹는 문제를 해결해야 했습니다. 초등학교 5학년도 못 마친 그는 남의 집 머슴살이부터 시작하여 이곳저곳을 떠돌아다니다가 설악산 지게꾼이 되었습니다.

그런데 이해할 수 없는 것은 그렇게 힘들게 돈을 벌어서 자기 자신을 위해 쓰지 않고 어려운 이웃들을 보살피고 있다는 것입니다. 그가 그렇게 하는 데는 그럴 만한 이유가 있습니다.

그는 어느 날 동료 지게꾼으로부터 정신지체 장애 2급에다 걸음걸이도 불편한 여성을 소개받았습니다. 그 동료는 이 여자를 소개하며 "이런 여자는 자네와 살림을 살아도 절대 도망가지는 않을 것이네." 하였습니다. 그때나 지금이나 그의 아내는 일곱 살 정도의 지능을 갖고 있습니다. 임기종은 "이런 여자를 나에게 소개해주는 것은 자신이 별 볼일이 없어서 그랬겠지만, 어쨌든 그녀를 처음 보는 순간에 어찌나 애처로웠는지 몰라요. 그동안 주위 사람들에게 얼마나 많은 구박을 받았을까 싶어서 따지지 않고 내가 돌봐줘야겠다고 마음먹고 데려왔습니다." 아내와 정상적인 대화가 되지 않아 답답하지만, 그것조차도 자신의 팔자로 받아들였습니다.

결혼한 후 이들 부부 사이에 아들이 태어났습니다. 하지만 아들은 말을 못 했고, 아내보다 더 심각한 정신장애 증세를 보였습니다. 아내가 정신장애를 갖고 있으니 그 아이의 뒤치다꺼리를 할 수가 없고, 아들을 돌보려면 일을 그만둬야 했는데 그럴 형편이 못 되었습니다. 결국 아이를 강릉에 있는 어느 시설에 맡기기로 했습니다. 아들을 그곳에 데려다주고 떠나오는데 그는 "나만 편하려고 내 자식을 다른 사람들에게 맡겼구나." 하는 미안함과 죄책감이 들었습니다. 그래서 그는 슈퍼마켓에 들러 20만

원어치 과자를 사서 차에 싣고서 다시 발길을 돌려 시설로 들어갔습니다. 아이들이 그 과자를 먹으며 좋아하는 모습을 보니 그 아이들보다 자신의 마음이 훨씬 더 기뻤습니다. 그런 기쁨은 처음 느껴보았습니다. 그때 그는 처음으로 사람들이 좋아하는 일을 하면 받는 사람보다는 베푼 사람이 훨씬 더 기쁘다는 사실을 깨달았습니다. 그때부터 임기종은 지게꾼 일을 하여 번 돈 모두를 어려운 이웃을 위해 사용하기 시작했습니다.

지금 전 세계 70억 인구 가운데 6억 명은 먹을 것이 없어서 굶주리고 있고, 12억의 사람들은 하루 1달러 미만의 생활비로 살고 있습니다. 매일 3만 명의 어린아이들이 굶주림과 질병으로 죽고 매년 1,300만 명이 얼마든지 예방이 가능한 전염병과 질병으로 죽어가고 있습니다. 왜 이런 일이 발생합니까? 먹을 것이 부족해서가 아닙니다. 나누지 않기 때문입니다.

국제식량농업기구에 의하면 남미의 지주 1.3%가 전체 토지의 71.7%를 소유하고 있습니다. 우리나라도 땅 부자 상위 1%가 사유지 전체 면적의 57%를 차지하고 있는 것으로 나타났습니다. 우리나라의 GDP 대비 개인 기부액 비율은 0.58로 가장 높은 미국의 절반 정도입니다. 기부 유형 역시 우리나라는 정기기부자의 비율이 약 24.2%로 다른 선진국에 비해서 매우 낮고, 대규모 자연재해나 연말연시 불우이웃 돕기와 같은 특정한 사건이나 시기가 있을 때만 참여하는 이벤트성 기부의 비율이 높습니다.

프란치스코 교황은 '참된 권력은 섬김'이라고 했습니다. 지위가 올라가는 것을 더 많이 누리는 것과 동의어로 생각하는 사람들이 많습니다. 그러나 그렇지 않습니다. 지위가 올라간다는 것은 섬겨야 할 사람들이 그만큼 더 많아졌다는 것입니다. 가진 자, 높은 자가 가지지 못한 자, 낮은 자에게 나누고 섬기는 것은 인간사회에서나 찾아볼 수 있는 특별한 윤리이며 양심입니다.

속세의 수학에서는 가진 것 하나를 열로 나누면 십 분의 일로 줄어들지만, 하늘나라의 수학은 하나를 열로 나누면 그것이 수천도 되고 수만도 됩니다. 받기만 하고 나누지 못한 사람은 나이가 들었다고 해도 여전히 어린아이와 같은 사람이며, 인생의 참된 의미와 행복이 무엇인지를 아직 깨닫지 못한 사람입니다.

좋은 것은 함께 나눔으로 그 기쁨이 배가 되고, 슬픔과 고통은 함께 나눔으로 점점 작아져 없어진다는 사실은 그것을 실천해본 사람만이 알 수 있는 특별한 경험입니다.

우분투

남아프리카의 종족 가운데 반투족(Bantu)이 있습니다. 그들이 사용하는 인사말 가운데 '우분투(Ubuntu)'라는 말이 있습니다. 이 말은 남아프리카 공화국의 대통령 넬슨 만델라가 자주 그 의미를 강조해 널리 알려졌습니다. 우리말로 번역하면 이 말은 "당신이 있으므로 내가 있습니다."라는 뜻입니다. 이 말은 아프리카의 전통적 사상이며 평화운동의 사상적 뿌리입니다.

한 인류학자가 이 지역 원주민들의 생활 습관에 관한 조사를 마치고 공항까지 태워다 줄 차를 기다리고 있었습니다. 늘 그랬던 것처럼 부족의 아이들은 외국인인 이 사람을 둘러쌌습니다. 그는 아이들에게 게임을 하나 하자고 제안했습니다. 그는 먼저 싱싱하고 달콤한 딸기가 가득 찬 바구니를 저만치 떨어진 나무에 매달아 놓고, 출발선을 그은 후 아이들에게 말했습니다. "내가 출발 신호를 하면 너희들은 바구니 있는 곳까지 뛰어가야 하는데, 맨 먼저 딸기 바구니에 도착한 사람이 딸기를 다 먹게 하겠다." 하고 말했습니다. 아이들은 알아들었다는 뜻으로 고개를 끄덕거렸습니다. 그가 아이들에게 뛸 준비를 시키고 출발 신호를 하자 전혀 예상치 못한 일이 일어났습니다. 아이들이 서로 손에 손을 잡고 함께 달리기 시작했습니다. 아이들이 딸기 바구니에 다다르자 모두 함께 둘러앉아서 입안 가득히 딸기를 넣고서 키득거리며 맛있게 먹었습니다. 뜻밖의 상황에 놀란 인류학자는 가장 좋은 체격을 갖추고 있는 아이에게 모두 함께 손을 잡고 달린 이유를 물었습니다. 그러자 아이는 이렇게 대답했습니다. "내가 1등을 하면 다른 아이들이 슬퍼할 수도 있는데 어떻게 저 혼자서 행복할 수 있어요?" 그 말에 모든 아이가 합창하듯이 "우분투!" 하고 외쳤습니다. 인류학자는 말문이 막혔습니다. 그는 몇 달 동안이나 그 부족을 연구했지만, 이제야 그들의 진정한 정신을 이해할 수 있었습니다.

우리는 종종 자신은 독립된 한 개인이며 다른 사람들과 분리되어 있다고 생각하지만, 우리는 모두 서로 연결되어 있고, 서로에게 영향을 미치며 살아갑니다. 반투족들은 경쟁해서 이겨야 행복한 것이 아니라 상대를 행복하게 해야 내가 행복하고, 내가 행복해야 다른 사람을 행복하게 할 수 있다는 생각으로 살아갑니다. 그래서 비록 1인당 국민소득이 높지는 않지만, 행복 지수는 높습니다.

'우분투'의 정신으로 살아가는 한 농부가 있습니다. 이 사람은 늘 최고 품질의 옥수수를 생산하여 농작물 품평회(品評會)나 전시회가 열릴 때마다 항상 1등을 했습니다. 그 농부가 좋은 결과를 얻게 된 원인은 매년 좋은 씨앗을 파종했고, 지극한 정성으로 옥수수를 경작하였기 때문입니다. 하지만 이것이 그가 옥수수 농사를 잘 지을 수 있었던 비법 전부는 아닙니다. 또 하나의 비결이 있었습니다. 그는 파종 시기가 되면 항상 최고 품질의 씨앗을 이웃들에게 나누어 주었습니다. 사람들이 궁금해서 물었습니다. 1등을 하려면 혼자서 좋은 씨앗을 가지고 있다가 파종해야 하지 않나요? 최고 품질의 씨앗을 이웃들에게 다 나누어 주는 이유가 무엇입니까?" 그 농부가 이렇게 말했습니다. "주변에 있는 밭에서 농약을 뿌리면 내 밭에도 농약이 묻는 법입니다. 이웃에 나쁜 품질의 옥수수가 있다면 내 옥수수밭에도 그 꽃가루가 바람을 타고 날아들어 수분(水粉)이 됩니다. 그렇게 되면 결국 내가 키우는 옥수수의 품질도 나빠지게 되지요. 아무리 축구를 잘해도 주위의 도움 없이 혼자서는 골을 넣을 수가 없는 것 같이 최고 품질의 옥수수는 모두가 좋은 품종의 옥수수를 키울 때만 가능합니다."

사람뿐만 아니라 식물에도 우분투의 생존법이 있습니다. 미국에 '레드우드 스테이트 팍(Redwood National and State Parks)'이라는 유명한 공원이 있습니다. 거기에는 세계에서 가장 키가 크고 장엄한 나무인 미국 삼나무 레드우드(coastal redwood)가 우거져 멋진 숲을 이루고 있습니다. 그중에 가장 키가 큰 나무는 112m나 됩니다. 이 나무의 두께는 성인 20

명이 손을 잡고 둘러서야 하는 굵기입니다. 식물학자들이 이 나무의 뿌리가 얼마나 땅속에 깊이 박혀 있는지 파헤쳐 보기로 했습니다. 그런데 다른 나무와 별 차이가 없었습니다. "이렇게 키가 큰 나무가 뿌리가 깊지 못하는데 어떻게 거대한 자기 몸을 지탱할 수 있을까?" 하고 자세히 살펴보았더니 레드우드 나무는 옆에 있는 다른 나무들과 뿌리가 서로 얽혀서 연결하여 몸을 지탱하고 있었습니다. 그래서 사람들은 그 나무에 '더불어 사는 나무'라는 이름을 붙여 주었습니다.

이 세상은 생존경쟁이 치열합니다. 끝까지 살아남기 위해서는 근면, 성실해야 합니다. 머리를 싸매고 치밀한 전략을 짜야 하고 용기 있게 일을 추진해야 합니다. 금메달을 하나 놓고 수백 명, 수천 명이 마라톤 경기를 하듯이 이 세상에는 경쟁자들이 많습니다. 그래서 한시도 긴장을 늦출 수 없습니다. 그렇다고 혼자서 살 수는 없습니다. 이 세상에 아무도 없고 나 혼자만 산다면 경쟁 상대도 없고, 온 천하가 다 내 것이 될 것이며, 무엇이든지 하고 싶은 대로 다 할 수 있다고 생각할지 모릅니다. 이 세상에 내가 싫어하는 사람들, 미운 사람들이 없으니 마음이 편하고, 내가 왕이 되고 대통령도 될 수 있을 것입니다. 그런데 그렇게 되면 해결해야 할 문제가 있습니다. 먹고 사는 문제를 해결해야 하니 곡식을 생산하는 사람이 있어야 하고, 채소를 기르는 사람, 소, 돼지 등 가축을 기르는 사람도 있어야 할 것입니다. 그뿐만이 아니라 병이 나면 병원에도 가야 하니 의사가 있어야 하고, 간호사도 있어야 하며, 약국의 약사도 있어야 합니다. 어디를 가려면 자동차를 타야 하기에 주유소도 있어야 하고, 자동차가 고장이 나면 고칠 수 있는 정비공도 있어야 할 것입니다. 옷을 입고 살아야 하니 옷을 만드는 공장도 있어야 하고 또 옷을 파는 사람도 있어야 합니다. 아이들이 공부해야 하니까 학교도 있어야 하고 교사도 있어야 합니다. 이렇게 생각하면 세상에 필요하지 않은 사람은 한 사람도 없습니다.

옛 소련 치하에서 있었던 일입니다. 공산주의 초기에 어느 교도소에서 죄수들을 감방에 집어넣고, 감방 안에 빛이 전혀 들어오지 못하도록 하고, 외부인과의 접촉도 단절시켜 버렸습니다. 이런 상태로 20일이 지나자, 죄수들이 대부분 미쳐버렸습니다. 그런데 옆에 있는 똑같은 감방에는 여러 명을 같이 넣었고, 매일 그 방의 죄수들을 끌고 나와 고문하며 조사를 했지만, 그들은 오히려 멀쩡했습니다. 이것은 무엇을 말해줍니까? 인간은 혼자 살 수 없는 존재라는 것입니다. 우리는 때로 다른 사람들 때문에 힘들기도 하고 상처를 받기도 하지만, 싫든 좋든 이웃과 어울리며 사는 것이 인간입니다. 경쟁에서 이기고 나서 나만 잘되면 행복할 것 같지만 꼭 그렇지는 않습니다. 요즈음 경쟁에서 이기고 나서도 자기 마음이 채워지지 않아 우울증에 걸리거나 자살 충동을 느낀 사람들이 많이 있습니다.

사람은 더불어 살아가는 존재입니다. 자기 혼자서는 이 세상을 살아갈 수가 없습니다. 남의 손을 씻겨주면 내 손도 깨끗해지고, 주위를 향기롭게 만들면 나 자신도 향기롭게 됩니다. 남을 행복하게 해줄 때 나도 행복합니다. 우분투! 당신이 있으므로 내가 있습니다.

나도 살고 너도 사는 길

양계장을 하는 어떤 사람이 있었습니다. 새벽마다 닭들이 우는데 어느 날은 한밤중에 닭들이 비명을 질러가며 요란스럽게 울어댔습니다. 주인이 놀라 닭장으로 가보았더니 무려 600마리가 모두 죽어 있었습니다. 원인(原因)을 알 수 없었습니다. 바로 그때 닭장 한쪽 구석에서 닭들의 천적(天敵)인 수리부엉이 한 마리가 닭 한 마리를 잡아 여유롭게 뜯어 먹고 있었습니다. 수리부엉이 한 마리가 무려 600마리를 죽인 것입니다. 어떻게 부엉이 한 마리가 순식간에 닭 600마리를 죽였을까요? 엄밀히 말하면 수리부엉이가 죽인 것이 아니라, 닭들이 서로 먼저 살겠다고 출구 쪽으로 달려가다 압사(壓死)한 것입니다. 수리부엉이는 한 마리만 죽이고, 나머지 닭들은 동료 닭들이 죽인 것입니다. 닭의 세계는 질서가 없고, 희생과 협동이 없기 때문에 위험한 상황을 만났을 때 서로 살겠다고 하다가 떼 죽음을 당한 것입니다.

꿀벌의 세계는 닭과는 다릅니다. 질서와 조직이 있고, 협동과 희생이 있습니다. 꿀벌은 꿀을 찾기 위해서 하루에 7~13회 출역하며, 시속 14㎞~25㎞로 반경 2㎞ 수밀 활동의 범위에서 약 3000개의 꽃송이를 방문합니다. 1회 출역에서 30~50㎎의 화밀을 채취하며, 1㎏의 벌꿀을 위해 10,000마리의 일벌이 4회 출역해야 합니다. 꿀벌이 꿀이 많은 곳을 발견하면 벌집에 돌아와 동료(同僚)들 앞에서 춤부터 춥니다. 이 춤은 소통(疏通)의 수단입니다. 그 벌은 동료 벌들에게 꿀이 얼마나 멀리 있는지, 얼마나 많이 있는지, 어느 방향으로 가야 하는지 날갯짓으로 알립니다. 그러면 그것을 본 다른 꿀벌들이 어떤 방향으로 몇 마리를 파견(派遣)해야 할지 결정합니다. 그렇게 꿀벌들은 협력해 같이 꿀을 모아갑니다.

이 꿀벌의 집에 종종 천적인 말벌이 침입하여 큰 위기를 만나기도 합니다. 말벌은 꿀벌보다 대개 몸집이 5~6배 정도 큽니다. 말벌이 침입하면 꿀벌들이 말벌 주위를 뺑 둘러 에워쌉니다. 말벌은 온도가 45도까지 상승(上昇)하면 죽고 맙니다. 말벌이 고온에 약하다는 사실을 잘 알고 있는 꿀벌들은 온도(溫度)를 높이기 위해서 열심히 날갯짓을 합니다. 이 과정에서 꿀벌 중 몇 마리는 말벌의 공격(攻擊)을 이기지 못하고 죽기도 합니다. 그러나 자신이 죽는 한이 있더라도 포위망을 풀지는 않습니다. 말벌이 죽고 나면 다시 꿀벌들은 날갯짓을 열심히 해 온도를 낮춥니다. 48도가 되면 자신들도 죽는다는 사실(事實)을 알기 때문입니다.

꿀벌들은 자기 한 몸 희생할 각오로 결사 항전하여 천적인 말벌을 죽이는 데 성공하지만, 닭들은 천적인 수리부엉이의 공격에서 자신이 살아남기 위해 발버둥 치다가 동료 닭도 죽이고 자기도 죽습니다. 꿀벌들은 자신의 행동(行動)을 '윈윈(Win-Win)'하는 쪽으로 가지만 닭들은 남들이 어떻게 되든 나만 살면 된다는 식으로 몸부림을 하다가 공멸(共滅)하고 맙니다.

안양 1번가에 소재했던 '삼덕제지'는 양질의 화장지 등을 만들어 고액의 흑자를 낸 잘 나가던 회사였습니다. 그 회사의 오너인 회장은 자수성가하여 재산을 모아 회사를 세웠습니다. 근로자들은. 리어카를 끌면서 돈을 모아 삼덕제지를 일으킨 전 회장의 덕분으로 일자리를 가지고 가족들을 부양해 왔습니다. 그런데 2003년 7월 직장 노조가 '민주노총'에 가입하면서 근 1개월 동안 공장 마당에 텐트를 쳐놓고 요란한 소음을 내며 '오너가 다이너스티를 타고 다니고 룸살롱에서 고급주를 마신다는 등의 황당한 비난과 함께 받아들일 수 없는 억지의 요구 조건들을 내세우며 45일 동안 꽹과리를 쳤습니다. 늘 근로자들을 가족처럼 생각해왔고, 사랑으로 처우개선에 최선을 다했던 회장은 근로자들로부터 늘 고맙다는 말은 커녕 끝이 없는 요구만을 하는 모습을 보고 그 배은망덕한 행동에 치를 떨었습니다. 은혜를 모르는 그들이 미워졌습니다. 마을 사람들도 일을 하지 않고 밤낮으로 소란을 피우는 근로자들을 보며 고개를 살래살래 흔들었습니다.

견디다 못한 회장은 은밀히 재산을 정리하고, 60년 동안 경영하던 제지의 공장부지 4,364평을 노조가 손쓸 틈 없이 전격적으로 안양시청에 기증하고 영원히 한국을 떠났습니다. 그는 이민을 떠나며 "나는 육신만이 나라를 등지는 게 아니라 영혼까지도 등지고 간다." 하고 말했습니다. 민주노총에 속아 신나게 꽹과리를 두들기던 삼덕제지 근로자들은 졸지에 일자리는 물론 데모할 공간마저 잃어져 버렸습니다. 근로자들은 월남 사람들처럼 자기가 타고 있는 배를 도끼로 파괴하여 스스로 바다에 침몰한 꼴이었습니다.

우리나라는 20%가 고액의 세금을 감당하고, 80%는 소액을 납부할 뿐입니다. 그런데 그 80%는 20%의 소유를 더 빼앗아야 한다고 생각합니다. 이것은 자칫 위험한 발상이 될 수 있습니다. 한국 노동자의 실 수령액은 평균 7000만 원으로 십수 년 전만 해도 일본의 3분의 1이었지만 지금은 아시아의 최고액입니다. 그럼에도 불구하고 경영 사정을 고려하기보다는 자신의 이익만을 위해 파업 등 시위를 하고 있습니다.

한 예로 정부와 현대자동차가 광주형 일자리를 만들겠다고 발표하였습니다. 광주형 일자리는 기업이 낮은 임금으로 근로자를 고용하고 대신에 상대적으로 낮은 임금과 주거, 문화, 복지, 보육시설 등을 지원한다는 것입니다. 기본 개념은 사회적 합의를 바탕으로 한 적정 임금, 적정 노동 시간, 노사책임경영 개선 등이라고 합니다. 한 마디로 임금을 줄이고 일자리를 늘리겠다는 것입니다. 그 대신 그에 따른 지원을 지자체에서 지원하겠다는 것입니다. 그런데 현대자동차 노조는 극렬하게 반대 시위했습니다. 시위한 이유는 자신들에게 행여나 불이익이 올지도 모른다는 생각이었습니다.

노조는 수시로 광화문 앞이나 국회 앞에서 시위하고 있습니다. 때로는 지나칠 정도입니다. 이로 인해 한국경제의 중추를 담당하는 중견 중소기업들이 한국 땅을 떠나고 있습니다. 국내 대기업들이 2000년대 초반부터 중국 동남아 등지로 제조 기지를 대거 옮긴 데 이어 중소기업들 사이에서도 한국을 등지는 현상이 광범위하게 확산이 되고 있습니다. 국내의 약 7조의 재산이 해외로 이전되고 있고, 많은 일자리가 없어지고 있습니다.

노조가 회사가 폭리를 취하는 것을 막고 노동자들의 권익을 신장시키는 데는 일정부분 공헌했다고 봅니다. 하지만 노조가 거기에 만족하는 게 아니고 회사가 감당할 수 없는 막다른 길까지 몰고 가는 것이 문제입니다.

우리는 월남의 패망을 교훈 삼아야 합니다. 우리는 함께 공존, 공생해야 하며, '윈윈(Win-Win)'해야 합니다. 그렇지 않으면 모든 것을 잃어버리고 공멸할 수 있습니다. 후회는 항상 늦습니다.

심고 거두는 사람들의 이야기

평안북도 정주군 관주면 관삽동에 조그만 시골 교회가 하나 있었습니다. 그 교회에 강한 성령의 역사가 있어 크게 성장했습니다. 갑자기 사람들이 몰려오자 예배당이 좁아 도저히 예배를 드릴 수가 없었습니다. 그러나 가난한 농민들이 교회당을 증축하기란 쉬운 일이 아니었습니다. 교회 증축의 필요성을 느끼고 있었지만, 선뜻 나서지 못하고 서로 눈치만 보고 있었습니다.

이 교회 성도 중에 백영순(白永淳)이란 사람이 있었는데 이분도 너무 가난해서 건축헌금을 드릴 형편이 못되었습니다. 그래도 포기하지 않고 매일 교회당에 나와서 건축헌금을 드릴 수 있는 길을 열어달라고 열심히 기도를 드렸습니다.

어느 날 새벽기도를 하는데 이런 목소리가 들렸습니다. "없는 돈을 구하지 말고 네게 있는 것으로 내면 될 것 아니냐?" 너무 생생한 목소리여서 그는 자기 귀를 의심했습니다. 옆에 누가 있는지 살펴보았으나 아무도 없었습니다. 계속 기도하는데 또 한 번 그 목소리가 들렸습니다. 그때야 그는 그 목소리가 하나님의 목소리인 줄 깨닫고 하나님께 감사의 기도를 올렸습니다. 그리고 전 재산이라고 할 수 있는 논 세 마지기를 팔아 건축 헌금으로 바쳤습니다. 그러자 교회 성도들이 "제 주제를 알아야지." 하고 수군거렸습니다. 동네 사람들도 "예수쟁이가 되더니 논까지 팔아 바치는 구나. 내년부터는 머슴살이해야 하겠네." 하고 입방아를 찧었습니다. 그의 순수한 마음을 알지 못하고 주변에서 사람들이 나쁜 소문들을 퍼뜨렸습니다.

어느 날 선교사들이 그를 불러 "조상 대대로 유산으로 내려온 논을 팔아 헌금했는데 후회하지 않겠습니까?" 하고 물었습니다. 그는 단호하게 대답했습니다. "조금도 후회하지 않습니다. 전능하신 하나님이 설마 우리 가족을 굶어 죽게 내버려 두시겠습니까?" 선교사들은 그의 헌신에 큰 감동을 받았습니다.

선교사들은 일거리가 없는 그를 위해 어느 교회의 관리인으로 취직을 시켜 주었습니다. 또 선교사들은 머리가 영특한 넷째 아들에게 교육비를 대주었습니다. 넷째 아들은 평안북도 정주군에 있는 영창소학교를 마치고 신성중학교에 입학하였습니다. 신성 학교 시절 그는 신구약 성경을 통독했습니다. 그러자 이 학교의 교장이었던 매킨 선교사는 그를 끔찍하게 사랑해서 친자식처럼 돌보아 주었습니다. 매킨 선교사는 그를 중국 천진에 있는 '신학서원'으로 유학을 보냈습니다. 그 학교를 졸업한 넷째 아들은 미국으로 건너가 1922년 22세의 나이에 미국 파크대학을 졸업하고 학사학위를 받았으며, 1925년 프린스턴 신학교를 졸업하고 이어서 프린스턴 신학 대학원을 졸업한 후 석사학위를 받았습니다. 27세에는 예일대학교에서 박사학위를 받았습니다.

공부를 마치고 귀국한 그는 1927년 연희전문학교 교수가 되었고, 1945년 12월 18일 연희전문학교 교장을 맡았습니다. 1946년에 연희전문학교가 연희대학교로 승격하면서 초대 총장이 되었습니다. 1950년에 문교부 장관이 되었고, 1957년에는 연세대학교 초대 총장이 되었으며, 1960년부터 1961년까지 제5대 국회의원(참의원)을 지냈습니다. 그가 바로 백낙준 박사입니다. 그는 1985년 90세로 하나님의 부르심을 받기까지 한국 최고의 선각자 중 한 사람으로 활동했습니다.

성경에 "스스로 속이지 말라 하나님은 업신여김을 받지 아니하시나니 사람이 무엇으로 심든지 그대로 거두리라."(갈6:7) 말씀합니다. "또 내 이름을 위하여 집이나 형제나 자매나 부모나 자식이나 전토를 버린 자마다 여러 배를 받고 또 영생을 상속하리라."(마19:29) 하고 말씀합니다. 가난한 과부가 바친 동전 두 닢을 주님은 귀하게 받으셨고, 주님의 이름으로 선지자를 대접한 사렙다 과부의 정성을 잊지 않으셨습니다. 어린 소년이 바친 보리떡 5개와 물고기 2마리로 기적을 행하셨고, 베다니 마리아가 값비싼 향유 옥합을 깨뜨려 주님 발에 부었을 때 이 사실이 성경에 기록되어 세상 끝날까지 전파되게 하셨습니다.

심고 거두는 법칙은 인류 역사 이래 불변의 자연의 법칙입니다. 콩을 심으면 콩이 나고 팥을 심으면 팥이 납니다. 심지 않으면 아무것도 거둘 수 없습니다. 저 세상에 가면 이 세상에서 부하게 살았던 사람이 보잘것 없는 가난뱅이가 될 수도 있고, 이 세상에서 빈곤하고 천대받던 사람이 영광스러운 사람으로 변할 수도 있습니다. 하나님을 위해 심은 사람에게 는 당대의 복과 후대의 복, 내세의 복을 주십니다.

백낙준 박사의 아버지는 당대에는 이렇다 할 복을 받지 못한 것 같았 지만 하나님께서는 후손에게 복을 주셨습니다. 오늘도 우리는 가을철의 풍성한 열매를 생각하며 이른 봄에 들에 나가서 열심히 씨앗을 뿌리는 농부의 심정으로 하루하루를 살아가야 하겠습니다.

오늘은 내 인생의 최고의 날입니다

철학자인 임마누엘 칸트는 무엇이든지 깊이 생각하고 결정하는 냉철한 사람입니다. 그는 평소 친하게 지내던 여인으로부터 여러 차례 청혼을 받았으나 답변을 하지 않았습니다. 답답했던 여인은 기다리다 못해 결혼할 것인지 말 것인지를 분명히 말해달라고 다그쳤습니다. 칸트는 생각해보겠다고 말한 후 바로 도서관에 가서 결혼에 관한 책들을 찾아 결혼에 대해 찬성하는 의견과 반대하는 의견을 모아 연구하며 결혼을 해야 좋을지 안 해야 좋을지를 분석했습니다. 그리고 시간이 많이 지난 후에 여인의 집에 찾아가 그녀의 아버지에게 "당신의 따님과 결혼하기로 마음을 정했습니다."라고 말했습니다. 그러자 그녀의 아버지는 "여보게, 너무 늦었네. 내 딸은 벌써 다른 남자와 결혼해서 두 아이의 엄마가 되었다네."라고 대답했습니다.

우리의 삶 속에서 영원히 돌아올 수 없는 것 세 가지가 있는데 그것은 첫째, 과녁을 향해 쏘아버린 화살, 둘째는 급하게 내뱉은 말, 셋째는 황금 같은 시간입니다. 임마누엘 칸트는 자기에게 찾아온 사랑 앞에서 갈팡질팡하다가 절호의 기회를 놓쳐버리고 본의 아니게 평생을 독신으로 살아야 했습니다.

한때 천하를 호령했던 전쟁의 영웅 나폴레옹 보나파르트는 뜻을 이루지 못하고 쓸쓸히 유배지로 향하면서 "지금 나의 불행은 언젠가 잘못 보낸 시간에 대한 보복이다."라는 말을 남겼습니다. 인간에게는 과거, 현재, 미래의 시간이 있는데 현재의 나의 삶은 내 삶의 과거에 대한 성적표이며, 미래의 삶은 현재 나의 삶의 결과입니다. 지금 나의 모습이 내가 원하는 모습이 아니라면 과거에 내가 원하는 나를 위해서 노력하지 않았기 때문이며, 나의 현재 모습이 내가 만족할만한 모습이라면 과거에 내가 오늘의 내가 되도록 노력을 했기 때문입니다. 이와 마찬가지로 현재의 나의 생활방식은 나의 미래를 결정합니다. 미래는 현재의 결과이기 때문입니다. 여기서 우리는 우리에게 주어진 삶을 어떻게 살아야 좋은지를 깊이 생각해보아야 합니다.

첫째, 우리는 '오늘'을 내 인생의 최고의 날로 생각하고 살아야 하겠습니다.

송나라의 유학자 주자(朱子)는 이렇게 말합니다. "오늘 배우지 않으면서 내일이 있다고 말하지 말며, 올해 배우지 않으면서 내년이 있다고 말하지 말라. 해와 달은 가고 세월은 나를 기다려 주지 않으니 '아, 늦었구나!'하며 후회하는 것은 누구의 잘못인가? 젊은 나이는 이내 늙어지고 학문은 이루기 어려우니 한 치의 짧은 시간도 가볍게 여기지 말라. 순간 순간의 세월을 헛되이 보내지 말라. 연못가의 풀은 아직 봄 꿈에서 깨어나지 못했는데, 섬돌 앞의 오동나무는 어느덧 가을 소리를 내는구나. 주어진 시간에 최선을 다하라. 세월은 사람을 기다리지 않는다."

과거는 먹어 버린 음식과 같습니다. 원상복구 할 수 없습니다. 우리 주변에는 현재라는 시간에 전력투구하는 것이 아니라, 과거의 결과인 현재의 자기에게 사로잡혀 후회하거나 나약해진 사람들이 너무 많습니다. 어떤 사람은 무엇을 할 때마다 "시간 여유가 있으면…", "돈이 생기면…", "하고 싶은 마음이 생기면…" 하고 조건을 붙이는 사람이 있습니다. 이것은 가장 나쁜 태도입니다. 과거는 깨끗이 잊어버리고 현재를 충실하게 보내는 것이 현명한 삶입니다.

둘째, '지금' 내 곁에 있는 사람에게 선을 행해야 합니다.

러시아 문학을 대표하는 대문호(大文豪) 톨스토이는 그의 잠언집 〈세 가지 질문과 답〉에서 이렇게 말합니다. "세상에서 가장 중요한 시간은 바로 지금, 이 순간이며, 가장 중요한 사람은 지금 너와 함께 있는 사람이고, 가장 중요한 일은 지금 네 곁에 있는 사람을 위해 좋은 일을 하는 것이다. 바로 이 세 가지가 이 세상에서 가장 중요한 것들이다. 이것이 우리가 이 세상에 존재하는 이유다."

어리석은 사람은 '지금'에 충실하지 못하고 현재 함께 있는 사람들보다 다른 일에 마음을 씁니다. 그리고 지금 만나는 그 사람을 위해 좋은 일을 하기보다는 냉담하며, 상처를 주기도 합니다. 그러나 지혜로운 사람은 지금, 이 순간 자기 곁에 있는 사람에게 선을 행하며 따뜻한 말 한마디라도 건네는 사람입니다.

영국의 시인 로버트 해리의 〈지금 하십시오〉라는 제목의 다음과 같은 시(詩)가 있습니다. "할 일이 생각나거든 지금 하십시오. 오늘 하늘은 맑지만, 내일은 구름이 보일런지 모릅니다. 어제는 이미 당신의 것이 아니니, '지금' 하십시오. 친절한 말 한마디 생각나거든, '지금' 하십시오. 내일은 당신의 것이 안 될지도 모릅니다. 사랑하는 사람은 언제나 곁에 있는 것이 아닙니다. 사랑의 말이 있다면 '지금' 하십시오. 미소를 짓고 싶거든, '지금' 웃어 주십시오. 당신의 친구가 떠나기 전에 장미가 피고 가슴이 설렐 때 '지금' 당신의 미소를 주십시오. 불러야 할 노래가 있다면 '지금' 부르십시오. 당신의 해가 저물면 노래 부르기엔 너무나 늦습니다. 당신의 노래를 '지금' 부르십시오."

많은 사람은 자기의 인생이 영원할 것처럼 생각하고 살아갑니다. 그러나 그것은 큰 착각입니다. '오늘'은 내 인생에서 처음이자 마지막 날입니다. '오늘'은 다시 오지 않습니다. '내일'은 '내일'이지 결코 '오늘'이 아닙니다. 절대로 두 번 있을 수 없는 '오늘'입니다. 그러므로 '오늘'은 모든 것이 새롭고, 모든 것에 중요한 의미가 있습니다. 이 사실을 알 때 우리는 '오늘'을 위해 진지한 계획을 세우고, 큰 기대와 희망으로 내게 주어진 '하루'를 맞이할 수밖에 없습니다.

세월은 사람을 기다리려 주지 않으며, 남이 내 인생을 살아줄 수도 없습니다. '오늘'은 나의 남은 인생을 시작하는 첫날이며, 최후의 날임을 기억하며, 다시 오지 않을 소중한 '오늘'에 인생의 승부를 걸어야 하겠습니다.

주는 자가 더 행복합니다

 수년 전에 저와 우리 교회 성도 20여 명이 폭우로 인해 피해를 많이 입은 경남 김해의 어느 마을로 수해복구봉사를 간 적이 있었습니다. 이른 새벽에 출발하여 그곳에 아침 8시 30분경에 도착한 우리들은 동네 이곳저곳의 쌓인 흙을 치우고 막힌 하수구를 뚫고 침수가 된 집안의 가재도구들을 씻고 정리했으며, 미용 봉사도 하였습니다. 하루 종일 열심히 봉사하고 해가 서산에 넘어갈 때쯤 일을 마무리했습니다. 그 마을을 떠나기 전 마을 주민들이 모두 나와서 인사를 했고, 마을 이장님도 동네 방송을 통해서 감사의 인사를 했습니다. 땀으로 온몸이 젖고 뜨거운 뙤약볕에 노출된 얼굴과 피부는 빨갛게 되었지만 봉사대원들의 모습은 지친 기색이 전혀 없었고, 모두 생생한 모습이었습니다. 파주로 올라오는 길에 차 안에서 저는 한 분 한 분에게 봉사하고 난 기분이 어떠냐고 물었습니다. 그들은 모두 "행복함을 느낀다", "뿌듯하다", "기분이 좋다."

"보람이 있었다"라고 대답을 했습니다. 저도 똑같은 기분이었습니다.

    미국의 심리학자 '앨런 룩스' 박사가 쓴 〈선행의 치유력(Healing Power of Doing Good)〉이라는 책에 보면 봉사활동을 하는 사람들은 그렇지 않은 사람들에 비해서 스트레스를 훨씬 적게 받는다고 합니다. 봉사활동을 하는 사람들은 대부분 보람과 기쁨을 느끼게 되는데 그것을 '봉사자의 희열(Helper's High)'이라고 합니다. 봉사자의 90% 이상은 봉사를 하고 나면 기분이 아주 좋아지는 '봉사자의 희열'을 경험했고, 스트레스가 줄어들었다고 합니다. 만성질환이 있는 사람도 봉사를 한 후 통증과 불편함이 감소한다고 합니다. 봉사를 하고 나면 기쁨이 있는 것은 엔돌핀이 분비되기 때문이라고 합니다. 엔돌핀은 포유류의 뇌와 뇌하수체에서 생성되어 통증 완화 효과를 주는 단백질인데 엔돌핀은 몸의 면역력을 높여 주어 자연치유력이 생기며, 스트레스를 줄여주고, 심리적으로 안정감을 주며, 불면증도 없애 주고, 만성통증도 치료하는 효과가 있다는 것이 의학적으로 입증되었습니다. 봉사를 할 때 봉사자는 도움을 받는 사람과 친밀한 감정 교류를 나눌 수 있고, 자신도 남을 도울 수 있다는 만족감과 성취감이 엔돌핀을 생성하게 만든다는 것입니다.

    또한 선한 일을 간접적으로 보고 생각하는 것만으로도 체내에서 놀라운 치유력과 면역항체가 생긴다는 것을 입증한 실험이 있었습니다. 1998년 미국 하버드 의과대학에서는 학생들에게 테레사 수녀가 환자를 돌보며 봉사하는 다큐멘터리 영화를 보여 주고 이들의 면역항체 수치가 어떻게 변화하는지를 측정해 보았습니다. 그 결과 수치가 이전보다 50% 이상 높아진 것으로 나타났습니다. 또한 혈압과 콜레스테롤 수치가 현저히 낮아지고 엔돌핀이 정상치의 3배 이상 분비되어 몸과 마음에 활력이 넘쳤습니다. 이후 남을 돕는 활동을 통해 일어나는 정신적, 신체적 변화를 '마더 테레사 효과'라고 이름을 붙였습니다. 다른 사람을 도와주는 사람의 정신적 경험이 어떤 식으로든 스트레스로부터 보호를 받고 완충 작용을 합니다.

또 하나 흥미로운 것은 돈이나 물건을 기부하는 것보다 정서적인 교류를 할 수 있는 봉사활동이 훨씬 건강에 이롭다는 것입니다. 사람들을 접촉하여 봉사를 하면 자긍심, 평온함, 안정감이 증가되어 그 행복감이 오래도록 지속된다고 합니다.

남을 돕기 위해 자신의 힘을 나눔으로써 느끼는 기쁨과 만족은 단순한 기분으로 그치지 않습니다. 나눔은 나누는 사람에게 면역능력의 강화뿐만 아니라 수명연장에까지 영향을 줍니다.

미국 미시건대학교의 스테파니 브라운 박사는 1992년부터 5년간 423명의 노인에 대한 관찰을 했는데 자신만 아끼고 남을 돕지 않는 사람에 비해 남에게 도움을 주는 노인들이 2배나 더 오래 사는 것으로 나타났습니다. 테레사 수녀는 인도의 빈민가에서 87세까지 살았습니다. 전염병이 무성한 열대우림 아프리카에서 슈바이처 박사는 90세까지 살았습니다. 한국의 8만여 입양아의 대모 버다 홀트 여사는 96세까지 살다가 한국 땅에 묻혔습니다. 백의의 천사 나이팅게일도 90세까지 살았습니다. 이렇게 평생 남을 위해서 봉사하는 생활의 삶을 살아가는 사람은 그렇지 않고 자기만을 위해 사는 사람보다 더 건강하고 사망률도 현저히 낮다는 것도 주목해 볼 만한 내용입니다. 반대로 혼자 사는 사람이나 자기만을 위해 사는 이기적인 사람일수록 더 건강과는 멀어지고 장수하는 데에도 지장이 있으며, 스트레스 지수가 높아지게 된다는 사실을 알 수 있습니다.

가끔 이웃과 나눌 것이 없다고 핑계를 대는 사람들이 있습니다. 땀 안 흘리고 쉽게 줄 수 있는 것이 있습니다. 그것은 따뜻한 말 한 마디와 밝은 미소입니다. 이런 것들은 가난하고 배움이 없고, 도울 힘이 없어도 얼마든지 줄 수 있는 것들입니다. 나눌 것이 없다는 것은 핑계이며 착각일 뿐입니다.

남에게 선행을 하는 사람은 홀로 있어도 외롭지 않습니다. 불안하지 않습니다. 항상 휘파람을 불며 즐겁게 살아갑니다. 이것은 서로 도우며 살기를 원하시는 하나님께서 베풀고 섬기는 사람들에게 내려준 특별한 선물입니다. 그러므로 남을 위해 사는 것은 손해가 아닙니다. 오히려 자기를 부요케 하는 일입니다. 주는 것이 받는 것보다 행복합니다.

08

성공을 향한
첫걸음

머리가 텅 빈 사람이 만물박사가 되었다

베스트셀러인 벤 카슨의 〈싱크 빅(Think Big)〉을 읽어보면 벤 카슨의 삶을 적나라하게 소개하고 있습니다. 미국 디트로이트의 빈민가에서 태어난 벤 카슨이라는 흑인 아이는 8살 때 부모님이 이혼했고, 어머니 소냐 카슨이 벤 카슨과 그의 동생을 키웠습니다. 어머니는 식모였기 때문에 아이들 교육에 신경 쓸 틈이 없었습니다. 벤 카슨이 초등학교에 입학했지만, 기초학습이 되어 있지 않아서 다른 아이들을 따라갈 수가 없었습니다. 결국, 전교 꼴찌를 했습니다. 2학년 때도 꼴찌, 3학년 때도 꼴찌, 4학년 때도 전교 꼴찌를 하여 4연패를 했습니다. 그의 별명은 돌대가리였습니다. 어머니는 아들이 학교 졸업한 후, 사회생활을 할 수 있도록 해주기 위해 한 가지 좋은 습관을 갖도록 했는데 그것은 독서의 습관이었습니다. 어머니가 식모 일을 하려고 여러 집을 다녀 본 결과 사회적으로 존경받는 집안은 집안이 조용하고 책을 읽는 분위기였고, 그렇지 않은 집은 책과는 거리가 멀고 시끄럽기만 했습니다. 그래서 책을 읽는 습관을 갖게 하고 싶었습니다. 어머니는 아들들에게 어떤 책이라도 상관없으니 도서관에 가서 일주일에 책 두 권을 읽으라고 했습니다. 두 아들은 도서관에 갔지만, 너무 아는 것이 없어 읽고 이해할 수 있는 책이 없었습니다. 그래서 택한 책이 자연학습 도감 상하권이었습니다. 그 책은 그림이 많아서 보기 쉬웠습니다. 벤 카슨은 이 책을 6개월간 읽었습니다. 그리고 형제끼리 철길에서 돌 이름 맞추기 게임으로 놀이를 했습니다.

어느 날 선생님이 수업 시간에 암석 3개를 학생들에게 보여주면서 "무슨 암석인지 아는 학생?" 벤 카슨이 손을 번쩍 들었습니다. 선생님은 화가 났습니다. 벤 카슨이 수업을 방해하려는 목적으로 손을 들었다고 생각했습니다. 앞에 나와서 말해보라고 하자 아주 쉽게 암석들의 이름을 맞추었습니다. 어떻게 알았냐고 묻자 "도서관에서 책을 보고 공부했습니다." 하고 대답했습니다. "벤 카슨이 공부를 하다니!" 하고 모두들 눈이 휘둥그레졌습니다. 1시간 동안 벤 카슨이 선생님 대신 암석 강의를 했습니다. 선생님과 학생들이 기절초풍하였습니다. 처음으로 그가 인정받는 시간이었습니다. 벤 카슨은 그 다음 날부터 초등학교 1학년 교과서를 읽기 시작했고, 2학년, 3학년 교과서를 모두 읽었습니다. 그리고 이상하게 선생님의 강의가 조금씩 이해되었습니다. 그는 다음 해 전교에서 1등을 했습니다. 그리고 의대에 진학해서, 신경외과를 선택하여 전문의가 되었습니다. 그는 거의 모든 의학 논문을 다 읽었습니다. 다른 의사들이 모르는 것이 있으면 척척 알려주었습니다. 미국 사회에서는 주로 백인 중에서 최고의 베테랑들이 유명 의대 과장이 되며, 여간해서는 흑인에게 그 자리를 주지 않습니다. 그런데 흑인인 그가 30대 초반에 존스 홉킨스 대학의 신경외과 과장이 되었습니다. 그의 의학 실력은 나날이 향상되었고, 드디어 세계 최초로 머리가 붙은 샴쌍둥이 수술에 성공했습니다. 이 모든 것을 가능하게 한 것은 바로 독서의 힘이었습니다. 독서는 꼴찌를 1등으로 만들어 주었고, 돌대가리라는 그의 별명이 만물박사로 바뀌게 했습니다.

큰일을 한 지도자들을 보면 대부분 독서광이었습니다. 그들은 책을 사랑했습니다. 아니 활자 중독자들이었습니다. 유럽을 평정했던 프랑스의 나폴레옹은 전쟁터에서도 말 위에 앉아 책을 읽었다는 일화가 있습니다. 나폴레옹이 야심만만한 전쟁광이 아닌 영웅으로 남을 수 있었던 것은 대문호 괴테와 음악가 베토벤을 매료시킬 정도로 빼어난 학식과 교양, 예술적 감각 덕택이었습니다. 이는 모두 그가 책을 항상 손에 쥐는 습관에서 나온 결과입니다.

세계에서 가장 뛰어난 투자가인 워렌 버핏도 독서광입니다. 그는 세상에 나오는 투자에 대한 책은 모조리 읽고 있습니다. 그는 하루 3분의 1을 책 읽는 데 보내고 있습니다.

타임즈가 뽑은 '미국을 움직이는 100인' 중 1위를 차지한 오프라 윈프리는 흑인 사생아로 태어나 버림을 받은 아이였습니다. 지독한 가난에 시달려야 했고, 여러 차례 강간도 당했습니다. 그러나 이러한 불우한 환경과 외로움을 독서로 극복했습니다. 고상한 독서를 통해서 책 읽기를 좋아하여 독서로 외로움을 달랬습니다. 방대한 독서량은 그녀를 고상하고 매력 있는 여자로 만들었습니다. 그녀는 '윈프리 쇼'를 진행하고 있는데 책을 통해 얻은 풍부한 지식과 탁월한 언어 선택의 기술로 매일 밤 2,400만 명의 시청자들을 끌어모으고 있습니다.

정치가 중에서도 독서광들이 많습니다. 조지 부시 미국 대통령이 자신의 목장 근처 초등학교를 방문했을 때 그가 고향 마을 학생들에게 강조한 것은 미국의 이상이나 정책이 아니라 독서의 중요성이었습니다. 그는 어린 학생들에게 이렇게 말했습니다. "활자는 꿈을 심어 줍니다. 여러분들이 어른이 되어 펼칠 세계를 밝게 하는 건 텔레비전이 아니라 책입니다."

빌 클린턴 전 미국 대통령도 아무리 바빠도 1년에 평균 200~300권의 책을 읽고 있으며, 재임 중에도 연간 60~100권의 책을 독파했다고 밝혔습니다. 사람들은 골프광으로 알려진 클린턴 대통령이 휴가 갈 때 골프채만 둘러메고 가는 줄 알고 있지만, 그의 여행 가방에 빠지지 않는 물건 중 하나는 바로 책입니다. 그는 10일 정도의 일정으로 휴가를 떠나면 보통 12권 정도의 책을 가지고 간다고 합니다.

이렇게 앞서가는 리더들은 단순하고도 위대한 진리를 좇아 매일 책이나 신문 등 활자 미디어를 통해 인생과 경영 그리고 정치의 법칙을 읽어

냅니다. 읽어서 이해하고 그것을 다시 읽어 제 것으로 만드는 것이 이들의 자연스러운 지식 습득의 방법입니다.

책은 저자의 영혼의 진액이 들어 있는 수원지입니다. 그러므로 책을 읽음으로 그 사람을 만날 수 있고, 저자의 방대한 지식과 사상, 행동 양식을 공급받게 됩니다. 책을 읽는다고 해서 다 성공한 것은 아니지만 성공한 사람은 모두 독서광입니다. 활자에 중독되어 책 사랑에 깊이 빠진 사람은 밝은 미래가 있는 사람입니다.

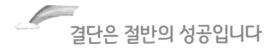

결단은 절반의 성공입니다

덴마크의 실존주의 철학자 키에르케고르는 그의 책에서 불행해진 한 마리의 〈들 오리 이야기〉를 들려주고 있습니다. 어느 한 해 가을이 끝나고 추운 겨울이 다가오고 있었습니다. 철새 오리들은 추위를 피하여 따뜻한 남쪽으로 날아가고 있었습니다. 그런데 오리들은 공중에서 곡식이 잔뜩 쌓여 있는 어느 농장을 발견했습니다. 우두머리의 명령으로 잠시 쉬어가기로 하였습니다. 오리들은 그곳에서 곡식을 실컷 배부르게 먹었습니다. 그 다음 날 아침 오리 떼들은 갈 길을 서둘러 날아갈 채비를 하였습니다. 그런데 그 중에 한 마리는 그 맛있는 먹이를 두고 떠나기 싫어졌습니다. 그래서 "나는 여기서 하루만 더 있다가 갈 거야!" 하고 남아서 맛있는 곡식들을 먹었습니다. 그 다음 날 또 다시 "내일 남쪽으로 날아가리라." 그 다음 날도 "하루만 더…" 하면서 떠나지 않았습니다. 달콤하고 행복한 시간이었습니다. 그러던 어느 날 제법 싸늘한 추운 겨울바람이 불어왔습니다. 더 이상 지체할 수 없었습니다. 그래서 그 오리는 날개를 펴서 날아오르려고 날갯짓을 하였습니다. 그러나 아무리 파닥거려도 몸이 공중에 날아오르지를 못했습니다. 그동안 너무 많이 먹어 살이 쪘기 때문입니다. 오리는 안간힘을 다 해보았지만 조금 날아올랐다가 다시 땅에 떨어지곤 하였습니다. 그 다음 날 큰 한파가 그곳에 찾아왔습니다. 결국 그 들 오리는 집 오리가 되었고 집 오리를 기르는 주인의 식탁에 오르고 말았습니다.

우리가 이 세상을 살아갈 때 성공적인 인생을 위해서는 결단력이 꼭 필요합니다. 결단력이란 결정적인 판단을 하거나 단정을 내릴 수 있는 의지나 능력을 말합니다. 결단력이 없으면 우유부단한 사람이 되어 시간을 낭비하고 좋은 기회를 다 놓치고 맙니다. 그래서 어떤 일에 결단을 내리고 실행에 옮기는 것이 그만큼 중요합니다. 자기가 하고자 하는 일이 보편타당성이 있고, 성경의 진리에 부합하는 일이라면 과감하게 결단해야 합니다.

아브라함은 믿음의 조상입니다. 그가 믿음의 조상이 될 수 있었던 것은 적절한 때에 하나님 앞에서 결단했기 때문입니다. 그가 무엇을 결단했습니까?

첫째, 하나님이 떠나라고 했을 때 자기 고향을 떠나는 결단을 하였습니다.(창12:4) 그의 고향 갈대아 우르는 그의 잔뼈가 굵은 정든 땅입니다. 그곳에는 사랑하는 가족들과 친척들이 살고 있었습니다. 그가 하나님께

부름을 받았던 나이는 75세였고, 그곳에서 그는 안정된 생활을 하고 있었습니다. 그러나 하나님께서 우상 숭배를 많이 했던 불신의 땅 갈대아 우르를 떠나기를 원하셨을 때 그는 곧 결단을 내리고 순종하였습니다.

둘째, 그는 이스마엘을 쫓아내는 결단을 하였습니다. 이스마엘은 아브라함의 여종 하갈을 통해서 낳은 아들입니다. 어느 날 하나님께서 믿음의 혈통을 이어받을 아들이 아니라는 이유로 이스마엘을 내어 쫓으라고 하셨습니다.(창21:10) 아브라함은 이 일로 인하여 고민하고 근심을 하였지만 결국 믿음의 결단을 내리고 이스마엘을 내어 쫓았습니다.

셋째, 아브라함은 이삭을 하나님께 드리는 결단을 하였습니다. 이삭은 백 세에 낳은 아브라함의 귀한 아들입니다. 이 아들을 애지중지 길러서 장성하였는데 하나님은 그를 죽여서 제물로 바치라고 말씀하셨습니다.(창22:2) 청천벽력 같은 하나님의 명령입니다. 그는 심히 마음이 떨리고 번민이 되었습니다. 그러나 결국 하나님께 바치기로 결단을 내렸습니다. 이로 인하여 아브라함은 그의 자손이 하늘의 별과 바닷가의 모래같이 무성하게 되었고, 그 후손을 통하여 천하 만민이 복을 받게 되었습니다.(창22:16-18)

롯의 아내는 멸망할 소돔 성을 빠져나올 때 뒤를 돌아보지 말라는 말씀대로 결단하지 못하였습니다. 성경에 "롯의 아내는 뒤를 돌아본 고로 소금 기둥이 되었더라."(창19:26) 하고 말씀합니다. 예수님께서는 제자들에게 결단하지 못하여 멸망한 "롯의 처를 생각하라."(눅17:32) 말씀하셨습니다. 또한 손에 쟁기를 잡은 채 뒤를 돌아보는 사람은 하나님 나라에 합당치 않다고 말씀하셨습니다.(눅9:62)

예수님께서는 우리가 치명적인 죄에서 벗어날 때도 결단이 필요하다고 말씀합니다. "만일 네 오른 눈이 너로 실족하게 하거든 빼 내버리라. 너의 백체 중 하나가 없어지고 온몸이 지옥에 던져지지 않는 것이 유익하다. 또한 만일 네 오른손이 너로 실족하게 하거든 찍어 내버리라. 너의 백체 중 하나가 없어지고 온몸이 지옥에 던져지지 않는 것이 유익하다."(마5:29~30) 하고 말씀하셨습니다. 이것은 우리가 세상의 유혹을 받았을 때 죄를 범하지 않기 위해서 단호하게 결단을 해야 한다는 말씀입니다.

유명한 사상가 토마스 카알라일(Thomas Carlyle)은 "결단하지 못한 사람은 바람 부는 대로 물결치는 대로 떠돌아다닌다. 이런 사람은 가장 평탄한 길에서도 갈 바를 알지 못하고 헤맨다. 그러나 결단한 사람은 가장 험한 길도 뚫고 나갈 수 있다. 그리고 결국 자기의 목적을 달성한다."라고 하였습니다. 결단은 인간의 성패가 갈리는 분기점입니다. 그래서 단호한 결단은 절반의 성공입니다.

마지막 한 장 남은 달력을 물끄러미 바라보며 지난 1년간을 회고합니다. 하나님 앞에서 결단해야 할 때 결단하지 못한 일들이 가슴을 아프게 합니다. 주님 앞에 회개하며 다시 한 번 주님 앞에 무기력하고 연약한 나를 올려드립니다.

어느 성공한 사람이 남긴 한 마디

세상 사람들이 무척 좋아하는 매력적인 말 중의 하나는 '성공'이라는 말일 것입니다. 요즘 성공한 사람들의 노하우(knowhow)나 성공비결을 소개하는 책들이 많이 쏟아져 나오는 것만 봐도 성공을 염원하는 사람들이 그만큼 많다는 것을 알 수 있습니다.

사람들은 성공하기 위해서 좋은 학교에 들어가기를 원합니다. 성공하기 위해서 열심히 공부하여 학위와 자격증을 땁니다. 성공하기 위해서 아침 일찍 일어나서 밤늦게까지 일을 합니다. 성공하기 위해서 새로운 정보도 수집하며, 인맥을 쌓기도 합니다.

사람들은 왜 성공하기를 원할까요? 성공을 통해서 자신의 꿈과 이상을 실현하면 부귀와 명예를 얻을 수 있고, 행복할 수 있다고 생각하기 때문입니다.

그러면 진정한 성공이란 무엇일까요?

어느 날 런던에 있는 엑스프레스 신문사에 제임스 화이트라는 사람이 한 통의 편지를 보냈습니다. 편지 내용은 다음과 같습니다. "이 시간 내 인생의 지난날을 돌아보니 나의 걸어온 일생이 주마등처럼 눈앞에 아른거린다. 나는 황제를 초청하여 대접하였고, 귀족들과 친밀하게 교제하였으며, 정계에 진출하여 정치를 하느라 동분서주하기도 하였다. 값비싼 요트와 극장을 소유하기도 하였고, 대규모 경마장을 개장하기도 하였다. 신문을 경영하기도 하였으며, 여러 기업을 위해 거액의 돈을 조달한 적도 있었다. 현상금을 걸고 권투 시합을 연 일도 있었고, 자선사업을 위해 적지 않은 돈을 던지기도 했다. 어떤 날은 하루에 60억이라는 큰돈을 벌기도 했다. 나는 이렇게 성공하여 사람들에게 존경을 받았고, 제임스 화이트라는 이름을 세상에 널리 알렸다. 그러나 나는 이제 단언한다. 인생은 그저 큰 가마에 사람들의 탐욕과 더러운 정과 권력을 반죽해놓은 것에 불과하다." 이 편지가 신문사에 도착할 때쯤 그는 스스로 목숨을 끊고 생을 마감했습니다.

제임스 화이트는 한때는 자신이 성공한 사람이라고 생각했고, 다른 사람들도 그를 성공한 사람이라고 말했지만, 사실은 성공한 사람이 아니었습니다. 그는 부와 명예는 얻었지만, 그보다도 더 중요한 진정한 기쁨과 행복을 얻지는 못했습니다. 그는 결국 자신의 빈 마음을 채우지 못하고 허무함을 견디지 못하여 스스로 목숨을 끊고 말았던 것입니다.

진정한 성공이란 무엇입니까? 자신의 야망을 성취한 것일까요? 자기의 목표를 달성하고 그 보상으로 부귀와 영화를 손아귀에 거머쥐는 것일까요? 성경은 그렇게 말씀하고 있지 않습니다.

성경을 읽어보면 이 세상에서 가장 큰 성공을 거둔 한 사람을 소개하고 있습니다. 이스라엘의 3대 왕 솔로몬이라는 사람입니다. 솔로몬은 강력한 경쟁자들이었던 형들의 도전을 물리치고 아버지 다윗에게 왕권을 물려받았습니다. 그는 강력한 왕권을 가지고 화려한 정치를 하였고 백성들은 태평성대를 누렸습니다. 그가 다스렸던 땅은 유프라테스 강에서부터 블레셋 땅과 이집트 지경까지 이르렀고, 인구는 해변의 모래같이 많았으며, 주변의 많은 나라가 조공을 바쳤습니다. 국내외에서 그를 찾아오는 손님들이 많아 그의 왕궁은 언제나 부산했고, 왕궁에서 준비하던 일일분의 식물은 맥분이 90석이요, 소가 30두요, 양이 100두이며, 그 외 노루, 사슴, 조류 등이 무수하였습니다.(왕상4:1~23) 그는 위대한 철학자였습니다. 이집트와 동양인 중에서 가장 뛰어난 지혜를 가지고 3천 잠언을 말했습니다. 그는 음악가였습니다. 1천 5수의 노래를 지었습니다. 그는 동식물 학자였습니다. 레바논의 백향목에서 담에 나는 우슬초까지 각종 초목과 날짐승, 길짐승, 물고기 등을 연구하였습니다. 그는 위대한 건축가였습니다. 13년 동안 왕궁을 건축하였고, 7년 동안 예루살렘 성전건축을 성공적으로 마쳤습니다. 그는 경제전문가였습니다. 이집트, 아라비아, 인도 등 여러 나라들과 무역하여 부를 축적하였습니다. 그는 국가의 안정을 위해 정략결혼을 하여 1천 명의 비빈(妃嬪)을 두었습니다.

그는 참으로 갖고 싶은 것을 다 가졌고, 해보고 싶은 것은 모두 해본 사람입니다.

그러면 솔로몬은 과연 성공한 사람일까요? 많은 사람들은 멋지고 화려하게 살았던 솔로몬을 부러워했지만 정작 자기 자신은 성공한 사람이 아니라고 말합니다. 그는 말년에 자기 인생을 돌아보면서 이렇게 고백합니다. "헛되고 헛되며 헛되고 헛되니 모든 것이 헛되도다. 해 아래에서 수고하는 모든 수고가 사람에게 무엇이 유익한가? 모든 만물이 피곤하다는 것을 사람이 말로 다 말할 수는 없나니 눈은 보아도 족함이 없고 귀는 들어도 가득 차지 아니하도다. 해 아래에는 새것이 없나니 무엇을 가리켜 이르기를 '보라, 이것이 새것이라' 할 것이 있으랴. 이미 있던 것이 후에 다시 있겠고 이미 한 일을 후에 다시 할지라. 나는 예루살렘에서 이스라엘 왕이 되어 마음을 다하며, 지혜를 써서 하늘 아래에서 행하는 모든 일을 연구하며 살폈으니 이는 괴로운 것이니 하나님이 인생들에게 주사 수고하게 하신 것뿐이라. 모두 다 헛되어 바람을 잡으려는 것이로다. 지혜가 많으면 번뇌도 많으니 지식을 더하는 자는 근심을 더하느니라."(전1:2~18) 솔로몬은 이 세상에서 가장 멋지고 화려하게 살았지만 자기 일생을 돌아오며 결코 자신은 성공한 인생을 살지 못했다고 고백합니다.

성경은 우리에게 예수 그리스도가 어떤 분인가를 소개하고 있습니다. 그분은 인간적으로 성공하지 못한 분입니다. 그분은 한평생 가난하게 살았습니다. 가장 소외되고 낙후된 지역인 나사렛에서 대부분 시간을 보냈습니다. 그의 직업은 목수였습니다. 그분은 공부를 많이 하지 못했고, 학위도 받지 못했습니다. 한 권의 저서도 낸 적이 없습니다. 높은 지위에 올라간 적도 없었습니다. 30대 초반의 젊은 나이에 신성모독죄, 군중을 소동케 한 죄목으로 인해 사형선고를 받고 십자가에 매달려 죽었습니다. 그러면 그분은 과연 실패자입니까?

인류 역사 속에서 그분보다 더 큰 영향을 미친 사람은 없습니다. 그분은 BC와 AD로 나누었습니다. 그분의 행적을 기록한 바이블은 베스트셀러 중 베스트셀러가 되었습니다. 그분을 받아들인 국가나 민족은 놀라운 변화를 경험했습니다. 지상에는 현재 그분의 이름으로 세워진 교회가 600만여 교회나 됩니다. 그분을 연구하고, 그분을 본받기 위해 수많은 학교와 수도원이 세워졌고, 그분을 연구하고 펴낸 책들이 수십만 권 이상 쏟아져 나왔습니다. 그 분이 오신 지 2천 년이 지난 지금도 지구상의 수십억의 사람들이 그분을 통해 위로와 소망을 얻고 있으며, 그분의 팔에 매달려 살고 있습니다.

예수 그리스도는 십자가상에서 숨을 거두면서 "다 이루었다." 하고 말씀하셨습니다. 이 말씀 한 마디가 그분이 성공적인 인생을 사셨음을 말해줍니다. 그분은 아버지 하나님께서 보내신 사명을 100% 완수하였기 때문에 성공적인 인생을 사셨습니다. 그분은 오직 아버지 하나님의 영광을 위해서 살았기 때문에 성공적인 인생을 살았습니다.

성공한 사람의 대명사이며, 많은 사람들의 부러움을 샀던 솔로몬은 죽기 전에 이렇게 말합니다. "일의 결국을 다 들었으니 하나님을 경외하고 그의 명령을 지킬지어다. 이것이 모든 사람의 본분이니라."(전12:13) 이 말씀 한 구절 속에 성공적인 인생을 살아가는 비결이 있습니다.

삶의 태도가 인생을 좌우합니다

〈월간목회〉 2003년 8월 호에 화제의 인물을 소개한 적이 있습니다. 미국 뉴욕의 맨하탄 프라자호텔의 문지기로 일했던 '조셉 조렌티니'라는 사람입니다. 그는 평범한 사람이었지만 한때 미국 사회에서 많은 사람들이 본받아야 할 모범적인 사람으로 화제를 모은 적이 있었습니다. 그는 25세에 맨하탄 프라자호텔에 문지기로 들어와서 78세로 은퇴할 때까지 53년을 하루같이 성실하게 일했습니다. 그가 하는 일은 호텔에 찾아오는 손님들을 맞이하여 짐을 들어주고, 안내하는 단순한 일이었습니다. 그런데 그가 많은 사람들에게 칭찬을 받고 인정을 받았던 이유는 무엇이었을까요? 그것은 그가 한 직장에서 오랫동안 근무했다는 이유만은 아닙니다. 그는 근무하는 태도가 남달랐기 때문입니다. 그의 가장 큰 즐거움은 호텔에 찾아오는 사람들을 맞이할 때 마치 자기 집에 찾아온 귀한 손님을 맞이하듯이 정성을 다해 맞이하였고, 가슴에서 우러나오는 기쁨으로 그들을 섬겼습니다.

닉슨 대통령이 재임 시절에 이 호텔에 투숙하여 잠시 머문 적이 있었는데 그때 문지기 '조셉 조렌티니'의 친절하고 예의 바른 태도에 감명을 받아 그와 친밀한 사이가 되었습니다. 그 후로 닉슨 대통령은 프라자호텔을 찾아올 때마다 '조셉 조렌티니'와 다정한 친구처럼 대화를 나누곤 하였습니다. 그 후로 그는 '닉슨의 친구'라는 별명을 얻게 되었습니다.

그는 비록 문지기의 신분이었지만 자기 자신은 맨하탄 프라자호텔의 얼굴이며, 주인이라는 생각으로 일을 했습니다. 사람들은 밝은 미소를 머금은 그의 얼굴을 보고, 부드럽고 따뜻한 그의 목소리를 듣기만 해도 저절로 기분이 좋아졌습니다. 이러한 '조셉 조렌티니'에 대한 아름다운 모습은 그 호텔을 드나들던 사람들의 입을 통해서 퍼져나갔고, 나중에는 맨하탄 프라자호텔의 상징적인 인물이 되었습니다.

그가 은퇴식을 하던 날 한 기자가 찾아와서 "당신은 어떻게 그런 단순한 일을 53년 동안이나 싫증 내지 않고 잘 감당할 수 있었습니까?" 하고 물었을 때 그는 이렇게 대답했습니다. "제가 이곳에 취업하여 사회생활의 첫 발을 내디딜 때, 제가 출석하는 교회의 담임목사님께서 '손님을 보면 예수님을 대하듯 하세요. 그러면 당신은 반드시 성공할 것입니다.'라고 말씀하시면서 저를 위해 축복기도를 해 주셨습니다. 그래서 저는 53년 동안 손님들을 맞이할 때마다 예수님이 오신 것처럼 맞이했고, 그들을 섬길 때 예수님을 섬기듯 했습니다. 그래서 제가 53년 동안 일했던 호텔 현관은 저에게는 마치 천국과 같았습니다.”

'조셉 조렌티니'가 성공적인 인생을 살게 된 것은 바람직한 삶의 태도를 가지고 있었기 때문입니다. 그는 비록 문지기였지만 자기가 하는 일을 결코 작은 일이라고 생각하지 않았습니다. 그는 단순히 생계만을 위해서 일한 것이 아니라 하나님께서 맡겨 주신 일이라고 생각하고 그 일에 최선을 다했습니다.

미국 사우스웨스트 항공사 회장이었던 허브 캘러허(Herb Kelleher)는 태도의 중요성을 강조하면서 다음과 같이 말했습니다. “우리는 태도를 보고 채용한다. 학력이나 경력은 중요하게 생각하지 않는다. 그들이 해야 할 일을 완수할 수 있도록 필요한 모든 교육은 우리가 책임질 수 있으니까 말이다. 우리는 태도를 채용한다.” 하였습니다.

달라스 신학교의 학장인 척 스윈돌(Chuck Swindoll) 박사도 태도에 관하여 다음과 같이 말했습니다. “내게 있어서 태도는 교육, 재산, 환경, 성공과 실패보다 더 중요하다. 또한 태도는 외모나 타고난 재능, 기술보다 더 중요하다. 태도는 회사, 가정을 일으키기도 하고 무너뜨리기도 한다. 중요한 것은 우리는 하루하루 자신이 취하는 태도를 선택할 수 있다는 사실이다. 지나간 과거를 바꿀 수는 없다. 또한 특정한 방식으로 행동하는 사람들을 변화시킬 수도 없다. 결국 우리는 우리가 바꿀 수 있는 것을 선택할 수밖에 없다. 바꿀 수 있는 것이란 바로 태도다. 삶은 자신에게 일어나는 일 10%와 그 일에 대한 자신의 반응 90%로 이루어진다. 자신의 태도에 대해 책임져야 할 사람은 오직 자신이다."

현대사회가 원하는 인재는 먼저 일을 잘 해낼 수 있는 능력을 갖춘 사람입니다. 그러나 시간이 지날수록 능력보다는 태도와 품성이 더 중요 시되고 있습니다. 왜냐하면 능력 개발보다는 인성과 태도를 가르치기가 더욱 어렵기 때문입니다.

인간의 성패는 경험이나 지식보다도 태도와 의지가 좌우합니다. 그러 므로 우리는 역경에 쉽게 굴하지 않는 의지와 맡겨진 일을 주인의식을 갖고 하는 것이 무엇보다도 중요합니다.

태도는 천부적이거나 고정된 것이 아닙니다. 태도는 우리의 의지로 얼 마든지 선택할 수 있습니다. 우리는 부정보다는 긍정적인 태도를 선택해 야 합니다. 소극적인 태도보다는 적극적인 태도를 선택해야 합니다. 불신 앙보다는 신앙적인 태도를 선택해야 합니다. 그러면 결코 후회함이 없는 인생을 살 수 있을 것입니다. 삶의 태도가 인생을 좌우합니다.

야성으로 생존하기

　미국의 국립공원에 가면 어디에서나 쉽게 볼 수 있는 간판이 있습니다. 그것은 "야생동물에게 먹이를 주지 마시오."라고 쓰인 간판입니다. 만약 먹이를 주다가 적발되면 벌금을 물어야 한다는 말도 함께 있습니다. 국립공원에서 야생동물들에게 왜 먹이를 주지 못하게 할까요? 거기에는 이유가 있습니다. 야생동물들은 평상시에 먹잇감을 사냥해서 잡아먹고 삽니다. 그런데 그곳이 공원으로 지정이 되어 관광객들이 몰려와서 야생동물들에게 음식물을 주자 그것을 받아먹고 그 먹이에 길들여져 더 이상 사냥을 하지 않았습니다. 그러다가 추운 겨울이 와서 관광객들의 발걸음이 뜸해지면 야성을 잃어버린 동물들이 사냥하지 않고 굶어 죽고 만다는 것입니다. 그래서 국립공원 관리인들은 관광객들에게 동물들에게 먹이를 주지 말 것을 당부하고 있으며, 야생동물들이 쓰레기통을 뒤지지 못하도록 두꺼운 철판으로 만든 쓰레기통을 설치하고 큰 자물쇠까지 채워놓습니다.

우리나라도 마찬가지입니다. 환경부와 국립공원관리공단에서 지리산에 여러 차례 반달곰을 방사했는데 그 곰들이 새끼를 낳아 현재 지리산에는 38마리 정도의 곰이 서식하고 있습니다. 그런데 등산객들이 오가며 그 곰들에게 자주 먹이를 던져주니 그 곰들이 그것을 받아먹고 자연에 적응을 잘 못하고 있으며, 이빨도 썩어서 음식도 제대로 못 먹는 곰들이 상당수가 된다는 것입니다. 그래서 관리인들이 등산객들에게 음식을 주지 말라고 신신당부하고 있지만 이것이 잘 지켜지지 않고 있습니다. 산이나 들에서 사는 동물들이 그곳에서 생존하기 위해서는 무엇보다도 야성이 있어야 합니다. 야생동물들이 야성을 잃어버린다는 것은 곧 죽음을 의미합니다.

이것은 식물도 마찬가지입니다. 자연에서 살아가는 식물은 자연에 잘 적응해야 하며, 야성에 길들여져야 생존할 수 있습니다.

이런 일화가 있습니다. 호주 시드니에 사는 교민이 고국을 다녀가는 길에 개나리 가지를 꺾어 가지고 가서 자기 집 앞마당에 옮겨 심었습니다. 호주의 맑은 공기와 좋은 햇볕 덕에 개나리는 잘 살았고, 이듬해 봄이 되어 가지와 잎이 한국에서보다 더 무성했습니다. 그러나 이상하게 꽃은 피지 않았습니다. 그분은 첫해라 그런가 보다 생각하고 다음 해를 기다렸습니다. 그러나 2년째에도 개나리는 꽃이 피지 않았고, 3년째에도 피지 않았습니다. 그분이 처음에는 왜 개나리가 꽃이 피지 않는지를 알지 못하다가 나중에야 비로소 알게 되었습니다. 개나리는 한겨울의 매서운 추위를 견뎌야만 봄에 꽃이 필 수 있는데 호주는 한국처럼 혹한의 겨울이 없어서 개나리가 아예 꽃이 피지 않는다는 것입니다. 이것을 생물학 용어로 '춘화현상(春化現象)'이라 하는데 개나리, 튤립, 백합, 진달래 등이 여기에 속합니다. 이 꽃들은 정녕 봄이 오는 것을 알고 겨울을 견디는 식물들입니다. 혹한의 겨울을 이기고 봄에 꽃이 피는 이 꽃들은 열대 지방에서는 자라지 못합니다.

'알프스의 명화(名花)'로 불리는 고산식물 에델바이스도 이런 종류의 꽃입니다. 에델바이스는 눈 속에서 추위를 견디며 어렵게 생명을 이어갑니다. 차디찬 바람과 눈보라에 시달리며 겨울을 지낸 에델바이스는 이런 혹한의 시련을 이겨내고 결국 탐스러운 꽃봉오리를 맺습니다. 그리고 눈이 녹을 무렵에는 신비로운 꽃을 피웁니다. 에델바이스의 잎과 줄기는 뽀얀 솜털로 덮여 있으며, 꽃잎도 부드러운 솜털로 짠 것 같이 눈부십니다. 에델바이스는 혹독한 추위에 시달리면 시달릴수록, 밤낮의 기온 차가 크면 클수록 더욱 신비한 빛깔을 냅니다.

곡식도 마찬가지입니다. 오래전부터 인류의 주식이었던 보리는 두 종류가 있는데 한국, 중국 등 아시아에서 재배하는 가을보리와 유럽 서부나 북아메리카에서 재배하는 봄보리가 있습니다. 가을보리는 늦은 가을에 파종하여 추운 겨울을 나게 하고 이듬해 초여름에 추수하는 보리이며, 봄보리는 이른 봄에 파종하여 그해 늦은 여름에 추수하는 보리입니다. 그런데 봄보리보다는 겨울을 나고 추수하는 가을보리가 훨씬 수확

량도 많고 영양가도 높습니다.

곡식이 자라는 데 꼭 필요한 것이 물입니다. 가뭄이 들면 고사(枯死)할 수 있습니다. 하지만 반대로 수분이 너무 많은 것도 문제입니다. 이른 봄에 비가 너무 자주 내리면 곡식이 자라는 데 좋을 것 같지만 사실은 그렇지 않습니다. 풍족한 봄비 때문에 곡식이 웃자라서 키가 크고 잎이 무성하기는 하지만 뿌리를 깊이 내리지 않습니다. 그러다가 결실을 하기도 전에 쉽게 쓰러집니다. 반면에 이른 봄에 비가 많이 오지 않으면 곡식들은 물과 영양분을 얻기 위해 땅속 깊이 뿌리를 내리기 때문에 어지간한 가뭄도 잘 견디고 쉽게 쓰러지지 않습니다.

이렇게 동물이나 식물이 생존하기 위해서는 야성이 필요합니다. 그런데 야성은 이것들에게만 필요한 것은 아닙니다. 야성은 인간에게도 필요합니다. 인간에게도 산이나 들에서 살아가는 동물처럼, 춘화현상의 꽃들처럼 야성이 필요합니다. 화려한 인생의 꽃은 혹독한 추위를 거친 뒤에야 비로소 꽃망울을 맺고 만개하는 법입니다. 인생의 열매는 마치 가을보리와 같아서 인생 겨울을 거치면서 그 열매가 더욱 견실하고 풍성해집니다. 한겨울의 추위는 우리를 힘들게 하지만 그 고통을 이기고 난 후에는 짙은 인생의 향기를 발하고 풍성한 열매를 맺게 해줍니다. 그러므로 지금 우리에게 필요한 것은 얼어붙은 동토를 녹이는 따뜻한 마음과 희망으로 땅을 뚫고 나오는 새싹의 몸부림입니다. 그리고 야생에서 자라 꽃을 피우는 들꽃 같은 강인한 생명력입니다.

자연에서 추위와 함께 사람과 동식물에게 피해를 주는 것이 또 한 가지 있습니다. 그것은 강한 바람과 많은 비를 동반하는 태풍입니다. 태풍은 우리에게 엄청난 피해를 주는 것은 사실이지만 늘 해로운 것만은 아닙니다. 태풍은 중요한 수자원의 공급원으로 물 부족 현상을 해소합니다. 태풍은 적도에서 가까운 저위도(低緯度) 지방에서 축적된 대기 중의 에너지를 고위도 지방으로 운반하여 지구상의 남북의 온도 균형을 유지시켜 주고 해수를 뒤섞어 순환시킴으로써 플랑크톤을 용승(湧昇) 분해시켜 바다 생태계를 활성화시키는 역할을 합니다. 이렇게 대기의 난폭자인 태풍은 동시에 유용한 면도 있는 매우 중요한 대기현상이라 할 수 있습니다. 태풍이 없다면 눈에 보이는 비 피해는 적을지 모르지만, 해수면의 온도가 높아져 적조현상이 일어나고 바다에서는 큰 피해가 일어난다고 합니다. 이렇게 태풍도 때로는 우리에게 유익하며, 필요합니다. 우리에게 불어 닥치는 태풍을 끈질긴 야성을 가지고 잘 극복하면 우리는 더욱 많은 것을 얻을 수 있습니다.

이 세상은 광야같이 거칠고 험한 곳입니다. 거칠고 험한 이 세상을 성공적으로 살아가기 위해서는 무엇보다도 야성이 필요합니다. 야성이 없이는 온실에서 자란 화초처럼 쉽게 시들고 말라버릴 수밖에 없습니다. 야성은 생존을 위해 몸부림치는 혹독한 훈련의 과정을 통해서 길러집니다. 우리는 야성을 가지고 어떠한 고난과 장애물 앞에서도 겁내지 말고 잘 버티고 극복해서 끝까지 살아남는 사람들이 되어야 하겠습니다.

노력 예찬

독일 태생의 박하우스(Wilhelm Backhaus)는 독일뿐 아니라 전 세계적으로 명성을 떨친 20세기 최대의 피아니스트였습니다. 박하우스는 1900년 16세 때 연주가로 데뷔한 후, 세계의 여러 나라를 다니며 연주회를 가졌고, 도처에서 많은 찬사를 받았습니다. 그는 85세에 숨을 거두기 직전까지 4,000회 이상 콘서트에 출연하였습니다. 그의 연주는 음이 순수하고 찬연하며, 테크닉이 정연하고 완벽하다는 평을 받았습니다.

박하우스의 집에는 아주 슬픈 모습의 광부 그림이 하나 걸려 있었습니다. 자기 집에 방문한 사람들이 그것을 보고 "선생님, 왜 저런 그림을 걸어놓으셨습니까?"라고 물으면, 박하우스는 항상 이렇게 대답했다고 합니다. "그 그림은 내가 하는 일이 그가 하는 일보다 더 힘들지 않다는 것을 일깨워 준다네."

박하우스는 언제나 엄숙하고 진지한 표정으로 연주를 했기 때문에

'건반 위의 사자'라는 별명을 가졌습니다. 어느 날 연주가 끝난 후 한 음악잡지 기자가 물었습니다. "선생님, 연주를 하지 않을 때에는 주로 무슨 일을 하십니까?" 물끄러미 기자를 쳐다보던 박하우스는 무슨 그런 이상한 질문을 하느냐는 표정으로 퉁명스럽게 이렇게 대답했습니다. "연주하지 않을 땐 연습하지."

아기는 걷는 기술을 단번에 습득할 수 없습니다. 아기가 걷기까지는 평균 2천 번을 넘어진다고 합니다. 일어서려다 넘어지고 또 일어서려다 넘어지면서 비로소 걷는 법을 배웁니다. '피겨 여왕' 김연아 선수도 수천 번의 엉덩방아를 찧은 다음에야 자연스럽게 점프하는 기술을 습득했습니다.

김연아 선수에게는 일본 선수 아사다 마오라는 라이벌이 있습니다. 김연아가 열심히 연습 하다가도 연습에 싫증이 나면 라이벌인 아사다 마오를 생각한다고 합니다. "지금쯤 마오는 뭘 하고 있을까? 나처럼 이렇게 게으름을 피우고 있을까?"라고 생각하면 나태해진 마음은 없어지고 다시 새롭게 연습을 계속한다고 합니다. 한 분야에 달인이 되는 비결은 쉬지 않고 연습에 연습을 반복하는 길밖에 없습니다.

국립국악관현악단 지휘자 황병기 예술 감독은 이렇게 말했습니다. "육체라는 것은 신성하고 정직한 것입니다. 육체를 가지고 평소에 열심히 훈련한 운동선수들은 운동장에서 자유와 청춘을 만끽합니다. 이와 마찬가지로 모든 연주도 몸으로 합니다. 정신으로 하는 게 아닙니다. 가야금을 한 달만 쉬면 못합니다. 못하는 이유는 첫째, 손끝에 물집이 잡혀서 못하고, 두 번째는 손가락 근육이 풀려서 못해요. 그래서 군말 없이 매일 연습해야 합니다. 그래서 연주하는 사람은 매일 연습이라는 '멍에'를 짊어지고 사는 것인데, '멍에'를 짊어지는 그 맛은 쓴 것만은 아닙니다. 그 고통이 곧 연주가의 즐거움입니다."

독일의 한 심리학자의 연구결과에 의하면 배운 것을 실행에 옮기지 않는 사람은 무려 95%나 되며, 그 때문에 성공할 확률이 5%밖에 되지 않는다고 합니다. 배운 후에 그대로 방치해 두면 기억은 1시간 만에 56%, 하루가 지나면 74%를 망각한다는 데이터 결과도 나와 있습니다. 그 방지책은 끊임없는 반복과 꾸준한 실천뿐입니다.

'재능'이란 특별한 무엇이 아니라 평소의 생활에서 발휘하는 '지속적인 집중력'의 결과입니다. 자기가 사랑하는 일을 끝없이 반복함으로써 투입의 양(量)이 질(質)로 바뀌는 순간 천재는 태어납니다. 하룻밤 사이의 성공은 없습니다. 결과가 당장 안 나와도 긍정적 사고와 불굴의 의지, 끈기와 오기, 남다른 열정과 노력으로 버티면 언젠가는 성공의 길에 도달하게 됩니다. 사람들은 그것을 행운이라고 부를 뿐입니다.

영국 철학자 제임스 앨런은 "목숨 걸고 노력하라. 만약 성공을 원한다면 그만큼 자기를 희생해야 한다. 큰 성공을 바란다면 큰 희생을, 더 이상 없을 만큼 큰 성공을 원한다면 더 이상 없을 만큼 큰 희생을 치러야만 한다."고 하였습니다. 하루 평균 3,000번의 스윙을 했다는 최경주

선수는 이렇게 말합니다. "오늘 1,000개를 치겠다고 자신과 약속했으면 1,000개를 쳐야 한다. 999개를 치고 내일 1,001개를 치겠다고 하면서 골프채를 내려놓는 순간 성공은 당신 곁을 떠나간다."

〈톰 아저씨의 오두막집〉을 써서 미국 역사에 큰 영향을 끼쳤던 미국 여류작가, 해리엇 비처 스토는 "내가 아는 한 책이든 문학 작품이든 예술작품이든 어느 것 하나도 창조자의 고뇌 없이 세계적 명성을 얻은 것은 없다. 부지런함이 천재를 만든다."고 말했습니다. 어떤 일이든 처음부터 잘되는 일은 없습니다. 미쳐서 오랜 기간 몰입해야 비로소 결과가 나오기 시작합니다. '수적석천(水滴石穿)' 즉, 물방울이 돌을 뚫는 것과 같은 이치입니다. 몰입과 헌신 없이는 좋은 결과를 만들 수 없습니다. 아무도 이 이상은 할 수 없을 정도의 노력을 경주해야만 비로소 남다른 성과가 나오게 됩니다.

파브르는 곤충에 미쳐 있었습니다. 포드는 자동차에 미쳐 있었습니다. 에디슨은 전기에 미쳐 있었습니다. 미쳐 있는 그것은 반드시 실현됩니다. 큰 성공을 위해서는 열심히 하는 정도로는 부족합니다. 성공을 바란다면 희생을 해야 하고, 그 이상 없을 만큼 큰 성공을 원한다면 그 이상 없을 만큼 큰 희생을 치러야만 합니다. 노력의 열매는 가장 정직하며, 아름다운 것입니다.

09

바람직한
리더십

한 사람의 일생을 이끌고 가는 습관

미국 작가 윌리엄 페더(William Feather)가 쓴 글 가운데 다음과 같은 재미있는 글이 있습니다. 어떤 가난한 가정에 태어난 소년이 길을 가다가 5달러짜리 지폐 하나를 주었습니다. 얼마나 기뻤는지 모릅니다. 그것을 가지고 그동안 자기가 사고 싶은 물건을 살 수 있었습니다. 그 소년은 돈이 얼마나 위력이 있는 물건인지를 체험했습니다. 그 다음부터 그 소년은 길을 갈 때 땅을 쳐다보고 다니는 습관이 생겼습니다. 평생 길바닥만 쳐다보고 다닌 덕에 많은 것을 주었습니다. 그가 평생 주운 것들은 단추가 29,519개, 머리핀이 54,172개, 수천 개의 동전들을 주었습니다. 그 외에도 자질구레한 것들을 많이 주었습니다. 하지만 그는 부자가 되지 못했고 그것들을 줍느라고 맑은 하늘도, 아름다운 꽃들도 지저귀는 새들과 푸른 초목도 보지 못하고 살았습니다.

알렉산더 대왕의 스승이자, 그 유명한 철학 학원인 '아카데미아'를 창립하여 수많은 인재를 양성하였던 철학자 아리스토텔레스는 "우리가 반복적으로 하는 일이 결국 우리 자신이 된다. 따라서 탁월함은 행동이 아니라 습관이다."라고 말하였습니다.

세상에 성공한 사람들이란 나와 다른 대단한 사람들이 결코 아닙니다. 단지 그들은 사고나 습관 등에서 남다른 좋은 습관을 가지고 있는 것뿐입니다. 습관의 사슬은 거의 느낄 수 없을 정도로 가늘지만, 깨달았을 때는 이미 끊을 수 없을 정도로 완강합니다. 처음에는 사람이 습관을 만들지만, 그 다음에는 습관이 사람을 만듭니다.

유명한 작가 오그만디노는 그의 저서 〈위대한 상인의 비밀〉에서 "인간을 성공으로 이끄는 가장 강력한 무기는 풍부한 지식이나 피나는 노력이 아닌 사소한 습관이다. 인간은 습관의 노예이며, 아무도 이 강력한 폭군의 명령을 거스르지 못한다."고 말했습니다. 그렇습니다. 모든 성공과 실패의 95%는 습관이 결정합니다. 좋은 습관은 어렵게 형성되지만, 성공으로 이끌고, 나쁜 습관은 쉽게 형성되지만 실패로 이끕니다. 성공하는 사람들은 성공할 수밖에 없는 좋은 습관을 지니고 있고, 실패하는 사람들은 실패할 수밖에 없는 나쁜 습관을 지니고 있습니다. .

미국 조지아 주립대학의 토머스 스탠리 교수가 '부의 세습'에 대한 연구 결과를 발표했습니다. 최근 20년 동안 미국의 경제를 움직이는 백만장자들의 성장 과정과 기업의 성장 내용을 연구하여 발표한 것입니다. 그 발표에 따르면 미국 재벌의 80%가 중산층이나 노동자 출신 가정에서 태어났다는 것입니다. 그리고 부모로부터 기업을 물려받거나 많은 유산을 물려받아 재벌이 된 사람은 고작 20%에 불과했다고 합니다. 스탠리 교수는 이런 결과에 대해서, 자수성가(自手成家)하여 큰 재벌이 된 사람들의 공통점은 부모로부터 물질적인 유산을 물려받은 것이 아니라 좋은 습관을 물려받았기 때문이라고 분석했습니다. 그들은 부모로부터 성실(誠實), 정직(正直), 용기(勇氣), 신앙(信仰) 등과 같은 정신적인 유산을 물려받았고, 그것을 그들은 매우 소중히 여겼기 때문에 성공할 수 있었다는 것입니다. 우리에게 습관은 굉장히 중요합니다. 흔히 하는 말로 '습관은 그 사람의 운명을 좌우하는 것'이기 때문입니다. 좋은 습관은 우리를 성공과 축복의 길로 인도합니다. 그러나 반대로 나쁜 습관은 성공의 길을 가로막기도 하고, 축복된 삶을 어그러지게 만들기도 합니다. 그러므로 성공을 위한 첫 걸음은 성공을 불러오는 습관을 만들어 가는 데 있습니다

우리를 둘러싸고 있는 많은 습관들 가운데는 버려야 할 것들도 있습니다. 남을 흉보는 습관, 불평하는 습관, 남이 잘되는 것을 시기하는 습관, 방해꾼이 되는 습관, 술주정하는 습관, 거짓말하는 습관, 어떤 일을 해보기도 전에 걱정부터 하는 습관, 게으름이 몸에 밴 습관 등입니다. 습관이란 다른 말로 하면 중독을 말합니다. 나쁜 중독이 있습니다. 이런 중독에서 벗어나야 합니다.

반대로 우리가 힘써 가꾸고 만들어야 할 습관들도 있습니다. 어떤 일을 할 때 미리서 계획하는 습관, 오늘 일을 오늘 처리하는 습관, 남을 칭

찬하는 습관, 긍정적인 언어를 구사하는 습관, 매사에 메모하는 습관, 독서하는 습관 등입니다.

유명한 기업인이며, 투자의 귀재인 워런 버핏은 "성공하고 싶으면 칭찬하고 싶은 사람의 습관이나 행동을 눈여겨 보았다가 자신의 것으로 만들라. 반대로 타인의 습관이나 행동 가운데 비난받을 만한 것이 있다면, 역시 눈여겨 보았다가 같은 전철을 밟지 않도록 유의해야 한다."고 말했습니다.

탁월함은 훈련과 습관이 만들어낸 작품입니다. 탁월한 사람이라서 올바르게 행동하는 것이 아니라, 올바르게 행동하기 때문에 탁월한 사람이 되는 것입니다. 끊임없이 작지만 좋은 습관을 갖기 위해 마음먹고 행동하고, 또 마음먹고 행동하다 보면 어느 순간 스스로 달라진 모습에 놀라게 될 것입니다. 그러는 과정에서 성격이 바뀌고, 운명 또한 바뀌게 될 것입니다.

그러면 좋은 습관을 내것으로 만들기 위해서는 어떻게 해야 할까요? 사람들이 "담배 끊자, 살 빼자, 운동하자, 공부하자, 정리하자" 하며 해마다 다짐하곤 하지만 며칠 못 가 흐지부지되고 마는 이유는 습관이 되기 전에 포기하기 때문입니다. 그렇다면 얼마나 오랫동안 실천해야 습관이 될까요? 자기 계발 분야의 전문가들은 하나같이 '21일의 법칙'을 말합니다. 우리의 뇌는 익숙하지 않은 일에는 두려움을 느끼고 저항합니다. 하지만 일정 기간 반복하면 뇌가 구조적·기능적으로 바뀌어 저항감이 없어집니다. 이처럼 두뇌 회로가 바뀌어 새로운 것을 자연스럽게 받아들이는 최소한의 시간이 21일이라는 것입니다. 이를 처음 주장한 사람은 미국의 의사 '맥스웰 멀츠'입니다. 성형외과 의사인 그는 수술 후 외모가 나아졌음에도 불구하고 여전히 행복하지 않은 환자들을 보았습니다. 그는 결국 인생을 긍정적으로 변화시키려는 사람들에게 필요한 것은 '마음의 수술'임을 깨닫고 이를 일반인에게 적용하기 위한 21일간의 실천 프로그램을 개발했습니다. 그 내용과 성과를 담은 책이 〈맥스웰 멀츠 성공의 법칙〉입니다. 1960년 발간된 후 세계적으로 3000만부 이상 팔리며 '성공학의 교과서'로 일컬어지는 이 책의 정신훈련 기법은 오늘날 스포츠·비즈니스 등 여러 분야에 활용되고 있습니다. 그렇다면 눈 딱 감고 3주 동안 "나는 할 수 있어"를 되뇌며 반복하면 담배도 끊고 살도 뺄 수 있을까요? 제인 워들 영국 런던대학교 교수팀의 연구에 따르면 완전한 습관 형성에는 66일이 소요된다고 합니다. 21일은 우리의 뇌가 새로운 행동에 익숙해지는 기간이며, 이를 생각이나 의지 없이 반사적으로 실천하기까지는 평균 66일이 걸린다는 뜻입니다. 흡연·과식·게으름 등 우리가 간절히 작별하고자 하는 나쁜 습관은 긴 시간 동안 우리와 함께해 왔기 때문에 66일은 길지 않습니다.

우리는 좋은 습관을 만드는 일에 주력하여 우리 몸의 세포가 습관이 된 그것을 인식하도록 해야 합니다. 그러면 내 몸에 밴 습관이 내 인생을 풍요롭고 아름다운 삶으로 인도할 것입니다.

작은 것들의 반란

　로키산맥 서쪽 기슭에 세계적으로 유명한 아주 큰 세코이아 나무가 있습니다. 수령(樹齡)이 무려 2천년 된 이 나무는, 전해 오는 말에 의하면 예수님께서 갈릴리 해변을 거니실 때부터 자라기 시작했다고 합니다. 콜럼부스가 아메리카 대륙을 발견했을 당시에도 세코이아 나무는 이미 커다란 나무였다고 합니다. 독립 전쟁 당시에는 망대로 사용되기도 했고, 2천년 동안 산불, 홍수, 폭풍, 가뭄 등을 잘 견뎌냈습니다. 앞으로도 몇 세기는 너끈히 살 수 있으리라고 사람들은 믿었습니다. 그런데 몇 년 전 세코이아 나무에 조그만 풍뎅이 한 마리가 알을 깠습니다. 처음에 사람들은 그것을 별로 대수롭지 않은 일로 여겼습니다. 그러나 수십, 수백 마리가 되고 또 이듬해 수천수만 마리로 불어나자 사람들은 걱정하기 시작했습니다. 풍뎅이들이 껍질을 망치고 나무속까지 파고 들어가 결국 세코이아 나무는 견디다 못해 쓰러지고 말았습니다. 세코이아 나무를 쓰러뜨린 것은 폭풍우가 아니었습니다. 산불이나 홍수, 가뭄을 견디지 못해 쓰러진 것도 아니었습니다. 그 거대한 나무는 풍뎅이 한 마리에 의해 쓰러졌습니다.

비행기 조종사가 가장 두려워하는 것은 새입니다. 작은 새는 하늘을 나는 모든 비행기의 공포 대상입니다. 비행기가 새와 부딪히는 사고가 발생하면 대부분 기체 손상으로 인해 항공기를 착륙시켜야 하며, 새가 항공기 엔진으로 빨려 들어가기라도 하면 블레이드가 부서지는 사고가 발생하여 화재가 나거나 추락하여 한순간에 많은 승객이 생명을 잃을 수도 있습니다. 이를 흔히 '버드 스트라이크(Bird Strike)'라고 부릅니다. 하늘을 나는 그 최첨단의 항공기도 기껏 작은 새 한 마리를 두려워하고 있습니다. 거대한 비행기가 조그만 몸집을 가진 새와 부딪힐 때 왜 그토록 큰 충격을 받을까요? 그것은 시속 960km로 날아가는 항공기가 1.8kg의 새와 부딪혀도 64톤 무게의 충격을 받기 때문입니다. 우리나라에서는 국적 항공사인 대한항공과 아시아나 항공사에서만 매년 60~70건 내외의 버드 스트라이크(조류충돌)가 발생하고 있습니다. 새가 항공기와 부딪히지 않는 기술이나 방법이 개발되지 않는 한 공항에서 새와의 전쟁은 끊임없이 계속될 것입니다.

작은 것들의 반란은 다른 첨단시설에서도 있습니다. 몇 해 전, 경북 울진 원자력 발전기의 작동이 중지되어 엄청난 피해를 주었는데 고장원인은 간단했습니다. 몸길이가 불과 2cm 이하인 새우 떼가 발전기 취수구를 막은 것입니다. 직원들은 밤을 새워 새우 제거작업을 벌였으나 또 다시 밀려든 새우 떼로 인해 속수무책으로 당하고 말았습니다. 가끔은 멸치 떼와 해파리로 인해 원자력 발전기의 가동이 중단되기도 합니다.

예수님의 기적 중에 가장 유명한 '오병이어의 기적'은 한 작은 소년으로 인하여 일어났습니다. 한 소년이 자신의 도시락을 예수님께 드렸을 때 예수님은 기적을 일으켜서 그것으로 장년만 5천 명이 넘는 사람들이 배불리 먹고 남은 음식이 열두 광주리나 되었습니다.

한국은 현재 이혼율이 세계 1위입니다. 그런데 이혼 사유 중에는 큰 문제보다는 사소한 문제가 더 많이 있습니다. 가정의 행복을 파괴하는 많은 요인도 단순하고 작은 이유입니다. 우리가 작은 문제에 소홀히 하면 행복을 쉽게 잃어버릴 수도 있습니다. 작은 사랑과 배려가 사람의 마음을 움직입니다. 작은 것을 소중히 여기는 사람, 그는 행복한 사람입니다.

작은 것을 무시하고 작은 일에 무관심함으로 실패하는 사람들이 많이 있습니다. 작은 것에서 모든 것이 시작된다는 사실을 모르는 사람들입니다. 작은 모래알들이 모여 사막이 됩니다. 작은 세포들이 모여 한 몸이 됩니다. 작은 것이 큰 것을 움직입니다. 작은 것이 세상을 변화시킵니다. 가장 작은 것에도 큰 의미가 있고, 가장 작은 것도 큰 힘을 발휘하기도 합니다.

어느 CF 카피에 "이 작은 차이가 명품을 만듭니다."라는 말이 있습니다. 그렇습니다. 조그만 차이, 그것이 바로 명품을 만듭니다. 이 세상에는 작지만 의미 있는 것들이 많이 있습니다. 작은 문제를 소홀히 여기지 말아야 합니다. 조그만 차이가 엄청난 결과를 가져옵니다.

작게 보이는 한 사람의 역할, 그것은 결코 무시할 수 없는 소중하고 귀한 것입니다. 그 한 사람이 하나님만을 전심으로 사랑하고, 하나님의 나라를 간절하게 소망하는 하나님의 사람이라면 더욱 그러합니다. 하나님은 작은 한 사람을 통해서도 얼마든지 세상을 바꿀 수 있습니다.

하나님은 가난한 가정에 태어나서 배우지도 못했고, 외모도 보잘 것 없는 아브라함 링컨을 통해서 미국의 역사를 바꾸어 놓으셨습니다. 하나님은 극도로 방탕했던 탕자 아우구스티누스 한 사람을 통해서 전 유럽을 변화시켰습니다. 하나님은 겁 많고 유약했던 사람, 요한 웨슬리를 통해서 18세기의 영국을 살렸습니다.

자신이 가장 작은 자라고 생각 할지라도 하나님은 작은 '나'를 통해서 큰일을 계획하시고, 큰일을 성취하시는 분입니다. 성공한 사람들은 작은 것을 소중히 여기고, 작은 것을 놓치지 않는 사람들입니다. 작은 것이 결국 우리의 성패를 좌우합니다.

빌 게이츠에게 배워야 할 것들

논어(論語) 술어편(述而篇)에 '삼인행필유아사(三人行必有俄師)'라는 공자의 말씀이 나옵니다. 세 사람이 함께 길을 가면 그중에 반드시 나의 스승이 있다는 뜻입니다. 이렇게 공자는 언제나 배우는 것을 중요시했습니다.

자기 분야에서 크게 성공한 사람 가운데 21세기형 영웅으로 떠오른 마이크로소프트사의 창업주 빌 게이츠라는 사람이 있습니다. 그는 퍼스널 컴퓨터의 운영체제 프로그램인 '윈도즈(Windows)' 시리즈를 출시하여 획기적인 판매실적을 올렸습니다. 그는 현재 약 85조의 재산을 가지고 있으며, 세계 제1위의 부자이지만 자신의 자녀들에게 앞으로 살아가는 데 필요하다고 생각되는 1,000만 달러만 물려주고 나머지는 사회에 환원하겠다고 선언했습니다. 그는 지금도 세계평화와 질병 퇴치를 위해 크게 봉사하고 있습니다. 그는 많은 사람이 본받아야 할 성공적이며 모범적인 기업가임에 틀림이 없습니다.

　그러면 그가 성공할 수밖에 없었던 가장 큰 요인은 무엇입니까?

　첫째, 빌 게이츠가 세계 최고가 될 수 있었던 것은 바로 집중력 덕분이었습니다. 그는 일단 자신이 좋아하는 일을 시작하게 되면 표정부터 달라졌습니다. 어떤 일에 집중하게 되면 먹는 것도, 씻는 것도, 자는 것도 잊어버려서 모습이 엉망이 되곤 했습니다. 이런 이유로 그의 어머니는 빌 게이츠에게 정신적인 이상이 있는 것은 아닌지 심각한 고민에 빠지기도 했습니다.

　그는 무엇이든 외우는 것을 즐겼습니다. 수업 시간에도 선생님이 시를 낭독해 보라고 하면 벌떡 자리에서 일어나 완벽하게 시를 낭독하곤 했습니다. 이처럼 그가 무엇이든 완벽하게 외울 수 있었던 것은 그의 집중력 덕분이었습니다. 그의 집중력은 한 번 시작한 일은 완벽하게 끝내자는 그의 마음가짐에서 비롯되었습니다. 결국 그 마음가짐 덕분에 오늘날 IT 분야의 세계 최고가 될 수 있었던 것입니다.

　둘째, 빌 게이츠는 승부욕이 강한 사람이었습니다. 어릴 때부터 지기를 싫어하고 항상 누군가에 승리하고자 하는 그의 열망은 빌 게이츠의 전체 능력을 발전시키는 원동력이 되었습니다. 그는 누나와 퍼즐 게임을 하거나 썰매를 탈 때도 항상 지지 않으려고 최선을 다했습니다.

　한 번은 그가 다니는 교회의 목사님이 산상수훈을 다 암송하는 사람에게 고급레스토랑에서 저녁을 사겠노라고 약속했습니다. 그러자 빌 게이츠는 단 두 시간 동안 성경책을 읽고서 산상수훈을 전부 암기했습니다.

빌 게이츠가 어린 시절부터 가장 즐기고 좋아하는 놀이는 브리짓 게임입니다. 승자와 패자가 가려지는 경쟁에서 승리하는 데 집착하는 그가 카드 게임에 빠져드는 것은 너무나 당연하게 보입니다. 빌 게이츠의 애칭인 '트레이'는 카드놀이에서 3점을 뜻합니다. 그의 외할머니 아델 맥스웰이 평소 카드 게임을 즐겼던 그에게 붙여준 이름입니다.

보통 사람이 시험을 괴로운 것으로 생각하지만 그는 오히려 자신의 실력을 테스트하는 시험을 좋아했습니다. 빌 게이츠는 학교에서 시행하는 읽기 시험에서 여러 번 일등을 했는데 그것은 지기 싫어하는 빌 게이츠의 성격 때문입니다.

남에게 뒤처지기 싫어하는 성격은 이른바 보이스카우트 사건에서도 잘 드러났습니다. 보이스카우트는 여름에 80km를 행군하는 캠프가 열립니다. 빌 게이츠 역시 행사에 참여하는데 문제는 새로 산 신발 때문에 얼마 못 가서 발뒤꿈치에 상처가 났습니다. 발꿈치의 상처는 더욱 심각해져서 발에서 피가 나오기 시작했습니다. 그래도 빌 게이츠는 포기하지 않고 계속 행군하였습니다. 행군의 코스의 절반 정도 왔을 때는 신발 전체에 핏물이 보일 정도였습니다.

모든 것에서 지기 싫어하는 성격은 종종 부모와 논쟁을 불러일으켰고 결국 참다못한 그의 아버지가 컵에 있던 찬물을 빌 게이츠 얼굴에 끼얹는 사건이 발생했습니다. 이 사건이 있고 난 후 빌 게이츠는 정신과 상담을 받아야 했습니다. 정신과 상담 의사는 빌 게이츠 부모에게 아들을 절대로 이길 수 없을 것이라면서 그를 통제하려고 하지 말라고 조언하였습니다.

셋째, 빌 게이츠는 독서광이었습니다.

빌 게이츠는 어려서부터 책 읽기를 좋아하여 동네에 있는 도서관의 책을 거의 다 읽었다고 합니다. 그의 방대한 독서량이 그를 그렇게 만들었습니다. 그의 취미는 백과사전을 읽는 것이었습니다. 커다란 책장에 꽂혀 있는 A부터 Z까지의 백과사전은 호기심이 많은 빌 게이츠에게 어린 시절 최고의 선생님이었습니다. 빌 게이츠가 어느 날부터 책 읽기를 결심하고 책을 잡았는데 한 권 한 권씩 따로 읽을 필요가 없다고 생각하여 영어사전을 모두 통독하기도 했습니다.

그의 부모는 빌 게이츠가 어려서부터 정보의 보고인 책을 가까이하게 하고, 독서광이 되도록 이끌어주었습니다. 부모님은 빌 게이츠가 항상 책을 많이 읽고 다양한 주제에 대해 생각하도록 격려했습니다. 그는 책을 읽고 부모님과 함께 다양한 주제에 대해서 늘 토론했습니다.

빌 게이츠는 성인이 돼서도 정기적으로 책 읽는 습관을 유지하고 있으며, 1만 4천 권의 책을 소장한 개인 도서관을 가지고 있습니다. 그는 책을 통해서 많은 아이디어와 창의력을 얻고 있으며, 책 읽는 것을 가장 큰 기쁨으로 여기고 있습니다. 그는 현대인들이 독서 해야 하는 이유는 컴퓨터와 인터넷, 오디오와 비디오가 정보의 유통 통로를 풍부하게 만들었지만 글 쓰기와 글 읽기보다 정보를 더 효율적으로 생산하고 소비할 수 있는 도구를 인류가 아직 만들어내지 못했기 때문이라고 말했습니다. 책을 읽는 것은 정보를 흡수하는 수단이기도 하지만, 집중력을 훈련하는 데도 도움이 됩니다. 독서광과 부자는 얼핏 보면 연관성이 없는 것처럼 보이지만 부자들은 대다수 엄청난 독서광들입니다. 사람이 책을 만들고 책이 사람을 만든다는 말처럼 책이 빌 게이츠를 만들었습니다.

이 세상에는 다양한 분야가 있습니다. 그래서 사람들이 추구하는 꿈과 목표가 같지 않습니다. 그러므로 빌 게이츠와 똑같이 산다고 해서 반드시 성공하는 것은 아닙니다. 하지만 그에게서 집중력과 승부욕과 독서하는 습관만이라도 배우고 실천한다면 자기가 추구하는 목표 달성에 한 걸음 더 가까이 다가가게 될 것입니다.

비판을 받아들일 수 있는 넓은 가슴

삭막한 세상을 살아가는 우리에게는 가끔 칭찬이 필요합니다. 적절한 칭찬 한마디는 낙심하고 의기소침한 사람에게 가뭄의 단비이며, 사막의 오아시스와 같은 역할을 합니다.

한마디의 칭찬을 통해서 인생의 커다란 전환점을 맞이한 사람들도 있습니다. 유엔군 사령관직을 맡아 6.25 전쟁에서 인천 상륙 작전에 성공하여 영웅이 된 맥아더 장군은 어려서 말할 수 없는 개구쟁이였다고 합니다. 동네에서 아이들을 몰고 다니며 골목대장 노릇을 하면서 말썽을 피우거나 사고를 치곤 했습니다. 그런 좋지 못한 모습을 보면서 마을 사람들은 그의 장래를 무척 염려했습니다. 그러나 어느 날 그의 할머니는 "너는 군인의 기질을 타고났어! 너는 틀림없이 훌륭한 군인이 될 것이다." 하며 그를 칭찬하고 격려했습니다. 그는 할머니의 그 말 한 마디에 그의 눈이 확 뜨였고, 열심히 노력하여 결국 위대한 군인이 되었습니다.

미국의 16대 대통령 에이브러햄 링컨은 남북전쟁을 승리로 이끌고 부인과 함께 연극을 관람하기 위해 포드 극장에 갔다가 괴한의 총에 맞아 숨을 거두었는데 피가 묻은 그의 외투를 벗길 때 호주머니에 있는 것을 끄집어 내어보니 지방 신문에서 자기를 칭찬한 기사를 모조리 가위로 오려서 포켓에 넣고 다닌 신문 조각들이었습니다. 그도 날카로운 비판과 끊임없는 정쟁이 있는 정치판에서 살아남기 위해 긴장하며 살았고, 전쟁까지 치르면서 때로는 위로와 칭찬에 목말라했다는 것을 알 수 있었습니다. 칭찬 한 마디가 사람의 일생을 바꾸어 놓을 수 있습니다. 칭찬은 거칠고 험악한 세상을 살아가는 우리에게 사막의 오아시스와 같은 역할을 하기도 합니다.

하지만 사람이 항상 칭찬만 들으면서 살 수는 없습니다. 완악해지기 쉬운 인간들에게 칭찬보다는 비판과 책망이 오히려 약이 될 때가 있습니다. 우리는 실수나 시행착오도 하고 때로는 잘못된 길로 빠질 수도 있기 때문입니다.

현재 KT 대표이사, 회장직을 맡고 있는 황창규 씨는 한때 삼성전자 반도체총괄 사장직을 맡아 대한민국에 가장 많은 돈을 벌어다 주는 사람이었습니다. 그가 1994년, 256메가 D램 개발팀장을 맡아 일본을 제치고 세계 최초로 256메가 D램을 개발하여 세계를 놀라게 했습니다. 그는 한국의 메모리 반도체가 미국과 일본을 딛고 10년 이상 세계 1위 자리를 확고히 지키게 한 1등 공신입니다. 그가 담당하는 반도체 사업부에는 한

국경제의 신화가 된 D램 메모리 반도체를 비롯해 디지털카메라, MP3, 휴대전화, USB 드라이브 등에 필수적으로 들어가는 플래시 메모리가 자리 잡고 있습니다. 57조 원에 이르는 삼성전자 매출액 중 3분의 1인 18조 원을 반도체가 해냈고, 12조 원의 영업이익 중 절반이 넘는 7조 5천억 원을 반도체에서 기록했습니다. 삼성전자가 '순이익 100억 달러 클럽'에 가입하는데 결정적으로 공헌한 사람이 바로 황 사장입니다. 그는 상상도 못 할 세상을 만들겠다며 자신감에 꽉 차 있습니다.

그런데 황창규 사장의 경영철학은 남다릅니다. 많은 사람은 칭찬을 원하지만, 그는 칭찬보다는 비판을 달게 받는다고 합니다. 그는 이렇게 말합니다. "내 사무실에는 나를 칭찬하는 사람은 못 들어오게 한다. 그런 사람이 있으면 나가라고 발로 찬다. 내 사무실에는 '이러면 안 됩니다. 저러면 안 됩니다.' 이런 말을 하는 사람만 들어오게 한다. 이것이 나의 경영철학이다."

이스라엘의 최고의 성군(聖君)이었던 다윗 왕은 하나님께 칭찬도 많이 받았지만, 책망도 많이 들었습니다. 그가 하나님께 귀하게 쓰임 받은 큰 인물이 될 수 있었던 것은 하나님께 책망받을 때마다 즉각 회개하고 돌이켰기 때문입니다.(삼하12:13)

베드로는 자기가 예수님을 부인하고 저주까지 했지만, 주님의 말씀이 생각나서 철저하게 회개했기에 대 사도가 되었습니다.(마26:75) 이렇게 사람들은 대부분 비판을 쉽게 수용하지 못하지만 훌륭한 지도자는 비판과 책망을 받을 때 낙심한 것이 아니라 오히려 그것을 묘약으로 삼습니다. 그러나 다 그렇게 하지는 않습니다. 사울 왕은 하나님께서 사무엘 선지자를 통해서 책망했을 때 돌이키지 아니하고 변명만 늘어놓았다가 결국 버림을 받았습니다.(삼상15:14) 가룟 유다도 예수님을 팔아넘긴 후 회개할 기회가 있었으나 그 절호의 기회를 놓치고 결국 비극적인 사람이 되고 말았습니다.(요13:30)

상대방을 책망한다고 해서 반드시 미워하는 마음이 있어서 책망하는 것은 아닙니다. 예수님께서는 미지근한 신앙을 소유한 라오디게아 교회를 향하여 "무릇 내가 사랑하는 자를 책망하여 징계하노니 그러므로 네가 열심을 내라 회개하라"(계3:19)고 말씀하셨습니다. 예수님께서는 책망한 라오디게아 교회를 사랑한다고 말씀하셨습니다. 사랑하기 때문에 열심을 내고, 회개하여 바른 신앙을 회복하기를 간절히 원하셨습니다. 그러나 라오디게아 교회는 이것을 받아들이지 않았고 결국 망하고 말았습니다.

그러므로 터무니없이 말로 모함하여 나를 쓰러뜨리려는 비판이 아니고 나를 세워주려는 비판이라면 비록 뼈아픈 말, 쓴 말이라도 귀담아들을 수 있을 때 성공적인 인생을 살 수 있습니다.

저도 다른 사람들과 똑같이 비판이나 책망보다는 칭찬 듣기를 더 좋아합니다. 마음에 없는 칭찬이라도 누군가가 칭찬을 해주면 기분이 좋아지고 우쭐해지기까지 했습니다. 반면에 비록 그 말이 옳은 말이라고 인정이 되어도 나를 책망하고 비판하는 말은 싫어했습니다. 이러한 나의 모습을 보면 저도 어쩔 수 없는 보통 사람임을 부인할 수 없습니다.

한국 사람들의 평균 수명으로 생각해 본다면 나의 남은 생애는 지금까지 살아온 삶보다 훨씬 짧습니다. 그러므로 될 수 있는 대로 시행착오는 하지 말고 촌분을 아껴 써야 합니다. 그러기 위해서는 칭찬만 좋아할 것이 아닙니다. 나를 세워주려는 말이라면 쓰디쓴 고언(苦言)도, 아픔이 있는 비판도 과감하게 수용해야 합니다. "주여! 저에게 칭찬뿐 아니라 비판이나 책망까지도 담을 수 있는 넓은 가슴을 주시옵소서."

먼 미래를 내다볼 줄 아는 사람

미국의 49번째 주인 알래스카는 원래 러시아 땅이었습니다. 1741년에 덴마크의 탐험가인 비투스 조나센 베링이 러시아의 왕 표트르 1세의 의뢰를 받아 북태평양을 탐험하다가 발견하였습니다. 그때부터 전 세계인들은 알래스카가 러시아 제국 영토임을 인정하였습니다. 알래스카의 면적은 우리나라의 7배인 160만㎢입니다. 그런데 러시아는 1859년부터 8년간이나 끈질기게 그 땅을 미국에 팔아넘기기 위해서 노력을 했습니다. 알래스카를 팔려는 이유 몇 가지가 있었습니다. 그 당시 크림 전쟁으로 인해 러시아가 재정에 어려움을 겪고 있었습니다. 또한 국토가 너무 커서 관리하기가 힘이 들었습니다. 또 다른 이유는 알래스카에 인접한 캐나다가 그 당시에 영국 영토였는데 강력한 영국 해군이 알래스카로 쳐들어와서 점령해 버리면 아무런 보상도 받지 못하고 알래스카를 잃어버릴지도 모른다는 두려움 때문이었습니다.

당시 주미 러시아 공사 예두아르트 스테클(Eduard de Stoeckl)이 미국 국무 장관 윌리엄 스워드(William H. Seward)를 비밀리에 만나 협상한 끝에 1867년 3월 30일 오전 4시에 알레스카를 매각하기로 합의하고 황제 차르 알렉산드르 2세(AleksandrⅡ)에게 최종적인 재가(裁可)를 받고 조약을 드디어 체결하였습니다. 미국은 그 당시 720만 달러, 현재 미화 가치로 환산하면 16억 7000만 달러를 주고 러시아로부터 알래스카를 사들였습니다. 1㎢당 5달러가 못 되는 헐값으로 거대한 알래스카 땅을 손에 넣었습니다.

미국이 알래스카를 러시아에 사들이자 국내의 여론은 좋지 않았습니다. 대다수의 국민은 현재 영토 안에 살고 있는 인디언 원주민들을 다스리기도 벅찬데 왜 본토와 멀리 떨어져 있는 얼어붙은 황무지를 비싼 값으로 샀느냐고 비난하였습니다. 상하원 국회의원들도 "멀리 떨어진 지역을 매입하는 데 무모하게 너무 많은 돈을 썼다. 스워드는 바보짓을 했다. 알래스카는 스워드 장관의 냉장고이며, 앤드류 존슨 대통령의 북극곰 정원이다." 하고 비난했습니다. 그 후에도 미국 사회에서는 앤드류 존슨과 스워드 장관을 향한 끊임없는 비난이 이어졌습니다.

그러나 13년의 시간이 지나 1880년부터 1890년 사이에 알래스카에서 금, 은, 석유, 천연가스 등 각종 지하자원이 발견되자 알래스카를 보는 눈이 완전히 달라졌습니다. 특히 알래스카에서 많은 양의 석유가 매장되어 있다는 것이 발견되었습니다. 현재 미국은 중동, 베네수엘라에 이어 세계 석유매장국가 3위를 차지하고 있는 것은 알래스카에 엄청난 석유가 매장되어 있기 때문입니다. 1977년 알래스카 횡단 송유관이 개설된 이래 이곳은 천연 석유 생산량이 텍사스 주에 이어 2위이며, 그밖에 양질의 석탄·아연·구리·모래·자갈도 많이 나고 있습니다. 알래스카는 미국에게 엄청난 축복의 땅이 되었습니다. 러시아에 산 땅이라기보다는 거저 공여를 받은 것이나 마찬가지였습니다. 알래스카에서 채굴된 철광석만으로도 당시 기준으로 720만 달러의 몇 배나 되는 4000만 달러어치나 되었습니다.

알래스카는 지하자원만 많이 매장되어 있는 것이 아니라 처녀지의 방대한 산림자원이 있고, 알래스카 바다는 세계 최대의 바닷새와 물개의 서식지이며, 연어 등 풍부한 어로 자원이 있습니다. 또한 알래스카는 군사전략적으로도 엄청난 가치가 있는 땅입니다. 현재 교통시설이 개선됨에 따라 세계 각국에서 수많은 관광객도 그곳을 찾고 있습니다. 미국 사람들의 관심 밖에 있던 알래스카는 현재 49번째 주로 편입이 되었고, 미국에서 잘 사는 주가 되었습니다.

알래스카를 러시아로부터 사들인 데 앞장 선 앤드류 존슨대통령과 스워드 국무장관은 그 당시에는 미국 국민들 사이에서 많은 비난과 반대를 받았지만 지금은 그 반대가 되었습니다. 미국 사람들은 모두 그들을 앞날을 내다볼 줄 아는 사람, 미국을 위해 헌신한 사람으로 존경하고 있습니다. 미국에서는 지금 알래스카가 러시아에서 미국으로 공식 이전된 1867년 10월 18일을 알래스카의 날로 정하여 기념하고 있으며, 3월 마지막 월요일은 '스워드의 날'로 그의 공적을 기리고 있습니다.

사람에게는 몇 종류의 눈이 있습니다. 첫째, 육체의 눈이 있습니다. 사람은 육체의 눈으로 사람과 사물을 식별합니다. 둘째, 지적인 눈이 있습니다. 사람들은 교육이나 경험, 또는 연구를 통해 지적인 눈을 갖게 되며, 거기서 얻은 정보를 가지고 사물이나 상황을 봅니다. 지적인 눈이 없으면 말이나 문자를 이해할 수 없고 다른 사람과 소통하는 데에도 한계가 있습니다. 셋째, 혜안(慧眼)이 있습니다. 깊은 통찰력으로 사물을 꿰뚫어 보는 지혜로운 눈입니다. 이것이 없으면 한 걸음 앞서 시대를 예견하지 못합니다.

알래스카 땅 거래는 후대에 중요한 교훈을 남긴 거래였습니다. 거래가 성사되기까지의 8년 동안은 한 치의 앞도 보지 못한 사람들과 미래를 예측하고 진정한 가치가 무엇인지를 아는 사람들이 서로 확신을 가지고 벌린 숨 가쁜 경주와 같았습니다. 사람에게 지혜로운 눈이 있다는 것이 얼마나 큰 능력이며, 큰 복인가를 깨닫게 해주는 사건이었습니다.

우리는 알래스카의 거래를 통해서 지혜로운 눈을 가지고 있는 사람들에게는 몇 가지 특징이 있다는 것을 알 수 있습니다. 그것이 무엇입니까?

첫째, 지혜로운 눈을 가진 사람은 언제나 절망보다는 희망을 본다는 것입니다. 스워드 장관은 의회에 출석하여 "우리는 눈으로 덮인 알래스카를 사려는 게 아니고, 그 눈 아래에 감춰진 알래스카를 사려는 것이며, 우리를 위해서 사려는 것이 아니라, 우리 후대를 위해 사는 것이다."

하고 설득했습니다. 그는 미래의 희망을 보았습니다.

둘째, 지혜로운 눈을 가진 사람은 부정보다는 긍정을 봅니다. 알래스카를 선택한 사람들은 사람이 살 수 없을 만큼 날씨가 추운 알래스카를 본 것이 아니라 너무 추워서 사람들의 발길이 닿지 않아서 풍부한 처녀림이 있음을 보았습니다. 그들은 얼어붙은 알래스카의 빙하를 본 것이 아니라 그 땅 아래에 매장되어 있는 엄청난 석유와 지하자원을 보았습니다. 그들은 얼음으로 뒤덮여 있는 알래스카의 바다를 본 것이 아니라 돈으로 환산할 수 없을 만큼 풍부한 바다의 어로 자원을 보았습니다.

셋째, 지혜로운 눈을 가진 사람은 양보다는 질과 가치를 봅니다. 러시아 황제와 일부 미국인들은 알래스카가 720만 달러의 가치가 되지 않는다고 보았지만 앤드류 존슨 대통령과 스워드 장관은 그 땅이 가지고 있는 무한한 가치를 보았습니다.

보통 사람들은 눈앞에 보이는 돈, 권력, 명예를 탐하며, 그것을 얻기 위해서 수단과 방법을 가리지 않습니다. 그러나 지혜의 눈을 가진 사람은 그것보다 더 가치가 있는 믿음, 행복, 사랑, 영원한 삶을 먼저 선택합니다.

미래를 바라보는 눈을 가진 사람이 비전을 가진 사람이고, 비전이 있는 사람이 가치 있는 삶을 삽니다. 눈앞에 있는 것만 보는 현실주의자는 결코 크고 새로운 일을 할 수 없습니다. 하지만 역사는 더 멀리, 더 높이 바라보는 안목을 가진 그 사람을 오래오래 기억해 줄 것입니다.

언어의 예술가

중국 작가 커쥔이 쓴 에세이 집 〈좋은 생각이 행복을 부른다〉에 다음과 같은 이야기가 나옵니다. 나이 든 한 이발사가 자신의 기술을 전수하기 위해 젊은 도제(徒弟) 한 사람을 두었습니다. 젊은 도제는 3개월 동안 열심히 이발 기술을 익혔고 드디어 첫 번째 손님을 맞이하게 되었습니다. 그는 그동안 배운 기술을 최대한 발휘하여 첫 번째 손님의 머리를 열심히 깎았습니다. 그러나 거울로 자신의 머리 모양을 확인한 손님은 투덜거리듯 말했습니다. "머리가 너무 길지 않나요?" 초보 이발사는 손님의 말에 아무런 답변도 하지 못했습니다. 그러자 그를 가르쳤던 이발사가 웃으면서 말했습니다. "머리가 너무 짧으면 경박해 보인답니다. 손님에게는 긴 머리가 아주 잘 어울리는 걸요." 그 말을 들은 손님은 금방 기분이 좋아져서 돌아갔습니다. 두 번째 손님이 들어왔습니다. 이발이 끝나고 거울을 본 손님은 마음에 들지 않는 듯 말했습니다. "너무 짧게 자른 것 아닌가요?" 초보 이발사는 이번에도 역시 아무런 대꾸를 하지 못했습니다. 옆에 있던 이발사가 다시 거들며 말했습니다. "짧은 머리는 긴 머리보다 훨씬 경쾌하고 정직해 보인답니다." 이번에도 손님은 매우 흡족한 기분으로 돌아갔습니다. 세 번째 손님이 왔습니다. 이발이 끝나고 거울을 본 손님은 머리 모양은 무척 마음에 들어 했지만, 막상 돈을 낼 때는 불평을 늘어놓았습니다. "시간이 너무 많이 걸린 것 같군." 초보 이발사는 여전히 우두커니 서 있기만 했습니다. 그러자 이번에도 이발사가 나섰습니다. "머리 모양은 사람의 인상을 좌우한답니다. 그래서 성공한 사람들은 머리 다듬는 일에 많은 시간을 투자하지요." 그러자 세 번째 손님 역시 매우 밝은 표정으로 돌아갔습니다. 네 번째 손님이 왔고 그는 이발 후에 매우 만족스러운 얼굴로 말했습니다. "참 솜씨가 좋으시네요. 겨우 20분 만에 말끔해졌어요." 이번에도 초보 이발사는 무슨 대답을 해야 할지 몰라 멍하니 서 있기만 했습니다. 이발사는 손님의 말에 맞장구를 치며 말했습니다. "시간은 금이라고 하지 않습니까? 손님의 바쁜 시간을 단축했다니 저희 역시 매우 기쁘군요." 그날 저녁에 초보 이발사는 자신을 가르쳐준 이발사에게 그날 자신이 무슨 말을 할지를 몰라서 당황했던 모습을 생각하면서 "어떻게 하면 그토록 때와 장소에 맞는 적절한 말을 사용할 수 있어요?" 하고 물었습니다. 이발사는 말했습니다. "세상의 모든 사물에는 양면성이 있다네. 장점이 있으면 단점도 있고, 잃은 것이 있으면 얻는 것도 있지. 나는 장점과 얻는 것을 말함으로써 손님의 기분을 상하지 않게 하였고, 또 한편 자네에게는 격려와 질책을 함께 하고 싶었다네."

성경에 "경우에 합당한 말은 아로새긴 은쟁반에 금 사과니라."(잠언 25:11) 하는 말씀이 있습니다. 때와 장소에 적절한 말 한마디는 많은 사람들의 마음을 사로잡는 아름다운 예술작품과 같다는 말씀입니다.

구약성경 사사기 8장에는 이스라엘의 유명한 사사인 기드온 이야기가 기록되어 있습니다. 기드온이 이스라엘을 괴롭히던 미디안 족속들을 물리치고 돌아왔을 때 이스라엘의 열 두 지파 가운데 아주 자존심이 강하고 우월감이 있었던 에브라임 지파 사람들이 와서 기드온에게 "당신이 왜 전쟁에 나갈 때 우리에게는 아무 말도 하지 않았습니까?" 하고 시비를 했습니다. 자기 지파를 왜 무시하고 홀대했냐는 말입니다. 그런데 사실은 기드온이 그들에게 말을 하지 않았던 것이 아니라 오히려 에브라임 지파가 전쟁에 나가기 전에 이 핑계 저 핑계로 꽁무니를 뺐던 것입니다. 이런 긴장된 상황 속에서 자칫 잘못하면 이스라엘은 지파별로 내전이 일어날 수도 있는 상황이었습니다. 이때 기드온은 그들에게 "내가 이제 행한 일이 너희가 한 것에 비교되겠느냐? 에브라임의 끝물 포도가 아비에셀의 만물 포도보다 낫지 아니하냐? 내가 한 일이 어찌 능히 너희가 한 것에 비교되겠느냐?" 하였습니다. 기드온의 이 말 한마디에 그들의 노여움은 풀렸습니다. 때와 장소에 가장 적절한 말 한마디가 분노한 사람의 분노를 식혀 줄 수도 있고, 실망한 사람이 용기를 갖게 할 수도 있다는 것을 보여주는 장면입니다.

미국 펜실베이나 대학교 인간 심리 연구소의 조사에 의하면 사람들이 사용하는 말 가운데 상대방에게 해를 입히는 악한 말이 48.7%였고, 하지 않아도 되는 불필요한 말이 26.8%였으며, 다른 사람에게 도움을 주고 덕을 세우는 말은 고작 24.5%뿐이었다고 합니다.

하나님께서 지으신 피조물 가운데 언어를 사용할 수 있는 존재는 인간뿐입니다 말을 할 수 있다는 것은 분명히 인간만이 누릴 수 있는 크나큰 특권이며 복이 아닐 수 없습니다. 하나님께서 우리에게 말할 수 있는 특권을 주신 것은 말로 아픔과 상처가 있는 사람들을 치유해 주고, 절망하여 삶을 포기하고 싶은 사람들에게 생의 의욕과 희망을 심어주라는 것입니다. 말을 할 수 있는 우리 모두가 때와 장소에 맞는 재치 있는 말을 사용할 줄 아는 언어의 예술가가 된다면 얼마나 좋을까요?

노년의 아름다움

10

행복한 노년

이 세상을 살아가는 모든 사람은 세월을 이길 수 없습니다. 시간이 흐르면 나이가 들고 늙을 수밖에 없습니다. 그렇지만 "이제 노인이 다 되었네요." 혹은 "오랜만에 뵈니 많이 늙었습니다." 이런 말을 듣고 좋아할 사람은 거의 없을 것입니다. 그렇다면 늙는 것이 모든 사람에게 슬프고 불행한 일일까요? 반드시 그렇지는 않습니다. 사람들은 대체로 늙으면 불행하다고 생각하지만 나이가 들수록 행복 지수가 높다는 조사보고도 있습니다.

영국의 작가 겸 교수인 루이스 월포트는 그의 책 〈당신 참 좋아 보이네요!(You're Looking Very Well)〉라는 책에서 나이가 많은 사람이 젊은 사람에 비해서 오히려 행복 지수가 높다는 조사 결과를 발표했습니다. 대개 사람들은 40세 이후에는 직장생활 스트레스 등으로 인해 행복 지수가 떨어진다고 생각하지만, 나이가 들수록 더 행복감을 느끼며, 70세

후반에서 80세 초반에 인간이 가장 많이 행복을 느낀다고 밝혔습니다. 나이가 들수록 행복한 이유에 대해 그는 노년에 나이가 들면서 자기 시간을 충분히 이용하여 생각을 할 수 있고, 자신이 좋아하는 일에 더욱 매진할 수 있기에 생애 중에서 가장 행복 지수가 높다고 설명했습니다.

박경리(朴景利), 박완서(朴婉緖) 두 분은 한국 문단을 대표하는 여류 작가들입니다. 박경리는 1950년대를 대표하는 한국의 문학가이며, 박완서는 1980년대를 대표하는 한국 문학가입니다. 이분들은 늙어가는 것을 결코 슬퍼하지 않았습니다. 박경리 씨는 운명하기 몇 달 전 이렇게 말했습니다. "모진 세월 가고 이제 늙어서 편안하다. 나는 다시 젊어지고 싶지 않다. 버리고 갈 것만 남아서 참 홀가분하다." 하였습니다. 박완서 씨도 노년에 이런 글을 썼습니다. "나이가 드니 마음 놓고 고무줄 바지를 입을 수 있는 것처럼 나 편한 대로 헐렁하게 살 수 있어서 좋고, 하고 싶지 않은 것을 안 할 수 있어 좋다. 다시 젊어지고 싶지 않다. 하고 싶지 않은 것을 안 하고 싶다고 말할 수 있는 자유가 얼마나 좋은데 젊음과 바꾸겠는가? 다시 태어나고 싶지 않다. 난 살아오면서 볼 꼴, 못 볼 꼴 충분히 봤다. 한 번 본 것 두 번 보고 싶지 않다. 한 겹 두 겹 어떤 책임을 벗고 점점 가벼워지는 느낌을 음미하면서 살아가고 싶다. 소설도 써지면 쓰겠지만 안 써져도 그만이다." 두 분은 노년의 아름다움을 온몸으로 보여주었습니다. 후배들에게 이렇게 나이 먹어야 한다고 아무 말 없이 조용한 몸짓으로 표현했습니다. 박경리씨는 원주의 산골에서 박완서 씨는

구리의 어느 시골 동네에서 흙을 파고 나무를 가꾸면서 노년의 행복이 무엇인지 온몸으로 말했습니다.

그러면 누구에게나 찾아오는 노년을 어떻게 하면 행복하게 살아갈 수 있을까요?

첫째, 자기가 좋아하는 일을 할 수 있어야 합니다.

나이가 들면 스스로 "늙은 사람이 무슨 일을 할 수 있겠나?" 하면서 일손을 놓아버리는 사람들이 많이 있습니다. 하지만 나이가 들었다고 할 수 있는 일이 없는 것은 아닙니다. 나이가 들었다는 것은 그만큼 인생의 경험과 지식을 많이 쌓았다는 것이며, 지혜를 축적했다는 것입니다. 그것을 묻어두지 말고 잘 이용하면 얼마든지 보람이 있는 일을 할 수 있습니다.

철인 플라톤은 50세까지 배우는 학생이었고, 독주곡 피아노 연주사의 전설적인 존재 파테레프스키는 70세에 피아노 연주회를 했고, 르네상스의 거장 미켈란젤로가 시스티나 성당 벽화를 완성한 것은 90세 때였습니다. 베르디는 오페라 '오셀로'를 80세에 작곡했고, '아베 마리아'를 85세에 작곡했습니다. 미국의 현대 화단에 돌풍을 일으킨 리버맨은 81세에 사업에서 손을 떼고 장기나 두며 한가하게 시간을 보내고 있다가 어떤 아가씨의 충고를 받아들여 그림을 공부한 후에 화가가 되었으며, 위대한 작품을 많이 남긴 화가가 되었습니다. 그는 101세에 스물두 번째 개인전을 가졌는데 미술 평론가들은 그를 '원시적 눈을 가진 미국의 샤갈'이라고 극찬했습니다. 허드슨 테일러는 70세에 선교지를 향해 떠났고, 조지 뮬러는 90세까지 1,500명의 고아를 돌보며 "오, 나는 행복해!"라고 감격을 되풀이했습니다. 이렇게 마지막 순간까지 최선을 다해 자신에게 주어진 일을 감당했던 사람들은 행복감을 느끼며 인생을 마감했습니다.

둘째, 노년에 행복하기 위해서는 건강관리를 잘해야 합니다.

노년에 건강을 잃어버리면 삶의 질이 급격하게 떨어지며, 가족의 짐이 되고 맙니다. 노년의 건강은 한순간에 만들어지는 것이 아닙니다. 80~90대의 건강은 인생의 황금기라 할 수 있는 60~70대에 만들어지고, 60~70대 때의 건강은 50대부터 쌓여서 결정됩니다.

건강하기 위해서는 규칙적인 식사와 충분한 영양공급, 자기 몸에 잘 맞는 운동을 선택하여 꾸준히 지속해야 합니다. 노화를 부추기는 좌절감, 근심, 분노, 불안감 등 좋지 않은 감정은 될 수 있는 대로 빨리 털어버려야 합니다.

셋째, 노년에 행복하기 위해서는 좋은 친구가 있어야 합니다.

장수비결은 친구의 수와 밀접한 관계가 있다는 연구보고가 있었습니다. 미국인 7,000명을 대상으로 장수의 비결이 무엇인지 알아보기 위한 9년간의 추적조사에서 흡연, 음주량부터 일하는 스타일, 사회적 지위, 경제적인 상황, 인간관계 등에 이르기까지 세밀하고 철저하게 조사한 결과 술과 담배, 일하는 스타일, 사회적 지위, 경제적인 상황 등이 수명과 무관하지는 않지만, 절대적인 영향을 미치지도 않는다는 결과가 나왔습니다. 장수하는 사람들의 단 하나의 공통점은 놀랍게도 '친구의 수'였습니다. 친구의 수가 적을수록 쉽게 병에 걸리고 일찍 죽는 사람들이 많았습니다. 인생의 희로애락을 함께 나눌 수 있는 친구가 많고, 그 친구들과 보내는 시간이 많을수록 스트레스가 줄어들고 더 건강한 삶을 유지할 수 있었습니다.

친구가 없어 혼자만 시간을 보내다가 외로움의 감정 때문에 우울증이 찾아온 노인은 심근경색이나 사망 위험이 4배로 높고, 통증을 잘 느끼고, 신체 기능이나 사회적 기능도 떨어진다고 합니다. 외로움을 극복하기 위해서는 마음이 통하는 좋은 친구를 갖는 것이 필수입니다.

늙는 것과 나이가 드는 것은 똑같은 개념이 아닙니다. 늙는다는 것은 몸과 마음이 노쇠해진다는 뜻이지만 나이가 들었다는 것은 모든 면에서 더 완숙해졌다는 의미입니다. 나이가 들었어도 자기가 좋아하는 일에 매진하고, 건강관리를 잘하고, 좋은 친구들과 잘 어울리면 행복한 노년을 보낼 수 있습니다.

자기가 왜 뛰는지를 모르는 사람들

아프리카의 초원에서 사는 '스프링 팍'이라는 산양(山羊)이 있습니다. 처음에는 수십 마리가 모여서 살다가 점점 그 수가 많아져 수만 마리의 큰 집단을 이루는데 어느 날 이유 없이 달리기를 시작하여 절벽을 만나면 떨어져 죽는 일이 종종 발생합니다. 이것을 보고 사람들은 스프링 팍은 집단으로 자살하는 동물이라고 생각했습니다. 그러나 어느 동물학자의 연구 결과에 의하면 자살하는 것이 아니고 다른 이유가 있었습니다. '스프링 팍'이 무리를 지어 풀을 뜯어 먹을 때 앞에 있는 양들이 뜯어먹고 짓밟으며 가기 때문에 뒤에 있는 양들은 먹을 풀이 없습니다. 그래서 뒤쪽에 있는 양들이 풀을 먹기 위해 자꾸 머리로 들이받으며 앞으로 나가려고 합니다. 그러면 앞의 양은 또 그 앞의 무리를 들이받습니다. 그렇게 하다 보면 속도가 조금씩 빨라져 맨 앞쪽 무리는 뒤쪽에서 밀고 오는 것을 보고 급박한 상황이 발생한 줄 알고 전속력으로 달립니다. 앞에 있는 양이 뛸 때 뒤에 있는 양은 남아서 천천히 풀을 뜯어 먹으면 될 텐데 양은 집단에서 이탈하지 않으려는 본능이 있어 무리에서 떨어지는 것이 두려워 함께 뜁니다. 뛰는 양들은 모두 자기들이 왜 뛰는지를 모릅니다. 그저 앞에서 뛰니까 뒤에서 뛰고, 뒤에서 뛰니까 밀려 앞으로 갈 뿐입니다. 그렇게 한참을 달리면 초원의 끝인 해안가 절벽 앞에 도착하기도 하는데 그때야 앞에 가던 양들이 놀라 속도를 줄여서 멈추려고 하지만 뒤쪽에서 밀고 달려오는 무리에 떠밀려 결국 절벽 아래로 연쇄적으로 떨어져서 몰사하고 맙니다. 그렇게 하여 스프링 팍은 왜 뛰는지도 모르면서 뛰고, 왜 죽는지도 모르고 죽습니다. 슬픈 이야기가 아닐 수 없습니다.

이 산양의 어리석은 모습은 사람들에게서도 찾아볼 수 있습니다. 현대인들의 입에 가장 많이 오르내리는 말 중의 하나는 바쁘다는 말입니다. 사람은 하루 세끼를 꼬박꼬박 챙겨 먹어야 두뇌 회전에 필요한 포도당이 공급되고, 집중력과 사고력을 유지할 수 있습니다. 특히 아침을 거르면 심리상태에 영향을 미쳐서 불안감이나 우울, 행동 과다 등의 증상이 나타납니다. 그뿐만이 아니라 아침을 걸러서 혈당이 떨어지면 인체의 방어기전(防禦機轉)이 작동하여 간에 저장된 글리코겐을 포도당으로 만들어내고, 글리코겐마저 바닥나면 지방이나 단백질까지 분해해 에너지를 얻기 때문에 건강에 이롭지 않습니다. 그런데 한 통계에 따르면 우리나라 전 국민 중 34.6%가 아침을 거른다고 합니다. 또한 전국 80개 중·고교를 대상으로 교육부에서 조사한 바에 따르면 아침을 전혀 먹지 않는 학생이 16%로 나타났습니다. 그들이 위장을 비우는 사연은 간단합니다. 그것은 바쁘다는 것입니다. 물론 다이어트를 위해서 일부러 안 먹거나 끼니가 떨어져서 어쩔 수 없이 못 먹는 경우가 있지만, 출근 시간과 등교 시간을 맞추려다 보니 어쩔 수 없이 주린 배를 움켜쥐며 허둥지둥 대문을 나설 때가 많습니다.

사람들은 이렇게 아침에 일찍 일어나서 밤늦게까지 열심히 일합니다. 그런데 무엇을 위해 그렇게 숨차게 뛰는지, 왜 그렇게 죽어라 하고 공부하는지를 물으면 특별한 이유와 목표를 말하는 사람보다는 남들이 하니까 나도 한다고 말하는 사람들이 훨씬 더 많습니다. 집단에서 소외되는 것이 두려워서 뛰는 '스프링 팍'과 같습니다.

유명한 기업 컨설턴트 브라이언 트레이시(Brian Tracy)는 "목표 없는 사람은 목표를 가진 사람을 위해 일한다. 성공적인 사람들은 모두 가슴속에 큰 꿈을 품은 사람들이었다. 목표를 설정하지 않는 사람들은 목표를 뚜렷하게 설정한 사람들을 위해 일하도록 운명이 결정된다." 하고 말했습니다.

성공연구가 폴 마이어(Paul J. Meyer)는 그의 자서전에서 "인생에 성공한 사람들을 살펴보면 가정환경이 좋아서 성공한 것도 아니고, 지식수준이 높아서 성공한 것도 아니고, 머리가 명철하게 뛰어나서 성공한 것도 아니다. 삶의 목표가 분명한 사람이 성공의 확률이 가장 높았다. 모든 것을 실현하고 달성하는 열쇠는 목표설정이다."라고 말했습니다. 또한 그는 "목표를 명확하게 설정하면 그 목표는 신비한 힘을 발휘한다. 내 성공의 75%도 목표설정에서 비롯되었다. 내가 목표를 세우면 목표가 나를 끌어 주었다." 하고 말했습니다.

목표가 없이 사는 사람은 나침판과 방향키가 없는 배와 같고, 값진 보물 상자를 선물 받고도 늘 가난하다고 말하는 사람과 같습니다. 목표가 없는 삶은 참으로 위험하고 부끄러운 일입니다. 성공하지 못하거나 아무것도 성취하지 못한 사람은 목표를 세우지 않았기 때문입니다. 그러므로 어느 순간 뚜렷한 목표가 떠오르지 않을 때 우리는 삶의 목표를 잃어버린 순간을 찾아 시간을 거슬러 올라가야 합니다. 삶의 목표도 없이 표류하는 삶은 인생의 낭비요, 죄악입니다.

남들 가는 대학이니까 가야하고, 남들이 열심히 일해서 돈을 모아 집을 사고, 차를 사니까 거기에 뒤처지지 않기 위해서 열심히 따라갑니다. 물론 열심히 뛰면서 사는 것은 아름다운 일입니다. 하지만 그 자체가 인생의 궁극적인 목표가 될 수는 없습니다. 생의 목표가 뚜렷할 때 우리의 삶은 더 가치를 발합니다.

목표를 세우고 매진할 때 몇 가지 유념해야 할 것들이 있습니다.

첫째, 그 목표가 선명하고 구체적이어야 합니다. 양궁선수가 활을 쏠 때 보이지 않는 과녁을 명중시킬 수는 없습니다. 축구선수가 공을 찰 때 골문이 보이지 않으면 골을 넣을 수 없습니다. 자신의 목표가 선명하고 구체적이어야 그곳을 향해 달려갈 수 있고, 그 일을 활기차게 할 수 있습니다.

둘째, 그 목표를 이루고자 하는 절실함이 있어야 합니다. '절실함'이란 자신의 목표를 이루기를 원하는 간절함이 뼛속에 사무침을 말합니다. 성공을 위해서는 지능지수나 재능도 필요하지만 '절실함'이 없으면 이것들은 모두 사장(死藏)이 되고 맙니다.

목표에 대한 '절실함'이 있는 사람의 특징은 시간을 낭비하지 않으며, 오직 목표 달성에만 자신의 모든 역량을 집중합니다. 어떤 역경이 찾아와도 쉽게 포기하지 않고, 그 목표가 이루어질 때까지 끈질기게 물고 늘어집니다. 그러나 목표에 대한 '절실함'이 없는 사람은 게으르고 산만합니다. 그리고 실패한 후에 그것을 자기 탓으로 돌리지 않고, 다른 사람이나 주변의 환경 탓으로 돌립니다.

셋째, 그 목표를 종이에 기록해야 합니다. 먼저 목표가 무엇인지를 적고, 그 목표를 성취해 가는 과정, 방법, 달성하고 싶은 기한(期限) 등을 자세하게 적어야 합니다. 이런 작업이 없으면 그 목표는 장전하지 않은 총알과 같고, 뜬구름을 잡으려는 생각에 그쳐 버릴 수 있습니다. 우리에게 이웃을 사랑하고, 창조주를 높이고, 좋은 세상을 만들어 갈 목표가 없다면 그것은 그저 죽음을 향해 무작정 뛰는 '스프링 팍'과 다를 바가 없습니다. 목표설정은 내 삶의 가치를 창출하기 위해 선행되어야 할 첫 번째 작업입니다.

영원한 젊음으로 삽시다

　구약성경 잠언 말씀에 "백발은 영화의 면류관이라 공의로운 길에서 얻으리라."(잠16:31) 하고 기록되어 있습니다. 건강 장수는 하나님이 주신 복이며 축하를 받을 만한 일입니다. 하지만 요즘은 오히려 노인 인구가 많아지는 것을 걱정하는 사람들이 많이 있습니다. 신용평가회사 무디스가 최근에 발간한 '인구 고령화가 향후 20년간 경제성장을 둔화시킬 것'이라는 보고서에서 현재 초 고령 국가는 일본, 독일, 이탈리아 3개국인데 2020년에는 네덜란드, 프랑스, 스웨덴, 포르투갈, 슬로베니아, 크로아티아 등 13개국이 초고령화 사회에 진입할 것이며, 2030년에 영국, 미국 등과 함께 한국도 초고령화 사회에 진입할 것으로 전망했습니다.

　통계청의 발표에 따르면 지난 30년간 우리나라의 평균수명은 꾸준히 올라갔습니다. 1997년에는 남성 70.6세, 여성 78.1세로 모두 70세를 넘었고, 2001년 남성 72.8세, 여성은 80세가 되었습니다. 그 결과 우리나라 노인인구 비율은 2000년 7.2%에서 2010년 11%로 지속적인 증가 추세를 보이고 있으며, 이런 추세로 간다면 향후 2018년도에는 14.3%, 2026년도에는 20.8%에 도달할 것이라고 보고 있습니다.

평균 수명이 올라갔다고 하는 것은 의식주 문제나 의료시설 등 삶의 환경이 그만큼 좋아졌다는 것을 말해줍니다. 그러나 평균수명이 올라갔다고 해서 무턱대고 좋아할 일만은 아닙니다. 왜냐하면 고령화 사회가 되면 당장 해결해야 할 어려운 문제들도 발생하기 때문입니다.

첫째, 고령화 사회가 되면 노인들의 빈곤 문제가 대두됩니다. 우리나라는 현재 고령자 가구 중 절반가량은 전체 가구 중위소득의 50%에도 못 미치는 상대적 빈곤 상태에 빠져 있는 것으로 나타났습니다. 이러한 고령층 빈곤 비율은 우리나라가 경제협력개발기구(OECD) 회원국 중 가장 높은 편입니다.

고령자 가구의 빈곤 비율이 높은 원인은 나이가 들면 일자리를 잃어버리기 때문이며, 사회보장제도가 정착되지 못한 상태에서 과거 가족중심의 상호부조 문화가 빠르게 해체되고 있기 때문입니다. 우리나라는 오래 전부터 아들, 딸 등 가족이 고령층을 부양해 왔지만 지금은 부모님을 모시기 꺼리는 자식들이 많아졌습니다. 우리나라에는 국민연금이 이미 시작되기는 했지만 실제로 혜택을 받는 고령자들은 극소수에 불과합니다.

고령화 사회가 되면 질병의 문제도 발생합니다. 대부분의 노인은 한 가지 이상 질병을 가지고 있고, 노인인구 중 8%는 치매환자입니다. 치매는 단순히 한 개인이나 가정의 문제를 넘어 심각한 사회문제가 되었습니다. 치매환자는 하루 종일 돌보아야 하기 때문에 가족들 모두가 자기의 일에 집중하지 못하는 어려움이 있습니다. 치매를 앓고 있는 부모를 모시고 있는 가족들 중에는 치매에 대한 전문지식이 없을 뿐더러, 거기에 대한 구체적인 대처방법도 잘 알지 못해 어려움을 겪고 있습니다. 또한 사설전문보호시설에 맡길 수는 있지만 재정적으로 너무 부담이 커서 서민들은 이용하기가 쉽지 않는 형편입니다.

고령화 사회의 문제는 노인들만의 문제가 아닙니다. 우리 모두의 문제입니다. 대부분의 가정에는 노인이 있고, 또 지금은 비록 젊다고 하더라도 시간이 흘러가면 늙지 않을 사람이 이 세상에 한 사람도 없기 때문입니다. 그래서 우리는 이 문제를 놓고 함께 고민하고 노력을 해야 합니다.

그러면 고령화 사회에서 나타나는 문제를 어떻게 해결할 수 있을까요? 무디스의 보고서는 고령화가 경제성장에 미치는 악영향을 부분적으로 완화하기 위한 방안을 내놓고 있습니다. 중기적으로 노동참여율을 높이고 이민 절차를 간소화해야 한다고 말합니다. 장기적으로는 기술혁신이 이러한 급속한 인구변화의 영향을 줄일 수 있을 것이라고 말합니다. 무디스가 제시한 이런 해결책은 일단 좋은 방안 중에 하나입니다. 하지만 이것이 근본적인 해결책은 아닙니다. 노인문제는 국가만이 해결할 수 있는 문제가 아닙니다. 개인과 국가가 함께 노력해야 합니다.

그러면 노령화 문제를 해결하기 위해서 개인이 노력해야 할 일은 무엇일까요? 나이가 들었다고 낙담하거나 자포자기하지 말고 젊게 살아야 합니다. 우리가 영원한 젊음으로 살기 위해서는 어떻게 해야 할까요? 무엇보다도 꿈과 열정을 잃지 말아야 합니다. 청춘이란 인생의 깊은 샘물에서 나오는 신선한 정신, 유약함을 물리치는 용기이며, 안이한 생각을 뿌리치는 모험심을 의미합니다. 이것을 잃어버릴 때 비로소 늙습니다.

임마누엘 칸트는 그의 나이 74세에 그의 명저 세 비판서인 〈순수이성비판〉, 〈실천이성비판〉, 〈판단력 비판〉을 완성했습니다. 빅토리아 시대를 대표하는 영국의 시인 알프레드 테니슨은 80세에 〈죽음을 향해〉라는 시를 세상에 내놓았습니다. 아브라함은 75세에 부름을 받았고, 모세는 80세에 부름을 받았으며, 갈렙은 85세에 난공불락인 헤브론 산지를 점령했습니다. 꿈을 가진 사람은 이렇게 나이를 초월합니다.

비록 20세의 나이라고 하더라도 희망을 잃어버리고 자포자기 속에서 살아간다면 영감이 끊어져 정신이 흐려지고 폐인처럼 살 수밖에 없습니다. 냉소라는 눈에 파묻히고 비탄(悲歎)이란 얼음에 갇힌 사람은 비록 나이가 이십 세라 할지라도 이미 늙은이와 다름없습니다. 그러나 분명한 생의 목표를 세우고 희망이란 파도를 탈 수 있는 사람은 나이가 80세라도 영원한 청춘의 소유자가 될 수 있습니다.

사람은 꿈과 열정을 잃어버리고 고뇌, 공포, 실망의 포로가 되어 버릴 때 비로소 늙기 시작합니다. 그러나 60세이든지 16세이든지 가슴속에 간직한 희망, 용기, 열정, 영원한 세계에 소망을 버리지 않는 한 우리는 언제까지 젊음을 유지할 수 있습니다. 세월은 우리의 얼굴에 주름살이 늘게 하지만 항상 생동감이 넘치는 젊음으로 살다가 시들지 않는 모습으로 아름답게 생을 마감하시는 여러분이 다 되시기를 기원합니다.

반드시 죽는 날이 있음을 기억합시다

한자는 뜻글자입니다. '죽을 사(死)'자를 쓰려면 '하나 일(一)'자 밑에다가 왼쪽으로 '저녁 석(夕)'자, 오른쪽에 '칼 도(刀)'자를 쓰면 됩니다. 이것을 풀이하면 죽음이란 어두운 저녁에 갑자기 비수가 날아온 것처럼 우리에게 닥쳐온다는 뜻입니다. 낮에 비수가 날아온다면 피할 수 있지만 어두운 밤에 어디선가 비수가 날아오면 피하거나 방어하기가 어렵습니다. 죽음은 이렇게 우리에게 찾아온다는 것입니다.

알렉산더 대왕의 아버지 필립 2세는 지혜로운 왕이었습니다. 그는 자신의 짧은 인생을 좀 더 가치 있게 살기 위해서 특별한 신하를 한 명 두었습니다. 그 신하는 왕이 아침에 일어날 때쯤 방문 앞에 가서 큰 소리로 이렇게 외쳤습니다. "대왕이여! 왕의 죽을 날을 기억하소서! 어쩌면 오늘이 대왕의 마지막 날이 될지도 모릅니다." 그러면 왕은 그 소리를 듣고서 잠자리에서 벌떡 일어났습니다. 귀한 인생을 늦잠을 자는 데 허비해서는 안 된다는 생각이 들기 때문입니다. 그 신하는 왕이 아침식사를 할 때도 그 신하는 사람의 해골바가지를 하나 들고 와서 이렇게 말했습니다. "대왕이여! 죽을 날을 기억하소서! 어쩌면 오늘이 대왕의 마지막 날이 될지도 모릅니다." 왕은 그 소리를 듣고서 지나치게 많이 먹는 일에 자신의 귀한 시간을 낭비하지 않겠다는 결심을 합니다. 그가 집무실에 가면 그 신하는 그림자처럼 그곳까지도 따라가 집무실 책상 위에 해골바가지를 올려놓고 말합니다. "대왕이여, 죽을 날을 기억하소서." 왕은 자기 책상에 놓인 해골을 보며 스스로 이렇게 다짐했습니다. "머지않아 나도 이와 같은 해골이 되겠지. 그러니 살아 있는 동안 나의 일에 충실하자." 그는 짧은 인생을 헛되이 살지 않고 가치 있는 삶을 살기 위해 이런 방법으로 자극을 받곤 했습니다. 이렇게 하여 필립2세는 매일 매일의 삶을 가치있게 살기 위해서 최선을 다했습니다.

동양에서 가장 어진 어머니의 모델은 맹자의 어머니입니다. 맹자 어머니의 유명한 자녀교육방법으로 맹모삼천지교(孟母三遷之敎)가 있습니다. 맹자의 어머니가 자녀를 위해서 세 번 이사한 교훈이라는 뜻입니다. 아버지를 일찍 여읜 맹자는 어머니 손에서 엄격한 교육을 받고 자랐는데 맹자가 어머니와 처음 살았던 곳은 공동묘지 근처였습니다. 그곳에서 장례식 광경을 자주 보게 된 맹자는 장례놀이를 하면서 놀았습니다. 맹자어머니는 자식의 교육을 위해 이사를 했는데 시장 근처였습니다. 이번에는 맹자가 물건을 사고파는 장사꾼의 흉내를 내며 놀았습니다. 맹자의 어머니는 다시 서당 근처로 이사했습니다. 그러자 맹자는 책을 읽고 공부하는 흉내를 내며 놀았습니다. 이런 어머니의 노력 덕분에 훗날 맹자는 공자(孔子)에 버금가는 훌륭한 인물이 되었다는 것입니다.

그러면 왜 그토록 현명한 맹자의 어머니가 처음부터 서당 근처로 이사를 하지 않고 공동묘지 근처로 가서 살았고, 그 다음 시장 근처로 집을 옮겼으며, 맨 나중에 서당 근처로 이사를 했을까요? 그것은 현명한 맹자 어머니의 의도적인 계산입니다. 먼저 맹자에게 사람이 한 번 죽는 것은 피할 수 없는 철칙이라는 것을 가르치고 싶었을 것입니다. 그리고 책상 앞에서 책만 읽을 것이 아니라 시장 근처로 데리고 가서 치열한 생존경쟁의 현장에서 사람들이 살아가는 모습을 보여주고 싶었을 것입니다. 맨 나중에 서당 근처로 아들을 데리고 가서 학문에 전념하도록 도왔을 것입니다. 맹자의 어머니가 이사할 곳이 어떤 곳인지도 모르고 단순한 시행착오로 세 번씩이나 이사를 했다면 현명한 어머니의 모델이 될 수 없습니다.

요한 웨슬레의 어머니 수산나는 19명의 자녀를 낳아 모두 훌륭하게 잘 길렀습니다. 그녀의 자녀교육의 비결은 자녀들에게 늘 성경이야기를 들려주는 것이었습니다. 특히 부자와 나사로의 이야기, 어리석은 부자 이야기를 통해서 인간의 죽음과 천국과 지옥에 대한 믿음을 깊이 심어주었습니다. 그녀의 자녀들은 죽음의 의미를 깨닫고 영원한 천국을 바라보며 살았기 때문에 결코 방황하지 않았습니다.

사랑하는 자녀들이 헛된 삶을 살지 않기를 원하신다면 성공할 수 있는 방법부터 가르쳐서는 안 됩니다. 먼저 인간의 몸은 흙에서 와서 흙으로 돌아가며 우리의 영혼은 영원한 천국으로 간다는 진리를 마음속에 깊이 넣어주어야 합니다.

구약성경 전도서는 솔로몬이 말년에 기록한 그의 참회록인 동시에 그가 겪고 터득한 것들을 적어놓은 책입니다. 솔로몬은 하나님의 은총으로 복을 받아 왕이 되었으며 그 후 하나님을 떠나 방탕한 삶을 살았습니다. 그는 왕으로서 이 세상의 모든 부귀영화와 권세와 향락을 두루 경험하고 누려보았지만 만족함이 없었습니다. 결국 노년에 모든 것이 헛되고 헛됨을 깨닫게 되었던 것입니다. 전도서 7장 2절 말씀에 "초상집에 가는 것이 잔치 집에 가는 것보다 나으니 모든 사람의 결국이 위와 같이 됨이라." 하였습니다. 왜 초상집에 가는 것이 잔치집에 가는 것보다 더 지혜롭습니까? 초상집에 가면 자신의 인생을 돌아보게 되고, 잘못한 것을 회개하게 됩니다. 또한 인생의 허무함을 깨닫고 탐욕을 버리고 선한 마음을 갖게 됩니다.

하나님의 사람 모세는 "우리에게 우리 날 계수함을 가르치사 지혜로운 마음을 얻게 하소서."(시90:12) 하고 기도했습니다. 우리의 남은 세월을 헤아릴 줄 아는 것이 지혜로운 마음이라는 말씀입니다. 언젠가는 나에게도 죽음이 찾아올 것을 잊지 않고 그 죽음을 대비하고 살아갈 때 우리는 남은 시간을 좀 더 가치 있게 살 수 있을 것이며, 죽음이 결코 우리를 패배자로 만들지 못할 것입니다.

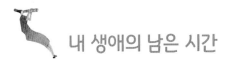
내 생애의 남은 시간

신앙생활을 착실하게 잘하던 어느 젊은 여 집사님이 있었습니다. 어느 날 속이 쓰리고 소화가 되지 않아서 병원을 찾았습니다. 의사에게 증상을 말했더니 먼저 위 투시부터 해보자고 했습니다. 위 투시 후에 검사 결과를 알아보기 위해 담당 의사 앞에 앉았는데 의사의 표정이 밝지 않았습니다. 그 의사는 상태가 안 좋으니 정식으로 입원을 해서 정밀검사를 받아보라고 했습니다. 그 말을 들은 집사님의 마음은 갑자기 불안해졌습니다. 의사가 정해준 날짜에 입원을 하여 며칠 동안 정밀검사를 받은 후 초조한 마음으로 결과를 기다리고 있었습니다. 집사님이 입원을 했다는 말을 듣고 이곳저곳에서 살고 있는 가족들이 한 명, 두 명 병원으로 모여들었습니다. 집사님에게는 직접적으로 확실한 이야기를 하지 않았지만 가족들의 표정이 어쩐지 걱정스러운 눈치였습니다. 불안한 마음으로 병상에 누워있던 집사님이 일어나 바람을 쐬러 병실 밖으로 나가

다가 가족들이 병실 밖 복도에서 둘러서서 주고 받는 말을 들었는데 그 내용은 너무 충격적이었습니다. 자신의 병세가 위암 말기인데 수술할 시기도 이미 놓쳤고 오래 살아보아야 앞으로 6개월을 넘기기가 어렵다는 내용이었습니다. 그 말을 듣는 순간 집사님은 다리에 힘이 빠지고 앞이 캄캄해졌습니다. 천길만길 낭떠러지로 떨어지는 기분이었습니다. 그 순간 맨 먼저 눈앞에 스치는 얼굴은 아직 어려서 천지 분간을 하지 못하는 초등학교에 다니는 두 남매였습니다. "이 아이들이 과연 엄마 없이도 살 수 있을까?" 하는 생각을 하니 가슴이 무너져 내리는 것 같았습니다.

집사님은 더 이상의 입원 치료가 필요 없을 것 같아 퇴원했습니다. 그리고 어수선한 마음을 가라앉히고 죽음을 준비하기 시작했습니다. 먼저 지금까지 지은 죄를 진심으로 하나님께 회개했습니다. 그동안 관계가 좋지 않았던 사람들과 화해를 했습니다. 오해도 풀었습니다. 힘이 들었지만 매일 한두 시간씩 남겨질 가족들을 위해 눈물로 기도했습니다. 매일 남편과 아이들을 끌어안고 사랑을 고백했습니다. 틈틈이 집안 정리도 했습니다. 그러다보니 6개월이라는 시간이 금방 지나갔습니다. 그런데 이상한 일이었습니다. 몸 상태가 점점 나빠져야 하는데 그렇지 않았습니다. 병원에서 말기 암 진단을 받고 퇴원을 했던 그때와 별로 다를 바가 없었습니다. 옆에서 늘 걱정하던 친한 친구가 다른 병원에 가서 다시 한 번 진찰을 받아보자고 했습니다. 친구와 함께 다른 병원에 가서 다시 진찰을 받았습니다. 그런데 놀랍게도 진단 결과는 위암이 아니라 위궤양이었습니다. 미심쩍어서 다시 다른 병원에 가서 진찰을 받았습니다. 역시 같은 결과가 나왔습니다. 알고 보니 맨 처음 찾아간 병원에서 오진(誤診)했던 것입니다.

병원 문을 나서는데 깜깜하고 답답한 긴 터널에서 빠져나오는 기분이었습니다. 온 천지를 밝히는 찬란한 빛이 자기에게만 비치는 것 같았고, 온 세상은 환희와 기쁨으로 가득 찬 것 같았습니다. 집에 도착하자 그 사실을 벌써 알고 여기저기서 축하 전화가 쇄도했습니다. 주변 사람들이 "오진(誤診)한 병원에 손해배상을 청구할 마음은 없느냐?" "죽을 날만 기다리며 가슴을 조이면서 살았던 6개월의 시간이 억울하지 않느냐?" 하고 물었습니다. 이때 집사님은 대답했습니다. "지난 6개월의 시간이야말로 지금까지 살아왔던 수십 년의 세월보다 더 값진 시간이었습니다. 하루하루가 나에게는 너무나 소중하고 아름다운 시간들이었습니다. 앞으로 이 세상을 떠나는 그날까지 지난 6개월 동안 보냈던 시간처럼 그렇게 살겠습니다."

'별세의 목회'라는 목회 철학으로 많은 목회자들에게 큰 영향을 끼친 이중표 목사님이라는 분이 있습니다. 그분이 14시간 동안 담관암 수술을 받고 깨어난 후 '떠남의 신비'를 새롭게 깨달았다고 말했습니다. 그는 젊어서 성자가 되고 싶어 목사가 되었습니다. 그러나 목사가 되고 보니 성자가 될 수 없다는 것을 알았습니다. 목사에게도 하고 싶은 일, 이루고 싶은 욕망이 너무 많아 억제할 수 없었기 때문입니다. 하지만 죽음을 눈앞에 두고 나니 성자가 되는 길이 보였다고 합니다. 그분은 이렇게 말했습니다. "사람이 병이 들어 죽게 되면 사람, 물질, 명예, 소유 등 모든 것이 나를 떠납니다. 심지어 가족들도 떠납니다. 병든 인간의 눈으로 모든 것이 나를 떠나는 것을 보면 슬퍼지고 비참해집니다. 그러나 자기가 먼저 이것들을 버리고 떠나면 떠남의 신비를 체험하게 됩니다. 그것들이 나를 떠나기 전에 내가 먼저 그것들을 버리고 떠나면 오히려 기쁨과 평안이 찾아옵니다. 사람들은 흔히 죽음은 하나님의 저주요, 심판의 결과라고 생각하여 두려워합니다. 그러나 모든 것을 버리고 죽음을 맞는 사람은 성자가 될 수 있습니다. 사람이 불안하고 두려운 것은 세상에 대한 집착이 강하기 때문입니다. 불평불만을 하는 것은 세상에 대한 욕심이 크기 때문입니다. 내가 먼저 떠나면 마음에 평안을 느끼게 되며, 나를 불행하게 만드는 것으로부터 자유로울 수 있습니다."

우리가 이 세상을 살다보면 진실하지 못할 때가 있습니다. 세월을 허송하고 습관적인 죄를 끊지 못할 때가 있습니다. 그것은 자기 자신이 지금 시한부 인생을 살고 있다는 것을 깨닫지 못했기 때문입니다. 우리는 모두 지금 한 번 지나가면 다시는 돌이킬 수 없는 인생길을 걸어가고 있습니다. 인생은 결코 연습이 허용되지 않습니다. 그러므로 나의 남아 있는 시간을 어떻게 보낼 것인가를 항상 생각하는 지혜가 필요합니다. "우리에게 우리 날 계수함을 가르치사 지혜로운 마음을 얻게 하소서."(시편 90:12) 하나님의 사람 모세의 이 기도가 나의 기도가 되었으면 합니다.

당신의 진정한 나이는 몇 살입니까

동아일보 2008년 8월 14일자 '오늘과 내일'에 오명철 전문 기자가 쓴 〈어느 95세 어른의 수기〉라는 제목의 칼럼이 소개되었습니다. 그 내용은 다음과 같습니다. "나는 젊었을 때 정말 열심히 일했다. 그 결과 나는 실력을 인정받았고 존경을 받았다. 그 덕에 65세 때 당당한 모습으로 은퇴를 할 수 있었다. 그런 내가 30년 후인 95세 생일 때 얼마나 후회의 눈물을 흘렸는지 모른다. 내 65년의 생애는 자랑스럽고 떳떳했지만 이후 30년의 삶은 부끄럽고 후회되고 비통한 삶이었다. 나는 퇴직 후 '이제 다 살았다. 남은 인생은 그냥 덤이다.'라는 생각으로 그저 고통 없이 죽기만을 기다렸다. 덧없고 희망이 없는 삶, 그런 삶을 무려 30년이나 살았다. 30년은 지금 내 나이 95세의 3분의 1에 해당하는 기나긴 시간이다. 만일 내가 퇴직을 할 때 앞으로 30년을 더 살 수 있다고 생각했다면 난 정말 그렇게 살지는 않았을 것이다. 그때 나 스스로가 늙었다고, 뭔가를 시작하기에는 너무 늦었다고 생각했던 것이 큰 잘못이었다. 나는 지금 95세이지만 정신이 또렷하다. 앞으로 10년, 20년을 더 살지 모른다. 이제 나는 하고 싶었던 어학 공부를 시작하려고 한다. 그 이유는 단 한 가지 10년 후에 맞이하게 될 105번째 생일에 95세 때 왜 아무것도 시작하지 않았는지 후회하지 않기 위해서다."

일반적으로 노인은 나이 60이 넘어 몸담고 있던 직장에서 퇴직하거나 하던 일을 멈추고 쉬고 있는 사람, 육체가 쇠약해져서 무리해서 일이나 운동을 해서는 안 될 사람, 공원 벤치에 앉아서 한담이나 하며 시간을 보내는 사람, 집에서 손자 손녀들이나 돌봐주고 빈집을 지키는 사람을 연상합니다.

고령자들을 위한 복지정책대상자에서 '노인의 연령'이 있습니다. 노인 장기 요양 보험법, 도로교통법, 기초연금법, 노인복지법상의 경로우대 대상은 모두 '65세 이상'으로 정하고 있습니다. OECD, EU에서도 노인인구 비율, 노년부양비, 장기요양 등 관련 지표를 살펴보면, 노인 인구를 65세 이상으로 정의하고 있습니다. 하지만 노인이라고 생각하는 나이는 사람에 따라 큰 차이가 있습니다. 보건복지부가 19세 이상 국민 500명을 대상으로 "당신은 노인의 나이가 몇 세라고 생각합니까?" 하고 물었습니다. 응답은 제각각이었습니다. 응답자 중 가장 많은 53%는 '70~74세'가 '노인'이라고 대답했고, 그다음으로 '65~69세'라고 대답한 사람이 28.1%였습니다. '75세 이상'이 노인이라고 대답한 사람도 무려 31.6%나 나왔습니다. 그러면 공식적인 '노인의 정의'는 무엇이며, 공식적인 '노인의 나이'는 몇 세일까요? 여기에 대한 분명한 설명은 그 어디에도 없습니다.

미국의 유명한 시인 사무엘 울만(Samuel Ullman)이라는 사람이 있습니다. 1920년 그의 80회 생일을 기념해서 출판된 시집 〈청춘〉에서 그는 이렇게 노래하고 있습니다. "청춘이란 인생의 어느 기간을 말하는 것이 아니라 마음의 상태를 말한다. 그것은 장밋빛 뺨, 앵두 같은 입술 하늘거리는 자태가 아니라, 강인한 의지, 풍부한 상상력, 불타는 열정을 말한다. 때로는 20세의 청년보다 60세가 된 사람에게 청춘이 있다. 나이를 먹는다고 해서 우리가 늙는 것은 아니다. 이상을 잃어버릴 때 비로소 늙는 것이다. 세월은 우리의 주름살을 늘게 하지만 열정을 가진 마음을 시들게 하지는 못한다. 고뇌, 공포, 실망 때문에 기력이 땅으로 떨어질 때, 비로소 마음이 시들어 버리는 것이다. 아름다움, 희망, 희열, 용기, 영원의 세계에서 오는 힘, 이 모든 것을 간직하고 있는 한 언제까지나 그대는 젊음을 유지할 것이다. 그의 시(詩)대로 그는 영원한 젊음으로 살며 정의를 신봉하고, 평화를 사랑하며, 가난한 사람들을 사랑으로 섬긴 멋진 노년을 보냈습니다.

세계적인 자기 계발의 대가인 가오위엔(高原)은 '자기계발서'인 〈승풍파랑(乘風破浪)〉에서 "믿음이 있으면 젊은 것이고, 의혹이 있으면 늙은 것이다. 자신감이 있으면 젊은 것이고, 두려워하면 늙은 것이다. 희망이 있다면 젊은 것이고, 절망한다면 늙은 것이다. 세월은 피부에 주름을 만들지만, 사라진 열정은 영혼에 주름을 만든다." 하고 말하고 있습니다. 이 세상에는 '젊은이 같은 노인'이 있는가 하면 '노인 같은 젊은이'들도 있다는 말입니다.

세계 역사상 큰 업적을 남긴 사람들을 살펴보면 35%는 60~70대에 성취되었고, 23%는 70~80세에 의하여, 6%는 80대에 의하여 성취되었다고 합니다. 소크라테스의 원숙한 철학은 70세 이후에 이루어졌습니다. 대문호 괴테는 대작 〈파우스트〉를 60세에 시작하여 82세에 마쳤습니다. 조지 도슨(George Dawson)은 98세에 학교에 들어가서 101세 되던 해에 〈인생은 아름다워(Life Is So Good)〉라는 책을 냈습니다. 이들에게는 꿈과 열정이 있었기에 "나이는 숫자에 불과할 뿐"이었습니다. 이와는 대조적으로 젊은 나이에 꿈을 상실하고 목숨만 부지하는 생중사(生中死)의 삶을 살아가는 사람들이 있습니다. 이런 인생은 텅빈 인생, 박제된 인생이 아닐 수 없습니다.

가슴에 꿈과 열정, 미지에 대한 끝없는 탐구심, 삶에서 환희를 얻고자 하는 열망이 있는 한 그는 아직 늙지 않았습니다. 이런 사람은 녹슬어 없어지는 것보다 닳아 없어지는 사람입니다. 우리는 지금 자신의 진정한 나이가 몇 살인지 각자에게 물어야 합니다.

11

꿈과 열정

재주가 많은 사람, 재주가 없는 사람

영국의 과학 전문지 Nature는 인류 역사를 바꾼 세계의 천재 10명을 선정하여 발표했습니다. 선정기준은 한 가지 일에 만족하지 않고 다양한 분야에서 뚜렷한 업적을 남긴 르네상스 형 인간인지의 여부였습니다. 천재의 반열에 오른 사람들은 레오나르도 다빈치, 윌리엄 셰익스피어, 요한 볼프강 괴테, 피라미드를 만든 고대이집트인, 미켈란젤로, 아이작 뉴턴, 토머스 제퍼슨, 알렉산더 대왕, 페이디아스, 아인슈타인이었습니다.

최고의 천재 자리에 오른 사람은 레오나르도 다빈치입니다. 레오나르도 다빈치의 특징은 다방면에서 뛰어난 재능을 발휘했다는 점입니다. 그는 미술, 음악, 건축, 군사공학, 도시계획, 비행 기계의 고안을 포함한 다양한 발명과 함께 해부, 요리, 식물학, 의상 및 무대 디자인, 해학 등 수많은 분야에서 특출한 재능을 발휘했습니다.

윌리엄 셰익스피어도 다재다능한 '르네상스 형 인간'입니다. 셰익스피어는 〈햄릿〉, 〈오셀로〉, 〈리어왕〉 등 불후의 명작을 남겼을 뿐 아니라 시인이자 극작가로서 삶의 희비극을 가장 맑은 눈으로 꿰뚫어 보았던 사상가였고 위대한 심리 치료사였습니다.

괴테는 어렸을 때부터 라틴어, 희랍어, 음악, 미술 등 다방면에서 재능을 보였습니다. 그는 〈젊은 베르테르의 슬픔〉, 〈파우스트〉, 〈빌헬름 마이스터의 수업 시대〉를 완성하여 대작가로 평가받았습니다. 그러나 여기서 그치지 않고 정치가, 행정가, 교육자, 과학자로서 역동적인 삶을 살았고, 식물학, 해부학, 광물학, 지질학, 색채론 등 다방면에서 천재적인 재능을 펼쳤습니다.

이집트의 피라미드는 인류 역사상 가장 위대한 건축물 가운데 하나이자 7대 불가사의 중 첫 번째에 해당합니다. 피라미드의 한가운데와 높이의 3분의 2 지점에 어떤 물체를 놓아두면, 그 물체는 흔히 일어나는 변화를 겪지 않습니다. 꽃은 본래의 빛깔을 잃지 않고 마르며, 쌀은 썩지 않고 굳고, 면도날이나 칼날은 무디어지지 않습니다. 그 비밀을 알고 있는 사람들은 피라미드를 건설한 고대이집트인들뿐입니다.

레오나르도 다빈치와 동시대를 살던 미켈란젤로 또한 르네상스 시대의 대표적인 거장입니다. 그는 레오나르도 다빈치보다 더 많은 작품을 남겼을 뿐 아니라 화가, 조각가, 건축가, 시인으로서 천재성을 발휘하였습니다. 시스티나 예배당의 천장화와 '최후의 만찬'은 그의 천재성을 여실히 보여주는 대작들입니다.

뉴턴은 17세기를 대표하는 과학자입니다. 당대의 학자들이 "빛은 무엇인가?"라는 형이상학적 문제에 빠져있을 때, 뉴턴은 눈으로 검증할 수 있는 빛의 성질에 주목했습니다. 광학에 관한 실제 실험을 통해서 당시 유행하던 스콜라 철학자들의 사고실험이 갖는 한계를 벗어났습니다. 빛의 구성을 논한 그의 대표적인 저서 〈광학〉은 30여 년에 이르는 오랜 연구 결과이며, 만유인력 역시 사과에서 아이디어를 얻어 발표하기까지 20년이 넘는 시간 동안 발전된 개념입니다.

토머스 제퍼슨은 미국 독립선언서의 기초를 잡았던 인물이자 미국인들이 뽑은 가장 존경하는 대통령 중의 한 명입니다. 그도 역시 전형적인 르네상스 형 인간이었습니다. 그는 도시 계획자이자 건축가였으며, 농학자이자 언어학자였으며, 또한 고고학자였고, 위대한 교육자였습니다. 생전에 자신이 직접 정해 놓았다는 '미국독립선언의 기초자, 버지니아 신교자유법의 기초자, 버지니아대학의 아버지 토머스 제퍼슨 여기에 잠들다'라는 묘비의 글귀가 이러한 그의 업적을 뒷받침해주고 있습니다.

그리스, 페르시아, 인도에 이르는 대제국을 건설했던 알렉산더는 인류의 역사에 한 획을 그었던 인물입니다. 그는 무엇보다 그는 뛰어난 전략, 전술가였습니다. 그는 페르시아 원정을 시작으로 페르시아 함대의 근거지인 시리아, 페니키아를 정복한 다음 이집트와 인도의 인더스강에 이르는 유럽, 아시아 대륙까지 점령할 때 단 한 차례를 제외하고는 패한 적이 없었습니다. 또한 그는 자기가 정복한 땅에 '알렉산드리아'라는 이름

붙였는데 33세의 일기로 죽기까지 그가 이름을 지은 도시가 자그마치 70 개에 달하였습니다. 그의 문화사적 업적은 유럽, 아시아, 아프리카에 걸친 대제국을 건설하여 그리스 문화와 오리엔트 문화를 융합시킨 새로운 헬레니즘 문화를 이룩한 일입니다.

페이디아스는 건축 역사상 건축가가 밝혀진 몇 안 되는 건축물인 제우스 신상과 파르테논 신전의 아테나 여신상. 이 두 작품의 총지휘를 맡은 사람입니다.

20세기 초 특수상대성이론과 일반상대성 이론을 완성함으로써 근대 물리학의 새로운 패러다임을 제시한 아인슈타인은 20세기가 낳은 최고의 천재 물리학자였습니다. 하지만 아인슈타인은 한낱 실험실과 과학적인 사고에 갇힌 천재는 아니었습니다. 그는 공공연히 자신이 사회주의자임을 밝히는가 하면 1950년대 미국 매카시즘의 광풍에 맞서 불복종운동을 전개했던 진보적 지식인이었으며, 그 무엇보다도 전쟁의 영원한 종식을 꿈꾼 반전 평화주의자였습니다.

이 세상은 어떻게 보면 참 불공평합니다. 앞에서 소개한 대로 어떤 사람은 다방면에 상상을 초월한 천재성을 타고 태어나서 위대한 업적을 남겼는가 하면 어떤 사람은 겨우 한두 가지 재능을 가지고 태어나 지극히 평범하게 살다가 이름 없이 떠나는 사람들도 있기 때문입니다. 저 역시 마찬가지입니다. 저에게는 특별한 재능이 없습니다. 지능지수가 높은 것도 아니고, 그렇다고 예술이나 스포츠 분야에 재능이 있는 것도 아닙니다. 특별한 리더십이나 행정력도 없습니다. 남에게 내세울 만한 뛰어난 기술이나 지식도 없습니다. 목회자가 되기는 했지만, 이 방면에 두각을 나타내지도 못하고 시행착오를 많이 하고 있습니다. 지극히 평범한 사람입니다. 이런 내가 초라하고, 한심스럽기까지 할 때가 있습니다. 그렇다고 해서 낙심하고 절망해서 내 인생을 자포자기할 수는 없지 않습니까? 특별하지 못한 제가 한 가지 위로를 받는 것은 내가 사후에 하나님의 심판대 앞에 서서 나의 한평생을 결산할 때 하나님은 많은 재능을 맡긴 사람과 나에게 똑같은 잣대를 들이대서 평가를 하지는 않을 것이라는 생각 때문입니다. 그러므로 생긴 대로 살고, 받은 대로 살자는 생각입니다. 남은 세월을 받은 재주와 능력으로 살되 게으르지 말고, 거짓되게 살지 말고, 시간을 아끼며 성실하게 살자는 것입니다.

일어서서 다시 시작합시다

인간은 누구나 성공하기를 간절히 바라며, 성공을 위해 애쓰고 노력합니다. 그래서 사람들은 기업과 개인의 성공사례에 감동하며 그것을 모방하고 익혀서 자기도 성공대열에 합류하기 원합니다. 서점에는 매일 성공 이야기들이 책으로 쏟아져 나오며, 성공사례를 발표하는 강연장에는 사람들로 북새통을 이룹니다. 성공하면 자기만족을 얻을 수 있고, 부와 명예가 따라오며, 선망의 대상이 되기 때문입니다. 그렇다고 사람이 이 세상을 살아갈 때 항상 성공하는 것은 아닙니다. 사실 성공보다는 실패할 때가 더 많습니다. 하지만 한 번 실패했다고 영원한 실패자는 아닙니다. 그 실패에 대해서 어떤 자세를 취하느냐에 따라 얼마든지 성공자가 될 수도 있습니다.

첫째, 실패를 성공의 기회로 삼기 위해서는 어떻게 해야 합니까? 실패했을 때 다시 일어서야 합니다.

성공은 큰 기쁨을 주지만, 실패는 커다란 아픔을 줍니다. 그래서 사람들은 실패하면 좌절하고 낙심하며 심지어 삶을 포기하는 사람도 있습니다. 하지만 실패를 성공의 기회로 삼기 위해서는 다시 일어서야 합니다.

미국의 제16대 대통령 에이브러햄 링컨(Abraham Lincoln)은 가장 존경하는 미국 대통령이 누구냐는 설문조사에서 항상 선두를 차지하고 있습니다. 남북전쟁을 승리로 이끌고 노예제도를 폐지하면서 분열된 미국을 하나로 통일한 것만으로도 그의 공적은 여타의 대통령을 압도합니다. 하지만 그가 하루아침에 위대한 인물이 된 것은 아닙니다. 링컨의 생애는 위기와 실패의 연속이었습니다.

링컨은 켄터키주 가난한 농민의 아들로 태어났습니다. 어려서 어머니를 일찍 여의었고, 학교는 몇 년 정도밖에 다니지 못했습니다. 독학으로 공부해서 법원 서기에 응시했다가 낙방했고, 사업을 하다가 동업자에게 배신당해 파산당하고 말았습니다. 사랑하던 여인이 일찍 세상을 떠나는 아픔도 겪었습니다. 하원의원에 출마해서 한 번은 당선되었으나 재선에 실패했습니다. 국유지 관리국에 취직하려고 응시했다가 실패했습니다. 상원의원에 출마했다가 낙선했고, 부통령선거에도 낙선했습니다. 그는 39번의 큰 실패를 당했다고 합니다. 그러나 그가 성공적인 인생을 산 것은 실패할 때마다 일어서서 다시 시작했기 때문입니다.

그가 어느 선거에 출마하여 낙선한 후에 그의 일기장에 다음과 같은 내용을 남깁니다. "나는 낙선했다는 소식을 듣고 곧바로 음식점으로 달려갔다. 그리고는 배가 부를 정도로 많이 먹었다. 그다음 이발소로 가서 머리를 곱게 다듬고 기름도 듬뿍 발랐다. 이제 아무도 나를 실패한 사람으로 보지 않을 것이다. 왜냐하면, 난 이제 곧바로 다시 시작했으니 말이다. 배가 든든하고 머리가 단정하니 내 걸음걸이가 곧을 것이고 내 목에서 나오는 목소리는 힘찰 것이다. 이제 나는 또 시작한다. 다시 힘을 내자. 에이브러햄 링컨! 다시 힘을 내자." 이것이 계속되는 실패를 경험한 직후의 링컨의 모습입니다. 링컨은 실패의 위기 앞에서도 미래에 대한 소망을 접은 적이 없었습니다. 그리하여 끝내 미국의 대통령에 당선되어 노예를 해방하고 미국 민주주의의 기초를 닦아 놓은 위대한 대통령이 되었습니다.

알베르트 아인슈타인은 다섯 살 때까지 말을 하지 못했으며, 여덟 살이 될 때까지 글을 읽지 못했습니다. 학교에서 퇴학당했고, 취리히 과학 기술 전문학교에 입학을 시도했으나 거부당했습니다.

월트 디즈니는 아이디어가 부족하다는 이유로 신문사 편집장에게 해고를 당했고, 디즈니랜드를 세우기 전에 여러 차례 파산을 경험했습니다.

〈전쟁과 평화〉의 저자 레오 톨스토이는 대학생 시절에 성적 불량으로 퇴학을 당했고, 자동차 왕 헨리 포드는 다섯 번이나 실패하였습니다. 농구 천재로 불리는 마이클 조던은 고등학교 팀에서 대학 입단 시험을 치렀을 때 탈락하는 수모를 겪었고, 대학에서 보결선수로 뛰었습니다.

조지 워싱턴은 그가 치른 전쟁 중에서 3분의 2는 패배했습니다. 그러나 그는 마침내 전쟁에 승리하고 미국의 초대 대통령이 되었고, 나폴레옹은 사관학교를 43명 중에서 42등으로 졸업했지만, 전쟁의 영웅이 되었습니다.

베토벤의 아버지는 알코올 중독자에다가 매독에 걸린 환자였고, 어머니는 폐결핵 환자였습니다. 이들에게는 아들이 넷이 있었는데 하나는 병으로 죽었고, 나머지 셋은 결핵에 걸렸습니다. 이때 임신한 아들이 베토벤입니다. 베토벤은 17세 때 어머니가 폐결핵으로 세상을 떠나자 아직 어린 소년이 동생까지 부양해야 했습니다. 30세부터 음악가의 생명인 귀에 이상이 생겨 나중에는 완전히 듣지 못하게 되었습니다. 하지만 베토벤은 그 절망의 과정을 통해 신앙이 깊어졌고, 불후의 명작들을 많이 작곡하였습니다. 이렇게 성공한 사람들은 쓰디 쓴 실패와 좌절을 맛보았지만 그것을 딛고 다시 일어선 사람들입니다.

둘째, 실패를 성공의 기회로 삼기 위해서는 실패에 대한 긍정적인 생각을 가져야 합니다.

어느 자동차 영업사원이 하루에 만난 네 명의 고객 중 세 명에게 거절을 당했다고 "이건 시간 낭비야! 고작 네 명 만나서 한 명 계약이 될까 말까인데, 이 짓을 계속해야 하나?"라고 생각한다면 그 사람은 그 일을 계속할 수 없습니다. 설령 네 명을 만나서 한 명도 계약을 성사시키지 못했다고 하더라도 그것을 실패라고 하지 말고, 오히려 내일을 위한 투자를 했고, 씨를 뿌려 놓았다고 생각한다면 얼마나 가치있는 생각입니까?

로버트 슐러는 그의 책 〈불가능은 없다〉에서 실패에 대해서 다음과 같이 말하고 있습니다. "실패는 당신이 실패자임을 의미하지는 않습니다. 그것은 당신이 아직 성공하지 못하였다는 것을 의미할 뿐입니다. 실패는 당신이 아무것도 이루지 못했다는 것을 의미하지는 않습니다. 그것은 당신이 무언가 배웠다는 것을 의미합니다. 실패는 당신의 위신이 손상된 것을 의미하지는 않습니다. 그것은 당신이 커다란 시도를 하고자 하는 것을 의미합니다. 실패는 당신이 소유하지 못한 것을 의미하지는 않습니다. 그것은 당신이 다른 방법으로 무언가 해야 한다는 것을 의미합니다. 실패는 당신이 열등하다는 것을 의미하지는 않습니다. 그것은 당신이 완전하지 못함을 의미합니다. 실패는 당신의 생을 낭비하였다는 것을 의미하지는 않습니다. 그것은 당신이 새 출발을 할 이유를 가졌음을 의미합니다. 실패는 당신이 결코 하지 못함을 의미하지는 않습니다. 그것은 약간 오래 걸릴 것을 의미합니다."

우리 그리스도인들은 넘어지더라도(knock down) 실격(knock out)되지는 않습니다. 성공할 사람은 다시 일어서서 다시 시작하는 사람입니다. 실패는 결코 운명이 아니며 끝장이 아닙니다. 성공으로 가는 하나의 과정일 뿐입니다. 가장 커다란 실패는 다시 시도하는 것을 포기하는 것입니다.

자기의 일을 사랑하는 사람들

1876년 스페인 바르셀로나 남쪽 카탈로니아에서 태어난 파블로 카잘스(Pablo Casals)는 20세기 최고의 첼로 연주자이며 피아니스트였습니다. 카잘스는 어려서부터 음악에 특별한 재능을 보여 오르간과 피아노, 바이올린을 능숙하게 연주했습니다. 특히 첼리스트 호세가르시아의 연주회에 참석한 후 유명한 첼리스트가 되었습니다. 그가 첼로의 첫 악장 첫 번째 음이 나오는 순간 너무나 부드럽고 아름다운 소리에 반했고, 거의 숨을 쉴 수 없을 정도로 흥분이 되었습니다. 그때부터 그는 평생 첼로와 함께 살게 되었습니다. 그는 학비와 생활비를 벌기 위해 '카페 토스트'라는 선술집 겸 도박장에서 연주 했는데 그는 술집을 콘서트 홀로 바꿔놓았고, 콘서트홀을 사원으로 바꾸어 놓고 말았습니다.

카잘스의 인생을 바꿔놓은 한 계기가 있었습니다. 그의 나이 열세 살이었을 때 였습니다. 바르셀로나의 부둣가의 오래된 책방에 들러 악보들을 훑어보다가 우연히 낡고 색이 바랜 한 묶음의 악보 책을 발견했는데 그것이 바로 요한 세바스찬 바흐의 '무반주 첼로 모음곡'이었습니다. 그 소중한 악보가 바흐에 의해 작곡된 지 200년의 세월이 지난 후 카잘스에게 발견되었던 것입니다. 그 책을 손에 넣는 순간 그의 가슴은 한없이 두근거렸고, 벅차오르는 감정을 쉽게 가라앉힐 수가 없었습니다. 그는 그 악보를 왕관에 달린 보석들처럼 가슴에 품고서 집에 돌아와 매일 12시간씩 12년간 연습하여 무대에 올렸습니다. 이 곡으로 인해 카잘스는 첼로의 마에스트로 (maestro)가 되었고, 카잘스로 인해 이 곡은 첼로의 성서가 되었습니다. 그 악보를 손에 쥔 이후 80년 동안 카잘스의 가슴속에는 항상 그 악보를 처음 만났을 때의 감격과 놀라움이 생생하게 남아 있었습니다.

그는 첼로뿐 아니라 피아노 연주에도 대단한 실력가였습니다. 1966년 90회 생일이 되기 전에 그는 피아노 연주회를 열겠다고 발표했습니다. 그런데 연주회를 앞에 두고 그의 건강 상태가 무척 좋지 않았습니다. 그는 관객들을 실망시키지 않기 위해서 불편한 몸으로 연주회 장소에 나와 고통스러운 발걸음으로 간신히 피아노까지 걸어갔습니다. 관절염과 호흡 곤란으로 카잘스의 손은 부어 있었고, 손가락들은 서로 엉켜 있었습니다. 사람들은 "저런 손으로 어떻게 피아노를 연주할 수 있을까?" 하고 걱정하였습니다. 하지만 연주가 시작되자 그는 사람들의 예상을 뒤집는 놀라운 장면을 연출했습니다. 그의 구부정했던 허리는 반듯하게 펴졌습니다. 그의 손가락들은 마치 태양 빛에 활짝 웃는 꽃봉오리처럼 펴지더니 건반을 부드럽게 만지기 시작했습니다. 숨을 쉬는 것도 편해 보였습니다.

바흐의 곡으로 시작한 그의 연주는 무척 섬세하고 예민하게 들렸습니다. 시간이 지나면서 그의 손가락에 점점 힘이 생기더니 나중에는 온몸은 생기와 영감과 활력으로 가득 찼습니다. 연주를 마친 그가 일어나 걸어 나갈 때 엉거주춤한 그의 몸은 바르게 펴지고, 키도 더 커진 것 같았습니다. 무대에 서기 전, 간신히 침대에서 일어나 고통스럽게 옷을 입던 모습과는 완전히 다른 사람이 되어 있었습니다. 음악가 카잘스는 음악 안에서 그 모습이 완전히 새로워졌습니다.

그의 말년에 한 기자가 찾아와 "선생님의 연주는 이미 완벽한데 왜 힘들게 연습을 하시지요?" 하고 묻자 카잘스는 이렇게 대답했다고 합니다. "연습 하고 나면 내 실력이 조금 나아졌다는 것을 느끼기 때문에 나는 매일 연습을 합니다. 나는 재능이라고는 눈곱만큼도 없고, 적성도 맞지 않는 첼리스트입니다. 하지만 매일 열심히 연습했더니 사람들은 나를 첼로의 거장이라고 불렀습니다."

그는 1973년 10월 23일 푸에르토리코의 아우크시료 무토오 병원에서 임종을 맞이하게 되었습니다. 카잘스의 임종 자리에는 그의 젊은 부인 마르티타 몬테스와 카잘스가 평소에 아들처럼 사랑했던 피아니스트 유진 이스토민이 지키고 있었습니다. 숨을 거두기 직전 카잘스의 아내 몬테스가 이스토민에게 남편을 위해 바흐의 곡을 연주해 달라고 요청했습니다. 카잘스는 그가 가장 사랑했던 바흐의 음악을 들으면서 향년 96세로 조용히 눈을 감았습니다. 그는 위대한 음악인이었습니다. 그는 음악을 무척 사랑했습니다. 그래서 음악을 선택했습니다. 음악을 더욱 잘하기 위해 죽을 때까지 노력했습니다. 그리고 음악 때문에 행복한 인생을 살았습니다.

　미국 시카고 대학은 70명이 넘는 노벨상 수상자들을 배출했습니다. 어느 날 대학교 총장이 그들을 초청하여 물었습니다. "어떻게 하면 당신들처럼 창조적인 성과를 낼 수 있습니까?" 그들은 이구동성으로 다음과 같은 답을 했습니다. "좋아하는 일을 하십시오."(Do what you love.) 그들은 자기가 좋아하는 일을 하여 큰 성과를 냈습니다. 하지만 한국의 직장인 중에는 자기 일에 만족하지 못하는 사람들이 많이 있습니다. 글로벌 컨설팅기업 '타워스 왓슨(Towers Watson)'이 한국, 미국, 영국, 중국, 일본 등 22개국의 2만여 직장인을 대상으로 자기가 몸담고 있는 직장에 대한 만족도를 조사한 자료에 의하면 한국의 직장인 가운데 48%는 마지못해 회사에 다니는 것으로 조사됐습니다. 만족도가 세계 평균보다 10%포인트나 낮은 수치입니다. 겨우 6%만이 자신의 업무에 완전히 몰입하고 있다고 답했는데 이것은 전 세계 평균인 21%에 현저히 못 미치는 수치입니다.

　한국의 직장인들이 자기의 일에 만족하지 못하고 있는 이유가 무엇일까요? 한국의 젊은이들은 대학을 진학할 때 자기의 적성이나 비전보다는 수학능력 고사에서 획득한 점수에 의해서 학교와 학과를 선택하는 경향이 있고, 졸업 후에도 전공과 적성을 살려 직장을 선택하기보다는 우선 취업을 하고 보자는 자세로 일자리를 구하기 때문입니다. 그래서 일에 대한 즐거움이 비교적 크지 않습니다.

러시아의 작가 막심 고리키(Maxim Gorky)는 "일이 즐거우면 이 세상은 낙원이요. 일이 괴로우면 이 세상은 지옥이 된다."고 했습니다. 우리가 하고 싶은 일을 시작하는 순간, 우리의 인생에서 '일'이라는 것은 이제는 존재하지 않게 됩니다. 지금 하는 일을 사랑하고, 자다가도 벌떡 일어날 만큼 좋아하게 되면 행복도 성공도 함께 따라옵니다. 열정이 없으면 큰일을 하지 못하는데 열정은 일을 즐기는 마음에서 생겨납니다. 한 번뿐인 인생입니다. 즐겁게 할 수 있는 일을 선택해야 합니다. 돈 때문에 어떤 진로나 직업을 선택하는 것은 소중한 인생을 낭비할 수 있습니다.

그러면 어떤 직업을 선택하여 상당한 기간을 종사하다가 자기에게 맞지 않는 일이라는 것을 발견하면 어떻게 해야 할까요? 또 당초에 자기가 원하지 않는 회사에 들어갔고, 희망하는 부서가 아닌 다른 부서에서 일하고 있는 사람은 어떻게 해야 할까요? 모두 이직하거나 직장을 그만두어야 할까요? 그렇지 않습니다. 사실 좋아하는 일을 찾았다면 더할 나위 없이 큰 행운이지만 그것을 찾지 못하고 상당한 세월이 지났다면 주어진 일이라서 어쩔 수 없이 한다는 생각을 버리고, 자신에게 주어진 일이 천직이라는 마음으로 즐겁게 일해야 합니다. 자신이 좋아하지 않는 분야에서 출발했지만, 그 일을 사랑하고 그 분야에서 두각을 나타내어 인류역사에 공헌한 사람들도 많이 있습니다.

자기가 좋아하는 일을 찾아서 해야 합니다. 좋아하는 일을 찾지 못했으면 자기에게 주어진 일을 사랑하며, 거기에 에너지와 열정을 쏟아야 합니다. 이렇게 하면 멋있는 삶, 성공적인 인생이 될 것입니다.

'다른 것'과 '틀린 것'

일본의 유명한 자동차 회사 중에 '니폰'과 '도요타'가 있습니다. '니폰'은 회사원의 80%가 동경대학을 졸업한 수재들이었습니다. 그 회사에서 일하는 사람들은 같은 학교를 나왔다는 동질성 때문에 생각과 주장이 거의 일치했고, 선후배 사이라는 위계질서가 있어서 회사의 중요한 일을 결정할 때도 별 의견충돌이 없이 일사천리로 결정이 되었습니다. 그러나 '도요타'는 정반대였습니다. 일본 전역의 여러 대학을 졸업한 다양한 인재들을 회사원으로 영입했습니다. 그래서 어떤 일 처리를 해나가는 데 있어서 각 사람의 생각이나 주장이 항상 일치하지는 않았습니다. 그래서 중요한 문제를 결정할 때는 격렬한 토론을 거쳤고, 심사숙고한 후에 결론을 내렸습니다. 시간이 지난 후 두 회사는 어떻게 되었습니까? '니폰'은 망해서 없어졌고, '도요타'는 승승장구하여 세계 굴지의 유명한 자동차회사가 되었습니다. 왜 이런 결과가 나왔을까요? '니폰'은 획일성, 통일성만을 중요시했고, '도요타'는 다양성 속에서의 일치와 조화를 중요시했기 때문입니다.

하나님이 동식물들의 다양한 종(種)을 창조하신 것은 이것들이 서로 어울려 건강하게 살아가도록 하기 위함입니다. 동식물이 순수하게 근친 교배만 하면 열등한 개체들이 쏟아져 나와 공생 관계가 깨지고 생태계가 무너집니다. '잡종강세'라는 말은 근친 교배보다는 다양한 개체가 섞이는 것이 개체의 건강에 좋다는 것입니다.

요즘 환경 파괴로 말미암아 종(種)이 단순화되고 나서 멸종생물이 많아졌습니다. 1600년대 이후로 멸종된 포유류만 해도 100종이 넘습니다. 현재 우리나라에서만도 식물 35종, 곤충 24종, 어류 29종, 포유류 21종, 조류 36종이 멸종 위기에 놓여 있습니다.

인간사회도 마찬가지입니다. 획일화가 된 사회는 건강하지 못합니다. 다양성이 보장된 사회가 건강합니다. 그런데 요즘 현대인들의 삶을 보면 이 다양성을 스스로 무너뜨리려는 경향이 있습니다. 그 주범이 바로 매스컴과 상업주의 문화입니다. 기업들은 매출을 올리기 위해서 수시로 유행을 만들고, 매스컴은 모든 사람이 그것을 따라 하도록 유도를 합니다. 어떤 유명 인기스타가 특별한 헤어스타일을 하고 다니면 매스컴에서 이것을 홍보하고, 전 세계 많은 청소년이 따라가는 경향이 있습니다. 어떤 유명배우가 이상한 표정을 짓고, 이상한 춤을 추어도 많은 사람이 흉내를 내고, 파리와 뉴욕에서 어떤 특별한 유행이 일어나면 북경과 연변까지 퍼져나갑니다. 그래서 세계는 같은 옷을 입고, 같은 신발을 신으며,

같은 화장품을 사용하는 사람들이 너무 많아졌습니다.

매스컴은 우리의 사회집단까지 획일화로 만들어 가려는 경향이 있습니다. 요즘 우리 사회를 보면 진보는 보수를 용납하지 못하고, 보수는 진보를 용납하지 못합니다. 서로 상대를 죽이려고 합니다. 엄밀하게 따져보면 정당들도 뚜렷한 정치 노선이나 사상보다는 내 편 네 편, 편 가르기를 하여 내 편이 아닌 사람을 원수로 생각하는 경향이 있습니다. 그래서 어떤 분은 우리사회를 가리켜 주류에 속하지 않으면 망하는 사회라고 했습니다. 소수의 의견이 없고, 비주류는 철저하게 무시해 버립니다. 또한 우리 문화는 줄서기 문화요, 기대기 문화입니다. 그래서 선거철만 되면 "어디에 줄을 설까?" 하고 보따리 싸서 왔다 갔다 하는 사람들이 많이 있습니다.

'다른 것'과 '틀린 것'은 분명히 다릅니다. 그러나 인류 역사의 흐름을 보면 지난날은 '다른 것'은 곧 '틀린 것'으로 통하였습니다. 우리의 의식 속에 '다양성'을 인정하지 못하는 의식구조, 즉 내 편이 아니면 적이라는 '흑백논리'가 지배하고 있습니다. 이러한 의식구조하에서는 나와 '다른 것'은 바로 '틀린 것'이 되어 버립니다. 그래서 끊임없이 싸우고 짓밟고 투쟁하였습니다. 남자와 여자, 남편과 아내, 고용주와 고용인, 야당과 여당이 서로의 '다름'을 인정하지 못하기 때문에 오해와 편견이 생기고 대화의 통로가 막혔습니다. 다양성을 용납하지 못하는 사회, 그래서 획일성만 있고 조화가 없는 사회, 이것이 우리 사회의 병폐입니다.

이 세상의 모든 꽃은 저마다의 모양과 향기가 있습니다. 장미는 장미대로, 채송화는 채송화대로, 해바라기는 해바라기대로, 고유의 빛깔과 향기가 있습니다. 꽃밭에 있는 꽃들이 한 가지 색깔만 있다면 결코 아름답게 보이지 않을 것입니다. 여러 가지의 색깔이 서로 어우러져 있을 때 아름다운 꽃밭이 됩니다. 합창의 진수는 다양한 음색들이 모여서 조화를 이루어 소리를 낼 때 나타납니다.

아프리카 최남단의 바다는 어족이 풍족합니다. 그 이유가 있습니다. 아프리카의 최남단 아굴라스곶을 중심으로 동쪽은 인도양, 서쪽은 대서양으로 나누어지는데 대서양에서는 한류가 흐르고 인도양에서는 난류가 흘러 이 지역에서 찬 해류와 따뜻한 해류가 적절하게 만나기 때문에 그 영향으로 해초가 많고 먹이가 많아 어족이 풍성합니다. 인간사회도 마찬가지입니다. 사람마다 독특한 개성이 있고, 좋은 생각이 있습니다. 특별한 재능과 기술도 있습니다. 이것들을 잘 갈고 닦고, 그것이 다른 사람의 것과의 조화와 일치를 이룰 때 진가를 발휘할 수 있습니다.

교회공동체 안에는 다양한 재능과 은사를 가진 사람들이 있습니다. 구슬이 서말이라도 꿰어야 보배라는 속담처럼 성도들이 자기의 은사와 직분만 중요하다고 생각하지 말고 서로 존중하고 협력할 때 건강한 교회가 될 수 있습니다.

더불어 행복하게 살 수 있는 비결은 '다름'을 인정하고, 서로 사랑하고 존중히 여기며 더불어 사는 것입니다. 바로 그때 나도 살고 너도 사는 아름다운 세상이 만들어질 것입니다.

어느 목욕탕 때밀이의 꿈

서울 송파구 어느 목욕탕에서 일하고 있는 어느 중국인 때밀이가 있습니다. 그의 아내는 일식집 주방에서 일하고 있고, 그는 목욕탕 주인에게 4,000만원 보증금을 내고 때밀이로 일하고 있습니다. 그는 한 달에 26일 동안 일을 합니다. 평일 18일은 하루 10명 정도, 토요일과 일요일에는 30명 정도 때를 밀어줍니다. 또 스포츠 마사지도 합니다. 이렇게 버는 수입이 한 달에 600만 원 정도이며, 아내 월급 150만 원과 합하여 두 부부의 한 달 수입은 750만 원입니다. 그는 아침 6시에 목욕탕에 나와서 하루 종일 일을 합니다. 식사도 아내가 싸 준 도시락으로 목욕탕에서 해결합니다. 어디로 놀러 가지도 않고, 외식도 하지 않습니다. 한 푼도 불필요한 곳에 쓰지 않고 절약합니다. 그는 돈을 벌어 자기고향에 큰 빌딩을 짓는 것이 꿈입니다.

목욕탕 주인은 그 사람 이야기를 하면서 몇 번이나 반복하여 "그 놈

진짜, 정말 지독한 놈이야! 나 그런 놈은 처음 봤어!" 하고 말하면서 "사실, 그놈 돈 버는 게 얄미워서 한국 사람 때밀이를 쓰고 싶지만 그럴 수가 없어. 왜냐하면 한국 놈들은 돈 좀 벌면 술을 퍼마시고 펑크 내는 날이 많거든. 그럼 주인 입장에서 어떻게 그런 놈을 쓰냐는 말이야? 그러니까 할 수 없이 그놈 쓰는 수밖에…"라고 하였습니다.

중국인 때밀이는 꿈을 가진 사람입니다. 그리고 그 꿈을 위하여 치열하게 살고 있는 사람입니다. 대부분의 사람들은 하루에 8시간 일주일에 40시간 이상은 일하지 않으려고 합니다. 그러나 최고의 자리에 오른 사람들은 성공할 때까지 노력을 중단하지 않습니다. 성공을 위해서라면 어떤 일도 마다하지 않습니다. 그 중국인 목욕탕 때밀이는 자신의 꿈을 이루기 위해서 다른 것들에는 관심을 두지 않고 오직 자기가 꿈꾸는 일에만 몰두하기 때문에 성공할 수밖에 없습니다.

철학자 임마누엘 칸트가 이런 말을 하였습니다. "나는 인격적으로 형편없는 공작이나 백작에게도 모자를 벗고 인사를 한다. 그러나 내 속 사람까지는 인사를 하지 않고 뻣뻣하게 그냥 서 있다. 반대로 인격이 훌륭한 아랫사람이 나에게 인사를 할 때는 겉으로는 뻣뻣하게 서서 인사를 받지만 내 속 사람은 그 사람에게 머리를 숙이고 있다." 목욕탕 주인은 몇 번이나 "나 그놈처럼 지독한 놈 처음 봤어!" 하고 반복해서 하대하는 말을 했지만 그의 삶의 태도를 마음으로 존경하고 있는 것이 분명합니다. 성경 말씀에 "네가 자기의 일에 능숙한 사람을 보았느냐? 이러한 사람은 왕 앞에 설 것이요 천한 자 앞에 서지 아니하리라."(잠22:29) 하였습니다. 그렇습니다. 자기 자신의 꿈을 위하여 불꽃처럼 열심히 사는 사람은 그가 누구이든지간에 아름답고 존경스럽게 보입니다.

"당신은 당신의 꿈만큼 성공할 수 있습니다." 이것은 어느 유명한 미국의 교육 잡지에 실린 헤드 카피입니다. 그리고 광고 사진은 한 어린이가 미래를 향해 쳐다보는 가운데 우주선이 발사되는 모습을 담고 있습니다. 제목 밑의 글은 이렇게 쓰여 있습니다. "정신이 가리키는 곳으로 성장은 따라가기 마련입니다."

라이트 형제는 비행기를 꿈꾸었고, 그것을 실제로 만들었습니다. 와트는 끓는 물 주전자를 보다가 증기기관을 꿈꾸었고 그것을 만들었습니다. 로봇과 컴퓨터도 우연히 만들어진 것이 아닙니다. 꿈이 만들었습니다. 이렇게 우리가 품은 꿈은 놀라운 힘이 있습니다. 그리고 우리를 배반하지 않습니다.

하지만 꿈은 모든 사람의 소유는 아닙니다. 대한민국 청소년 3,800명을 대상으로 실시한 설문조사 결과 83%가 미래에 대한 꿈이 없다고 대답했습니다. 조사에 따르면 우리나라 청소년의 54%가 하루 평균 3시간 이상 컴퓨터 앞에 앉아 게임을 즐긴다고 합니다. 자기가 성취해야 할 분명한 꿈이 없기 때문에 자꾸 다른 곳에 마음을 빼앗깁니다. 이렇게 꿈이 있는 사람과 꿈이 없는 사람은 전혀 다른 차원의 삶을 살고 있습니다.

볼 수 없고, 들을 수 없고, 말할 수 없는 삼중고의 삶을 살았던 헬렌 켈러는 "세상에서 제일 불행한 사람은 꿈이 없는 사람이다. 앞을 못 보는 사람이 불쌍해 보이지만, 인생에 꿈과 비전이 없는 사람이 더 불쌍하고 불행한 사람이다."라고 말했습니다. 분출하는 에너지, 터질 것 같은 생명력, 솟아나는 기쁨, 넘치는 감사, 힘찬 찬양은 꿈꾸는 사람의 몫이요, 비실비실한 모습, 매사에 불평이나 늘어놓는 생활, 의기소침하고 생기가 없는 삶은 모두 꿈이 없는 사람들의 몫입니다.

미국에서 인기 있는 경기 가운데 럭비가 있습니다. 경기 중에 럭비공은 어디로 튈지 예측하기 어렵습니다. 그러나 한 가지 분명한 것은 손대지 않는 공은 그 자리에 가만히 멈추어 서 있다는 사실입니다. 럭비공은 차고 던지라고 있는 것이고 우리의 삶은 꿈을 꾸라고 있는 것입니다. 공을 차고 던지면 놀랍고 재미난 일이 일어나듯 꿈꾸기 시작하면 희한하고 신기한 일이 내 삶 속에 일어납니다. 꿈꾸지 않는 삶은 그 자리에 가만히 정지해 있는 공과 같은 삶입니다.

꿈이 있는 사람은 하루하루를 소중하게 살아갑니다. 미래란 앞으로 우리에게 일어날 어떤 것이 아닙니다. 우리가 살아가고 있는 현재의 한순간 한순간이 모여 우리의 미래가 됩니다. 아직도 꿈이 있다는 것은 살아 있다는 증거입니다. 꿈은 하나님이 주신 최고의 선물입니다.

성실을 무기로 삼아라

신약성경 골로새서에 다음과 같은 말씀이 있습니다. "종들아 모든 일에 육신의 상전들에게 순종하되 사람을 기쁘게 하는 자와 같이 눈가림만 하지 말고, 오직 주를 두려워하여 성실한 마음으로 하라. 무슨 일을 하든지 마음을 다하여 주께 하듯 하고 사람에게 하듯 하지 말라. 이는 주님께 기업의 상을 받을 줄 아나니 너희는 주 그리스도를 섬기느니라."(골3:22~24)

이 성경 말씀은 철학, 신학, 의학 박사학위를 받고 아프리카의 가봉에 건너가 평생 선교사로 헌신하였던 밀림의 성자 알버트 슈바이처가 가장 좋아하던 구절입니다. 슈바이처 박사는 이 말씀대로 무슨 일을 하든지 주님께 하듯 하며 성실하게 살았습니다. 그 결과 그는 많은 사람에게 존경을 받아 성자의 칭호를 받았고, 영국 황실로부터 백작 칭호를 얻었으며, 1952년 노벨평화상까지 수상했습니다.

성실함이란 무엇입니까? 첫째, 어떤 일을 눈가림으로 하지 않고 진실한 마음으로 최선을 다하는 것입니다. '눈가림'이라는 말은 '겉만 꾸며 남을 속이는 것'을 말합니다. 눈가림은 임시방편, 임기응변으로 하는 미봉책입니다. 어느 날 갑자기 와우시민아파트, 성수대교, 삼풍백화점이 무너져 많은 인명피해가 난 것은 모두 눈가림으로 일했기 때문입니다.

스티브 잡스(Steven Paul Jobs)는 애플컴퓨터사의 공동 창립자이자 개인용 컴퓨터 시대를 이끈 카리스마 넘치는 선구자입니다. 그의 성공적인 일생을 그린 영화 '잡스'의 한 장면을 보면 스티브 잡스가 컴퓨터 내부의 부품배치를 보면서 몇 가지를 지적합니다. 그러자 이에 화가 난 개발자가 다음과 같이 말하였습니다. "누가 PC 보드의 모양까지 신경 씁니까? 가장 중요한 것은 얼마나 잘 작동하는가이지, 아무도 PC 보드를 꺼내 보지 않는다고요." 이에 스티브 잡스는 이렇게 말합니다. "내가 봅니다. 비록 그것이 케이스 안에 있다고 할지라도 나는 그것이 가능한 한 아름다워야 한다고 생각합니다. 위대한 목수는 아무도 보지 않는다고 해서 장롱 뒷면에 형편없는 나무를 쓰지 않습니다."

미켈란젤로가 시스티나 성당의 벽화를 그릴 때 일이었습니다. 그가 사다리를 타고 천장에 올라가 눈에 잘 띄지도 않는 곳까지 꼼꼼히 그림을 그리는 것을 보고 그의 친구가 "여보게, 그렇게 잘 보이지도 않는 구석진 곳에 인물 하나를 그려 넣으려고 그 고생을 하는가? 그것이 완벽하게 그려졌는지 아닌지 누가 알 수 있단 말인가?" 이 말에 미켈란젤로는 "내가 알지." 하고 말했습니다. 스티브 잡스나 미켈란젤로가 성공했던 것은 그들이 먼저 자기 자신에게 정직했다는 것입니다. 그리고 매사에 성실하게 살아감으로 먼저 자기 자신에게 인정받기를 원했던 것입니다.

이렇게 인류 역사에서 성공을 거두고 위대한 업적을 남긴 사람들은 모두 성실하게 살아가던 사람들입니다. 그러나 사람들은 대부분 남이 볼 때는 잘하려고 노력하고, 남의 눈에 잘 띄는 곳은 멋지게 꾸미려고 하지만 남이 보지 않으면 대충하고, 남이 보지 않는 곳은 별 신경을 쓰지 않습니다. 그러면서 "아무도 보는 사람이 없는데…", "아무도 아는 사람이 없는데…" 하며 넘어갑니다. 그러나 아무도 보지 않은 것 같으나 하나님은 보고 계시며, 아무도 모르는 것 같으나 자기 자신은 잘 알고 있다는 사실을 기억해야 합니다. 어떤 일을 눈가림으로 하는 사람들은 결코 성공할 수 없습니다. 혹시 성공한다고 해도 오래 가지 못합니다.

둘째, 성실함이란 누가 어떤 일을 맡기든지 주인의식을 가지고 내 일처럼 최선을 다하는 것입니다. 근세 한국을 대표할 만한 인물 중 도산 안창호 선생이 있습니다. 그는 애국자요, 교육자요, 개혁자이며, 뛰어난 웅변가였습니다. 젊은 나이에 불타오르는 열정을 가지고 열심히 독립운동과 사회 계몽운동을 하던 그는 앞으로 더 큰 일을 하기 위해서는 새로운 학문을 받아들여야 한다고 생각하고 1902년 24세의 나이로 미국으로 유학을 떠났습니다. 그는 공부하면서 한인 공동협회를 만들어 교포들의 권익보호와 생활향상을 위해서도 힘을 썼습니다.

그는 학비와 활동비를 조달하기 위해서 노동일을 시작했는데 그때 있었던 유명한 일화 하나가 있습니다. 그는 한 미국인 가정에서 1시간에 1달러를 받기로 하고 청소하는 일을 맡았는데 청소를 할 때 눈에 보이는 곳만 하는 것이 아니라 사람의 손이 닿지 않는 곳까지 청소도구를 만들어 구석구석을 깨끗이 청소했습니다. 그때 베란다에서 땀을 흘리며 열심히 일하던 모습을 내려다보던 집주인의 마음이 감동되었습니다. 다른 사람들은 대충하고 마는데 마치 자기 집을 청소하는 것같이 최선을 다하는 안창호의 모습을 보고 주인이 다가와 "당신은 도대체 어느 나라 사람입니까?" 하고 물었습니다. 그리고 처음에 약속한 시간당 1달러에 50센트를 더 가산하여 주었다고 합니다. 안창호가 그 집주인과 헤어질 때 집주인이 이렇게 말했다고 합니다. "당신은 청소부가 아니라 진정한 신사입니다." 남들이 하찮게 여길 수도 있는 '작은 일'에도 최선을 다했던 안창호는 독립운동이라는 민족의 대사(大事)에도 최선을 다하여 큰 업적을 남겼습니다.

이 세상의 치열한 생존경쟁에서 성공하기 위해서는 명석한 두뇌와 특출한 재능이 필요합니다. 불타오르는 열정도 있어야 합니다. 그러나 이것들보다 더 중요한 것이 있습니다. 그것은 '성실'입니다. '성실'을 무기로 삼는 사람들은 어떠한 어려움 속에서도 끝까지 살아남습니다. 이런 사람들은 조금 시간이 걸릴지는 모르지만, 반드시 자기의 뜻을 이루고 인정받는 사람이 됩니다.

저는 대학을 마치고 험한 세상을 향하여 나아가는 내 사랑하는 두 아들에게 한 마디 충고해주고 싶은 말이 있습니다. "성실을 무기로 삼아라." 바로 이 말입니다.

보고싶은 사람들

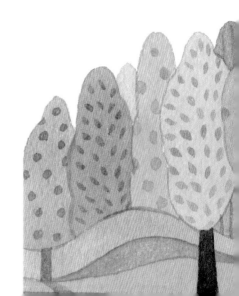

12

아버지와 아들

　북한의 어느 마을에 남에게 드러내지 않고 진실하게 하나님을 믿었던 부부가 있었습니다. 두 사람은 언제나 아침 일찍 일어나 하루의 일과를 시작하기 전 하나님 앞에 무릎을 꿇고 기도하였습니다. 이들에게는 생명 같이 소중한 외아들이 있었습니다. 잘 생기고 착한 아들이었습니다. 그런데 그 아들이 초등학교에 들어간 후 공산당의 주입식교육을 받고 공산주의 사상에 빨갛게 물들었습니다. 어느 날 아들은 부모님이 종교 아편에 중독이 되었다며 아버지와 어머니를 당에 고발하였습니다. 그 지역을 담당한 공산당 간부는 마을주민을 교육할 수 있는 절호의 기회라고 생각하고 두 사람을 공개 재판에 부치기로 했습니다. 두 사람의 머리에 벙거지모자를 씌우고 손을 뒤로 꽁꽁 묶은 후 단상에 무릎을 꿇게 하였습니다. 억지로 공개 재판에 나온 사람들은 아들의 고발로 죽게 된 부모의 모습을 보고 마음이 무겁기만 했습니다. 드디어 재판이 시작되었습니다. 아버지와 어머니 앞에서 아들이 큰 소리로 고발장을 읽었습니다. "이 사람들은 우리 아버지 어머니입니다. 이들은 어버이 수령과 공산당을 배반하고 아침마다 미신 같은 신에게 기도한 배반자입니다." 아들의 날카로운 목소리는 먼 골짜기까지 퍼져나갔고, 소름이 끼치는 메아리로 다시 돌아왔습니다. 부모님의 가슴을 난도질했습니다. 공산당들은 사람들이 보는 앞에서 이 아이를 영웅으로 치켜세우고 상까지 주었습니다. 사람들은 공산당 간부의 명령을 받고 마지못해 두 부부에게 돌을 던지고 침을 뱉었습니다. 피투성이가 되어 몸을 가눌 수 없을 정도가 된 두 사람은 검은 포장을 한 트럭에 실려 알 수 없는 곳으로 끌려 갔습니다. 그리고 영영 다시 돌아오지 않았습니다. 한편 부모를 고발하여 영웅이 된 아이는 큰 상은 받았지만 고아가 되었습니다. 공산당은 공산 사상이 투철한 이 아이를 보살펴 주고 공부도 시켜 주었습니다. 대학을 졸업하고 결혼도 했습니다. 예쁜 아들을 하나 낳았습니다. 아들이 초등학교에 들어갔습니다.

어느 날 학교에서 돌아온 아들이 아버지를 보고 싱긋이 웃는데 소름이 끼쳤습니다. 왜냐하면 그 모습이 돌아가신 자기 아버지의 모습과 똑같았기 때문입니다. 아버지가 자기를 보고 웃는 것 같았습니다. 그때 비로소 자신이 부모님에게 얼마나 큰 죄를 지었는지를 깨닫게 되었습니다. 결혼하고 아들을 낳고 나이가 들어서야 그 사실을 깨닫게 된 것입니다. 그는 부모님이 생각나면 식구들 몰래 광에 들어가 한없이 울었습니다.

잠자리에 들기 전에도 눈물이 나왔고, 길을 갈 때도 눈물이 나왔습니다. 그러던 어느 날 생명을 걸고 북한 선교를 하는 어느 목사님을 만나 자신의 과거를 털어놓았습니다. 그리고 "목사님! 하나님은 도저히 용서받지 못할 저 같은 인간도 용서하시나요?" 하고 통곡하였습니다. 그는 목사님께 복음을 전해 듣고 신자가 되었습니다. 그 후 1년이 지난 후 목사님이 그를 다시 만났을 때는 그의 얼굴이 환하게 변해 있었습니다. 그는 목사님에게 "나도 돌아가신 부모님처럼 아침마다 기도하고 있는데 내 아들이 나를 고발할까봐 조심하고 있습니다." 하고 말했습니다.

부모님을 고발하여 죽게 함으로 아들은 상을 받고 출세를 했지만, 부모님의 기도는 헛되지 않아서 그 아들이 결국 부모님이 믿었던 예수를 믿고 신앙의 대를 이어가게 되었다는 기가 막힌 이야기입니다.

저는 모태 신앙인입니다. 부모님이 먼저 신앙생활을 하셔서 자연스럽게 예수님을 믿게 되었습니다. 그렇지만 저는 어려서부터 아버지를 무척 싫어했습니다. 싫어했던 이유가 여러 가지입니다. 아버지는 자녀들에게 너무 엄하게 대하셨습니다. 밖에서 다른 사람에게는 친절했고 자주 호의를 베풀었지만, 집에 들어오시면 다른 모습으로 변하는 것이 싫었습니다. 자식들을 무시하거나 상처를 주는 말도 종종 하셨습니다. 성격도 급하시고, 화도 자주 내셨으며, 칭찬보다는 책망을 더 많이 하셨습니다. 그래서 싫었습니다. 아버지는 성격이 내성적인데다가 입담이나 유머 감각이 전혀 없어 위트나 우스갯소리도 할 줄 모르십니다. 몸이 아프거나 피곤

하면 짜증도 잘 내신 편입니다. 거기다가 자존심이 지나치게 강해서 잘 못해 놓고도 좀처럼 남에게 미안하다고 말을 하지 않았습니다.

그런데 세월이 지나 내가 성인이 되고 보니 여러 가지 면에서 제가 아버지를 많이 닮았다는 사실을 발견하게 되었습니다. 그토록 싫어했던 아버지의 행실을 제가 답습하고 있는 것 같아 너무 놀랐고 그런 내가 싫었습니다.

언젠가 가족 모임이 있어서 먹을 음식을 장만하느라고 분주한 시간을 보내고 있을 때 저는 양지바른 곳에서 쪼그리고 앉아 있었는데 부산하게 움직이던 한 제수씨가 제 모습을 보고 꼭 아버지를 보는 것 같다고 했고, 다른 제수씨들도 그 말에 동의하였습니다. 저는 그 말을 듣고 피는 못 속인다고 생각하면서도 썩 기분은 좋지 않았습니다. 아버지를 닮고 싶은 마음이 전혀 없었기 때문입니다.

하지만 세월이 흘러 저의 얼굴에 주름살이 하나씩 늘고, 흰머리도 많아지면서 생각해보니 아버지가 나에게 남겨주신 것 중에 모든 것이 나쁜 것은 아닌 것 같았습니다.

전에 할머니의 말씀을 들으니 아버지는 머리가 영특하셔서 서당에서 한문을 공부하실 때 줄곧 두각을 나타내어 훈장님께 칭찬을 많이 들었다고 합니다. 아버지는 글도 잘 쓰십니다. 어려서 아버지가 서울에 사는 친척들에게 편지 쓰시는 것을 어깨너머로 보았는데 지금 생각하니 상당한 문장 실력이었습니다.

우리 아버지는 해방 이듬해인 1946년 25세에 예수님을 영접하시고 신앙생활을 시작하셨는데 한 번도 흔들리거나 방황한 적이 없었습니다. 우리 아버지는 방언도 할 줄 모르고, 환상을 보거나 신비체험을 하신 적도 없지만, 일편단심, 백절불굴, 일사 각오의 신앙으로 지금까지 살아오셨습니다. 아버지는 어떤 박해자들 앞에서도 쉽게 신앙을 포기하실 분이 아닙니다. 그분은 주님을 위해 목숨까지 바칠 순교자의 신앙을 가졌습니다. 그런 아버지의 우직한 신앙이 제 안에 들어온 것 같습니다. 저도 주님을 사랑합니다. 그리고 주님을 위해 목숨을 바칠 상황이 온다면 비겁하게 굴지 않고 기꺼이 드리고 싶습니다.

아버지는 평생 교회를 당신의 몸처럼 사랑하신 분입니다. 교회당 안팎을 정리 정돈하고 청소하는 일부터 비품을 수리하는 일, 재래식 화장실을 푸는 일까지 아버지의 손길이 가지 않는 곳이 없었습니다.

보리와 벼 추수가 끝나면 아버지는 언제든지 타작한 곡식 중에 제일 좋은 것을 골라 먼저 하나님께 바쳤습니다. 우리 집 힘센 황소가 곡식을 산더미처럼 싣고 달구지를 끌고 하얀 콧김을 내 뿜으며 힘겹게 교회당이 있는 언덕길을 올라가는 모습이 아직도 눈에 생생하게 생각납니다.

저도 교회를 사랑합니다. 어려서부터 교회는 나의 집이요, 놀이터이며, 어머니의 따뜻한 품과 같은 곳입니다. 제가 목사가 되고자 했던 것은 하나님의 음성을 들었거나 죽음의 위기에서 극적으로 살아난 체험이 있어서가 아닙니다. 그저 교회가 좋고, 교회가 사랑스러워서 목사가 되었습니다. 저의 꿈은 제가 좋아하는 교회에서 살며 새벽마다 교회의 종 줄을 잡아당기는 사람이 되는 것이었습니다. 저의 이런 교회 사랑도 아버지의 영향을 받은 것 같습니다.

저의 아버지는 저의 목회의 스승이십니다. 오랫동안 교회 생활을 하신 아버지는 평신도가 바라는 목회자 상을 저에게 말씀해주셨고, 교회를 은혜롭고 원만하게 이끌어가는 방법들을 가르쳐 주셨습니다.

저는 어려서부터 마음속으로 아버지를 싫어했지만, 아버지는 목사가 되어 열심히 주의 일을 하는 저를 고맙게 생각하시고, 아는 사람들에게 저를 자랑하기도 했습니다.

그동안 건강하셨던 아버지에게 2년 전부터 노환이 찾아왔습니다. 금년 2월에는 음식을 전혀 못 드시고 위독하시다는 소식을 듣고 고향에 내려갔는데 저를 보자 아버지는 힘을 얻으시고 음식을 조금 드시더니 일어나셨습니다. 저는 파주로 올라오면서 아버지에게 "아버지! 입맛이 없더라도 음식도 잘 드시고 틈틈이 걷기운동도 꼭 하세요. 건강이 좋아지면 아버지를 모시고 아버지가 꼭 가고 싶은 곳으로 함께 여행을 다녀오고 싶습니다." 하고 말씀드렸습니다. 아버지께서는 그렇게 하시겠다고 대답을 하셨습니다.

그런데 안타깝게도 아버지의 병은 더 짙어져서 지금은 어느 요양 병원에 입원 중이신데 현재 거동도 할 수 없는 상태라는 소식을 들었습니다. 아버지를 뵙기 위해 다시 고향에 내려갔더니 아버지는 저에게 "다른 사람에게 네 말만 꺼내면 왜 눈물이 나는지 모르겠다." 하고 흐느껴 우셨습니다.

아버지를 떠나보내야 하는 시간이 다가옴을 느끼면서 제 마음에 후회스러운 것 두 가지가 있습니다. 좀 더 많은 시간을 아버지와 함께하지 못한 것과 그토록 아버지가 원하셨던 이스라엘 성지순례를 서두르지 못한 일입니다.

돌아가시기 전에 마지막으로 아버지를 찾아뵙고 꼭 드리고 싶은 말씀 두 마디가 있습니다. 첫째는 그동안 자주 했던 말씀 "아버지! 정말 감사합니다."이며, 둘째는 그동안 한 번도 드리지 못한 말씀, "아버지! 진심으로 사랑합니다."입니다.

아름다운 사람 장기려

알버트 슈바이처(Albert Schweitzer)는 재능이 많고 머리가 명석한 사람이었습니다. 그는 18세 때부터 오르간 연주자로 활동했던 뛰어난 음악가였습니다. 22세인 1899년 철학박사 학위를 받았고, 그 이듬해에는 신학박사 학위를 받았습니다. 그는 신학 연구 분야에서 세계적 인물로 인정받았습니다. 또다시 그는 의학을 공부해서 1913년 의학박사가 되었습니다. 얼마든지 많은 사람에게 대접을 받고 편안하게 살 수 있는 사람이었습니다. 그러나 그는 미개한 아프리카 땅 가봉에 건너가서 평생 가난하고 병든 사람들을 위해 헌신하였습니다. 오직 남을 위해서 이 세상을 살다가 간 사람이었습니다.

우리나라에도 슈바이처처럼 한평생을 오직 남을 위해서 살다가 간 한 의사가 있습니다. 성산(聖山) 장기려 박사입니다. 그는 서울대 의대 전신인 경성의전을 수석으로 졸업했고, 4년간 맹장염에 관하여 연구하여 1940년 일본 나고야대학에서 박사학위를 받았습니다. 1943년 한국 최초로 간암 수술에 성공함으로써 의학계에서 명성을 얻었습니다. 이 수술은 당시 선진국도 하기 힘든 수술이었습니다. 그는 평양 연합기독병원 원장으로 근무를 했고, 김일성의 충수돌기염 수술을 해 주었으며, 김일성 대학교 의과대학에서 강의하는 등 활발한 활동을 하였으나 공산당에 가입하지 않았다는 이유로 감시를 받았습니다. 결국 그는 1951년 1·4후퇴 때 월남을 결심하였습니다. 그에게는 아내와 6남매 자녀들이 있었는데 긴박한 상황 속에서 함께 동행하지 못하고 남쪽에서 만날 것을 기약하고 둘째 아들 기용만을 데리고 내려왔는데 그것이 가족들과의 영원한 생이별이 되고 말았습니다.

전쟁의 포화 속에서 도착한 부산은 장 박사의 한평생의 삶의 터전이 되고 말았습니다. 그는 6개월 동안 제3 육군 병원에서 중상을 입어 죽어가는 병사들을 정성껏 치료해 주었습니다. 전쟁이 끝나자 뜻을 같이한 사람들과 함께 우리나라 최초의 무료 병원인 복음병원을 세웠습니다. 빈민 의료구제를 위해 한국 최초의 의료보험 조합인 청 십자 의료보험 조합을 설립하기도 했습니다. 가난하고 병든 사람들을 주님의 사랑으로 돌봐 주었던 그의 일화들은 지금도 많은 사람에게 감동을 주고 있습니다. 중병으로 죽어가던 어느 가난한 여인이 장 박사가 있는 병원에 입원하였습니다. 몇 차례 수술 끝에 겨우 건강을 회복했으나 산더미 같은 수술비를 감당할 힘이 없었습니다. 밤잠을 자지 못하고 고민하던 이 여인은 용기를 내어 원장실로 장 박사를 찾아와서 "원장님! 죽을 수밖에 없던 저를 이렇게 살려주셔서 감사합니다. 그러나 저는 가난한 농부의 아내라서 이렇게 많은 수술비를 지불 할 형편이 못 됩니다. 어떻게 하면 좋겠습니까?" 하고 하소연을 하였습니다. 이때 장 박사는 그 여인의 손을 잡고 간절히 축복기도를 드린 후 "적당한 기회를 봐서 병원을 탈출하시오." 하고 일러주었습니다. 이 여인은 장 박사가 시키는 대로 하였습니다.

한 번은 도둑이 들어와 그의 한복을 훔쳐 갔는데 허리끈을 놓고 간 것을 발견하고 소리쳐 마저 가져가라고 했다고 합니다. 며느리가 시집올 때 선물한 비단이불은 춥고 배고픈 고학생에게 주었고, 1979년에 막사이사이 사회 봉사상을 받았지만, 상금은 물론 상패마저 팔아서 가난한 사람에게 나눠 주었습니다. 그에게는 자기 소유의 방 한 칸도, 땅 한 평도 없었습니다. 그는 죽을 때까지 병원 10층 옥탑방에서 살았습니다. 이런 장 박사를 보고 그의 친구 춘원 이광수 선생은 "자네는 천사가 아니면 바보야!" 하고 말했다고 합니다. 그는 북에 두고 온 아내를 그리워하며 평생 독신으로 살았습니다. 1990년 그가 아내를 그리워하며 쓴 망향 편지는 우리의 가슴을 아프게 합니다. "창문을 두드리는 빗소리가 당신인 것 같아 잠에서 깨었소. 혹시 하는 마음에 달려가 문을 열어봤으나 그저 캄캄한 어둠뿐… 허탈한 마음을 주체하지 못해 불을 밝히고 이 편지를 씁니다."

미국에서 활동하고 있던 그의 제자 김윤경 박사가 북한당국과 합의하여 중국에서 장기려 박사 부부를 만날 수 있도록 주선했습니다. 그러나 그는 그 기회를 사양하였습니다. 자기가 그런 특권을 누리면 다른 이산가족의 슬픔이 더 커진다는 것이 만나지 않은 이유였습니다. 그 후로도 한두 번 북한을 방문할 수 있는 기회가 있었지만 거절했습니다. 아내와 자식들을 만나서 남쪽으로 모두 데려오면 몰라도 잠깐 만난 후 다시 가슴 아프게 헤어져야 한다면 차라리 이별이 없는 하늘나라에서 만나는 것이 더 좋겠다고 말했습니다.

의과대학에 지원했다가 떨어진 한국인 학생의 부모가 대학 당국자를 찾아갔습니다. 합격하지 못할 이유가 없었기 때문입니다. 그들은 자식을 위해 미국에 이민을 왔고, 자녀들도 열심히 공부하였습니다. 아들은 고등학교를 수석으로 졸업했기에 충분히 명문대학교의 의과대학 입학시험에 합격할 것이라고 믿었습니다. 그런데 떨어졌습니다. 아무리 생각해도 이해가 되지 않았습니다. 부모는 대학 당국자에게 "제 자식이 무슨 잘못이라도 저질렀습니까?" 하고 물었습니다. "아닙니다. 잘못한 일은 없습니다." "그러면, 성적이 나빴던가요?" "아닙니다. 성적은 제일 좋았습니다." "그러면 왜 우리 아이가 불합격되었습니까?" 논리적으로 따져 오는 한국인 부모를 물끄러미 바라보던 대학 당국자는 이렇게 조용히 대답하였습니다. "의과대학은 병든 사람을 고치는 의사를 양성하는 곳입니다. 더구나, 외과(外科)는 수술이 위주이고 언제나 수혈할 피가 부족해서 안타까워하는 곳입니다. 그런데, 아드님은 지금까지 단 한 번도 헌혈(獻血)하지 않았더군요. 그런 사람이 어떻게 외과 의사가 될 수 있습니까?" 그 한국인 부모는 아무 말도 못 하고 나왔습니다. 오로지 아들의 공부만을 위해 살아온 삶이 그저 후회스럽기만 했습니다.

춘추시대의 사상가 노자(老子)는 간결하면서도 심오한 철학을 담은 〈도덕경〉 '대도(大道)-더 크게 얻는 법'에서 이렇게 말했습니다. "낮춤과 희생이 승리의 비결이다. 성인은 자신을 낮춰 남의 뒤에 머물기에 오히려 사람들 앞에 나설 수 있으며, 자신을 희생함으로써 오히려 자신을 살린다. 스스로 드러내지 않으므로 오히려 그 존재가 밝게 나타나고, 자신을 옳다고 여기지 않으므로 오히려 옳게 드러나고, 스스로 뽐내지 않으므로 공을 이루고, 스스로 자랑하지 않으므로 오래가는 것이다." 낮춤과 희생은 과거에도 통했고 현재 그리고 미래에도 통할 성공의 법칙이라고 강조하고 있습니다.

촛불은 자기의 아픔을 감수하고 눈물까지 흘리며 열정의 불꽃으로 몸을 태워 어두운 세상을 밝힙니다. 비누는 자기 몸을 녹이는 희생으로 세상의 더러운 때를 제거하고 인류를 깨끗이 정화합니다. 연꽃은 아무리 악취 나는 썩은 물에서도 해맑은 웃음을 잃지 않고 세상을 아름답게 꾸미는 데 일조하다가 뿌리까지 인류에게 주고 떠납니다. 아름다운 사람 장기려는 촛불처럼, 비누처럼, 연꽃처럼 그렇게 살다간 사람입니다.

장기려 박사는 끝내 그리운 가족과 상봉하지 못한 채 1995년 성탄절 새벽, 아기 예수 탄생의 기쁨이 온 세상에 가득할 때 생을 마감하였습니다. 그가 잠들어 있는 경기도 마석 모란공원의 그의 묘비에는 그의 유언대로 〈주님을 섬기다 간 사람〉이란 아홉 글자가 선명하게 새겨져 있습니다. 그는 예수님처럼 오직 다른 사람을 위해서 살다가 간 사람입니다.

박목월의 부인 유익순 이야기

 1986년 시인 이형기가 쓴 박목월 평전 〈자하산 청노루〉에 보면 시인 박목월이 생전에 겪은 삶의 애환과 시의 세계를 소개하고 있습니다.

 박목월(朴木月)은 1915년 경남 고성에서 출생했습니다. 그의 본명은 박영종(朴泳鍾)인데 그가 〈문장〉 지(誌)에 추천받을 때 평소 좋아하는 시인 변영로(卞榮魯)의 아호인 '수주(樹州)'의 수(樹)'자에서 '나무 목(木)' 자를 따고 김소월(金素月)에서 '달 월(月)'자를 따서 지은 것이 그의 이름 으로 굳혀졌습니다. 그는 대구 계성중학 3학년 때 16세의 나이로 잡지, 〈어린이〉와 〈신(新)가정〉에 동요 '통딱딱 통딱딱'이 당선되어 동요 시인으 로 이름을 알리기 시작했고, 첫 소절을 '송아지, 송아지 얼룩송아지'로 시 작하는 대한민국 대표동요 '송아지'도 박목월의 시(詩)입니다.

 박목월이 경주에서 금융조합 서기로 일하던 때에 기차여행을 하다가 우연히 충남 공주의 처녀 유익순을 만났는데 그녀가 직장 동료의 처제라는 사실을 알게 되었습니다. 나중에 불국사에서 그녀를 다시 만나는 기연(奇緣)으로 혼담이 싹터 결혼까지 하게 됩니다.

　한평생 박목월의 곁을 지킨 유익순은 현숙한 여인으로 알려져 있습니다. 서울대 교수를 지낸 큰아들 동규가 6살 때였습니다. 눈이 펑펑 쏟아지는 밤이었는데, 저녁을 먹고 나서 목월이 글을 쓰고 싶었습니다. 책상이 없었던 때라 밥상을 책상으로 쓰려고 아내에게 상(床)을 가지고 오라고 했습니다. 유익순이 행주로 밥상을 잘 닦아서 갖다 놓자 목월은 상에 원고지를 올려놓고 연필을 깎기 시작했습니다. 유익순은 아들 동규에게 세 살 된 여동생을 등에 업히라고 하고는 이불 같은 포대기를 덮고서 "옆집에 가서 놀다 올게." 하고 나갔습니다. 동규는 글 쓰는 아버지의 등 뒤에 붙어 있다가 잠이 들었는데 상당한 시간이 흘러 아버지 목월이 깨우면서 "통행금지 시간이 다 되어 가는데 네 어머니가 아직 돌아오지 않았어. 나가서 어머니를 좀 찾아오너라." 어린 동규는 눈을 비비고 털모자를 쓰고 옷을 입고 밖으로 나갔는데 그 사이에 눈이 내려 무릎 높이까지 쌓여 있었고 하늘에서는 여전히 눈이 펑펑 쏟아지고 있었습니다. 아들은 어머니를 찾아 이 집 저 집 기웃거렸지만 찾지를 못하고 집으로 돌아오려고 하다가 어머니와 제일 친한 아랫동네 아주머니 집에 한 번만 더 다녀오기로 했습니다. 그래서 골목길로 들어서는데 전봇대 옆에 동규보다 더 큰 눈사람이 있었습니다. 그는 아무 생각 없이 눈사람 곁을 스쳐 지나가려고 하는데 뒤에서 누가 "동규야!" 하고 불렀습니다. 어머니였습니다. 어머니는 보자기를 머리에 쓰고 있었는데, 눈을 흠뻑 맞아 마치 눈사람 같이 보였습니다. 어머니는 보자기를 들추면서 가까이에 오더니 "너 어디 가니?" 하고 물었습니다. 아들은 볼멘소리로 아버지가 어머니를 찾아오라고 해서 아랫동네 아줌마 집에 가는 길이라고 말했습니다. 그러자 갑자기 어머니가 동규 귀에 가까이 입을 대면서 "아버지 글 다 썼니?" 하고 물었습니다. 아들은 고개만 까딱거렸습니다. 유익순은 목월이 시를 쓸 때 세 살 된 어린 딸이 울어서 방해가 될까봐 몇 시간이나 눈구덩이에 서서 눈을 맞으며 서 있었던 것입니다.

이렇게 유익순은 남편의 시작(詩作)이 산통(産痛)으로 길어지는 차가운 겨울밤이면 방 한편에서 아이들과 숨죽여 잠을 청하거나 눈 내리는 사립문 밖에서 아이를 업고 대여섯 시간씩 언 발을 동동 구르며 기다렸던 아내였습니다. 남편이 가슴으로 지어 쏟아 낸 시가 완성되면 그 시를 세상에서 가장 먼저 읽는 것이 아내의 특권이라고 생각하며, 꽁꽁 언 손으로 원고를 받아들고 눈물을 글썽이며 읽기도 했습니다.

김동규 교수의 '6·25와 나의 어머니'라는 제목의 글에 보면 다음과 같은 내용이 나옵니다. 그가 초등학교 6학년 때 6·25 전쟁이 났는데 아버지는 먼저 한강을 건너 남쪽으로 가셨고, 나머지 가족 4명은 서울에 남아 인민군 치하에서 한 달이 넘게 고생하며 살았으나 기다리던 국군이 오지 않아 아버지가 있는 남쪽으로 가기로 했습니다. 피난길에 어린 자식들을 굶기지 않으려고 여인의 자존심이며, 생명과도 같은 재봉틀을

쌀 한 말과 바꿨고, 어린 장남 동규의 어깨에 지우고 걸음을 재촉했습니다. 바로 그때 함께 피난을 가던 서른 살쯤 되어 보이는 젊은 청년이 동규에게 접근하여 짐을 대신 져준다고 하면서 피와 같은 쌀 한 말을 빼앗듯 넘겨받아 줄행랑을 쳤습니다. 동규는 그 남자를 계속 따라가다가 이러지도 못하고 저러지도 못한 갈등이 생겼습니다. 그 남자를 계속 쫓아가지 않으면 쌀을 잃을 것 같고, 계속 쫓아가자니 뒤처진 엄마와 동생들을 잃을 것 같아 안절부절못하다가 쌀을 포기하고 언덕에 앉아 울고 있었습니다. 뒤쫓아 오던 어머니가 울고 있는 동규를 보고 왜 우느냐고 하자 두 눈을 뜨고 쌀자루를 도둑맞은 이야기를 했습니다. 순간 어머니의 얼굴이 창백하게 변했고, 한참 있더니 아들의 머리를 껴안고 "동규야! 네가 애미를 살렸다. 우리 동규가 기다려 줘서 장남을 전쟁 통에 잃은 나쁜 엄마가 안 되게 해줘서 고맙다. 우리 동규가 효자다." 하고 우셨습니다. 절망적인 순간을 맞이한 아들의 가슴에 장대비 같은 엄마의 사랑의 단비가 쏟아졌습니다. 그 후 어머니에게 영리하고 똑똑한 아이가 되는 것이 아들의 소원이었습니다. 동규가 공부를 열심히 하게 된 동기도 결국은 어머니에게 기쁨을 드리고자 하는 소박한 욕망이었습니다. 김동규 교수는 그의 글에서 자기 삶의 멘토는 어머니였다고 말했습니다.

1952년 6·25 전쟁이 끝나갈 무렵 목월이 대구에서 피난 시절을 보내고 있을 때 서울의 명문대학을 다니던 한 여대생이 목월의 시를 좋아한다며 그에게 자주 찾아왔습니다. 전쟁이 끝나고 목월이 상경한 후에도 그 만남은 이어졌습니다. 시간이 지나자 그 만남이 점점 애정으로 변하기 시작했고 나중에는 그녀의 가슴에 목월을 향한 뜨거운 사랑의 불길이 타오르기 시작했습니다. 목월도 자기도 모르는 사이에 그녀에게 빠져들고 있었습니다.

1954년 여름이 가고 가을바람이 불어왔을 때 목월은 서울에서 자취를 감추었습니다. 그녀와 함께 제주도에 가서 동거생활을 시작했습니다. 제주도 생활이 넉 달째 접어들어 날씨가 추워지고 눈발이 날리던 어느 날 부인 유익순은 목월과 여대생이 살고 있던 집을 찾아갔습니다. 궁하게 살고 있던 두 사람의 모습을 본 후 유익순은 천연스럽게 "어렵지 않으냐?"며 생활비에 보태 쓰라고 돈 봉투 하나를 건넸고, 추운 겨울을 따뜻하게 지내라며 두 사람에게 겨울 한복을 한 벌씩을 내밀고 서울로 올라왔습니다. 두 사람은 결국 헤어지기로 했고 목월은 여대생을 부산으로 떠나보내면서 시(詩) 한 수를 써서 주었습니다. 그 시가 "기러기 울어예는 하늘 구만리 바람이 서늘 불어 가을은 깊었네."로 시작되는 〈이별의 노래〉입니다. 목월은 제주에 좀 더 머물다 1955년 초봄 가정으로 돌아왔습니다. 유익순은 돌아온 남편에게 말 한 마디로도 탓하지 않고 따뜻하게 맞이해 주었고, 목월은 이전보다 더 충실한 가장이 되었습니다.

박목월은 그의 에세이집 〈밤에 쓴 인생론〉에서 유익순이 이 일로 지인들에게 했던 말을 이렇게 기록합니다. "우리의 결혼생활은 큰 풍파 없이 순탄했지만, 꼭 한 번 남편이 30대 후반에 여성 문제로 혹독한 시련을 겪었습니다. 저는 당황하지 말고 침착하자고 스스로 다짐했습니다. 남편이 감정적으로 흔들렸지만, 가정으로 돌아올 것을 믿고 그와 정면으로 맞서지 않고 하나님만 의지하며 참고 기다렸습니다. 남편은 나의 머리요, 몸의 구주라는 주님의 말씀을 새기며, 남편에 대한 나의 신뢰와 믿음을 잃지 않았습니다." 그녀를 아는 문인들은 그분은 넓은 도량(度量)을 갖춘 부덕(婦德)의 표상이라고 말합니다.

1978년 3월 목월을 먼저 떠나보낸 유익순은 "시를 쓰시노라고 언제나 마루를 밟으며 늦은 밤을 서성거렸던 아름답고 선량한 마음이 시(詩)가 되어 지금도 살아 있다." 하고 말하며 시인을 그리워했습니다. 그녀는 시인 박목월의 시심(詩心)의 태(胎)였고, 시를 써 내려간 원고지(原稿紙)였습니다.

구약성경 잠언에 "누가 현숙한 여인을 찾아 얻겠느냐 그의 값은 진주보다 더 하니라."(잠31:10) 이런 말씀이 있습니다. 진주는 은빛의 우아하고 아름다운 광택이 있어 오래전부터 여성의 장신구로서 애용되었고, 미술 공예품으로도 사용되고 있습니다. 진주는 15세기에 다이아몬드가 발명되기 전까지 가장 소중한 보석이었습니다. 천연진주의 생성과정은 조개류의 몸 안에 모래알이 들어가는 것으로 시작됩니다. 부드러운 조갯살에 모래알이 들어가면 조개는 아픔을 감내하며 눈물로 씻어냅니다. 오랜 시간 그 과정이 반복되면 조개 속에 있던 모래알이 진주질로 둘러싸여 탄산칼슘 성분이 있는 진주라는 결정체가 형성됩니다. 바람직한 한국인의 여성상을 지닌 유익순은 그분의 삶과 인품이 진주보다 더 귀한 여성입니다. 그분이 진주보다 더 귀한 여인이 되기까지는 자기 앞에 닥친 고난과 역경을 깊은 신앙심과 기도의 눈물로 씻어내는 오랜 인고의 세월이 있었습니다.

한국의 대표적인 서정시인 목월의 부인이며, 현숙한 여인이었던 유익순은 1997년 77세의 일기로 이 세상을 떠나 남편이 기다리던 하늘나라로 갔습니다. 그분은 떠났지만, 자신의 향기를 천 리까지 보낸다는 울릉도의 천리향처럼 지금도 세상을 향하여 은은하고 소박한 향기를 발하고 있습니다.

어머니, 어머니, 우리 어머니

인간은 누구나 이 세상에 태어나기 전 먼저 어머니의 태에서 잉태합니다. 그리고 태어나자마자 어머니의 젖을 빨며 어머니의 사랑과 보살핌으로 양육을 받습니다. 어머니는 이렇게 생명을 잉태하고 10개월을 고생하다가 해산의 고통을 느끼며 낳아서, 사랑과 희생으로 기르시기에 어머니의 몸에서 태어나 자란 사람은 나이가 들어도 어머니에 대한 모정과 그리움을 쉽게 잊지 못합니다. 실로 사람이 한평생을 살아갈 때 가장 큰 영향을 주는 분은 어머니가 아닐 수가 없습니다. 저도 다른 사람들과 같이 어머니에 대한 애틋한 추억들을 많이 가지고 있습니다.

저의 어머니는 어려운 시절에 태어나서 학교라고는 문턱에도 가본 적이 없습니다. 교회에서 터득한 한글 실력으로 겨우 성경, 찬송을 읽을 정도입니다. 그러나 제가 도저히 어머니를 따라갈 수 없는 것이 있으니 그것은 어머니의 모범적인 신앙생활과 부지런함입니다.

잠언 31장에 부지런하고 현숙한 한 여인을 소개하고 있습니다. "입을 열어 지혜를 베풀며 그 혀로 인애의 법을 말하며 그 집안일을 보살피고 게을리 얻은 양식을 먹지 아니하나니 그 자식들은 일어나 사례하며 그 남편은 칭찬하기를 덕행 있는 여자가 많으나 그대는 여러 여자보다 뛰어난다 하느니라. 고운 것도 거짓되고 아름다운 것도 헛되나 오직 여호와를 경외하는 여자는 칭찬을 받으리라."(잠31:26-30) 우리 어머니가 바로 이런 분입니다. 저의 어머니는 첫닭이 울기 전에 일어나십니다. 새벽이슬을 맞으며 찾아가는 곳은 조그만 시골 교회당입니다. 어머니의 일과는 새벽종을 치는 일부터 시작됩니다. 어머니는 영혼을 깨우는 기도와 함께 새벽종 줄을 힘껏 잡아당기고 교회당에 들어가 무릎을 꿇습니다. 텅 빈 교회당은 어머니의 잔잔하면서도 애절한 기도 소리로 금방 가득 채워집니다. 세워진 지가 70년이 넘은 그 교회는 구석구석 어머니의 체취와 손때가 묻어 있습니다.

어머니는 눈이 오나 비가 오나 새벽기도회에 참석하셨는데 교회에 다녀오시면 아직 잠자리에 누워있던 우리의 머리에 차디찬 손을 얹고 축복기도를 해주셨습니다. 저는 지금도 그 어머니의 찬 손을 잊지 못합니다.

어머니는 아직 날이 밝지 않는 시간이지만 텃밭에 나가 일부터 시작하십니다. 어머니는 손이 얼마나 빠르신지 해뜨기 전 아침 시간에도 다른 사람이 한나절 해야 할 일을 하십니다. 다시 집에 들어오신 어머니는 가축들에게 먹이를 주시고, 그때까지 잠들어 있는 자녀들을 깨우십니다. 아침 식사 후에는 본격적으로 일을 시작하여 해가 서산에 넘어갈 때까지 논밭에서 허리를 펴지 않으시고 일을 하십니다. 이렇게 소처럼 일하시는 우리 어머니의 손은 소나무 껍질처럼 딱딱하게 되었고, 손금이 다 닳아 지문을 찍을 수 없습니다. 척추의 물렁뼈는 다 닳아 허리가 활처럼 굽고 말았습니다. 저의 어머니의 수고로 저희 일곱 형제는 모두 배움의 기회를 놓치지 않고 학교 교육을 받을 수 있었습니다.

저의 어머니는 믿음이 참 좋으신 분입니다. 아무리 농사일이 힘이 들어도 교회에서 드리는 예배에는 한 번도 빠진 적이 없으십니다. 이렇게 믿음을 최우선 순위에 두신 우리 어머니는 다른 것은 몰라도 자녀들이 신앙생활에 소홀히 하는 것만큼은 용서하지 않으셨습니다. 제가 중학교 1학년 때 스포츠 중계방송을 듣다가 수요예배에 한 번 빠진 적이 있었는데, 그때 예배를 마치고 돌아오신 어머니께서 예배에 불참한 저에게 무서운 얼굴로 야단을 치셨습니다. 지금도 그때의 화난 어머니의 얼굴이 생생하게 생각납니다. 그 후로 저는 공부 때문에 부모님을 떠나 이곳저곳을 옮겨 다니며 객지 생활을 했습니다만 공적인 예배에 한 번이라도 빠지면 큰 일 날 것처럼 생각하고 착실하게 예배에 참석했습니다. 고등학교에 들어가서 졸업할 때까지 3년 동안은 새벽기도회에 한 번도 빠지지 않고 개근하기도 했습니다.

수년 전에 저는 목회 생활 중에 가장 어려운 시련을 당한 적이 있습니다. 그 때 저는 기도원에 올라가 하나님께 매달려 금식 기도를 하고 있었습니다. 바로 그 시점에 있었던 일입니다. 하루 종일 밭에 나가 일을 하시고 피곤하신 어머님께서 일찍 잠자리에 드셨는데 칠흑 같이 어두운 밤중에 큰바람이 불고 억수 같은 장대비가 쏟아졌습니다. 바로 그 시간에 어머니는 제가 찾아와서 급하고 애절한 목소리로 어머니를 부르는 소리를 들으셨습니다. 깜짝 놀란 어머님은 일어나 불을 켜고 밖에 나가 보았는데 밖에는 아무도 없고 밤하늘에는 별들만 초롱초롱 빛나고 있었습니다. 자정을 조금 넘긴 시간이었습니다. 그때 어머님은 아들에게 무슨 어려운 일이 생겼을지도 모른다는 생각에 서둘러 발걸음을 교회당으로 향했습니다. 그리고는 엎드려 날이 밝도록 저를 위해 부르짖어 기도하셨다고 합니다. 그때 저는 위기를 잘 넘길 수 있었는데 나중에 알고 보니 어머니의 기도의 힘이었던 것 같습니다.

제가 초등학교 3학년 때 여름성경학교 성경 암송대회에 나가 형들을 제치고 1등을 했을 때 교회당 기둥 뒤에 숨어 눈물을 훔쳤던 우리 어머니, 중학교 수학여행 다녀오면서 500원짜리 브로치를 선물했을 때 너무 좋아하시면서 만나는 사람들에게 자랑하셨던 우리 어머니, 교회의 궂은일을 도맡아 하시고 평생을 무릎으로 사신 우리 어머니, 언제나 당당하시고 의지력과 인내심이 강철 같으신 우리 어머니는 하나님께서 저에게 주신 최고의 선물입니다.

저는 오래전에 어머니와 한가지 약속한 것이 있습니다. 그것은 어머님이 돌아가시면 어머님의 몸을 깨끗이 씻겨드리는 일과 옷을 입혀드리는 일은 반드시 제 손으로 하겠다는 약속이었습니다. 그동안 저는 많은 장례의 경험이 있어서 이 일을 어렵지 않게 잘 할 수 있을 것 같습니다. 덧없는 세월이 흘러 저의 어머님의 연세도 많아져 하늘 고향에 가셔야 할 날이 점점 가까워지고 있습니다. 어머님과의 이별이 갑자기 찾아올지도 모르는 요즘 어머니와의 약속이 생각합니다. 막상 어머님이 돌아가셔서 제 손으로 옷을 입혀드리게 되면 너무 눈물이 많이 나올 것 같아 지금부터 걱정입니다.

과묵하신 편이나 가슴만은 항상 따뜻하신 우리 어머니는 우리 가정의 기둥이시며, 제 목회의 든든한 후원자이십니다. 이런 어머님이 어느 날 훌쩍 제 곁을 떠나신다면 그 빈자리가 너무 크게 보일 것만 같습니다. "어머니, 어머니, 우리 어머니!" 내 목숨이 붙어 있는 날까지 언제 불러도 부담이 없고, 가장 따뜻하고, 다정스러운 이름으로 제 가슴에 남아 있을 것입니다.

잊을 수 없는 만남

    인생은 만남입니다. 부모님과의 만남을 통해 사랑의 의미가 무엇인지를 경험하며, 친구들과의 만남을 통해 인간관계의 소중함을 배우며, 스승과의 만남을 통해 인생의 지침을 깨닫게 됩니다.

    성경에 등장하는 인물 중에 요셉은 이집트의 감옥에서 바로 왕의 신하를 만난 인연으로 이집트의 총리대신이 되었고, 사마리아 수가성에서 살던 한 여인은 예수님을 만나 위대한 전도자가 되었습니다. 다윗은 좋은 친구 요나단을 만나 죽음의 위기를 벗어나 이스라엘의 왕이 될 수 있었고, 모압 여인 룻은 보아스를 만나 메시아의 조상이 되었습니다. 바울은 바나바를 만나 위대한 선교사가 되었고, 루디아는 바울을 만나 빌립보 교회의 귀한 일꾼이 되었습니다. 또한 알렉산더는 위대한 스승 아리스토텔레스를 만나 위대한 왕이 되었고, 장애인으로 태어난 헬렌 켈러는 설리반을 만나 훌륭한 인물이 되었습니다.

우리 주변에서도 아름다운 만남을 통해 인생이 바뀐 사례들이 얼마든지 있습니다. 부산으로 출장 갔던 청년이 일주일간 여관 근처 교회에서 새벽기도 하다가 맨 늦게까지 남아 기도하던 처녀와 결혼한 일이 있었고, 앞 버스를 놓치고 다음 버스를 기다리다 만난 친구의 권유로 한국 대학생 선교회 수련회에 참석해서 그곳에서 만난 학생과 부부가 된 일도 있었습니다. 이렇게 행복과 사랑과 성공은 만남을 통해서 시작되며, 만남을 통해 완성됩니다.

지금까지 살면서 저에게도 수많은 만남들이 있었습니다. 그중에서 잊을 수 없는 만남 중의 하나는 하진풍 장로님과의 만남입니다. 제가 신학교를 갓 졸업하고 29세의 어린 나이에 담임전도사로 파송을 받은 교회는 농촌교회인 오류교회였습니다. 그때 저는 목회자로 부임을 했지만 나이도 어리고, 경험도 부족해서 어떻게 목회해야 할지를 잘 몰랐습니다. 그런데 그곳에서 좋은 분, 하진풍 장로님을 만나게 된 것입니다.

하 장로님은 6.25 사변 때 마을 뒷산에 숨어있던 인민군들에게 붙잡혀 신앙 때문에 죽음의 위기를 만났으나 끝까지 예수님을 부인하지 않았고, 마침 끌고 가던 사람 중에 북한에서 교회에 다니던 사람이 있어 구사일생으로 죽음을 면하게 되었습니다. 장로님은 젊은 시절에 오류교회를 섬기면서 동네 앞 험한 산을 넘어 다니면서 지산면에 교회를 개척하여 세우기도 했습니다.

장로님은 신앙이 강한 분이었습니다. 예배를 소중히 여기시는 분이셨습니다. 주일예배는 물론 수요예배, 새벽기도회 등 모든 예배에 한 번도 빠진 적이 없었습니다. 농사일 때문에 피곤하여 종종 졸 때도 있었지만 그래도 예배만큼은 빠지지 않았습니다. 방언 기도를 하거나 환상을 자주 본 것도 아니고, 신비체험을 하지도 않았지만, 그분의 신앙은 뿌리 깊은 나무와 같이 어떤 상황에서도 결코 흔들림이 없었습니다.

장로님은 겸손하신 분입니다. 나이 어린 저를 주님의 종이라고 하여 어디를 가나 항상 상석에 앉히셨고, 설이나 추석 명절에 객지에서 살던 자녀들이 오면 먼저 교회 사택으로 보내 저에게 인사를 하도록 하셨습니다. 장로님의 앞마당에는 감나무가 몇 그루 있었는데 가을에 감을 수확하면 잘 익은 굵은 감을 리어카에 가득 싣고 사택으로 가져오셨습니다. 그래서 우리 가족들은 이른 봄까지 맛있는 감을 먹을 수 있었습니다.

재정적으로 어려운 시골 교회였지만 땅을 사서 마당을 넓히고, 사택을 짓고, 유아원을 신축하는 등 많은 일을 했습니다. 그때마다 장로님은 한 번도 반대하신 적이 없었습니다. 반대하는 사람이 있으면 오히려 "믿음으로 한 번 해봅시다. 힘을 모으면 우리도 할 수 있습니다." 하고 늘 격려하셨습니다. 제가 당회를 소집하여 어떤 일을 의논하자고 하면 장로님은 "당회를 꼭 할 필요가 있을까요? 목사님이 기도하시고 응답받으신 일이라면 그대로 밀고 나가세요. 저희들은 순종하고 따라가겠습니다." 하고 말씀하셨습니다. 장로님은 아무리 바쁜 일이 있어도 제가 시간을 내서 심방을 가자고 하거나 함께 동행할 것을 요청하면 거부하거나 뒤로 미루는 일이 없었습니다. 또한 노회나 시찰회에 가시면 다른 교회 목사님, 장로님들에게 침이 마르도록 부족한 저를 칭찬하셨습니다.

윗물이 맑으면 아랫물도 맑은 것처럼 하진풍 장로님의 모범적인 신앙생활의 영향을 받아 오류교회는 지속적으로 부흥하였고, 나중에는 그 동네 사람들 중 몇 가정을 제외하고 대부분 교회에 나오게 되었습니다. 힘이 생겨 도움을 받았던 교회가 도와주는 교회가 되었습니다.

행한 대로 갚으시겠다는 주의 말씀대로 저는 하나님께서 장로님의 자녀들에게 복을 주시는 것을 똑똑히 보았습니다. 장로님은 젊은 시절에 가난한 주민들을 잘살게 하려는 마음으로 마을 앞 하천에 제방을 쌓고 수십만 평을 개간하여 논을 만들었습니다. 그런데 공사를 끝내자마자 큰 홍수가 나서 제방을 휩쓸고 가버렸습니다. 장로님은 낙심하였지만 거기에 굴하지 않고 다시 공사를 시작하여 2차에는 성공했습니다. 하지만 그 일로 인하여 많은 빚을 지게 되었고, 장로님의 힘으로는 자녀들을 교육시킬 수 없는 형편이었습니다. 하지만 하나님께서 자녀들을 책임져 주셨습니다. 10남매 자녀들은 대부분 장학금을 받거나 고학으로 부모님의 도움 없이 대학까지 졸업할 수 있었습니다. 아들 세 명이 목사가 되었고, 그 중 한명은 독일에서 공부하여 신학박사 학위를 받았고, 지금은 장로회 신학대학 구약학 교수로 일하고 있습니다. 나머지 두 명도 열심히 목회를 잘하고 있습니다. 막내아들은 동아 콩쿨 성악 부분에서 대상을 받고 이태리에서 공부한 후 지금은 대학교수로 일하고 있습니다. 그 밖에 모든 자녀들이 서울, 인천, 대전에서 크게 사업을 잘하고 있고, 섬기는 교회에서 기둥 같은 일꾼이 되어 충성하고 있습니다.

제가 오류교회를 부임한 지 5년 2개월 만에 다른 임지로 떠나던 날, 보슬비가 내리고 있었는데 하 장로님이 우리 가족과 이별을 아쉬워하여 교회당 주변을 돌면서 통곡을 하시고, 배웅을 나온 전 교인들이 함께 울면서 저를 보냈던 그때가 지금도 생각납니다.

하 장로님은 그 마을 뒷산에 우뚝 서 있는 한 그루의 큰 소나무와 같이 쓸쓸한 가을날이나 눈보라치는 날에도 언제나 신앙의 푸른빛을 잃지 않으셨고, 언제나 그 자리에서 변함없는 주님의 몸인 교회를 지키셨습니다.

장로님께서는 수년 전 하나님의 부름을 받고, 하늘나라에 가셨지만 저는 가끔 장로님을 생각하면서 "만일 내가 목회 초년병 때 하진풍 장로님 같은 귀한 분을 만나지 못했다면 내 목회인생이 어떻게 되었을까?" 하고 생각해봅니다. 아마 처음부터 어려움을 많이 당했다면 목회활동에 의욕을 잃어버리고 다른 길로 가려고 시도했을지도 모릅니다. 하진풍 장로님과의 만남은 하나님께서 저에게 주신 귀한 선물이며, 제 인생에서 결코 잊을 수 없는 아름다운 만남입니다.

고향 가는 길

우리 아버지는 버릇없이 자라면 안 된다고 하여 자식들을 엄하게 기르셨습니다. 조금만 잘못하면 호되게 야단을 치셨기 때문에 우리 형제들은 아버지가 옆에 계시면 기침도 마음대로 못하고 숨소리도 크게 못 냈습니다. 아버지와 함께 있으면 긴장이 되어서 그 자리를 피하곤 했습니다. 이런 아버지 밑에서 자라다 보니 윗사람들에게 무례한 행동을 하거나 비양심적이고 비도덕적인 행동을 쉽게 하지는 않았습니다. 그러나 안 좋은 점도 많았습니다. 다른 사람들 앞에서 자유롭게 의사 표현도 하지 못하고, 기가 죽어서 살 때가 많았습니다. 말하지 않고 얌전하게 지내는 것이 최고로 잘하는 일인 줄로만 알았습니다.

매사에 완벽을 추구하셔서 깔끔한 일 처리를 원하시고 옷차림 하나에도 신경을 많이 쓰실 만큼 정갈하셨던 우리 아버지는 나이가 들어가면서 많이 변했습니다. 엄했던 모습은 온데간데없어지고 다정다감하신 모습으로 자식들을 대하셨습니다.

명절이나 여름 휴가철이 다가오면 아버지는 한두 달 전부터 전화로 언제 고향에 내려오느냐고 물으십니다. 확실한 날짜를 말씀드리지 못하고 머뭇거리면 "부모가 세상 떠나면 아무 소용이 없으니 제발 살아있을 때 자주 얼굴 좀 보자." 하고 말씀하시곤 하셨습니다. 고향에 방문할 날짜가 정해져서 언제쯤 시골에 내려가서 인사를 드리겠다고 말씀을 드리면 아버지는 그날부터 우리를 기다리고 또 기다리셨습니다. 기다리기만 하신 것이 아니라 일주일에 한두 번씩 확인 전화를 하십니다. 그래서 저는 여름휴가라고 해도 특별한 계획을 세우지 못하고 아버지가 계시는 고향으로 바로 직행해야 했습니다.

그동안 저는 여름휴가 때 아버지를 모시고 여러 곳을 다녔습니다. 땅끝마을도 다녀왔습니다. 이곳은 아버지가 살고 계시는 곳에서 자동차로 2시간 거리가 채 되지 않지만, 차가 없고 운전도 못 하시는 아버지는 이곳을 가보지 못하셨다고 합니다.

그곳에 도착해 높은 언덕에 세워진 50m 전망대 위에 아버지를 모시고 올라갔습니다. 쪽빛 남해의 바다가 한눈에 시원하게 펼쳐졌습니다. 수평선이 보이는 바다 이곳저곳에는 크고 작은 섬들이 마치 한 폭의 아름다운 동양화 같았습니다. 아버지는 하나님의 솜씨가 너무 놀랍다고 감탄을 하셨습니다. 오면서 해양 자연사 박물관에도 들렀습니다. 그곳에는 바다의 생태 환경을 한눈에 볼 수 있도록 잘 꾸며 바다에서 사는 크고 작은 고기들, 게, 조개 등 바다 생물들을 잘 전시해 놓았습니다. 새만금 방조제도 가보았습니다. 동진강(東津江)과 만경강(萬頃江) 하구 일대에 총길이 33㎞로 세계에서 가장 긴 새만금 방조제를 보시고 아버지는 인간의 기술과 지혜의 위대함을 감탄하셨습니다. 무안 국제공항도 가보았습니다. 아버지의 말씀에 의하면 일제시대에 이곳에 비행장이 있었다가 폐쇄된 적이 있었다고 합니다.

그밖에 지난 수년 동안 여름휴가 때마다 제가 아버지를 모시고 다녔던 남도의 명승지는 해남 두륜산, 다산초당, 강진 도자기박물관, 장흥의 영랑 시인 생가, 완도 자갈 해변, 명사십리해변 등 수없이 많습니다.

설, 추석 명절이 다가오면 이곳저곳에 흩어져 사는 형제들은 부모님이 계시는 고향으로 몰려오기 때문에 넓지 않은 우리 집 마당은 금방 자동차로 가득 찹니다. 조용했던 고향 집은 떠들썩하고 정성껏 준비한 음식을 나눠 먹으며 밤이 깊도록 이야기꽃을 피웁니다. 화제는 주로 신앙과 교회 생활에 관한 이야기입니다. 생활 속에서 어려움을 당했으나 믿음으로 잘 극복했다는 간증도 나오고, 성경을 읽다가 막혔던 내용을 묻고 답하기도 합니다. 어떻게 하면 신앙생활을 잘할 수 있을 것인가 하는 문제를 놓고 진지하게 토론도 합니다. 저는 가족들과의 이런 대화를 통해서 성도들의 마음을 알기도 하고, 목회의 좋은 아이디어를 얻기도 합니다.

가족들과 함께한 달콤한 시간이 지나고 헤어질 시간이 되면 부모님은 1년 동안 손수 농사지은 것들을 자식들에게 나눠주기 위해서 이른 아침부터 바쁘게 서두르십니다. 제 차의 트렁크에도 고추, 마늘, 참기름, 찹쌀, 된장, 고추장 등으로 가득 찹니다. 그래서 고향 한 번 다녀 오면 제 차 안에는 한동안 고향 냄새가 배어있습니다.

이렇게 매년 명절과 여름휴가 때가 오면 설레는 마음으로 고향을 찾는데 이번 추석에는 고향에 가지 않습니다. 아버지는 5년 전에 돌아가셨고, 어머니는 몸이 불편하여 요양원에 머무르고 계셔서 고향 집이 텅 비어있기 때문입니다.

명절에 갈 곳을 잃어버린 형제들은 충청남도 보령의 어느 바닷가의 펜션에서 만나 얼굴도 보고 아버지의 추도예배도 함께 드리자고 약속을 했습니다. 그곳을 만남의 장소로 정한 이유는 그곳이 중간지점이어서 서울 지역에서 사는 형제들과 지방에서 사는 형제들이 만나기 좋은 장소이기 때문입니다. 그때 저는 우리 집의 가보(家寶)를 가지고 가려고 합니다. 우리 집의 가보(家寶)는 아버지가 사용하셨던 성경책입니다.

우리 가족이 교회에 첫발을 디딘 것은 해방 이듬해부터입니다. 1896년에 그 지역 최초로 세워진 초두리 교회가 있습니다. 해방 이듬해 그 교회 장로님이 우리 동네에 와서 전도했는데 저희 아버지가 전도를 받고 마음에 감동이 왔습니다. 아버지는 할아버지에게 우리 가정도 예수님을 믿자고 제안을 하셨고, 할아버지는 가족들을 모두 모아 놓고 예수를 믿는 것을 원하는지 의견을 물으셨는데 아무도 반대를 하지 않아 그때부터 우리 가정은 예수님을 믿기 시작하였습니다. 우리 가족이 다닐 수 있는 교회는 동네에서 10여 리 떨어진 초두리 교회 뿐이었습니다. 우리 동네에서 초두리까지 갈 수 있는 길은 소나무와 잡목들이 우거진 숲속에 조그만 오솔길 하나뿐이었습니다. 자동차도 없었던 때라 집에서 교회까지 가려면 걸어서 두 시간은 소요되었기 때문에 주일이 되면 우리 가족은 일찍 일어나 준비하고 출발을 해야 했습니다. 주일예배가 끝나면 밤예배를 드려야 했기 때문에 바로 올 수 없어 교회당에서 그때까지 기다려야 했습니다. 그 당시 그곳에는 호랑이 등 맹수들도 살고 있었기에 밤에 그 길을 왕래한다는 것은 무척 위험한 일이었지만 우리 가족들은 캄캄하고 위험한 그 길을 수 없이 걸어 다녔습니다. 그때 아버지가 읽었던 성경책이 바로 우리 집의 가보(家寶)입니다. 이 성경책은 한글맞춤법이 확정되기 전 1910년도에 발행된 책이어서 읽기도 어렵고, 종이 색깔도 누렇게 변해 있는 상태입니다. 그렇지만 이 성경책이 우리 가정에 생명의 양식을 공급하고, 하나님을 의지하는 믿음을 심어주었다는 점에서 가보(家寶)로 여기고 있습니다. 형제들과 어린 조카들까지 수십 명이 넘는 가족 모임에서 추도예배를 인도해야 하는 저는 그동안 고이 간직하고 있던 우리 집 가보(家寶)를 가지고 가서 그 유래를 전하고자 합니다 .

　이번 추석에 약속 장소에 가면 일곱 명의 형제들과 형수, 제수씨들, 조카, 손자, 손녀들까지 다 모이기 때문에 수십 명은 족히 될 것입니다. 그러나 아버지와 어머니가 그 자리에 계시지 않아 텅 빈 집과 같은 허전한 마음은 무엇으로 채워야 할지 모르겠습니다.